Das Wandeln in Traumwelten sowie das Niederschreiben dieser Geschichten sind schon immer ein großer Teil von **Isabel Renner** und begleiten sie seit ihrer frühen Kindheit durch ihr Leben. Wenig überrschend kann ihr die triste Tätigkeit als Steuerfachangestellte nicht dauerhaft gerecht werden. Darum hängt sie ihre berufliche Karriere an den Nagel, um ihr Abitur nachzuholen und schließlich in Konstanz Sprachwissenschaft zu studieren, wo sich auch ihre Liebe zum Schreiben weiterentwickelt. Ihr Debütroman *Es bleibt in der Nachbarschaft*, erschienen beim Verlag Edel Elements, ist seit dem 01.02.2022 überall als E-Book erhältlich. Mit ihrem Mann und ihren zwei Kindern wohnt sie mittlerweile an der Nordsee und schreibt am liebsten Romance, New Adult und Romantasy.

ISABEL RENNER

IT HAS *to be* YOU

LIEBE AUF UMWEGEN

Erstausgabe Juni 2022

Copyright © 2022 dp Verlag, ein Imprint der
dp DIGITAL PUBLISHERS GmbH
Made in Stuttgart with ♥
Alle Rechte vorbehalten

It has to be you

ISBN 978-3-98637-874-5
E-Book-ISBN 978-3-98637-495-2

Covergestaltung: Anne Gebhardt
Umschlaggestaltung: ARTC.ore Design
Unter Verwendung von Abbildungen von
stock.adobe.com: © LIGHTFIELD STUDIOS
elements.envato.com: © Undaru, © alit_design
Lektorat: Manuela Tengler
Satz: dp DIGITAL PUBLISHERS GmbH
Druck und Bindung: Books on Demand GmbH, Norderstedt

Für alle, die Liebe suchen.

Playlist reciprocate

Kiss – I was Made for loving you
Nico Santos – Unforgettable
Alicia Keys – Underdog
Lewis Capaldi – Someone you loved
Bastille – Pompeii
Christina Aguilera – Fighter
Linkin Park – In the End
Fall out Boy – Immortals
Kiss – Poison
Glass Animals – Heat Waves
Nico Santos – Play With Fire
The Weekend – Blinding Lights
Michael Schulte – Stay

Further Songs

Walking On Cars – Speeding Cars
Marshmello & Demi Lovato – OK Not To Be OK
Ofenbach & Ella Henderson – Hurricane
Martin Jensen, Alle Farben, Nico Santos – Running Back To You
Nea – Some Say
YouNotUs x Nea – All My Life
Ed Sheeran – Shivers

And

Ludovico Einaudi: Album Seven Days Walking – Day 1

Kapitel 1

Emma

Mit viel zu wenig Schlaf in den Knochen betrat ich die Küche. Alles sah aus wie immer, obwohl nichts mehr so war und niemals wieder so sein würde. Und dieses *wie immer* lag erst ein paar Stunden zurück.

Vor ein paar Stunden ...

Ein Geräusch riss mich aus meinen Gedanken. Waren sie das? Würden sie jetzt in die Küche kommen? Das Gespräch mit mir suchen?

In meiner Brust begann mein Herz zu galoppieren. Würde es eine Erklärung geben? Eine Entschuldigung? Eine richtige Entschuldigung, kein lieblos abgehacktes, mehr runtergeschlucktes als ausgesprochenes *Sorry*. Oder würden sie sich weiter versteckt halten?

Das Blut rauschte in meinen Ohren. Unbehaglich spähte ich den Flur hinab zu ihren Türen. Es regte sich nichts. Erleichtert atmete ich aus. Nun reckte ich pseudomutig mein Kinn. Sie hatten sich also für die Feiglingsvariante entschieden. Bitte, mir sollte es recht sein. *Es ist ihr Karma, dem sie schaden, nicht meines*, dachte ich so selbstbewusst, wie ich es in Wirklichkeit gerne wäre.

Dann dämmerte mir, dass vielmehr etwas mit meinem eigenen Karma nicht stimmte, sonst wäre ich jetzt nicht allein und fürchtete mich davor, meinen

Mitbewohnern zu begegnen. Ich biss mir auf die Lippen, stoppte den bebenden Unterkiefer. Bevor ich wilde Hypothesen aufstellte, sollte ich mich intensiver mit Karmatheorie auseinandersetzen.

Mit hängenden Schultern schlurfte ich an der Küchenzeile aus weißen Spanholzplatten vorbei, die wohl einzig nur noch von den unzähligen diversen Aufklebern zusammengehalten wurde, zu unserem einst so coolen Bar-Esstisch. Bis spät in die Nacht hatten wir ihn an unserem Einzugstag aufgebaut und waren dementsprechend stolz darauf. Nun war er lediglich eine Erinnerung an das, was hier nicht mehr stimmte und vielleicht nie gestimmt hatte. Bei diesem Gedanken krampfte sich mein Magen zusammen. Doch ich verbat mir zu weinen, vor allem hier in der Küche. Was würde Weinen auch ändern?

Ich ließ mich auf den Barhocker sinken, legte meine Arme auf den Küchentisch und bettete meinen Kopf darauf. Hunger verspürte ich nicht. Ich war aus reiner morgendlicher Routine hierhergekommen. Routine und Kaffeebedarf. Mit dem kurzen Schreck von gerade eben war allerdings mein Verlangen nach Kaffee ebenfalls verschwunden. Also saß ich nur da. Ich wollte in mein Zimmer gehen, denn hier fühlte ich mich ausgeliefert – ohne Fluchtmöglichkeit sollten Saskia und Danje kommen. Mein Körper weigerte sich jedoch, eine Bewegung auszuführen. Er war von der schlaflosen Nacht zu erschöpft. Ganz im Gegensatz zu meinen Gedanken, die beharrlich zum gestrigen Abend wanderten. Das schrille Klingeln meines Smartphones zerriss die Bilder, ehe sie sich in meinem Kopf weiter ausbreiten konnten. Ich rieb mir über das Gesicht, verscheuchte die aufgekommenen Tränen. Ein Blick auf das Display verriet, dass mich Anne sprechen wollte.

Anne.

Ohne sie wäre das alles nicht passiert. Ohne sie besäße ich noch Würde dort, wo sich jetzt ausschließlich Scham befand. Zumindest hätte ich geglaubt, noch Würde zu besitzen. Das war immer noch besser, als mich so zu fühlen, wie ich mich gerade fühlte.

Ich wollte sie nicht sprechen. Dann seufzte ich.

„Hallo Anne", murmelte ich inkonsequent in mein Telefon.

„Hey, du bist ja wach!", kam es derart sanft von ihr, dass ich mich prompt zwanzig Jahre jünger fühlte. „Wie geht es dir heute, Püppi?"

Einfache Frage, extrem aufwühlende Antwort. „Könnte besser sein."

„Mhm", sagte Anne. „Verständlich. Möchtest du rüberkommen? Oder soll ich zu dir kommen? Bei der Gelegenheit könnte ich gleich in einige Allerwerteste treten. Müsste nur vorher meine Schuhe ölen. Natürlich müssen es geschlossene Schuhe sein, keine Sandalen. Igitt, stell dir das mal vor ..." Sie kicherte über ihren eigenen Witz.

Beinahe hätte ich mitgelacht. Aber nur beinahe.

„Der war schlecht, ich weiß", gestand sie. „Also, wonach ist dir?"

„Ich wäre heute lieber allein, glaube ich."

„Ach, papperlapapp. Du weißt nicht, was du glaubst."

„Nicht." Das war mehr eine Feststellung als eine Frage.

„Nein. Und du weißt auch nicht, was du weißt. Ich aber, und auch, was du fühlst und was du glaubst und tatsächlich brauchst."

Typisch Anne. „Aha." Ich versuchte, ihre Aussage zu entwirren. Das war einer dieser Zustände, die sie gerne für sich nutzte und mich zu etwas überredete, auf das ich eigentlich keine Lust hatte. So wie gestern.

„Mal abgesehen davon, in einer WG bist du nie allein. Das mit dem Alleinsein funktioniert damit schon mal nicht. Und gerade in deiner WG solltest du jetzt nicht allein sein. Überhaupt solltest du nicht in deiner WG sein. Absolut tödlich."

„Was schlägst du vor?", fragte ich und fuhr mir resigniert durch die Haare.

Anne überlegte kurz. „Kennst du Tinder?"

„No chance!"

„Moar, ich dachte, ein kleinen Betthaserl zu haben, wäre genau die richtige Medizin für dich. Aber ich sehe ein, dass du noch nicht so weit bist. Trotzdem musst du raus. Sofort."

Sie mochte recht haben, doch der Gedanke behagte mir nicht. „Ich mag nicht raus und unter Menschen."

„Warum nicht?"

Ich zögerte. Aber wenn ich jemandem ehrlich gegenüber sein konnte, dann Anne. Sie ließ sich ohnehin nichts vormachen. „Sie werden es mir ansehen. Und dann werden sie wissen, dass ich ein kompletter Looser bin."

Anne schnalzte in den Hörer. „Looser*in*, Püppi. Wenn du dich schon unnötig zerfleischen willst, dann wenigstens korrekt."

„Ha. Ha."

„Außerdem wird es niemand wissen, solange du kein Schild vor der Stirn kleben hast, auf dem steht: *Hallo, ich bin Emma und ich bin eine komplette Looserin.* Und das hast du nicht. Glaub mir, niemand weiß davon.“

„Der ganze Jahrgang weiß davon!“

„Ein paar, die gestern da waren“, räumte sie ein. „Dann komm einfach hierher und wir gammeln ein wenig rum. Tommy habe ich gerade zu seinen Großeltern gebracht, somit habe ich das ganze Wochenende Zeit für meine aufgelöste Freundin.“

„*Rumgammeln?*“, konterte ich frech.

„*Chillen*“, korrigierte Anne genervt. „*Potato – potato.* Was ist jetzt, kommst du freiwillig her oder muss ich dich holen? Dann bring ich aber meine Schuhe mit.“

„Ich glaube nicht. Wirklich nicht.“

„Du weißt nicht, was du glaubst. Glaub mir“, erklärte sie erneut. „Halt dich einfach bereit.“

„Nein, warte, ich ...“ Doch meine Freundin hatte den Anruf bereits beendet.

Das sich verdunkelnde Display meines Smartphones spiegelte mein Lächeln. Tatsächlich war es ihr irgendwie gelungen, mein Stimmungsbarometer steigen zu lassen. Jetzt fühlte ich mich zumindest gut genug für einen Kaffee.

Während die Maschine fleißig brühte und sich der herrlich kräftige Duft ausbreitete, fiel mein Blick auf ein Paket, das auf der Anrichte stand. Es war gestern gekommen. Ich hatte es extra stehen lassen, damit wir drei es gemeinsam öffnen konnten. Es war ein Carepaket meiner Eltern. Sie sorgten sich und mussten wenigstens einmal im Monat sichergehen, dass ich nicht vergaß, einzukaufen und elendig vor einem leeren Teller verhungerte oder so. Sie besaßen eine äußerst lebhafte Fantasie, was mögliche Todesursachen aufgrund mangelnder Selbstversorgerfähigkeiten anging.

Für meine Mitbewohner und mich war es ein Fresspaket oder, wie wir es nannten, *Hello Fress* gewesen, über das wir uns nach dem Auspacken hergemacht und bis zum Ende des Tages restlos verputzt hatten. Das war immer der beste Tag im Monat.

Aber jetzt nicht mehr. Heute würde ich es allein öffnen und den Inhalt auch allein essen.

Ein eigenartiger Gedanke.

Mit meinem Kaffeebecher in der Hand und dem Paket unterm Arm schlich ich über den schmalen dunklen Flur zurück in mein Zimmer, dessen Schlafmuff mich fröhlich in Empfang nahm. „Puh." Rasch stellte ich alles ab und eilte zum Fenster, zog die Gardinen zur Seite und riss das Fenster auf. Ich atmete die frostige Morgenluft tief ein. Der Duft des Winters in meinen Lungen tat gut und belebte mich.

Ein wenig genoss ich dieses Gefühl, bevor ich mich dem Päckchen widmete. Etwas Liebevolles hatte ich gerade mehr als nötig. Mit einer Schere durchtrennte ich vorsichtig das Klebeband, klappte die Deckel auf und wurde als Erstes vom *Vaddicle* begrüßt. Der *Vaddicle* – eine bemitleidenswerte Wortneuschöpfung aus Vater – *Vaddi* und *article* – war die eigene Zeitung meines Dads. Er war ein ambitionierter Hobbyreporter, der im richtigen Leben Notar war und mit Leidenschaft über die Begebenheiten in unserem Dorf und meiner Familie berichtete. Zweimal im Jahr erschien seine ‚Zeitung', die er höchstselbst zusammenkopierte und im Dorf austrug.

Nun lag das druckfrische Exemplar zusammengeklappt vor mir und ich glaubte, noch die Tinte riechen zu können. Das übergroße Titelbild unter dem Wort *Vaddicle* sprang mir schmerzlich ins Auge. Ein Foto von uns dreien, Saskia, Danje und mir. Es war eines der einhundertzweiundzwanzig Fotos, die mein Vater am Tag meines Auszugs geschossen hatte. Wenigstens hatte er sich nicht für das Foto entschieden, das mich beim Aufwachen mit verwuschelten Haaren und zerknautschtem Gesicht zeigte. Das wäre nicht überraschend gewesen, hatten bereits einige peinliche Ablichtungen von mir ihren Weg in diese Zeitung gefunden. Zu allem Überfluss erlangte der *Vaddicle* in unserem Dörfchen inzwischen Kultstatus und so war der ganze Ort über mein Leben stets bestens informiert.

Auf der Zeitung klebte ein kleiner gelber Zettel. In der Schuljungenhandschrift meines Vaters stand darauf:

Wollte ich gerade archivieren, dann dachte ich, dass ihr euch darüber freuen würdet.
Liebe Grüße an alle.

Ich lachte bitter. Euch. Es gab kein *euch* mehr. Das würde ich meinen Eltern irgendwann erklären müssen. Ob diese Neuigkeit später auch im *Vaddicle* erscheinen würde?

Unsicher, ob ich es wirklich sehen wollte, schaute ich genauer auf das Bild. In purem Glück lachte ich mit meinen damaligen Freunden in die Kamera. Ein Witz war es gewesen, der uns derart zum Lachen gebracht hatte. Weitere Erinnerungsmassen versuchten sich in mein Bewusstsein zu drängen. Die Gefühle nahmen überhand, durchzuckten mich wie ein Blitz und ehe ich wusste, was ich tat, hatte ich die Zeitung meines Vaters aus dem Päckchen gerissen und gegen die Wand gefeuert. Sie fiel zu Boden hinter mein kleines Sideboard.

Von dieser einzigen Reaktion unendlich müde schaute ich in das Paket. Der Inhalt interessierte mich nicht mehr. Achtlos ließ ich die Fressbox stehen und schleppte mich Richtung Badezimmer, um zu duschen. Plötzlich ließ mich ein Geräusch mitten auf dem Flur erstarren. Dieses Mal war es real. Eine der Zimmertüren wurde geöffnet.

Wie eingefroren stand ich da, während meine Gedanken zu rasen begannen. Es war so weit. Die erste Begegnung. Was würde geschehen? Wie würden sie reagieren und wie ich?

All das sollte ich nicht erfahren, denn mit einem Mal setzte sich mein Körper von allein in Bewegung und flüchtete panisch, aber geräuschlos in den Hausflur. Mit Bedacht ließ ich die Wohnungstür ins Schloss gleiten. Okay, *save.*

Ich lehnte mich an die Tür und atmete durch, versuchte, mein klopfendes Herz zu beruhigen.

Erst jetzt kam ich wieder zur Besinnung. Ich stand im Flur. Außerhalb meiner Wohnung. In meinen Schlafklamotten. Unnötig zu sagen, dass ich weder Schlüssel noch Handy oder Portemonnaie dabeihatte. Mit der flachen Hand schlug ich mir vor die Stirn. *Mann Emma.* Die Blöße an meiner Tür zu klingeln, konnte und wollte ich mir nicht geben. Ich war genug gedemütigt worden. Ich musste die Situation logisch analysieren, dann würde mir schon etwas einfallen. Angestrengt nachdenkend betrachtete ich die Wohnungstür. Dann senkte ich den Blick auf meine Füße, die in grünen Flauschisocken steckten. „Na, Lust auf einen kleinen Ausflug?", fragte ich sie.

In Ermangelung besserer Einfälle machte ich mich auf den Weg zu Anne. Eigentlich wohnte sie nur etwa zwei Kilometer von mir entfernt. Zu Fuß, im Winter und in meiner Aufmachung würde dies allerdings ein langer Weg werden. Ich trug besagte Flauschisocken, Männerboxershorts und einen Kuschelhoodie, der mir mindestens einen Kilometer zu groß war. Als mein Vater mir stolz und freudestrahlend einen Pulli von seiner Uni schenkte, hatte er vermutlich meine Statur mit der von Chrissy Metz verwechselt. Dennoch, oder gerade deswegen liebte ich meinen Vater. Und den Pulli.

„Was zum Geysir auf Aladdins gezwirbeltem Schnauzbart machst du denn hier und wie siehst du aus?", fragte mich Anne, ihre hellgrünen Augen weit aufgerissen, als ich zähneklappernd und mit blauen Händen und Lippen vor ihrer Tür stand.
Meine nassen Füße spürte ich gar nicht mehr. Ich starrte sie ebenso fassungslos an. Zu achtzig Prozent, weil ich mich auch nach einem Jahr nicht an diese Art von Sprüchen gewöhnt hatte und zu zwanzig Prozent, weil die Tränenflüssigkeit in meinen Augen gefroren war und ich meine Lider deswegen nicht schließen konnte.

„W-warum sagst d-du nicht *what the f-f-uck …?*", fragte ich meine Freundin bibbernd, während ich ihrer Geste zügig hineinzukommen Folge leistete.

„Das kann doch jeder", gab sie ungerührt zurück.

Ich zog meine Socken aus, um zu kontrollieren, ob sich noch alle Zehen an meinen Füßen befanden. *No toe left behind!,* dachte ich und richtete mich wieder auf. „W-wie viele Kinder, sagtest du, hattest du?" Ich deutete auf den sich vor mir ausbreitenden Hindernis-parcours aus Spielsachen, Kleidungsstücken und Fahr-zeugen.

„Ja, sorry, es ist nicht sehr aufgeräumt. Ich dachte nach deiner Absage, dass ich den ganzen Tag Zeit hätte, klar Schiff zu machen, bevor ich dich holen komme."

Ohne einen weiteren Kommentar trat ich die nächste Etappe meiner *Tour de miserable* an und begann steif und staksig die Hindernisse zu überwinden. Eine ziem-lich wackelige Angelegenheit.

„Was machst du da?", fragte Anne verständnislos.

„Hä?" Ich wollte mich zu ihr drehen, verlor dabei je-doch das Gleichgewicht. Hilfesuchend griff ich nach ei-ner der Jacken von der Garderobe, die ich durch den unverhofften Ruck runterriss, sodass ich mitsamt der Jacke auf den Boden knallte.

„Baaaahhhh", machte es dumpf unter mir. Ich war auf einem Stoffschaf gelandet.

„Du hast wirklich keine Kinder, oder?" Anne ging an mir vorbei und schob mit einem Fuß das ganze Zeug nach rechts und links an die Wände, sodass ein gang-barer Weg in der Mitte entstand. „Und sie teilte die Un-ordnung und sah, dass es gut war." Sie grinste.

Eingemummelt in Annes Bettdecke und mit drei Wärmflaschen bestückt, hielt ich eine dampfende Tasse heißer Schokolade in meinen kalten Händen und erzählte, was vorgefallen war.

„Püppi, ich hab dich lieb und habe Verständnis für deinen desolaten psychischen Zustand, aber da hättest du bestimmt mal schwarzfahren dürfen." Sie schüttelte ihre dunklen Locken. „Das ist definitiv eine Ausnahmesituation. Und – wir haben Winter."

„Ich glaube kaum, dass die Kontrolleure Verständnis hätten. Die hören die kuriosesten Geschichten, warum die Leute ohne Ticket fahren, und sind megaabgebrüht. Mal abgesehen davon war ich ohne Hose, Schuhe und Jacke unterwegs. Nicht gerade vertrauenerweckend."

„Dann wärst du mit ihnen bei mir rumgekommen."

„Mit dem Bus?"

„Nein, mit den Kontrolleuren. Dann hätte ich ihnen das Geld gegeben."

„Das für die Fahrkarte oder für die Strafe fürs Schwarzfahren?"

„Wenn es sein muss, beides." Sie seufzte. „Egal. Jetzt musst du aus deiner WG raus. Und wir fangen gleich damit an, das umzusetzen." Mit diesen Worten stieß sie sich ab, rollte auf dem Stuhl rückwärts an den Schreibtisch und vollführte eine beinahe einstudiert wirkende Hundertachtziggraddrehung. Dann klappte sie ihren Riesenlaptop auf und begann sogleich zu tippen und zu klicken.

Trübselig beobachtete ich den aus meinem Becher aufsteigenden Dampf und versuchte, nicht an Thermodynamik zu denken.

Genau in diesem Augenblick stoppte abrupt das Hintergrundgeräusch und Anne drehte sich mit prüfendem Blick zu mir. „Also dafür, dass das Ganze nicht einmal vierundzwanzig Stunden her ist, bist du erstaunlich gefasst, weißt du das eigentlich? Ich wäre ein Vollwrack an deiner Stelle."

„Hm." Erst jetzt, wo sie es angesprochen hatte, wurde mir bewusst, dass sie recht hatte. Es war überraschend, dass es mir nicht so dramatisch schlecht ging, wie es mir gehen müsste. „Vermutlich habe ich es noch nicht realisiert", folgerte ich, während ich gedankenverloren an meine Tasse tippte.

Anne gab sich mit meiner Antwort offenbar zufrieden und widmete sich wieder dem Bildschirm. Ich rief mir unterdessen die letzte Nacht in Erinnerung. Meine Gedanken waren unentwegt Karussell gefahren, waren den Abend zig Mal durchgegangen, waren in die Vergangenheit gereist, hatten überall nach Hinweisen oder Erklärungen gesucht. Nun schwiegen sie. Vermutlich waren sie ebenfalls zu erschöpft. Oder ich hatte mir auf dem Weg hierher schlicht den Kopf unterkühlt. Funktionierte *brainfreeze* auch durch das Einatmen kalter Luft? Unwahrscheinlich.

Hier bei Anne fühlte ich mich nicht so traurig, nur seltsam apathisch. Die Welt wirkte dumpf, als säße ich in einer von Mums Tupperdosen.

Nie hatte ich mir überlegt, wie ich reagieren würde, wenn dieser Fall einträte. Nie hätte ich gedacht, dass es mal so kommen würde. Erst recht nicht *so*.

Ich fuhr mir mit meiner vom Becher angewärmten Hand über das Gesicht. Meine komplizierten Gedankengänge nervten mich. Ich versuchte, sie zu verdrängen, bevor ich wie letzte Nacht die vergangenen Stunden und Jahre noch einmal durchleben würde, und zwar jede einzelne Szene, die mir einfiel, mit meinem eigenen Voiceover. *Annoying.*

„Aaaalso", begann Anne endlich. „Bei *WG-Gesucht* gibt es ein paar Angebote, von denen ehrlich gesagt keines wirklich verlockend klingt." Sie studierte nochmals, was sie zusammengetragen hatte. „Ein, zwei WGs könnte man sich eventuell anschauen. Vom Studentenwerk gibt es etwas zur Zwischenmiete, aber das bringt's nicht wirklich. Du brauchst ja etwas Dauerhaftes. Und ich habe ein paar Anzeigen für einen Zimmertausch gefunden. Allerdings ist auch hier nichts Brauchbares dabei." Nachdenklich betrachtete sie den Bildschirm. „Wir sind mitten im Semester und die Midterms stehen vor der Tür, da geht nicht viel." Sie schwieg kurz, dann sah sie auf und seufzte. „Wir könnten in der Uni einen Aushang machen und es auf der Plattform posten, aber das wird nicht sehr vielversprechend sein. Ich würde dir ja raten, die Kündigung schon mal beim Studentenwerk einzureichen, aber wie ich dich kenne, willst du zuerst eine neue WG, bevor du kündigst und ... Warum guckst du mich so an?"

„Ach nichts." Schnell wollte ich einen Schluck Schoki trinken, doch bereits der heiße Dampf brannte in meinem Gesicht. Darum machte ich nur ein alibimäßiges Schlürfgeräusch.

Meine Freundin verschränkte die Arme vor der Brust. „Raus damit." Ihr bohrender Blick ließ mir wie immer keine Wahl.

„Ich möchte eigentlich nicht in eine WG", gestand ich meinem Becher und sah dann erst zu Anne auf.

Diese holte Luft, öffnete den Mund, schloss ihn, atmete geräuschvoll aus, zog ihre dunklen Augenbrauen zusammen, holte wieder Luft, öffnete wieder den Mund, stockte. Es war faszinierend, Annes Gedankengänge in ihrem Gesicht beobachten zu können. „Aber jetzt nicht wegen *denen*, oder? Ich meine nicht ernsthaft, oder? Ich meine …" Sie gestikulierte etwas. „Nä?"

Das brachte mich kurzzeitig zum Schmunzeln. „Nein. Ich möchte nur nicht gerne mit völlig fremden Menschen zusammenzuwohnen. Was ist, wenn sie mich kennenlernen und seltsam finden oder seltsam finden, bevor sie mich kennenlernen? Ich würde mich unwohl fühlen und …" Ich seufzte. „Ich bin nicht der WG-Typ, fürchte ich."

„Du wohnst in einer WG."

„Das war die absolute Ausnahme und ging nur, weil wir uns schon so lange kennen. Ich meine, sie sind … sie waren …", verbesserte ich mich, brach ab und schaute traurig zurück in meinen Becher.

„Okay", sagte Anne sanft. „Dann eine Einzimmerwohnung. Hm." Routiniert scrollte sie durch die Anzeigen und klickte sich durch unzählige Webseiten. Sie tippte etwas ein, veränderte die Angabe, klopfte mit dem Zeigefinger auf den Tisch, bis sie zu ihrem Schluss kam. „Ja, das kannst du vergessen, Püppi. Die Chancen dafür stehen noch schlechter." Mitleidig wandte sie ihren Blick zu mir. „Zumindest bis zu den Semesterferien wirst du es in deiner Wohnung aushalten müssen."

„Vorlesungsfreien Zeit", verbesserte ich automatisch. „Sorry."

Sie schnaubte. „Wie dem auch sei. Nach dem Semester wird es bestimmt einfacher."

„Ja mal sehen.“

„Bist du sicher, dass du in der WG bleiben willst? Ich nehm’ kein Blatt vor den Mund, das wird hart.“

„Du nimmst nie ein Blatt vor den Mund.“

„Wäre ich ohne Kind, hätten wir tauschen können. Obwohl ich nicht garantieren könnte, diesen Stinktieren nicht hin und wieder etwas an den Kopf zu tackern. Wörtlich gesprochen.“

Ich glaubte ihr aufs Wort. Anne überlegte, dann nickte sie. „Aber wir könnten sie ärgern. Was hältst du davon, wenn ich dich öfter mit Tommy besuchen komme? Am besten, nachdem wir in der Stadt waren, dann ist er nämlich immer schön unleidlich. Die perfekte Stimmung, um unliebsame Mitbewohner in den Wahnsinn zu treiben.“ Sie zwinkerte mir zu.

Ich lächelte, lehnte jedoch ab. Rache würde es nur schlimmer machen.

Den Rest des Wochenendes verbrachte ich bei Anne und mit Netflix. Wir aßen tonnenweise Eis, rohen Keksteig und Nachos, die wir in alles eintunkten, was man schmieren konnte – außer Zahnpasta – darunter Frischkäse, Marmelade, Nutella oder Mayo. Als meine verrückte Freundin jedoch anfing, Salami auf ihren Nachos zu drapieren, stieg ich aus. Als warme Mahlzeit gab es, was Tommys Babygläschenschrank hergab, da wir beide keine Lust zu kochen hatten. Kurz gesagt, es war eine kulinarische Katastrophe. Gut, dass ich jung war, sonst, so behauptete Anne, würde mich mein Magen-Darm-Trakt für diese Sünden büßen lassen.

Die Zeit, die sie mit ihrem Sohn im Videochat verbrachte, nutzte ich, um mich an den Gedanken zu gewöhnen, vorerst in meiner WG bleiben zu müssen. Erstaunlicherweise fühlte es sich heftig, aber nicht grausam an. Stimmte etwas nicht mit mir?

Am Sonntag kam Anne auf die Idee, einige Situationen nachzustellen, die mich in der WG erwarten könnten. Sie erklärte, dass einen nichts schockieren konnte, wenn man auf alles vorbereitet war. Damit traf sie bei mir ins Schwarze, denn ich liebte es, mich vorzubereiten. Tatsächlich halfen mir unsere überzogen dargestellten Szenen. Als ich Sonntagabend meinen Kopf für eine letzte Nacht auf Annes Ersatzkissen bettete, fühlte ich mich halbwegs gewappnet für das, was mich erwarten könnte. Wie ein Mantra sagte ich mir, dass ich lediglich so tun musste, als gäbe es unsere gemeinsame Vergangenheit nicht. Außerdem durfte ich nicht zu viel nachdenken. Das wiederum ging am besten durch Ablenkung. Und welche Ablenkung war besser als ein Mathestudium? Das erforderte wahrlich genug Aufmerksamkeit.

Sollte ich doch in Grübeleien oder übermäßige Trauer verfallen, versprach mir Anne, schnellstmöglich mit Nachos und Netflix zur Hilfe zu eilen.

Kapitel 2

Emma

In Annes Klamotten ging ich am Montagmorgen als Erstes zum Hausmeister des Studentenwohnheims. Die erste Vorlesung hatte gerade begonnen, so konnte ich sicher sein, dass niemand in der Wohnung war.

Mit traurigen Augen erklärte ich dem brummigen Mann im ehrfurchterbietenden Schrankformat, dass ich mich ausgeschlossen hatte. Dabei war es in meiner Verfassung nicht allzu schwer, weinerlich zu klingen. Allein die furchtbare Vorstellung, an meiner Tür klingeln zu müssen, verhalf mir zur richtigen Dramatik. Alternativ hatte Anne mir angeboten, meinen Finger an den Tauchsieder zu halten, mit dem sie sich in den Veranstaltungen heimlich ihr Teewasser erhitzte.

Der Mann, dessen Gesicht unter viel Behaarung verborgen lag, war wenig begeistert von meinem Auftauchen und noch weniger von meinem Anliegen. Er nahm meine Personalien auf, währenddessen ich mir einen Vortrag über die unverantwortlichen Neuerwachsenden anhören durfte. Letzten Endes gewährte er mir *ausnahmsweise* Zutritt zu meiner Wohnung.

Ich war froh, dass ich keine Zeit hatte, den Eindruck der Wohnung auf mich wirken zu lassen, denn für die zweite Vorlesung musste ich mich bereits sputen. Ich eilte in mein Zimmer und zog mich um. Dann stopfte ich Laptop, Block, Kugelschreiber und Portemonnaie in meinen Rucksack. Mein Smartphone warf ich achtlos dazu. Mal abgesehen von meinen Eltern hatte sich an diesem Wochenende niemand gemeldet, auch keine schuldbewussten Mitbewohner. Es war niederschmetternd, doch im Augenblick gab es Wichtigeres.

Nachdem das Nötigste gepackt war, hechtete ich in die Küche, um mir einen Coffee to go zu machen, blieb jedoch wie angewurzelt in der Tür stehen. Durch den Schwung musste ich mich am Türrahmen festhalten, um nicht vornüber zu kippen.

An die Anrichte gelehnt stand, mit einem Becher in der Hand, eine zarte, elfengleiche Gestalt mit langen blonden Haaren bis zum Po. Meine ehemalige beste Freundin. Saskia.

Schweigend sahen wir uns an. Ihr Blick war undurchdringlich. Meine Fortschritte des Wochenendes in Sachen Seelenheilung zerbröckelten binnen Sekunden wie eine Sandburg in der Mittagssonne. Mein Herz klopfte noch lauter als durch die Hektik ohnehin schon und mein Hals wurde staubtrocken.

Sollte ich etwas sagen? Würde sie etwas sagen? Sie war allein. Würde sie sich unserer Freundschaft besinnen, die so lange währte? Oder sich endlich entschuldigen und erklären? Sie war mir so viel schuldig. Bei diesen Gedanken spürte ich, wie meine Augen zu brennen begannen. Eisern zwang ich mich, die Trauer, die Wut, die Enttäuschung, die Erniedrigung, die Beleidigung und den Verrat hinunterzuschlucken, um meine ganze Aufmerksamkeit im Augenblick zu haben, damit mir nicht entging, wie ihre erste Reaktion auf mich sein würde.

Nachdem quälend lange Sekunden verstrichen waren, senkte Saskia den Blick und kam auf mich zu. Eine Umarmung? Mein Herz raste noch schneller, mir wurde heiß und kalt zugleich. Kurz bevor sie bei mir war, drehte sie ihren Körper allerdings von mir weg, als wolle sie durch die Tür. Irritiert machte ich ihr Platz und durfte miterleben, wie sie sich still an mir vorbei schob, in das Zimmer ging, das nicht ihres war und leise die Tür hinter sich schloss.

Ich blieb zurück, japste nach Luft, versuchte erneut zu verstehen – und verstand wieder nichts. Unendlich enttäuscht glitt ich am Türrahmen hinunter, um auf dem Boden gekauert meinen Tränen nun doch in Stille ihren Lauf zu lassen.

So blieb es auch die folgenden Wochen. Wann immer wir uns in der WG begegneten, gingen sie mir aus dem Weg. Ich spielte dieses Spiel mit, ließ sie ausweichen, doch es ärgerte mich. Es war *mein* Recht, ihnen aus dem Weg zu gehen, nicht ihres.

„Das geht so nicht mehr weiter mit dir, Püppi", erklärte Anne neben mir besorgt, als ich mal wieder mit dem Kopf auf dem Tisch im Vorlesungssaal saß und darauf wartete, dass die Veranstaltung begann.

Ich gab ein brummendes Geräusch von mir. Ein beherzter Rippenstoß ließ mich schnell wieder Haltung einnehmen. Das war unser Signal, wenn Saskia und Danje, die praktischerweise dasselbe studierten wie ich, in der Nähe waren. Den Großteil der Vorlesungen und Seminare musste ich mit ihnen in einem Raum sein. Sie sollten nicht sehen, wie sehr sie mich getroffen hatten und wie sehr sie mich quälten. Diese Genugtuung wollte ich ihnen nicht auch noch verschaffen.

Ich bewahrte Contenance, so gut es ging und gab mir Mühe, nicht zu bemerken, dass sich die beiden wie immer nach ganz hinten setzten, wo sie in meinem Rücken und damit ungesehen waren.

„Jetzt mal im Ernst. Du musst raus. Wenn schon nicht aus der WG, dann lass uns wenigstens feiern und Typen aufreißen. Es wird höchste Zeit."

Mit übersteifem Rücken kramte ich meinen Laptop hervor. „Das geht nicht, wir sind kurz vor der Prüfungsphase. Da habe ich keine Zeit ..."

„Keine Zeit wofür?"

„Für ... ähm ... ähm ... Feiern und Typen aufreißen", stammelte ich unbeholfen, fand jedoch meine Bestimmtheit wieder. „Ich muss lernen, Anne."

„Ach, du meinst, du hast keine Zeit dafür, etwas für dich zu tun, den ganzen Ärger mal rauszutanzen, etwas zu trinken und deine Probleme und den Lernstress für einen Abend zu vergessen? Du hast keine Zeit dafür, dich zur Abwechslung mal gut zu fühlen?" Mit hochgezogener Augenbraue sah sie mich abwartend an.

„Genau. Ich muss lernen."

„Püppi, außer atmen und sterben *musst* du überhaupt nichts."

Prompt dachte ich Dinge wie Essen, Trinken und Schlafen, die in Annes Aufzählung eindeutig fehlten. Dadurch kam ich auf die Grundbedürfnisse, Neurophysiologie, den Hypothalamus und damit wiederum unbeabsichtigt auf den Sexualtrieb. Er lag genauso in unserer Natur. Möglich, dass meine Freundin nicht völlig daneben lag.

Anne lehnte sich weiter zu mir und senkte die Stimme. „Hast du dir schon mal überlegt, dass es dem ganzen Lernen und deinem Studium guttun könnte, wenn du dich mal etwas vergnügst?"

Ja, vor drei Sekunden.

„Denk mal nach. Du krallst dir einen Typ und ihr habt etwas Spaß. Das macht dich glücklicher und du kannst dich im Umkehrschluss wieder besser auf dein Studium konzentrieren, weil du weniger Gedanken an deine Mitbewohner verschwendest."

Lag es an mir oder klang diese Argumentation wirklich logisch? Oder hatte sich mein Hypothalamus gerade eingeschaltet? Ich überlegte.

„Dir gefällt die Idee", grinste Anne zufrieden. „Das sehe ich dir an der Nasenspitze an." Damit stupste sie auf meine Nase.

Vielleicht. „Aber erst nach den Prüfungen, okay? Vorher kann ich echt nicht." Ich schaltete den Laptop ein, um die Vorlesungsfolien runterzuladen.

„Weißt du, es heißt, sie haben Asbest in einigen Wänden gefunden."

Zögerlich sah ich wieder zu meiner Kommilitonin.

„Der Boden hier ist auch noch so ein alter Teppich aus den Siebzigern oder so." Mit krausgezogener Nase ließ sie ihren Blick über den Fußbodenbelag gleiten, der in der Tat eine fragwürdige Farbe besaß.

„Was möchtest du mir damit sagen?"

„Das ganze Dauerlernen hier in der Bib ist mit Sicherheit gesundheitsschädigend." Anne nickte wissend.

„Lass mich raten. Ein Grund mehr, auf Männerfang zu gehen, anstatt zu lernen und sich um seine Zukunft zu kümmern?"

„Exakt." Zufrieden lehnte sie sich an die unbequeme Holzlehne der Sitzbank. „Sieh es einfach als anthropologisches Experiment."

„Das ich mit den Männern durchführe oder das du mit mir durchführst?"

Gespielt schockiert sah sie mich an. „Wie kannst du glauben, dass ich *so etwas* mit dir tun würde?"

Ich kicherte. „Du wirst nicht nachgeben, oder?"

„Niemals."

Um Zeit zu schinden, sah ich mich im Saal um. Es nervte mich, dass ich den Blick hinter mich vermeiden musste. „Gut, wie lautet dein Vorschlag?"

„Einen Abend in der Woche kommst du zu mir und wir gehen feiern. Auch jetzt schon. Du bist mit dem Lernen so weit voraus, das kannst du dir leisten. Ich bestimme die Location und helfe dir mit den Männern."

Bei ihren letzten Worten zog sich mein Magen zusammen.

Anne hatte mir mein Unbehagen sofort im Gesicht abgelesen und legte eine Hand auf meinen Arm. „Keine Sorge, Püppi. Das wird schon werden. Du wirst sehen. Ich werde dir bei allem helfen."

„Na, wenn das so ist ..."

Zum Glück betrat gerade unser Mathe-Prof Herr Dinknagel den Vorlesungssaal, sodass es mir zumindest für den Augenblick erspart blieb, Anne mein mangelndes Flirtgeschick zu beichten.

„Der wäre natürlich auch was", raunte sie mir zu und nickte Richtung Prof. In der Tat war der noch recht junge Matheprofessor erstaunlich gut aussehend. Nicht grundsätzlich erstaunlich gut aussehend, aber im Mathekontext auf jeden Fall.

„Also dem würde ich nur zu gerne mit Sprühsahne seine ollen Formeln auf seinen nackten Körper schreiben und sie dann wieder von ihm ablecken“, murmelte meine Freundin, während sie, ihr Kinn auf ihre Handfläche gestützt, mit verträumtem Blick jede von Herrn Dinknagels Bewegungen studierte.

Ich hingegen hatte jetzt zu viele ungebetene Bilder in meinem Kopf und schüttelte mich ausgiebig.

„Warum nicht?“, wollte Anne wissen. „Er ist doch süß.“

„Schon, aber ...“

„Stehst wohl nicht so auf blond, was?“ Die Herzen in ihren Augen waren verschwunden.

„Ja, also ich meine nein, also eigentlich ist es mir egal. Auf jeden Fall möchte ich nichts von seinem nackten Körper und schon gar nichts von Schokosoße und lecken hören.“

„Von Schokosoße hatte ich zwar nichts gesagt, aber das ist auch eine ausgezeichnete Idee.“ Sie grinste breit. „Außerdem ist es doch nicht verwerflich, sich sexy Szenen mit einem sexy Mann vorzustellen. Solltest du auch mal versuchen. Du bist sowieso zu verbohrt für dein Alter. Himmel, wäre ich so prüde, hätte ich jetzt ...“

„... kein Kind?“, beendete ich ihren Satz aufmüpfig.

Einen Augenblick schwieg sie. Ich wollte mich gerade entschuldigen, als sich ein Lächeln den Weg durch ihre weichen Gesichtszüge bahnte. *„So proud of you.“*

Wir sahen wieder nach vorne und mussten erschrocken feststellen, dass Herr Dinknagel mit dem Beginn seiner Vorlesung gewartet hatte, bis Anne und ich das Plappern eingestellt hatten. Leider hatte damit der gesamte Saal unsere Unterhaltung mitbekommen.

Mit brennend heißem Gesicht zog ich den Kopf zwischen die Schultern und versuchte mich hinter meinem Bildschirm zu verstecken. Der Prof bedachte uns mit einem mahnenden Blick und begann kommentarlos die Vorlesung.

„Heiliger Pfeifenreiniger, wenn er so autoritär ist, muss ich wirklich einen Brunftschrei zurückhalten", wisperte Anne mir zu.

„Du bist kein guter Umgang für mich", flüsterte ich zurück und blendete sie für den Rest der Veranstaltung so gut es ging aus.

„Also ich weiß ja nicht." Unbehaglich stand ich bei Anne vor dem Spiegel und zupfte an dem Oberteil, das sie mir ausgeliehen hatte.

Unwirsch sprang sie mit hüpfenden Locken vom Bett und stellte ihr halb geleertes Sektglas beiseite. „Nun hör endlich auf, an dem Ausschnitt zu ziehen. Das *soll* so offenherzig sein. So kommen deine Brüste richtig schön zur Geltung."

„Aber ich möchte gar nicht, dass meine Brüste zur Geltung kommen. Meine Augen vielleicht oder ... Nee, eigentlich nur meine Augen."

„Damit wirst du aber niemanden ins Bett bekommen."

Ich fuhr mir aufgewühlt durch die Haare. „Wer sagt denn, dass ich das will?"

„Das ist keine Frage des Wollens, das ist eine Frage der Notwendigkeit." Obwohl ich nicht verstand, was sie damit meinte, nickte Anne überlegen. „Du bist frei und ungebunden. Und du bist jung. Jetzt ist die richtige Zeit, Fehler zu machen, sich unüberlegt in Abenteuer zu stürzen und sie gegebenenfalls zu bereuen. Es ist Zeit für Dummheiten!“

„Und was ist mit dir? Du machst doch mit, oder?“

„Ich habe Tommy. Meine Zeit der Dummheiten ist vorbei.“

„War Tommy eine Dummheit?“, fragte ich möglichst salopp. Ich wusste mittlerweile so gut wie alles über sie. Nur die Geschichte rund um Tommy hatte sie mir nie erzählen wollen. Und ich hatte bislang keinen Weg gefunden, ihr diesen Teil ihres Lebens geschickt zu entlocken.

„Er ist das Resultat einer Dummheit. Aber er ist das Beste, was mir je passiert ist.“ Fröhlich griff sie wieder nach ihrem Sektglas, doch ich spürte, dass ich in ihr etwas angestoßen hatte. Beklommen betrachtete ich mein aufgebrezeltes Ich im Spiegel. Ich brachte es nicht über mich, Anne nach Tommys Vater zu fragen. „Aber du darfst trotzdem Spaß haben“, sagte ich stattdessen.

„Den habe ich doch, mit dir.“ Noch immer scheinfröhlich exte sie ihren Sekt und schenkte sich großzügig nach.

„Ich meine aber … mit Männern.“

Meine Freundin erstarrte in ihrer Gießbewegung. Ich war froh, dass die Flasche leer war, bevor ihr Glas voll war. Sie seufzte.

„Glaubst du, irgendwer ist scharf drauf, was mit ner Mutti anzufangen?“, fragte sie mit Grabesstimme.

„Warum nicht?“

„Nein, Püppi.“

„Muttis sind die Besten, das weiß jeder.“

„So einfach ist das nicht.“

„Natürlich ist es das.“

„Ist es nicht. Ich kann nicht normal daten", fuhr sie mich an. „Wann immer ich ein bisschen mein eigenes Leben haben möchte, muss ich Tommy bei meinen Eltern parken, so wie heute. Es ist nicht so, dass ich ..." Sie wurde ruhiger. „Ich ... Ich hätte gerne eine Beziehung, einen weiteren Elternteil. Für Tommy, aber auch für mich jemanden, mit dem ich dieses Leben teilen kann, nicht alle Verantwortung und Sorge allein tragen muss."

Ich presste die Lippen aufeinander. Noch nie hatte ich sie verletzlich erlebt. Anne war mein Fels in der Brandung, immer optimistisch und immer stark. Mit meiner überflüssigen Frage hatte ich ihr Gerüst ins Wanken gebracht.

Anne lächelte ein bitteres Lächeln. „Es ist schlicht nicht möglich. An der Uni bin ich mit Abstand die Älteste, die Eltern in Tommys Kindergarten sind alle verheiratet. Anfangs habe ich es noch versucht, aber den meisten ist es zu ernst, wenn ein Kind im Spiel ist." Sie versuchte zu lächeln. „Ich kann es verstehen. Darauf hätte ich auch keinen Bock."

„Anne ...", begann ich und wollte sie in den Arm nehmen, doch sie wedelte mich hastig weg.

„Schwipp schwapp, genug von mir. Heute konzentrieren wir uns auf dich." Sie atmete tief durch und setzte dann einen professionellen Blick auf, der meinen Körper hinunter und wieder hinauf wanderte.

„Du kannst mir alles erzählen, das weißt du, oder?"

Annes Blick blieb schließlich an meinem Schopf hängen. „Also deine Haare sind eine Katastrophe. Da kann ich nicht viel retten." Sie zupfte darin herum und steckte einige der extrem kurzen Strähnen unter die langen Haarpartien.

Ich gab auf. „Ja, das kommt davon, wenn man eine Strähnchenblondierung zu lange drin lässt. Dann fallen die Haare irgendwann ab und man sieht so aus." Ich deutete anklagend auf meinen Kopf.

„Bist du immer so nachtragend? Da unterläuft einem Mal so ein winziges Fehlerchen ..."

„Das war vor zwei Tagen."

„Kümmern wir uns nicht weiter drum. Ändern können wir es ohnehin nicht. Weiter." Als Nächstes fiel ihr Blick auf mein Dekolleté. „Da können wir aber noch etwas optimieren. Darf ich?"

„Klar", sagte ich ahnungslos. Ich ging davon aus, dass sie einfach den Ausschnitt des Tops geraderücken wollte. Stattdessen ... griff sie hinein!

Im Spiegel konnte ich meine weit aufgerissenen Augen sehen, als sie sich an meinen Brüsten zu schaffen machte. Dennoch war ich zu perplex, um etwas zu sagen.

„Ziehen, drücken, schieben", kommentierte sie, während sie fachmännisch genau das tat. „So. Voilà." Zufrieden betrachtete sie ihr Werk und gab die Sicht auf den Spiegel frei.

„Das ist zu viel!", entfuhr es mir direkt.

„Das ist genau richtig. Wenn überhaupt, ist es eher zu wenig."

„Die fallen mir da gleich raus!"

„Nein, sie fallen nur *beinahe* raus", korrigierte sie seelenruhig. „Und das ist genau der Effekt, den wir erzielen wollen."

„Welchen Effekt? Dass ich in der Bar unfreiwillig blankziehe?"

„Nein, dass Mann sie auffangen will, wenn sie rausfallen oder noch besser festhalten möchte, damit sie nicht rausfallen. Schlau, oder?" Zwinkernd tippte sie sich an die Stirn. „Somit lenkst du also nicht nur die visuelle, sondern auch die haptische Aufmerksamkeit auf deine schönen Brüste. Jeder Kerl wird regelrecht dagegen ankämpfen müssen, sie nicht anzufassen und wenn ein wenig Alkohol im Spiel ist, wird ihm das nicht lange gelingen." Sie grinste wie ein Teufelchen.

Darauf fiel mir beim besten Willen nichts ein.

Die Bar, die Anne für diesen Abend ausgesucht hatte, kannte ich. Im ersten Semester war ich mit meinen Mitbewohnern ein paar Mal hier gewesen, bevor mich das Studium gänzlich eingenommen hatte.

Es war eine kleine Bar: dunkles Holz, schummriges Licht, winzige Tische, auf denen in Flaschen gesteckte Kerzen brannten. An den Wänden hingen massenweise Blechschilder und Bilder.

Als Erstes gingen wir an die Theke und bestellten uns einen Sekt. Auch wenn ich normalerweise keinen oder kaum Alkohol trank, brauchte ich ihn für dieses Vorhaben dringender denn je. Eigentlich wäre mir ein Bier lieber gewesen, aber Sekt passte vermutlich besser zu diesem glänzenden Oberteil.

Wir setzten uns an einen der wenigen freien Tische und sahen uns in der Bar um. Tatsächlich kannte ich einige der Gäste aus der Uni.

„Gut, dann wollen wir mal. Ähm ...“ Fachkundig scannte meine Freundin die Männer nach brauchbarem Material ab.

„Hältst du das wirklich für eine gute Idee?“ Ich fühlte mich mit einem Mal enorm beklommen. Auch der Sekt half nicht.

„Püppi, du musst dir im Klaren darüber sein, dass Danje der letzte Kerl war, mit dem du geschlafen hast. Je länger du wartest, umso länger wird er das sein. Und damit ehrst du diesen Bock auch noch, der sein Schwänzchen nicht bei sich behalten konnte. Willst du das? Er vögelt diese verräterische Kuh weiter und du bist abstinent?“

„Er ist auf jeden Fall nicht mehr der Letzte, der an meinen Brüsten war“, murrte ich. „Aber danke für die Tierbilder.“

Anne grinste. Dann stieß sie mich an und deutete auf einen hübschen, blonden Typ an der Theke. „Apropos Tier. Der da. Los. Ran an den Speck.“

„Außerhalb meiner Liga“, gab ich zurück. Undenkbar, dass der mich überhaupt ein zweites Mal ansehen würde. Nicht einmal, wenn ich stolperte und auf ihn fiel.

„Wer hat eigentlich diesen Blödsinn mit der Liga erfunden?“, empörte sie sich. „Erstens ist es zum Brechen, jeden Vergleich als Sportmetapher zu verpacken und zweitens ist das total oberflächlicher Bullshit. Er mag glauben, dass er besser aussieht als du – und scheinbar glaubst du das auch – aber dafür ist er vielleicht ein Bettnässer, ein Muttersöhnchen, hat quadratische Eier oder überhaupt keine. Oder einen winzigen Schniedel – weißt schon, solche, die so groß sind wie der kleine

Finger. Vielleicht trägt er ein Toupet oder eine Windel oder er …"

„Okay, stopp, das reicht", fuhr ich vehement dazwischen, bevor sie sich noch mehr verstörende Beispiele ausdachte. „Ich habe schon verstanden, was du meinst."

„Und was meine ich?" Prüfend sah sie mich an.

Ich ließ die Schultern sinken. „Dass ich jetzt zu ihm gehen und ihn anflirten soll", leierte ich runter.

„Genau."

Ich schaute noch einmal zu dem Typen herüber. Er stand allein an der Theke und unterhielt sich hin und wieder mit dem Barkeeper, wenn der mal Zeit hatte. Wahrscheinlich wartete er auf jemanden. Eigentlich war das eine passende Chance. Auf diese Weise konnte ich in einem guten Licht dastehen, falls er gerade versetzt wurde.

„Worauf wartest du noch?", fragte Anne ungeduldig.

„Ich weiß nicht, was ich zu ihm sagen soll."

„Wie wäre es mit *hallo*. Oder *hi*, wenn es etwas lässiger klingen soll."

„Sehr witzig! Du wolltest mir doch helfen!"

„Okay, Püppi, pass auf. Du gehst hin, stellst dich einfach neben ihn an die Theke und bestellst dir einen Cocktail. Der Barkeeper ist dann eine Weile beschäftigt. Das gibt dir Zeit, ihn in ein Gespräch zu verwickeln."

„Und wie?"

Sie zuckte mit den Schultern. „Du könntest ihm sagen, dass er dir bekannt vorkommt, ob ihr zufällig in derselben Mathevorlesung beim Dinknagel seid. Dann weiß er auch gleich, dass du schlau bist."

„Wohl eher, dass ich ein Nerd bin."

„Wenn du das denkst, sieh an dir herunter. Solange du *so* aussiehst, machst du zumindest nicht den ersten Eindruck eines Nerds, sondern den einer heißen Studentin.“

„Aber das ist eine Lüge.“

„Schnurzpiepe. Am Anfang nimmt es niemand mit der Ehrlichkeit so genau. Du musst ja nicht gleich den Mann fürs Leben finden. Heute geht es um Spaß und dabei ist es erlaubt, die Wahrheit zu seinem Vorteil auszulegen.“

Entschlossen stürzte ich meinen Sekt hinunter und wo ich schon dabei war, den von Anne auch. Der Alkohol füllte meinen Körper mit einer wohligen inneren Wärme. „Bestell uns schon mal Neuen. Ich bin gleich wieder zurück.“

„Na mit der Einstellung auf jeden Fall.“

Ich überhörte das gekonnt.

Der geniale Plan meiner Kommilitonin versagte bereits bei der Bestellung. Denn wie mich der Barkeeper mit einer Geste auf das Getränkeplakat über ihm hinwies, gab es hier keine Cocktails.

„Äh, dann nehme ich einen Sekt“, improvisierte ich.

Der Barkeeper hatte sich gerade umgedreht, da quatschte ich schon den blonden Typen an, ohne so getan zu haben, als würde ich ihn jetzt erst bemerken. „Hi! Kennen wir uns nicht?“

Er warf mir einen flüchtigen Blick zu, der es nicht einmal zu meinem aufgemotzten Dekolleté schaffte, und wandte sich wieder ab. „Nein, tun wir nicht.“

„Doch. Aus der Vorlesung von Herrn Dinknagel.“

„Kenn’ ich nicht.“

Verzweifelt überlegte ich, was ich noch sagen könnte. Ich hatte einen totalen Blackout. Dieser wurde von dem herannahenden Barkeeper nicht verbessert. „Ich bin übrigens Emma."

Er nickte, ohne mich anzusehen, und nippte an seinem Bier.

„Na, wirst wieder angebaggert, was?" Er zwinkerte dem Blondi zu.

„Sieht so aus", gab der zurück. In meiner Anwesenheit wohlgemerkt.

„Das kommt davon, wenn du hier allein rumstehst. Dann denken die Mädels, sie könnten es versuchen", erklärte Barkeeper ungerührt, während er mir achtlos mein Glas Sekt vor die Nase stellte.

Ich wollte etwas sagen, doch meine Kehle war wie zugeschnürt. Den Tränen nah sah ich hinüber zu Anne, die sofort zu mir kam, das Geld auf den Tresen knallte und mich fortzog. Fort von dieser niederschmetternden Situation, raus aus der Bar.

„Ach Püppi", sagte sie tröstend. „Beim nächsten Mal lassen wir die Brille am besten auch weg."

Kapitel 3

Lio

„Mann, Alter, ich habe so keinen Plan von Informatik", beschwerte sich Thorben, während er durch die Prüfungsordnung scrollte. „Das Proprädeutikum letztes Semester war echt hart. Und jetzt kommen die Einführungen Datenanalyse, Konzepte, Programmieren, Analysis …"

Ich zuckte mit den Schultern. „Dann hättest du dir einen anderen Studiengang aussuchen sollen."

„Nä, das ist der einzige Studiengang, mit dem man ordentlich Schotter machen kann, ohne sich zu bewegen."

Ich musste lachen. Das war typisch für Thorben.

„Du lachst, aber ich weiß wenigstens, warum ich mir Informatik ausgesucht habe. Ich habe Köpfchen." Er tippte sich gegen die Schläfe. „Wie sieht es bei dir aus? Warum möchtest du Informatik studieren?" Mehr auf dem wackeligen Küchentisch seiner WG liegend als an ihm sitzend, sah er mich abwartend an.

Einen Augenblick schaute ich stumm zurück, dann ließ ich meinen Blick über die Arbeitsplatte gleiten, welche die Jungs einfach auf eine Reihe zusammengewürfelter Küchenschränke geschraubt hatten. Mein Blick blieb an dem schmutzigen Geschirr hängen, das sich in dem Spülbecken stapelte und schon beinahe bis an den Wasserhahn reichte. Schließlich gab ich auf und kippelte mit dem Stuhl nach hinten. „Du klingst schon genau wie meine Eltern. Es reicht, dass ich mich vor ihnen permanent rechtfertigen muss. Jetzt fang du nicht auch noch damit an. Ich kann es echt nicht mehr hören."

Thorben quittierte meine Aussage mit einem „Mhm" und einem Nicken. „Kommst eigentlich mit heute Abend ins *Full House*?" Das Thema Zukunftsplanung war damit für ihn beendet.

„Weiß noch nicht. Ich bin noch ziemlich platt von gestern. Ist echt spät geworden." Ich fuhr mir übers Gesicht und bemerkte dann Thorbens breites Grinsen. „Nicht, was du jetzt wieder denkst."

„Schon klar", gab er zwinkernd zurück.

Ich ersparte es mir, darauf einzugehen. Es würde doch zu nichts führen.

„Ich nehme an, dass Sintja wie immer auch dabei ist, wenn du mitkommst?"

„Schon möglich, mal sehen." Damit griff ich nach meinem Smartphone. Tatsächlich hatte sie geschrieben:

Na, du Valentinsmuffel! Check Insta!

Seufzend öffnete ich die App – bereits ahnend, was gleich folgen würde. Es dauerte nicht lange, bis sich mein Verdacht bestätigte.

„Ja, ja, so viel zu dem Thema *nicht das, was ich denke*", sagte mein Freund mit seinem penetranten Zwiebelatem, dessen Gesicht hinter meiner Schulter aufgetaucht war.

Es war ein Foto, das mich knutschend mit einer Frau zeigte. Die ersten Zeilen unter dem Bild lauteten: *Mädels, seht her, wen ich hier an der Angel habe! Der heißeste …* mehr war nicht zu lesen und ich weigerte mich, den ganzen Beitrag zu öffnen.

„Junge, die hat dich aber ganz schön in der Mangel", kommentierte Thorben und deutete auf ihre Arme, die mich wie eine Boa constrictor umschlungen hatten. Sogar ein Bein hatte sie um meine Hüfte gelegt.

Ohne dass ich es verhindern konnte, tauchten die Bilder vom gestrigen Abend in meiner Erinnerung auf. Tammi war auf mich zugekommen, aufreizend und schön, wie sie war. Sie hatte geflirtet, geschnurrt und keinen Hehl aus ihren Absichten gemacht. Normalerweise stieg ich auf so etwas nicht ein, aber gestern war kein guter Tag gewesen. Nur kurz hatte ich meinem Wunsch nach Nähe nachgegeben. Ein Augenblick der Schwäche, der nun wie ein Mahnmal auf Instagram prangte.

Kopfschüttelnd schmiss ich das Smartphone auf den Tisch. Ich wusste, dass es ein Fehler gewesen war, mich auf sie einzulassen. Dass sie falsch und unaufrichtig war, war mir klar. Dass sie allerdings die erste und einzige Annäherung zwischen uns festhalten, als ihre Eroberung verbuchen und es unmittelbar der Welt präsentieren würde, war dennoch überraschend. Ich war davon ausgegangen, dass sie damit warten würde, bis sie mich rumgekriegt hatte, was nie geschehen wäre. Wer hatte überhaupt dieses Foto gemacht?

„Willst du nicht wissen, was sie über dich geschrieben hat?", unterbrach Thorben dankenswerterweise meine Grübelei.

„Kein Bedarf." Verärgert verschränkte ich die Arme vor der Brust.

„Was sagt Sintja dazu?"

„Noch nichts. Aber beim nächsten Mal wird sie definitiv mitkommen." Ich zeigte auf das Handy, dessen Bildschirm schwarz geworden war. „So etwas passiert mit ihr nicht."

„Ja, weil sie echt heiß ist. An ihren Launen könnte sie mal arbeiten, aber wen interessieren die schon, hab' ich recht?"

„Pass auf, was du sagst", knurrte ich. Thorben und ich kannten uns seit der Grundschule und sind durch dick und dünn gegangen, aber wenn es um Sin ging, verstand ich keinen Spaß. Sollte er je etwas in ihre Richtung unternehmen oder sich gegen sie stellen, wäre unsere Freundschaft schneller Geschichte, als er das Wort *Zwiebel* sagen könnte.

„Ich mein's ernst", sagte mein Kumpel mit hochgezogenen Augenbrauen und Schultern. „Die ganzen hässlichen Frauen werden von ihr eingeschüchtert und trauen sich erst gar nicht an dich ran. Das ist wie so'n Abwehrgürtel." Umständlich zeigte er um seinen Bauch herum und brachte mich damit zum Lachen.

Zufrieden nickte er. „Los, lass uns was Essen gehen. Hab' Schmacht." Dann stand er auf und klopfte mir auf die Schulter.

„Du hast doch auf dem Weg hierher erst einen riesigen Gyros Pita gegessen. Du stinkst so extrem nach Zwiebel, dass man deine Ausdünstungen beinahe anfassen kann", entgegnete ich, als ich mich ebenfalls erhob und meine Lederjacke von der Stuhllehne zog.

„Das hält einem die lästigen Weiber übrigens auch vom Leib." Er zwinkerte mir im Rausgehen zu.

„Nicht lästig, unecht."

„*Tomato – tomato.*"

Nur wenige Stunden später waren wir zu fünft im *Full House.* Die recht dezente Musik war eine Mischung aus Charts und Alben ausgewählter Bands. Es war ziemlich voll. Sämtliche Tische, selbst die Stehtische waren besetzt, sodass wir warten mussten. Wir platzierten uns taktisch geschickt in der Nähe der langgezogenen Theke. Thorben hatte bereits einige Drinks Vorsprung, weil er der irrigen Annahme war, auf diese Weise den Zwiebelgeruch loszuwerden – wie Bakterien, die man mit Alkohol abtötete. Bei der Pizza, die er sich mit fahrradreifengroßen Zwiebelringen bestellt hatte, hatten wir vergebens versucht, ihm die Sinnlosigkeit begreiflich zu machen. Nicht zu fassen, dass dieser Mensch in einigen Wochen Informatik studieren würde.

Der Rest der Gruppe bestand aus Thorbens Mitbewohnern, mit denen ich mich mittlerweile auch sehr gut verstand. Da war Couscous, ein gedrungener, recht ernster Zeitgenosse, dessen Herkunft unbekannt war, ebenso wie der Grund für diesen Spitznamen. Franky, ein liebenswerter englischer Austauschstudent mit glitzernden Oberteilen und lackierten Fingernägeln und Remo, das *Rammelhörnchen,* wie Thorben ihn angesichts seines Frauenverschleißes heimlich nannte. Remo brüstete sich mit seinen Eroberungen, behauptete aber stets, die Frauen zu ehren. Nach seinen Ausführungen stellte er ihnen lediglich seinen Körper und seine Fähigkeiten als Lover zur Verfügung, woraufhin die Frauen ihn nach Hause schleppten wie hungrige Löwinnen ihre Beute. Eigentlich war er ein netter Kerl, meinte jedoch ständig, sich mit mir messen zu müssen, weil wir beide (seiner Meinung nach) in derselben Liga spielten. Rein optisch mochte das stimmen, allerdings schlief ich bestimmt nicht für irgendeinen Score mit einer Frau. Nach Tammi und ihrem Post war mir die Lust auf Frauengeschichten außerdem ziemlich vergangen – in letzter Zeit hatte es zu viele wie Tammi in meinem Leben gegeben.

Die einzige Frau, auf die ich mich immer verlassen konnte, war Sintja. Sie war unerschütterlich. Wenn ich mich verrannte, fing sie mich wieder ein. War ich am Boden zerstört, war sie für mich da. Setzte ich zu Höhenflügen an, holte sie mich wieder herunter. Unter anderem deswegen lebte ich auch lieber mit ihr zusammen in einer WG als mit Thorben.

Heute war Sintja ausnahmsweise nicht direkt mit uns gekommen. Sie zog eine Freundin der Gesellschaft angetrunkener Kerle vor, was ich ihr nicht verübeln konnte. Dennoch würden sie später ins *Full House* nachkommen.

„Dude, du wirst aber von einigen Frauen hier ausgecheckt“, wies Couscous mich auf das Offensichtliche hin.

Ich nippte nur an meinem Bier. Das war nichts Neues.

„Stiehl mir mal nicht die Sonne. Heute bin ich dran!“, erklärte Remo zwinkernd.

Bevor mir ein patziger Spruch rausrutschen konnte, spülte ich ihn mit einem weiteren Schluck hinunter.

Bislang versprach dieser Abend alles andere als spaßig zu werden.

„Ich fass es noch immer nicht. Du hattest Tammi. Wie hast du das gemacht?"

„Das hatte nichts mit mir zu tun", gab ich zurück. Viele Männer hatten ihr Herz an Tammi verloren und für genauso viele war sie die Königin aller Trophäen – der Everest. Wer sie hatte, war jemand. Denn obwohl sie ihre Reize offen zur Schau trug, bekamen nur Auserwählte die Chance, ihr so nahe zu sein wie ich gestern. Ich hätte mich glücklich schätzen und mich mit dieser Knutscherei ebenso profilieren müssen, wie sie es tat. Doch ich gehörte nicht zu ihren begeisterten Anhängern wie Remo, den es wahnsinnig machte, dass ich ‚vor ihm bei ihr gelandet war' – als sei es meine Entscheidung gewesen. Tammi entschied. Sie hielt die Zügel in der Hand. Wer etwas anderes behauptete, log.

Es dauerte etwa drei Biere, bis das Thema Tammi so breitgetreten war, dass es endlich im Nirgendwo versickert war.

„Ich bin heute nicht so gut drauf, folks." Gedankenverloren ließ Franky die halblangen Haare durch seine Finger gleiten. Ich tippte auf Liebeskummer. Franky hatte eigentlich immer Liebeskummer. „Ich denke, ich mache heute nicht lang."

„Sintja kommt gleich noch. Wenn du noch etwas wartest, freut sie sich bestimmt", sagte ich beiläufig, obwohl mir die Auswirkung meiner Aussage bewusst war. Wie erwartet, erschien ein Lächeln auf Frankys rundlichem Gesicht, das sich rasch ausbreitete.

Wieder nippte ich an meinem Bier.

„Sie kommt? Well, dann halte ich bestimmt noch etwas durch.“

Manchmal hatte ich den Eindruck, dass Sin für Franky noch essenzieller war als für mich. Er befand sich in einer Phase, die von Unsicherheiten, Unklarheiten und Zweifeln durchzogen war. Das Leben in einem anderen Land half ihm zwar, sich mehr auszuprobieren, dennoch blieb er fremd. Die Freundschaft mit Sin war für ihn dabei wie ein reinigendes Peeling, das alles Negative in seinen Gedanken herauswusch.

In diesem Moment meldete sich mein Handy. Ich zog es nur so weit aus meiner Hosentasche, dass ich Sintjas Nachricht überfliegen konnte. Sie hatte sich verspätet.

„Hier, such dir einen von den dreien aus!“, polterte jemand neben mir. Als ich zu der Stimme aufsehen wollte, schaute ich stattdessen direkt in zwei weit aufgerissene braune Augen, die mich erschrocken ansahen. Vor mir stand eine hübsche Frau. Ihre langen dunklen Haare lagen offen auf einer Schulter, doch vereinzelt standen kurze Fransensträhnchen von ihrem Kopf ab. Sie kam mir bekannt vor. Sie war mir schon einmal aufgefallen.

Für einen Augenblick wussten wir beide nicht, was wir sagen sollten. Sie öffnete den Mund, drehte sich dann jedoch blitzschnell um und stand damit vor Remo. „Hi“, sagte sie unbeholfen.

Er warf mir einen Siegerblick zu, ehe er seinen Arm um ihre Schulter legte und sich mit ihr aus unserer Runde entfernte. Die Jungs redeten weiter, doch ich konnte den Blick nicht von Remo und vor allem von ihr lassen.

Sie trug eine enge Jeans und ein Trägershirt, das hinten tief ausgeschnitten war. Ein Hauch von nichts, der ihr zweifellos sehr gut stand, jedoch nicht so recht zu ihr passen wollte. Sie fühlte sich unwohl in diesen Klamotten. Vermutlich wäre ihr ein Hoodie lieber gewesen.

Hoodie.

Da fiel mir wieder ein, woher ich sie kannte. Es war einige Wochen her. Sie hatte eine dunkelblaue Jeans getragen, ein weißes Trägertop und eine grüne Hoodiejacke. Auf der Nase eine Brille mit großen, runden Gläsern. Ihre dunklen Haare waren offen gewesen, so wie jetzt. Ständig hatte sie sich eine Strähne aus dem Gesicht gestrichen. Diese Geste war es, die mich sie weiter beobachten ließ. Sie wirkte faszinierend gegensätzlich: Fest und entschlossen, zugleich unbeholfen und fehl am Platz, auf ihre Art selbstbewusst und zugleich zerbrechlich. Es zog mich in ihren Bann. Sie hatte definitiv was im Kopf. Es umgab sie einfach. Daraus bezog sie das Selbstbewusstsein, mit einem Hoodie auf einer Party aufzutauchen. Ich spürte, dass ich mehr über sie erfahren wollte. Doch dann kam es anders.

Die Szenen des Abends flimmerten wie eine Diashow vor meinem geistigen Auge.

Sie war mit einer Freundin gekommen. Schmale Statur, rabenschwarz gefärbte Locken, bestimmend. Mit ebendieser Freundin, die nun mit einem Sekt in der Hand an der Bar stand und sie mit Remo auffällig unauffällig beobachtete.

Diese Freundin. An dem Abend hatte sie etwas gewusst oder gesagt. Etwas, das dem Mädchen mit dem Hoodie Fassungslosigkeit in ihr hübsches Gesicht schreiben ließ. Ich konnte die Tränen in ihren Augen sehen, eine bebende Unterlippe. Vor ihr zwei Menschen. Ein Mann, eine Frau, die schweigend Häupter senkten. Sie sagte oder fragte etwas, doch die beiden vor ihr reagieren nicht. Schließlich legte die Freundin den Arm um ihre Schultern und führte sie hinaus. Der Mann und die Frau sahen sich an, nahmen einander an die Hand und gingen ebenfalls, jedoch in eine andere Richtung.

Ich hatte gehofft, dass ich sie wiedersehen würde.

Umso enttäuschender, dass sie sich für das Rammelhörnchen entschieden hatte. Es fühlte sich an, als würde das Bier in meinem Magen nach oben schäumen.

Möglichst unauffällig beobachtete ich die beiden weiter. Sie unterhielten sich beziehungsweise Remo unterhielt sich. Sie wirkte eher so, als hielte sie der Unterhaltung stand. Sie fuhr sich durch die Haare, ihr Blick glitt unaufhaltsam durch die Bar, blieb zwischendurch bei ihrer Freundin an der Theke hängen. Mit ihren Armen bedeckte sie immer wieder verschiedene Bereiche ihres Oberkörpers.

In seinem Redeschwall strich Remo ihr beiläufig über den Arm, woraufhin sie den Arm dezent wegzog. Doch anstatt diese Geste zu verstehen, lehnte er sich weiter zu ihr. Sah er nicht, dass ihr das unangenehm war? Er hatte immer behauptet, dass er die Frauen zu sich kommen ließ. Verlogener Drecksack.

Er flüsterte ihr etwas ins Ohr, sie lächelte gequält.

Warum blieb sie bei ihm stehen? Warum ging sie nicht weg? Dabei hätte sie ihm noch eine verpassen können – verdient hätte er's.

Eine Hand legte sich an meine. „*Calm down*“, sagte Franky gedämpft. Erst jetzt bemerkte ich, dass sich meine Hand um die Bierflasche derart verkrampft hatte, dass meine Knöchel weiß hervortraten, und schüttelte sie aus.

„Was soll das? Was macht er da?“, flüsterte ich zurück, dankbar, meine Gedanken äußern zu können und noch dankbarer, dass es Franky war, der meine Anspannung bemerkt hatte.

„Ja, eigentlich ist sie nicht sein Typ“, überlegte er laut. „Zu normal.“

„Echt?“ Verwundert sah ich zu den beiden hinüber. „Du findest sie zu normal?“

Der schelmische Blick, der daraufhin in Frankys Augen erschien, gefiel mir nicht. Doch er schwieg dazu. „Du hattest mit Tammi dein Vergnügen. Das braucht er jetzt, das weißt du doch.“

Dann soll er das mit einer anderen Frau machen, wollte ich gerade sagen, erstickte die aufkommenden Worte jedoch sofort mit einem großen Schluck Bier. Es war lächerlich. Ich benahm mich wie ein Zehnjähriger, der beleidigt war, weil ein anderer Junge mit seinem Spielzeugauto spielte. Das durfte nicht wahr sein. Hatte ich denn gar nichts gelernt?

Remo warf mir einen kurzen Blick zu, um sich zu vergewissern, dass er meine Aufmerksamkeit hatte. Dann packte er den Kopf des Hoodie-Mädchens und presste sein Gesicht auf ihres. Sie taumelte ein Stück zurück, doch er griff sie schnell mit beiden Händen am Po und drückte sie an sich. Sie kniff die Augen zu, als könnte sie sich das Elend selbst nicht mitansehen, ließ ihn jedoch weiterhin gewähren.

Das Bier schäumte weiter wild in meinem Magen.

Und dann grapschte er ihr auch noch ungeniert an die Brust. Erst ein Rufen von irgendwoher ließ ihn endlich von ihr ablassen. Er sagte ihr etwas ins Ohr und zuckte dabei mit den Schultern. Damit verschwand er und ließ sie einfach stehen. Sie platzierte ein schlecht sitzendes Lächeln auf ihrem Gesicht und ging zurück zu ihrer Freundin.

Erleichtert schaute ich durch die Bar, um herauszufinden, wer gerade gebrüllt hatte und warum. Erst als ich in die fassungslosen Gesichter der Jungs sah, spürte ich das verklingende Kratzen an meinen Stimmbändern. Der Schrei war von mir gekommen. Was war in mich gefahren?

„Habt ihr nicht gesehen, dass er zu weit gegangen ist?", versuchte ich mich zu rechtfertigen.

„Stand mit dem Rücken zu denen. Ist aber trotzdem kein Grund, einen auf Furie zu machen, Dude", erklärte Couscous kopfschüttelnd.

Thorben schaltete sich ein. „Weit ja, zu weit, nein." Er wankte leicht auf mich zu und legte mir einen Arm um die Schulter.

Von der Kombination aus Zwiebel und Alkohol, die er ausdünstete, wurde mir übel. „Ich würde sagen, du hast für heute genug getrunken, was? Ich bring dich mal lieber nach Hause."

„Roger. Ich geh' nur noch mal eben für Königstiger."

Thorbens Platz wurde direkt von Remo gefüllt. „Nee, Leute. *Die* war zu schrecklich. Das ist keine Rache der Welt wert. Aber die nächste Frau, der du schöne Augen machst", er hob den Zeigefinger mahnend gegen mich, „die ist fällig."

„Zu schrecklich?", erkundigte sich Franky an meiner Stelle.

„Ja, so zäh! Bekommt kein Wort raus und wenn sie mal etwas sagt, ist es grausam. Hat über meine Ohren gefaselt. Die seien wohl platziert und richtig proportioniert."

Die Jungs grölten. Ich nicht.

Durch die Zurufe des Rudels bestärkt, ließ Remo seine Ausführungen ausschweifender werden. „Hat mir auch noch gesagt, dass die Form der Ohren etwas über den Charakter aussagt und dass es Studien gibt, dass eine Falte im Ohrläppchen auf Herzprobleme hindeutet.

Die ist auf keinen meiner Sprüche eingegangen, dabei habe ich es ihr wirklich leicht gemacht. Das waren die Sprüche für Anfänger. Die hätte einfach die Klappe halten und kichern statt referieren brauchen, dann wäre die Sache klar gewesen und sie wäre in den Genuss meines Schwanzes gekommen."

Bei der dummen Aussage konnte ich nur mit dem Kopf schütteln.

Remo lief derweil zu Hochtouren auf. „Aber so? Ey, Schwester, sorry, aber wenn du heute Abend noch gevögelt werden willst, spar dir die Anatomiestunde!"

„Anthropologie", gab ich ruhig zurück.

Remo hielt inne. „Hä?"

„Je nachdem, was sie dir erzählt hat, ist es eher anthropologisch, pseudo-wissenschaftlich oder esoterisch." Ob das stimmte, wusste ich nicht mit Sicherheit, aber ich hatte mein Ziel erreicht. Remo war aus dem Konzept gebracht.

Ich trank den letzten Schluck Bier, wollte zu ihr gehen und mich im Namen des Mitbewohners meines Kumpels für dessen Benehmen entschuldigen. Vielleicht war der Schaden, den er angerichtet hatte, noch zu beheben.

Doch als ich zur Theke sah, waren die beiden bereits gegangen.

Kapitel 4

Emma

„Na, sieh es mal so: Jetzt hast du das Thema Rumknutschen auch erledigt." Anne strahlte auf dem Weg zur Bushaltestelle, als hätte sie gerade an einem Honigtopf geschleckt. Sie hakte sich bei mir unter.

Ich schloss die Augen, atmete die winterfrische Nachtluft tief ein und dachte an den *Kuss.* Sofort schüttelte es mich. „Aber um welchen Preis?"

Anne winkte ab. „Egal. Checkpunkt auf der Liste ist Checkpunkt auf der Liste."

„Egal?", fragte ich entsetzt. „Das kannst du so einfach sagen, du hattest seinen biergetränkten Waschlappen auch nicht im Mund!"

„Buäh", gab Anne von sich. Wir mussten beide lachen.

„Ich hätte ihm am liebsten die Zunge abgebissen, aber dann hätte ich dieses ekelige Ding in meinem Mund liegen gehabt", erklärte ich schonungslos nüchtern weiter. „Glitschig wie eine Schnecke. Eine eingelegte Schnecke."

„Schon gut, schon gut!" Mit wild fuchtelnden Armen gebot mir meine Freundin Einhalt. „Danke für dieses unvergessliche Bild." Sie würgte kurz. „Okay, Punkt für dich, Püppi. Beim nächsten Mal mit mehr Stil. Versprochen."

„Danke."

Sie überlegte. „Oder ...“

„Oder ...?“

„Oder wir machen uns gleich an die ganz großen Fische ran.“

Unsicher warf ich ihr einen Seitenblick zu. „Will ich wissen, was du im Sinn hast?“

„Noch nicht, aber glaube mir, wenn die Zeit reif ist, wirst du es wissen wollen!“

Ich seufzte.

Hatte ich an diesem Abend gedacht, meinen absoluten Tiefpunkt in Sachen Singleleben erreicht zu haben, wurde ich in den kommenden Wochen eines Besseren belehrt. Bierlappenzunge war nur der Beginn einer nicht enden wollenden Serie von ungeschickten Gesprächen, unangenehmen Berührungen und Abfuhren. Dennoch blieben *wir* dran. Ein neuer Mann half mir garantiert, über den alten hinweg zu kommen.

Wenigstens war die Prüfungsphase und mit ihr die Vorlesungszeit inzwischen vorbei, sodass ich nach meinen nächtlichen Eskapaden am nächsten Tag bis mittags schlafen und bis abends in Gram und Scham versunken im Bett bleiben konnte. An diesen Tagen achtete ich sorgfältig darauf, immer den Fernseher oder Musik laufen zu haben. Nur einmal hatte ich den Fehler begangen, in Stille auf meinem Bett zu liegen.

Ein einziges Mal.

Meine Reaktion war schneller als mein Verstand gewesen. Die leere Kaffeetasse war bereits gegen die Wand geflogen, ehe ich richtig begriffen hatte, was genau zu hören war – ich hätte sie auch geworfen, wenn sie voll gewesen wäre.

Es hatte nichts geändert. Sie hatten nicht aufgehört. Und beinahe wäre ich wieder strumpfsockig zu Anne gelaufen. Doch ich fand andere Erste-Hilfe-Sofortmaßnahmen: Erstens, die Musik auf die maximal erträgliche Lautstärke zu stellen, das übertönte die Geräuschkulisse. Zweitens hatte ein beherzter Schrei ins Kopfkissen eine dezent schmerzlindernde Wirkung. Meine Füße dankten es mir.

Aus Sicherheitsgründen und damit nicht noch mehr unschuldiges Porzellan zu Schaden kam, lief ich seitdem ausschließlich mit Kopfhörern durch die Wohnung.

Die meiste Zeit mied ich die WG jedoch komplett. So oft es möglich war, ging ich an die Uni, speziell in die Bib. Manchmal lernte ich dort gar nicht, sondern saß einfach nur auf den gemütlichen Couchplätzen und genoss die friedliche Stille.

„Hallo, Liebes, wie geht es dir?", erkundigte sich meine Mum überfürsorglich bei ihrem routinemäßigen Kontrollanruf.

„Fantastisch", gab ich übertrieben fröhlich zurück.

Sie schwieg kurz, dann seufzte sie ausgiebig. „Ach, Emmchen, Emmchen, Emmchen. Was ist nur los mit dir?"

„Nichts."

„Versuch nicht, uns etwas vorzumachen, Emmchen. Du erzählst nichts mehr und du blockst ab, wenn wir nach Saskia und Danje fragen. Was ist da los bei euch, hm?"

„Es ist wirklich nichts, Mum", versuchte ich es noch, doch so oft, wie sie mich Emmchen genannt hatte, wusste ich, dass sie keine Ruhe geben würde. Aber eigentlich war ich noch nicht so weit.

„Du weißt, dass Saskias und Danjes Eltern auch in unserem Dorf wohnen und wir sie auch einfach fragen könnten, was bei euch los ist, oder?"

Guter Schachzug, Mum. Ich hatte mich schon gefragt, wann ihnen das einfallen würde.

„Ich bin überzeugt, dass ihre Kinder ihnen nicht vorenthalten, wenn etwas im Argen ist ..."

Diese Extraladung Schuldgefühle ließ mich endgültig einknicken. Ich schloss die Augen und atmete einmal tief durch. „Okay, es ist so, dass ..." Mein Magen zog sich zusammen. „Danje und ich sind nicht mehr zusammen."

Vom anderen Ende der Leitung vernahm ich ein erschrockenes Japsen. Bevor sie nach dem Warum fragen konnten, sprach ich schnell weiter. „Er ist jetzt mit Saskia zusammen." Und dann startete ich die Lügensalve. „Aber es ist alles in Ordnung. Wir haben uns freundschaftlich getrennt. Und wir kommen hier in der WG auch gut zurecht. Am Anfang war es nicht so leicht, aber die beiden haben Rücksicht auf mich genommen und nun arrangieren wir uns, soweit es geht. Ihr braucht euch also absolut keine Sorgen zu machen. Es ist alles wunderbar."

Das klang doch nett, vernünftig und erwachsen. Was ich jedoch am liebsten gesagt hätte, war: „Dieser Mistkerl hat mich betrogen! Er hat mit einer Frau geschlafen, die sich seit zwanzig Jahren als meine beste Freundin ausgegeben hat. Sie hat mir meinen ersten Freund ausgespannt. Sie hatten Sex. Immer wieder. Sie haben mich angelächelt und es hinter meinem Rücken miteinander getrieben. Sie haben mein Vertrauen, meine Freundschaft und meine Liebe mit Füßen getreten und sich auf diese Weise über mich lustig gemacht und mich gedemütigt. Es tat ihnen nicht einmal leid. Sie reden nicht mit mir. Kein Wort. Ich bin die Aussätzige, nur geduldet in der WG. Als seien sie wütend auf *mich*! Warum? Keine Ahnung! Vielleicht weil es mich gibt und ich zwischen ihnen gestanden habe. Als sei *ich* schuld, dass sie ihr Glück nicht schon eher ausleben konnten." So war es. Doch es war nicht meine Art, so zu sprechen, erst recht nicht meinen Eltern gegenüber. Sie kannten mich mit stets klarem Kopf und so blieb ich. Die aufkommenden Tränen schluckte ich herunter. Nach einer gefühlten Ewigkeit meldete sich Mum wieder zu Wort. „Und du bist dir sicher, dass es dir damit gut geht, Liebes?"

„Ganz sicher." Ich war selbst erstaunt, wie überzeugt ich klang.

Meine Eltern gaben sich vorerst zufrieden und ließen sich nach einer kurzen Plauderei recht schnell abwimmeln. Ich war froh, da ich nicht wusste, wie lange ich diese Fassade noch hätte aufrechterhalten können.

Die Quittung meiner Ehrlichkeit war die exponentiell angestiegene Anzahl an Anrufen und Carepaketen meiner Mum, die vermutlich annahm, dass ich mit dem Verlust meiner beiden Freunde auch meinen Lebenswillen verloren hatte. Zu Beginn war es sogar so schlimm, dass sie mir tupperdosenweise vorgekochtes Essen schickte. Leider hatte sie die angeblich magischen Fähigkeiten dieser Plastikboxen überschätzt, sodass es nicht selten vorkam, dass ein Paket liebreizend verschimmelter Lebensmittel bei mir ankam.

Wenigstens hatte ich meinen Vater davon abhalten können, einen *Vaddicle*-Artikel zu schreiben, oder zumindest davon, den geschriebenen Text zu veröffentlichen, oder zumindest davon, mir von der Veröffentlichung eines eventuell geschriebenen Artikels zu erzählen.

„Es geht mir gut, Mum", brummte ich verschlafen ins Telefon als ich ranging. Es war ein typischer Morgen nach einer durchzechten Nacht, an dem meine Mum mich wachgeklingelt hatte. Neben der Anzahl an Carepaketen war auch die Anzahl ihrer sorgenvollen Anrufe auf ein kaum erträgliches Maß gestiegen.

„Du bist noch im Bett. Um diese Zeit? Das ist kein gutes Zeichen."

Ich verstand nicht, warum sie mich in schlechterer Verfassung sehen wollte, als ich mich tatsächlich befand.

„Doch, das ist sogar ein hervorragendes Zeichen, Mum. Ich war letzte Nacht mit meiner Freundin unterwegs. Wir sind durch Clubs und Bars gezogen und ich habe mein junges Leben genossen." Diese Worte trieften regelrecht vor falscher Zuversicht. „Ich habe da einen Typ kennengelernt, der …"

Meine Mum war nicht überzeugt. „Emma Madeleine Krebel, dein Vater und ich müssen mit dir reden."

Oh, oh.

„Dein Vater", hier hörte ich die Stimme meines Dads aus dem Hintergrund rufen: „Hallo Schatz!", „und ich sind der Meinung, dass du dir vielleicht eine Auszeit nehmen solltest."

Ich schnappte nach Luft. „Bitte was?"

„Komm schon, Spätzchen, wir wissen, dass dich die ganze Situation stärker belastet, als du zugibst. Komm ein Semester zu uns, lad deine Batterien auf und du wirst sehen, im nächsten Semester läuft es dann besser."

„Keine Option", entgegnete ich knapp. Ehrlich gestanden hatte ich diese Möglichkeit noch nicht in Betracht gezogen, doch sie war so abwegig, dass ich sie nicht einmal diskutieren wollte.

„Wie wäre es dann, wenn du die Uni wechselst?", kam sogleich fröhlich ihr nächster Vorschlag.

Ich fragte mich, ob die beiden alle absurden Möglichkeiten auf einen Zettel geschrieben hatten und Mum diese nun Punkt für Punkt durchging. „Mathe kann man an unzähligen Unis studieren." Nach einer kurzen Pause schob sie hinterher: „Eine Uni wäre hier ganz in der Nähe, wie du weißt."

„Das weiß ich, Mum."

„Du könntest hier wohnen, das spart Mietkosten."

Es war klar, dass sie das sagen würde. Wie konnte ich ihr möglichst schonend beibringen, dass ich nicht wieder zu Hause wohnen wollte?

„Oder du studierst in einer Großstadt, kommst mal raus. Berlin, Hamburg, München."

Beinahe wäre meine Kinnlade heruntergeklappt. Dieser Vorschlag sah meinen Eltern etwa so ähnlich wie der, dass ich mich anzündete und auf einem Moped mit zweihundert Klamotten durch einen benzingetränkten Reifen sprang. „Äh ..."

„Oder du ziehst zu deiner Cousine nach Essen. Caro sucht gerade zufällig eine neue Mitbewohnerin, weil die Ela – kennst du die noch vom Umzug damals?"

Natürlich kannte ich Ela, aber nicht vom Umzug, sondern als offizielle Freundin meiner Cousine. Mum verdrängte diese Tatsache jedoch, seit die zwei nach einem Besuch ein halbes Jahr lang Dorfgespräch waren. Hierüber schrieb mein Dad zum Missmut der Dorfbewohner keinen *Vaddicle*-Artikel.

„Also jedenfalls ist die Ela mit ihrem Studium fertig und hat jetzt einen Job bei einer Bank in Köln."

„Aha."

„Darum sucht Caro eine Mitbewohnerin."

„Mum, das ist unheimlich lieb gemeint, aber es geht mir gut. Ich komme zurecht. Ich möchte nicht in eine andere Stadt oder an eine andere Uni und erst recht möchte ich nicht nach Hause und wieder bei meinen Eltern wohnen." Oh je, jetzt hatte ich es doch gesagt. Meine Eltern schwiegen. Ich kaute auf den Lippen herum. Es war furchtbar, sie vor den Kopf zu stoßen. „Aber ich weiß eure Vorschläge wirklich zu schätzen. Ihr habt euch viele Gedanken gemacht. Das ist lieb."

Am anderen Ende war lediglich ein leises Rauschen zu hören. Entweder hielt Mum gerade die Sprechmuschel zu, um mit Dad zu beratschlagen oder sie hatte den Telefonhörer im nebenstehenden Aquarium versenkt.

„Wir machen uns einfach Sorgen um dich, Emma", sagte sie schließlich seufzend.

Endlich waren wir bei der Wahrheit angekommen. „Das müsst ihr nicht."

„Wir sind deine Eltern, das ist unser Job", kommentierte Dad ruhig.

Mum war weniger gelassen. „Du benimmst dich eigenartig, Kind. Das, was du da tust. Du lernst nicht mehr."

„Es ist vorlesungsfreie Zeit", erinnerte ich sie. „Und die Prüfungen sind auch vorbei."

„Das war noch nie ein Grund für dich." Das stimmte. „Du treibst dich nachts in Bars rum, schleppst irgendwelche Männer ab." Das stimmte nicht. Zumindest der letzte Teil stimmte nicht.

Ich wusste, dass Mum gerne mit mir darüber sprechen, diskutieren und mich bekehren wollte, aber ihrem Seufzen nach zu urteilen, hatte mein Dad ihr die Hand auf die Schulter gelegt und ihr etwas zu verstehen gegeben, wie: „Es ist ihre Entscheidung, Linda, und ihr Leben. Lassen wir sie ihre Erfahrungen machen."

„Pass ... Pass einfach auf dich auf, mein Engel, ja? Verlier dich nicht zu sehr aus den Augen."

Um mir selbst zu beweisen, wie haltlos die Bedenken meiner Mum waren, fuhr ich nach dem Telefonat direkt an die Uni. Für den Wahlpflichtbereich mussten wir als Leistungsnachweis eine Hausarbeit schreiben und womit bekam man die Zeit besser rum als mit Literaturrecherche?

Doch als ich in der Bib zwischen den riesigen Bücherwänden stand, war meine Arbeitsmotivation schlagartig verschwunden. Beinahe hoffte ich, dass es gar keine echten Bücher, sondern nur Tapeten oder Dekoration war, um bibliothekarischer auszusehen. Schließlich zog ich willkürlich ein Buch heraus und setzte mich mit dem Rücken gegen das Regal gelehnt auf den Boden.

Ich musste eingeschlafen sein, denn irgendwann spürte ich, wie mich jemand sanft schüttelte. Mit Maulwurfaugen sah ich hoch und blickte in Annes sanftes Gesicht. Ihr lockiges Haar trug sie wie immer in einem festen Dutt auf dem Kopf, wenn sie in der Uni war. Angeblich verlieh ihr dieser Look mehr Seriosität oder ließ sie schlauer wirken.

„Hi Püppi", begrüßte sie mich leise. Dass Anne in der vorlesungsfreien Zeit an der Uni und speziell in der Bib war, war wenig überraschend. Sie befand sich in ihrem zweiten Studium. Nach BWL studierte sie nun Mathe und Deutsch auf Lehramt. In der Einführungsveranstaltung für Mathe I lernte ich sie kennen. Sie trug ein schlafendes Kind auf dem Arm, lag über dem Altersdurchschnitt und ihre Art war mehr als gewöhnungsbedürftig. Dennoch mochte ich sie vom ersten Augenblick an. So etwas passierte mir sonst nie und darum war ich überzeugt, dass Anne ein ganz besonderer Mensch für mich war.

Mit Kind, Haushalt und Mathestudium musste sie mehr büffeln als alle anderen, um mitzukommen. Deswegen traf man sie immer in der Bib, sobald sie Tommy untergebracht hatte.

„Hey", flüsterte ich zurück. „Woher wusstest du, dass ich hier bin?"

Sie hielt ihr Smartphone hoch. „Tracking-App", sagte sie trocken.

Entsetzt starrte ich auf das schokoladentafelgroße Teil in ihrer kleinen Hand und hörte sie im selben Augenblick ein Prusten unterdrücken.

„Nein Quatsch, ich habe vom Flur aus gesehen, wie du hier saßt und dir die Augen zugefallen sind. Das sah so niedlich aus." Sie stand auf und streckte mir die Hand entgegen. „Campus-Café?"

Ich ergriff Annes Hand und ließ mich schwerfällig von ihr hochziehen.

Nur wenige Minuten später hatten wir uns mit unseren Kaffeebechern einen schönen Platz gesucht. Anne plapperte fröhlich vom nächsten abendlichen Abenteuer. Sie hatte eine Kneipentour geplant. Mehr Locations versprachen mehr potenzielle Fische zum Anbeißen.

„Anne?", begann ich vorsichtig.

„Mhm." Beherzt pustete sie in ihren Becher.

„Ich glaube ... Es geht mir nicht so gut."

Meine Freundin warf mir einen skeptischen Blick zu, dann drückte sie die Hand auf meine Nase, als wäre ich ein Hund. „Hast recht. Warm und trocken. Das ist kein gutes Zeichen", erklärte sie fachmännisch.

„Nein." Kichernd schob ich sie aus meinem Gesicht. „Ich meine mit dieser ganzen Kneipengeschichte. Es tut mir nicht gut."

„Wie kommst du darauf?"

„Ich lerne zu Hause nicht mehr. Ich habe es vorhin nicht einmal geschafft, in dieses Buch reinzulesen. Stattdessen bin ich einfach eingeschlafen. Und außerdem habe ich es auf dem Boden liegen lassen."

„Ist nicht wahr!" Mit gespielter Bestürzung schlug sich Anne die Hand vor den Mund.

„Das klingt banal, aber so bin ich normalerweise nicht. Meine Mum meinte ..."

Anne zog skeptisch eine Augenbraue hoch und ich verwarf diesen Ansatz.

Ihr Blick ruhte auf mir, als versuchte sie, sich einen Reim darauf zu machen. „Du bist heute in der Tat etwas seltsam. Da steckt doch noch etwas anderes hinter."

Ich seufzte und schwieg, während ich überlegte, ob ich es ihr wirklich sagen sollte. „Sie haben jetzt ein gemeinsames Instagramprofil", murmelte ich mit eingezogenem Kopf.

Entsetzt fuhr meine Freundin auf. „Warum zerfleischst du dich? Reicht dir deine Wohnsituation noch nicht?"

Ich drehte den Becher in meiner Hand. „Das war keine Absicht, ich bin nur irgendwie ..." Ratlos zuckte ich mit den Schultern.

„Schon klar. Irgendwie. Aus Versehen. Du kannst dir selbst nicht erklären, wie das passieren konnte. Komm schon, Püppi, ich bin nicht dein Vorhangkordelverkäufer."

„Mein was?"

„Handy her."

Willenlos entsperrte ich mein Smartphone und händigte es ihr aus, bereits ahnend, was sie vorhatte.

Nur ein paar Taps, und mein Instagram-Account war Geschichte. „Das ist nur zu deinem Besten. Das weißt du, oder?" Mit runden Augen sah sie mich an.

Ich lächelte. „Ja, das weiß ich."

Nachdem ich mein seinen Freiheitsrechten beraubtes Handy zurückbekommen hatte, streckte sie mir den Zeigefinger entgegen. „Samstagabend setzen wir alles auf eine Karte. Du brauchst echt einen neuen Mann. Dringender denn je. Und Samstag werden wir einen für dich finden. Wir ziehen alle Register und werden nicht eher ruhen."

„Wir haben schon sämtliche Bars, Clubs und Kneipen durch."

Unbeeindruckt zuckte sie mit den Achseln. „Dann fangen wir eben wieder von vorne an."

Um einundzwanzig Uhr betraten wir die *Wunderbar*. Gelbes Licht, eine stilvolle, wenngleich pragmatische Einrichtung und sanfte Musik empfingen uns. Erinnerungen an einen hochgewachsenen Typ mit Sonnenbrille und leuchtenden Zähnen drangen in mein Bewusstsein. Schnell schob ich sie beiseite.

Wir holten uns ein Bier mit Frucht und stellten uns an einen der Stehtische. Ich trug wie üblich eines von Annes Oberteilen, das sie mir mittlerweile vermacht hatte. Sie selbst konnte es nicht mehr tragen – zu gefährlich mit kleinem Kind, denn hier drunter trug man nichts, war quasi unterteillos. Bei meiner Oberweite war das zwar kein erstrebenswerter Zustand, aber meine Freundin fand, dass es schön und natürlich aussah. Mit einigen strategisch gut platzierten *natürlichen* Klebestreifen hier und dort war ich auch überzeugt. Selbstverständlich müssten diese Klebestreifen im Fall der Fälle schnell und diskret verschwinden, bevor Mann sie sah. Bislang war Mann jedoch nicht einmal in die Nähe gekommen.

Die ersten Male hatte ich dieses Top aus silbernem Samt verabscheut, unablässig daran herumgezupft und kontrolliert, ob alles bedeckt war. Mittlerweile war ich gelassener. Das lag weniger daran, dass ich tatsächlich entspannter bei der Zurschaustellung meines

Körpers geworden war, sondern vielmehr daran, dass mein Alkoholkonsum massiv zugenommen hatte. Ursprünglich sollten mir Sekt, Bier oder Cocktails zu mehr Lockerheit verhelfen, doch es half mir ebenso, nicht zu viel davon mitzubekommen, wenn ich mich zum Trottel machte.

In leicht angetrunkenem Zustand war es sogar schon passiert, dass mir ebendieses teuflische Oberteil verrutscht war und eine gute Aussicht auf das gestattet hatte, was sich sonst wohlweislich im Verborgenen befand. Niederschmetternd war allerdings, dass ich für den Kerl trotz des Anblicks nicht interessant genug war.

Plötzlich musste ich an die Worte meiner Mum denken. Hatte sie recht? Hatte ich mich verändert?

„Ist dir eigentlich mal aufgefallen, dass *Cock-tail* Schwanzschwanz heißt?", erkundigte sich Anne, während sie die gleichnamige Karte studierte.

Ich zwinkerte ein paar Mal irritiert. „Äh, nein, ich glaube nicht."

„Ist aber so. *Cock* ist der Männerschwanz und *tail* der Tierschwanz." Sie prustete los. „Stell dir das mal bildlich vor!", gluckste sie.

Nachdenklich nippte ich an meiner Flasche. Gerade als ich meine Fragen an Anne weitergeben wollte, bemerkte ich ihre tief in die Nasenwurzel gezogenen Augenbrauen. Sie funkelte jemanden hinter mir wütend an.

Ich drehte mich um und sah eine Gruppe Männer. Sie sprachen mit gesenkten Stimmen, sodass ich sie nicht verstehen konnte. Was ich aber verstehen konnte, war, dass sie sich lustig machten. Über mich.

Einer sagte etwas und alle anderen lachten. Dabei schauten sie unverhohlen zu mir herüber. Den Typen, der sprach, kannte ich. Es war Bierlappenzunge.

Niedergeschlagen drehte ich mich wieder zum Tisch und begann, das Papier von der Flasche zu knibbeln.

„Als wärt ihr so perfekt!", brüllte Anne herüber. „Jetzt lacht ihr noch, und an wen denkt ihr, wenn ihr allein zu Hause in euren Bettchen liegt und eine Socke über eure winzigen Schwänze ziehen müsst, weil sie euch keiner lutschen will? Hä?"

Ich hielt die Luft an. Am liebsten hätte ich mich auf Rosinengröße geschrumpft und wäre in meine Bierflasche gesprungen. Das war einer der Augenblicke, in denen ich weniger stolz darauf war, Anne zur Freundin zu haben.

„Ich hoffe, dass Tommy diesen Teil seiner Mummy nicht kennt", murmelte ich mehr zu mir selbst und knüllte das erfolgreich entfernte Papierchen zusammen.

„Ich auch", gab sie zurück, während sie versonnen eine ihrer Locken um ihren Finger drehte. „Und dass das auch noch lange so bleibt."

Einen Augenblick hingen wir der Musik lauschend unseren Gedanken nach.

„Ja, so ist's richtig, verschwindet, ihr Versager", murrte meine Freundin düster. Vermutlich brach der Männertrupp gerade auf. „Sucht das Weite. Husch, husch in eine andere Bar. Oder gleich zum Sockenschrank."

Finstere Blicke flogen wie Dartpfeile an mir vorbei.

„Dann mal auf zu neuen Taten, Püppi", strahlte Anne mich anschließend an.

Unmittelbar verschluckte ich mich an meinem Bier. „Das ist nicht dein Ernst, oder?“, hustete ich, während ich die Tränen verdrückte, die sich durch verirrte Kohlensäure in meiner Nase gebildet hatten. „Die haben ziemlich deutlich gemacht, was sie von mir halten.“

„Die können überhaupt nicht wissen, was sie von dir halten. Immerhin hast du nur mit einem gesprochen und das war einer der Ersten. Da hattest du weniger Erfahrung im Flirten.“

„Wohl eher im Abfuhren kassieren.“

„Iwo. Du gehst jetzt an die Theke und fragst einen Typ, ob du Feuer haben kannst.“

„Hier darf man nicht rauchen.“

„Stimmt. Dann fragst du ihn, ob er dir zwei Euro leihen könnte. Oder noch besser, du erklärst ihm, die zwei Euro seien für einen Cocktail und für ihn gut investiert. Denn bei guter Führung hätte er einen Nutzen von deiner verminderten Hemmschwelle und gesteigerten Libido.“ Sie grinste.

Entgeistert starrte ich sie an. „Du erwartest nicht ernsthaft von mir, dass ich das sage, oder?“

„Du sollst es ja nicht genau so formulieren, aber sinngemäß.“

Resigniert setzte ich mich in Bewegung. „Langsam zweifle ich an deiner Methodik“, raunte ich ihr im Vorbeigehen zu.

„Tüddelüchen, meine Teure“, flötete sie. „Und komm nicht ohne Lover wieder.“

Eine Viertelstunde später kam ich mit drei neuen Abfuhren zurück zu Anne. „Vergeben, nicht interessiert, wartet auf ein Date“, fasste ich zusammen. „Das funktioniert nicht. Und ich will das auch nicht mehr.“

Sie nickte. „Das verstehe ich. Aber beeindruckend, dass du so lange durchgehalten hast. Es ist wohl wirklich besser, wenn wir die Männersuche aufgeben."

„Danke." Mit leichteren Schultern trank ich einen Schluck Bier.

Anne kaute auf ihrer Unterlippe.

„Was noch?"

„Ich finde, wir müssen noch einmal in die Vollen gehen."

„Müssen *wir* das?"

„Ja, nur so können wir hinterher sagen, wir hätten alles versucht."

„Entschuldige bitte, aber *wir*? Soweit ich mich erinnere, habe nur *ich* Körbe bekommen."

Anne sah mich mitfühlend an. „Und ich habe jedes Mal mitgelitten. Denkst du, mich lässt es kalt, wenn irgendein Idiot meiner Freundin das Herz bricht?"

„Ich würde jetzt nicht unbedingt von einem Herzbruch sprechen, aber ..."

„Los, Püppi, einen noch. Den Letzten, ich versprech`s. Und dieses Mal kleckern wir nicht, wir klotzen. Wir angeln uns den großen Fisch."

„Und danach gibst du wirklich Ruhe?"

„Ich schwöre." Sie erhob feierlich die Hand.

„Na dann her damit." Anne zeigte in Richtung der bodentiefen Fenster.

Drei Männer saßen dort um einen Tisch. Einen von ihnen kannte ich. „Vergiss es", zischte ich sofort.

„Warum?"

„Das ist strafbar."

„Für ihn vielleicht, aber nicht für dich." Sie musterte mich kurz. „Überleg doch mal, Püppi, du wärst der Star des Jahrgangs – oder die Star*in* oder Star*dess*. Keine Ahnung, wie die korrekte Bezeichnung wäre. Alle würden zu dir schauen und sich fragen, wie du das erreicht hast. Und stell dir mal den Input vor, den er dir geben könnte. In mehrfacher Hinsicht." Sie kicherte.

Vielleicht lag es an dem Zucker aus dem Fruchtbier, aber Annes Euphorie sprang auf mich über. Und da das Semester vorüber und er nicht mehr mein Matheprof war, war nichts dagegen einzuwenden, oder?

Mein Gegenüber grinste zufrieden. „Aber dieses Mal machen wir es anders. Er ist nicht allein. Ich werde ihn von der Herde weg zur Bar locken. Der Rest ist dir dann überlassen."

„Okay", sagte ich und zog mein Oberteil zurecht, strich es glatt und lüftete es wieder. Zwar war er optisch nicht mein Typ, doch bei dem Gedanken, mit ihm über Mathe zu fachsimpeln, spürte ich das Blut durch meinen Körper rauschen. Es war geradezu aphrodisierend.

Wir verteilten uns. Anne gelang es schnell, ihn zu mir zu lotsen.

„Ihre Freundin sagte mir, Sie haben ein Matheproblem?", fragte er, als er zu mir an die L-förmige Theke kam.

„Ich … äh …" Nein, ich hatte kein Matheproblem. Ich stand auf eins, null. Das wusste auch Herr Dinknagel. Er war also interessiert.

Ich legte mein sanftestes Lächeln auf und beobachtete, wie sich kleine Lachfältchen um seine Augen bildeten, wenn er es mir gleichtat. Daran könnte ich mich gewöhnen.

„Na ja, ein Problem ist es nicht wirklich. Obwohl es schon ein mathematisches Dilemma ist." Was ich versuchte, war, ein zweideutiges Gespräch zu führen. Leider wusste ich an dieser Stelle nicht mehr weiter.

Derweil hatte sich Anne am anderen Schenkel der L-Theke platziert, sodass sie uns gut im Auge hatte. *„Keep talking“*, forderte sie mich per Lippenbewegung auf.

Ich änderte meine Strategie. „Wissen Sie, ich kann Ihnen das ohne Stift und Papier gar nicht so genau erklären.“

„Versuchen Sie es doch mal. Sie werden erstaunt sein, wie viel ich auch ohne Hilfsmittel verstehe.“ Ermutigend nickte er mir zu, was mich wiederum entmutigen ließ. Ich war so gut im Improvisieren wie im Flirten. Nur Mathe konnte ich. Also dann, Mathe. Ich holte tief Luft und betete Herrn Dinknagel die letzte Klausuraufgabe runter. Ich hatte sie mir gemerkt für den Fall, dass jemand von mir wissen wollte, was die schwerste Aufgabe der Klausur war – logisch, oder?

Herr Dinknagel zog beeindruckt seine hellen Augenbrauen hoch. „Wow, damit werde ich die Aufgabe wohl aus meinem Aufgabenpool löschen müssen, was?“, scherzte er, bevor er zur Beantwortung der Frage überging.

Detailliert erklärte er mir Rechenschritt für Rechenschritt die Lösung, als würde ich zum ersten Mal von Mathematik hören. Seine hellblauen Augen funkelten regelrecht. Er war ganz in seinem Element.

Ich empfand es als ein wenig beleidigend, dass er glaubte, dass ich eine Aufgabe, die ich auswendig konnte, nicht hatte lösen können. Oder war das Teil des Spiels? Ich sah zu Anne hinüber, die mir bedeutete, meinen Dutt zu lösen. Unüberlegt löste ich das Zopfgummi. Sogleich ergossen sich meine Haare über meinem Kopf und fielen wie kleine Wasserfälle bis über die Schultern. Leider auch in mein Gesicht.

Glücklicherweise bekam Herr Dinknagel das nicht mit, weil er angestrengt und erfolglos mit seinen Fingern eine Gleichung auf den Tresen zu schreiben versuchte.

Schnell schob ich möglichst viele Haare hinter die Ohren, schob einige gelegentliche „Aha"s und „Ach so"s ein und schaute wieder zur anderen Thekenseite. Anne war längst nicht mehr die Einzige, die uns beobachtete. Ich erkannte ein paar aus unserem Jahrgang, die uns tuschelnd zusahen. Meine Freundin hatte recht. Ich würde der Star des Jahrgangs werden.

Nun lehnte sie sich vor und tippte auf ihre Oberweite. Ich verstand.

Im Aufwind der Bestätigung beugte ich mich weiter zu ihm, sodass meine Brüste vage seinen Arm berührten. Ich strich meine Haare auf eine Seite, um meinen Hals freizulegen – ganz so, wie Anne es mir gezeigt hatte.

„Mhm", murmelte ich.

Und es funktionierte! Herr Dinknagel maß meiner Berührung keine Bedeutung bei, doch er ließ sie zu. Ich begann, eine Haarsträhne um meinen Finger zu wickeln, und neigte jedes Mal den Kopf, wenn er mich ansah.

„Wie meinen Sie das genau?", fragte ich mit gespieltem Interesse. Ich war so mit mir selbst und meiner Mission beschäftigt, dass ich nicht mitbekam, worüber er sprach. Aber diese Frage passte immer.

Ein flüchtiger Blick zu der vehement nickenden Anne ließ mir weitere Stützen der Selbstsicherheit wachsen.

Unser Publikum war ebenfalls angewachsen. Aus meinem Inneren kletterte ein leichtes Kribbeln empor, das sich bis in meine Fingerspitzen ausbreitete.

Herr Dinknagel lachte. Ich schaltete sofort und gab ein glockenhelles Lachen von mir, bei dem ich den Kopf in den Nacken warf und seinen Arm berührte. Beinahe hätte ich „*Sie sind so witzig*" gesagt, aber mein neu entstandenes Flirtradar ließ mich wissen, dass dieser Satz *awkward* war. Darum beließ ich es bei dem künstlichen Lachen.

Wieder sah er mich an. Trotz seines hellen Typs fand ich ihn auf einmal richtig süß und sexy. Schlagartig konnte ich verstehen, warum Anne auf ihn stand. Das Kribbeln arbeitete sich weiter durch meinen Körper und hatte meine Zehenspitzen erreicht.

„Ähm", sagte ich unbeholfen und zauberte meinem Prof damit ein sanftes Lächeln ins Gesicht. Meinem Prof. Er war mein Professor. OMG, was tat ich hier eigentlich? Bevor die Panik Besitz von mir ergreifen konnte, versuchte ich, mich zu beruhigen. Er war ebenso ein Mann, der sich einfach für eine Frau interessierte, beziehungsweise das Interesse einer Frau erwiderte. Daran gab es nichts Verwerfliches. Ich atmete durch.

„Können Sie mir das noch einmal erklären?", fragte ich mit gesenkter Stimme.

„Natürlich, gerne", gab er fröhlich zurück. „Welchen Teil denn genau?"

„Den", sagte ich und zeigte gewitzt auf die Stelle der Tischplatte, auf der er besonders viel mit seinem Finger zu schreiben versucht hatte.

Sein Lächeln grub sich tiefer in seine Wangen.

Ja, wir würden tolle Gespräche führen. Wir würden am Kaminfeuer sitzen und uns über Differenzialgleichungen, Vektorräume und Algorithmen unterhalten. Wir wären das mathematische Power-Paar der Uni und jeder würde sich nach uns umdrehen. Endlich hatte meine Suche ein Ende. Endlich hatte ich einen Mann gefunden, mit dem ich eine durch und durch logische Beziehung führen könnte.

„Wie ich schon gesagt hatte ...", begann er und wandte sich wieder der Tischplatte zu. Alles aufschreiben und visualisieren zu wollen war vermutlich eine Professoreneigenschaft.

Ich lehnte mich weiter zu ihm, um seinem Fingerspiel besser folgen zu können. Oder anders gesagt, um so zu tun, als könnte ich ihm auf diese Weise besser folgen, denn ich hörte ihm nach wie vor nicht zu. Bei meiner Lehnbewegung rutschte *ganz aus Versehen* der Träger meines Oberteils von meiner Schulter.

„Ich verstehe", raunte ich. Was soll ich sagen? *I was on fire!*

Darüber, wieder blank zu ziehen, brauchte ich mir keine Sorgen zu machen. Alles war gut verklebt und zudem nutzte das Top die Elektrostatik, um sich an mir festzuhalten. Durch den unheimlich leichten Satinstoff besaß es ohnehin kaum Eigengewicht und damit nichts, was es nach unten zog.

Als Herr Dinknagel am Ende der Rechnung lächelnd zu mir aufsah, kam ich mir unbesiegbar vor. Fühlte es sich so an, wenn man einen *dicken Fisch* am Haken hatte? Auf jeden Fall fühlte es sich so an, wenn ein Plan aufging. Ein unvergleichliches Gefühl. Endlich begriff ich, warum Anne so erpicht darauf war, dass ich in den

Genuss dieses Gemütszustands kam. Dankbar lächelte ich zu meiner Freundin herüber. Ab hier würde ich allein klarkommen. Stirnrunzelnd legte sie den Kopf schief.

„Gut. Haben Sie sonst noch eine Frage?", erkundigte sich Herr Dinknagel unbefangen.

Grinsend zwinkerte ich Anne zu. Mein Augenblick war gekommen.

„Ja, tatsächlich. Die habe ich", sagte ich, um seine Aufmerksamkeit sicher bei mir zu wähnen, und trat noch näher an ihn heran. Noch nie hatte ich bei einem Mann den ersten Schritt gemacht, geschweige denn vor Publikum.

Wenn ich es schnell machte wie bei einem Pflaster, wäre es anfänglich vielleicht ungeschickt, aber wir würden garantiert reinfinden.

Das Wort *Pflaster* in Dauerschleife denkend, griff ich mutig seinen Kopf, drehte ihn zu mir und hatte im selben Augenblick meinen Mund auf seinen gedrückt.

Kapitel 5

Emma

Die Toilettenspülung rauschte. Ich wischte mir die Tränen aus den Augen und band meinen Zopf neu. Dann spülte ich mir den Mund aus, obwohl es noch nicht vorbei war.

Erschöpft ließ ich mich wieder auf den Boden sinken, klappte ich den Deckel herunter und versuchte es mir auf den kalten Fliesen vor der Toilette weniger unbequem einzurichten. Ich saß keine zwei Minuten dort, als die Wohnungstür aufgeschlossen wurde. Selbst hier im Badezimmer hörte ich Saskias leises Kichern und Danjes Flüstern. Ebenso wie die darauffolgenden Knutschgeräusche. Im selben Augenblick flog die Tür auf, und die beiden taumelten herein. Saskias Wangen waren gerötet, der Reißverschluss ihres grünen Samtkleides geöffnet. Auch Danjes rundes Gesicht war krebsrot. Entweder wollten sie gerade ins Badezimmer, um Sex zu haben oder sie waren betrunken. Vermutlich beides.

Als sie mich in meiner demütigen Haltung erblickten, verschwand ihre gute Laune schlagartig. Ohne ein weiteres Wort zu verlieren, gingen sie in Saskias Zimmer. So kaltherzig sie auch wieder waren, glaubte ich dennoch in Saskias Blick kurzzeitig so etwas wie Mitleid erkannt zu haben.

Unter dem erneut anschwellenden Tränenstrom suchte ich etwas Schlaf, bevor sich der nächste Teil meines Mageninhalts auf den Weg machen würde.

Die vergangenen Stunden tauchten vor meinem inneren Auge auf.

Ich hatte es getan. Ich hatte meinen Professor geküsst. Ich hatte ihn in der vollen Absicht geküsst, eine Beziehung mit ihm beginnen zu können. Doch dann war alles anders gekommen.

Zunächst war es nicht einmal ein richtiger Kuss. Es war mehr ein ungeschickter Schmatzer, da sich Herr Dinknagel, kaum dass er den Kuss realisiert hatte, energisch von mir befreite.

Begriffsstutzig stand ich vor ihm.

„Halten Sie das etwa für ein angebrachtes Verhalten seinem Professor gegenüber?“ Er stemmte seine Hände in die Hüften, aus seinen Augen war jedwede Freundlichkeit gewichen. Sämtliche Gespräche in der Bar ebbten ab, es wurde totenstill.

Ich fühlte mich wie eine Viertklässlerin.

„Ich belasse es bei einer Verwarnung. Sollten Sie sich noch einmal zu derartigem Fehlverhalten hinreißen lassen, sehe ich mich gezwungen, Sie von der Uni zu suspendieren.“

Ich wusste nicht, ob das überhaupt möglich war, aber sein Tonfall ließ keinen Widerspruch zu, darum schwieg ich.

„Habe ich mich klar ausgedrückt?“

Ich schaute auf meine Füße, die in unbequemen Stilettos von Anne steckten. Ich wünschte mir meine Chucks zurück. Und ich wünschte mich in meinen Kuschelhoodie.

Tränen drängten sich in meine Augen, so sehr ich auch versuchte, gegen sie anzukämpfen. Meine Finger spielten unbeholfen mit der Haut an meinen Ellenbogen.

„Ich habe Sie nicht verstanden."

Jetzt hasste ich ihn. Es war offensichtlich, dass ich mich schlecht fühlte, dennoch ließ er mich weiter zu Kreuze kriechen. Vor versammelter Mannschaft. Das war ein wirklich mieser Schachzug von ihm.

„Wird nicht wieder vorkommen", murmelte ich und wischte mir verstohlen eine Träne weg.

„Das will ich hoffen."

Ich sah seine Füße, die sich von mir entfernten, mich stehen ließen. Die Musik wurde hochgefahren und auch das Stimmengemurmel erhob sich zaghaft wieder. Ich vergrub mein Gesicht in den Händen und stand weinend mitten in der Bar, bis ich eine sanfte Berührung auf meiner Schulter spürte.

„Mensch, Püppi, was hast du dir bloß dabei gedacht?"

Fassungslos starrte ich Anne an. „Ich habe das gemacht, was du mir ständig gepredigt hast!"

Sie schüttelte den Kopf. „Nein und doppelt Nein", wagte sie zu sagen.

Eine Welle des Zorns türmte sich in mir auf. „Was heißt hier *nein*? Du hast immer gesagt, mach dies, mach das, presch vor. Und jetzt ist das, was du mir seit Wochen sagst, auf einmal *Doppelnein*?"

„Ja, das habe ich alles gesagt, aber das galt natürlich nicht für einen Prof. Das ist ganz anderes Terrain, da musst du viel subtiler vorgehen. Interesse zeigen, aber die Zeit für dich arbeiten lassen. Es wäre ein Sieg gewesen, wenn du ein Date mit ihm rausgeschlagen hättest."

Meine Atmung ging schwerer, ich ballte die Hände zu Fäusten.

„Aber das wäre dir nicht gelungen, weil er nicht auf deine Gesten eingegangen ist. Er hat es komplett ignoriert, dass du dich ihm angeboten hast. Vielleicht hat er es nicht einmal wahrgenommen. Wenn sein Gehirn im Mathemodus tickt, ist die Triebsteuerung vermutlich deaktiviert", überlegte sie laut. Scheinbar war ihr meine Bloßstellung völlig gleichgültig.

„Sag mal, findest du das eigentlich witzig?" Diese Frage hätte ich ihr längst stellen sollen. „Was bist du für eine Freundin, dass du mich von einer Blamage in die nächste überredest und tatenlos zusiehst, wie ich mich zum Gespött des ganzen Jahrgangs mache? Wenn so klar ist, dass er kein Interesse hat, warum gehst du nicht dazwischen? Warum wirfst du mich dem Löwen zum Fraß vor, anstatt mich zu retten?" Die Tränen bahnten sich erneut ihren Weg. Wütend wischte ich sie weg.

„Ich … Entschuldige, Püppi, ich habe es nur gut gemeint."

„Nenn mich nicht Püppi!", fuhr ich sie an. „Ich bin nicht deine Puppe, mit der du tun kannst, was du willst."

Anne war so bedrückt, dass ich sie kaum wiedererkannte, dennoch ließ ihr Gram meinen Ärger nicht einfach *bibidi-babidi-bu* verschwinden. „Seit ich dich kennengelernt habe, passiert nur Mist!"

„Daran bin ich aber nicht schuld", murmelte sie kleinlaut.

Im Grunde meines Herzens wusste ich das, doch der Schmerz hatte mich zu fest im Griff, als dass ich meinem Herzen hätte Beachtung schenken können. Gerade wollte ich ihr Kontra geben, als ich eine hübsche blonde Frau bemerkte, die mit deutlich erkennbarer Wölbung unter dem Pullover direkt auf mich zu kam. Ernst und Entschlossenheit im Blick, die Hände geballt.

Der Tisch von Herrn Dingnagel geriet sofort in Aufruhr, was meinen Magen zusammenknoten ließ. Oh nein. Sie gehörte zu ihm.

Kurz bevor sie bei mir war, hatten die Kollegen sie jedoch eingeholt und hielten sie sanft zurück.

Zeitgleich stellte sich mein Prof vor sie und sprach sanft, während er ihre Arme streichelte.

Ich wagte kaum zu atmen. Schuldgefühle hämmerten auf mich ein. Ein paar liebevolle Momente später wandten sich die beiden schließlich zum Gehen.

„Selbst keinen Kerl abbekommen und sich dann die guten Männer anderer Frauen krallen", sagte sie unüberhörbar laut zu meinem Prof und ließ noch einen letzten Blick über seine Schulter zu mir gleiten. „Sie sollte sich schämen."

Ich senkte den Kopf.

„Und weg sind sie. Na, das war ja mal eine unerwartete Komplikation, was?", scherzte Anne fröhlich. „Wusstest du, dass er eine schwangere Freundin hat? Ich nicht."

Ich ließ einen Augenblick verstreichen. „Verschwinde aus meinem Leben", sagte ich matt und ging, ohne mich umzudrehen.

Auf dem tränenreichen Weg in die Wohnung, in der mich niemand haben wollte, krampfte mein Magen. Auch ihm waren die heutigen Ereignisse zu viel. Ich verschanzte mich direkt auf der Toilette und blieb dort bis zur Morgendämmerung.

Dachte ich noch vor ein paar Monaten, dass ich mich kaum elendiger fühlen konnte, wusste ich nun mit absoluter Gewissheit, dass es immer noch schlechter ging.

Ich hatte keinen Freund mehr. Ich hatte keine einzige Freundin mehr. Ich hatte niemanden, der etwas mit mir zu tun haben wollte.

Ich hatte meinen Prof, der bald Vater sein würde, schamlos angegraben und den Puls einer unschuldigen Schwangeren in die Höhe getrieben. Ich konnte mich an der Uni nicht mehr blicken lassen.

Was nützte einem alles mathematische Wissen der Welt, wenn man ein schlechter Mensch war?

Es gab nur noch einen Ausweg aus diesem Albtraum. Ich musste hier weg, zurück zu meinen Eltern. Sie hatten gewonnen. Ich würde ein Semester aussetzen. Ich brauchte die Zeit, um wieder in die Spur zu kommen. Im nächsten Wintersemester würde ich mein Studium an einer Uni fortsetzen, die in Pendeldistanz zu meinen Eltern lag. Auf diese Weise umging ich zudem ein gezwungenes WG-Leben.

Dieser Entschluss tat gut. Nach Wochen fühlte ich mich zum ersten Mal beinahe unbeschwert. Endlich könnte ich diesem Sumpf den Rücken kehren. Gut gelaunt rief ich meine Mum an, um ihr mitzuteilen, dass ich morgen nach Hause kommen würde. Sie war vor Freude aus dem Häuschen und mein Dad wollte sogleich mit einer Sonderausgabe des *Vaddicle* beginnen.

Mein Handy hatte keine Neuigkeiten für mich. Es war seltsam, doch ich vermisste Anne. Bevor ich ein schlechtes Gewissen bekommen konnte, angelte ich meinen Laptop vom Schreibtisch und eröffnete einen Netflix-Tag.

Mein grandioses Vorhaben, wieder nach Hause zu gehen, hielt genau zehn grandiose Stunden. Es wollte mir nicht gefallen, ein Semester auszusetzen. Nach den Eskapaden der vergangenen Wochen war das vielleicht notwendig, aber wie würde das in meinem Lebenslauf aussehen? Wie sollte ich einem zukünftigen Arbeitgeber erklären, warum eine Überfliegerin wie ich plötzlich ein Urlaubssemester eingeschoben hatte? Hielt sie dem Druck nicht stand? War sie weniger leistungsfähig und stressresistent wie die anderen?

Nein, das warf kein gutes Licht auf mich und würde mich gegen meine Konkurrenten weit zurückfallen lassen. Gerade im Mathesektor gab es starke Konkurrenz, vor allen Dingen international. Wollte ich in einem globalen Konzern arbeiten, durfte mein Privatleben keinesfalls meine Leistungen beeinflussen.

Damit war die Idee eines Urlaubssemesters gekippt.

Als Nächstes scrollte ich durch diverse Universitätspages, um festzustellen, dass ich für einen Uniwechsel zum Sommersemester (wieder) zu spät war.

Damit war die Idee des Umzugs zu meinen Eltern ebenfalls gecancelt. Schweren Herzens teilte ich ihnen mit, dass ich es mir anders überlegt hatte.

Sie hatten Verständnis und ermutigten mich sogar. „Vielleicht soll es dann gerade einfach so sein, dass du bleibst", erklärte meine Mum sanft. „Wer weiß, wofür es gut ist."

Also gut, dann blieb ich und brachte zu Ende, was ich angefangen hatte. Ich würde kämpfen. Für meine Zukunft.

Aber wie genau stellte ich das an? Wäre ich Anne, würde ich mein Buschmesser zücken und mir meinen Weg durch das dichte Chaos bahnen. Ich würde meinen Weg einfach gehen, querfeldein ohne darüber nachzudenken. Vorwärts ging es immer irgendwie.

Damit machte ich den ersten Schritt nach vorne. In diesem Fall war es meine Hausarbeit aus dem Wahlpflichtbereich, mit der ich weitermachte.

Am Montag wagte ich mich sogar für Literaturrecherche in die Bib. Auf eine seltsame Art beruhigte mich die Gesellschaft der Bücher. Sie ließen mich ich sein. Urteilsfrei gaben sie mir ihre Informationen preis, anstatt tuschelnd auf mich zu zeigen, wie es hin und wieder zwischen den Buchrücken vorkam. Das erste Mal, als ich das bemerkt hatte, verspürte ich einen enormen Schmerz. Ich wusste schließlich genau, worüber sie sich ihre Mäuler zerrissen. Über meine Beziehung, die in aller Öffentlichkeit gescheitert war. Über meine jämmerlichen Versuche, einen neuen Mann für mich zu gewinnen, mit dem Tiefpunkt beinahe der Uni verwiesen worden zu sein.

Einmal mehr war ich froh, dass Anne mein Instagram-Account gelöscht hatte. Andernfalls wäre ich vermutlich in ernst zu nehmende Gefahr eines virtuellen Shitstorms gekommen.

Doch in der realen Welt war ich stärker als dieser Gossip.

Tag für Tag verging und peu à peu fand ich zu meiner alten Form zurück. Die Beschäftigung durch die

Hausarbeit half mir dabei ungemein. Darum suchte ich nun nach einem Hiwi-Job, der mich durch das Semester tragen würde. Ziellos klickte ich durch die Unipage, bis ich tatsächlich fündig wurde. Die Stelle klang wie auf mich zugeschnitten. Allerdings biss ich mir schmerzlich in die Hand, als ich die Ausschreibung genauer durchlas. Es war ein Job in der Forschergruppe von – *surprise* – Herrn Dinknagel.

So ein Mist!

Ich stand auf und wanderte in den Reihen der Bib umher.

Okay, was würde Anne tun? Buschmesser.

Hm. Selbst wenn wir keinen Kontakt hatten, schwirrte sie in meinem Gedankenkosmos herum.

Ich hatte ihr so unrecht getan. Und ich vermisste sie.

Entschlossen schrieb ich eine professionelle Bewerbung und schickte sie direkt ab. Wie schlimm konnte es schon sein? Erst danach fiel mein Blick auf das Ende der Bewerbungsfrist. Gestern. Ich schlug die Hände vors Gesicht und schrie innerlich. Warum gab es eigentlich noch immer keine Möglichkeit, versehentlich abgeschickte E-Mails zurückzuholen? Doch alles Verzweifeln half nichts, es war zu spät.

Niedergeschlagen ging ich in die Mensa. Es war Mittagszeit und der gesamte Mensabereich duftete nach Essen. Das Klappern von Geschirr und Besteck vermengte sich mit dem Gemurmel der vielen Studis. An den Essensausgaben hatten sich wie üblich Schlangen gebildet. Ich ging an ihnen allen vorbei. Ich hatte auch nicht vor, mich an einen der vollen Tische zwischen wildfremde Menschen zu quetschen. Statt bei

Kartoffelgratin, Gemüseburgern, Muffins, Obstsalat oder anderen Köstlichkeiten zu zugreifen, ‚gönnte‘ ich mir ein trockenes Brötchen und einen Kräutertee ohne Zucker.

Ich stand an der Kasse, als ich hinter dem Regal neben mir einen vertrauten schwarzen Dutt erblickte. Meine Laune erhellte sich sofort.

„Anne!“, rief ich aus diesem Impuls heraus.

Eine lange Sekunde blieb es still. „Emma?“, schallte es von der anderen Seite zurück.

Ich wurde freudiger. „Ja!“

„Emma!“ Auch sie klang begeistert.

„Es tut mir so leid, Anne“, brüllte ich über das Regal hinweg.

„Mir auch!“

Obwohl zunehmend genervte Stimmen hinter mir laut wurden, führte ich unsere Kommunikation fort. „Ich habe mich so blöd verhalten und dir so blöde Sachen gesagt!“

„Ich auch!“

Ich schniefte. „Ich hab dich lieb!“

Auf der anderen Seite war ein Quietschen zu vernehmen, gefolgt von einem Klappern und einem Klirren.

Dann stand Anne am Ende unserer Schlange. „Ich hab dich auch lieb!“, rief sie.

Ich ließ mich von meinen Mitstudierenden überholen, bis sich niemand mehr zwischen uns befand, rannte auf sie zu und nahm sie in den Arm.

„Es tut mir so leid, Püp... Emma“, schluchzte sie in meine Haare.

„Nein, mir tut es leid“, wimmerte ich. „Und nenn mich bitte wieder Püppi. Niemand sagt das so schön wie du.“

„Okay. Verzeihst du mir und bist wieder meine Freundin?"

„Nur, wenn du mir verzeihst und wieder meine Freundin bist."

„Natürlich."

Wir drückten uns fest.

„Das war sehr romantisch", sagte Anne und trötete in ein Taschentuch.

„Ja, so viel Romantik bin ich gar nicht mehr gewohnt."

Nun mussten wir beide lachen.

Den Rest des Tages pfiffen wir auf unsere Aufgaben. Wir suchten uns ein lauschiges Plätzchen und tranken abwechselnd Tee und Kaffee, während wir uns auf den neuesten Stand brachten.

Es war herrlich. Mein Leben hatte zwar auch ohne sie funktioniert, aber mit Anne fühlte es sich viel schöner, viel spaßiger, viel aufregender und viel bunter an.

„Ich muss langsam los, meine Eltern von meinem Sohn befreien", erklärte Anne entschuldigend, als es zu dämmern begann.

„Ist er nicht in der KiTa?"

„Da war er bis vor", sie sah auf die Uhr, „einer Stunde."

„Okay, ich werde noch etwas weiterarbeiten."

Nachdem wir uns eingängig verabschiedet hatten, klappte ich den Laptop auf und sah sofort die E-Mail von Herrn Dinknagel.

Mit zitternden Fingern öffnete ich.

Sehr geehrte Frau Krebel,
vielen Dank für Ihre erfreulich interessante Bewerbung. Wie Sie bestimmt gesehen haben, ist die Bewerbungsfrist seit gestern abgelaufen.

Ich möchte Sie dennoch zu einem persönlichen Gespräch in mein Büro einladen. Lassen Sie mich Ihren nächsten freien Termin wissen.
MfG
A. Dinknagel

Mit wild polterndem Herzen sah ich auf. Er wollte mich sprechen? Das konnte nichts Gutes bedeuten.

Mist, Mist, Mist. Jetzt brauchte ich Anne. Dringend. Reflexartig griff ich zu meinem Handy, entsperrte mit einem Wischen den Bildschirm und öffnete unseren Chat, dann zögerte ich jedoch und legte es wieder zur Seite. Nein. Das musste ich allein machen. Ich würde unsere Freundschaft nicht wieder aufs Spiel setzen, weil ich außerstande war, meine Angelegenheiten selbst zu regeln. Dieses Mal würde ich meine Emma stehen und Anne anschließend erzählen, was sich ereignet hatte.

Gleichsam mutig wie entschlossen klickte ich auf *Antworten* und schrieb:

Sehr geehrter Herr Dinknagel,
vielen Dank für Ihre Rückmeldung. Ich bin gerade an der Uni und hätte heute noch Zeit.
Viele Grüße
Emma Krebel

Die Minuten verflogen, während ich mich an kontrollierter Atmung versuchte, um ein Hyperventilieren zu vermeiden.

Seine Antwort kam schnell.

Ich atmete tief durch. „Dann los", sagte ich in dem kläglichen Versuch, mir Mut zuzusprechen, klappte den Laptop zu und machte mich mit weichen Knien auf den Weg.

Kaum hörbar klopfte ich an der dunkelgrünen Tür K 523.

„Ja bitte!", rief es kurz darauf von der anderen Seite. Unweigerlich fragte ich mich, ob er mein winziges Anklopfen tatsächlich gehört hatte, oder ob er eine Überwachungskamera vor seiner Tür angebracht hatte. Machte er dann jetzt seine Kampfeinsatztruppe klar und hob den Schützengraben aus?

Focus, Emma!

Mit gestrafften Schultern drückte ich die Klinke runter und betrat das Büro. Mein Prof saß an seinem Schreibtisch über ein Buch gebeugt, das er, mit einem Textmarker bewaffnet, vor sich hinbrummend las.

Es war eigenartig, ihn hier zu sehen. Oder andersherum: Es war so normal, ihn hier zu sehen, dass der Samstagabend vor einigen Wochen im Vergleich dazu völlig surreal wirkte. War das überhaupt passiert?

Die Antwort ließ nicht lange auf sich warten. Er blickte auf, sah mich, erkannte mich, und seine Gesichtszüge verrutschten.

„Was machen *Sie* denn hier?" Er ließ mir keine Gelegenheit zu antworten. „Haben Sie nicht schon genug Ärger verursacht? Ich dachte, ich hätte mich klar ausgedrückt." Er schüttelte den Kopf. „Ich werde jetzt den Studiendekan anrufen." Damit nahm er den Hörer ab.

Endlich erwachte ich aus meiner Starre. „Aber Sie haben mich doch herbestellt!"

Herrn Dinknagels Augenbrauen wanderten dicht zueinander. „Mit Sicherheit nicht."

„Ich habe mich auf die freie Hiwi-Stelle in Ihrer Forschergruppe beworben und Sie haben mir gerade geschrieben, dass ich vorbeikommen sollte."

Er stutzte und legte den Hörer wieder auf. „Moment. Sind Sie ...", er warf einen Blick auf seinen Laptop, „Emma Krebel?"

Ich nickte. Es war schmachvoll. Ich war mir sicher, dass er zumindest die Namen seiner Topstudierenden kannte, doch anscheinend waren wir für ihn nur eine gesichtslose Masse.

Unverkennbar ratterte es in seinem Kopf. „Aber Sie sind ... Sie haben ... Sie sind *gut in Mathe*", lautete seine fassungslose Feststellung.

Beinahe hätte ich laut losgelacht. Was war denn in ihn gefahren? Schnell presste ich die Lippen aufeinander. „Ich weiß", sagte ich schließlich, um einen ernsten Tonfall bemüht.

„Ja, aber warum haben Sie dann ..." Er kratzte sich am Kopf. „Was sollte dann das in der Bar?"

Ich wusste nicht, warum, aber in diesem Augenblick fehlte mir die Energie, Herrn Dinknagel Geschichten aufzutischen, die mich besser dastehen ließen, damit ich den Job doch noch bekam. Darum blieb ich pragmatisch. Und ehrlich. „Mein Freund hat mich mit meiner besten Freundin betrogen. Sie sind jetzt zusammen, wir wohnen in einer WG, aber sie reden nicht mehr mit mir. Meine einzige verbleibende Freundin war der Meinung, ich brauche unbedingt einen Mann, damit es mir besser geht. Das Problem ist: Mit Mathe komme ich klar, mit Männern nicht. Sie waren mein letzter Versuch. Eigentlich stehe ich nicht auf Sie, aber ich habe es mir spannend vorgestellt, einen Partner zu haben, mit dem ich über Mathe plaudern kann wie andere über den Einkauf. Und ich hatte den Eindruck, für Sie wären meine Annäherungen okay." Unbehaglich knetete ich meine Hände. „Da habe ich mich total geirrt. Wenn ich gewusst hätte, dass Sie ..."

„Ach, wissen Sie was", unterbrach er mich. „Schwamm drüber. Reden wir nicht mehr davon."

„Es tut mir wirklich sehr leid", schob ich dennoch nach.

Herr Dinknagel lächelte sanft. „Das muss es nicht, Emma."

Emma?

„Wir machen alle Fehler und auf der Suche nach Liebe und Glück macht man viel Dummes."

Offensichtlich.

„Ich hatte angenommen, du würdest mich angraben, weil du dir eine gute Note erschleichen willst."

Wann waren wir eigentlich zum Du übergegangen?

„Du musst entschuldigen, aber ich bekomme oft Angebote in dieser Richtung."

Das glaubte ich ihm.

„Die werden mit steigendem Alter nachlassen, aber ich nehme an, dass es sie immer geben wird. So, wie es immer verzweifelte Studierende gibt." Er schlug sein

Buch zu. „Aber ich bin mit meiner Verlobten sehr glücklich und habe kein Interesse egal an wem."

„Das ist doch schön", murmelte ich.

Sein Blick wurde mitleidig. „Deine Annäherungen habe ich nicht als solche wahrgenommen. Wenn ich erst einmal im Mathemodus bin ..." Er lachte.

Etwas gezwungen stieg ich in sein Lachen ein. Es verklang schnell. Eine eigenartige Stille legte sich über uns, die mich sofort meine Hände in meine Ärmel ziehen ließ. Erwartete er von mir, dass ich mich dazu äußerte?

„Entschuldigen Sie noch mal", presste ich unbeholfen hervor.

Herr Dinknagel machte eine wegwerfende Handbewegung. „Schon gut, wirklich. Ich weiß ja jetzt, wie es gemeint war und was dahintersteckte. Mach dir darüber keinen Kopf mehr."

Klar. Kein Problem ...

„Dir ist sicher aufgefallen, dass ich dich mit deinem Vornamen anspreche."

„Ist mir nicht entgangen."

„Das machen wir hier in der AG Dinknagel so. Hier gibt es kein Sie."

Ungläubig riss ich die Augen auf. „Meinen Sie damit, ich habe den Job?"

Er lächelte. „Ja und nein. Darum wollte ich persönlich mit dir sprechen."

Die Fragezeichen stapelten sich über meinem Kopf.

„Wie ich bereits geschrieben habe, hast du deine Bewerbung leider zu spät eingereicht."

„Ich habe die Frist nicht gesehen", gestand ich kleinlaut.

„Ich will ganz ehrlich mit dir sein, Emma, die Stelle hättest du ohnehin nicht bekommen. Ich musste sie offiziell ausschreiben, aber eigentlich gab es längst einen Kandidaten, der die Stelle auch bekommen hat.“

„Oh.“ Trübsinn zog auf. „Und warum wollten Sie dann mit mir sprechen?“

Grinsend sah er mich an. „Also, wenn sich meine beste Studentin bei mir um einen Job bewirbt, kann ich sie nicht ablehnen. Ich hätte noch einen kleinen Hiwi-Job für dich, wenn du Interesse hast.“

„Habe ich!“, schoss ich direkt. „Egal, welcher Job es ist, ich nehme ihn. Kopien machen, Kaffee besorgen, ganz egal.“

Herr Dinknagel lachte. „Ich schätze deinen Eifer, aber keine Sorge, solch niedere Aufgaben musst du nicht verrichten. Nein, ich brauche für die Mathe I-Vorlesung in der Informatik noch einen Tutor beziehungsweise eine Tutorin. Analysis. Hättest du daran Interesse? Es wäre nur für ein Semester und sobald in der Forschergruppe wieder eine Stelle frei wird, gehört sie dir.“

Eine leichte Trockenheit auf meiner Zunge wies mich darauf hin, dass mein Mund offenstand. Ich klappte ihn zu.

Abwartend sah mein Prof mich an.

„Äh, ja! Ja, natürlich, das würde ich gerne machen!“, rief ich so überschwänglich, dass er wieder lachte.

„Prima, dann schicke ich dir die Unterlagen, die du bitte ausgefüllt an die Personalabteilung weiterleitest, und dann würde ich sagen, willkommen im Team.“

Ein Strahlen breitete sich in meinem Gesicht aus. „Danke, Herr Dinknagel! Vielen Dank! Ich weiß das wirklich zu schätzen. Ich werde Sie nicht enttäuschen."

„Das weiß ich. Mach dir nicht zu viel Druck. Deine Vorgänger haben es sich extrem leicht gemacht. Also selbst wenn du das Mindeste machst, bist du mit Sicherheit trotzdem um Klassen besser."

Einfallslos nickte ich.

„Gut, dann sehen wir uns in der ersten Mathe I-Vorlesung im neuen Semester."

Da ich nicht wusste, was ich auf diese Komplimentfülle sagen sollte, salutierte ich.

Während Herr Dinknagel kopfschüttelnd lachte, stakste ich Richtung Tür.

„Ach und Emma?", rief er mir hinterher, bevor ich sein Büro verließ. „Nenn mich Alouis."

Beinahe hätte ich wieder salutiert. „Geht klar", sagte ich stattdessen. Auch nicht besser. „Vielen Dank."

Behutsam schloss ich die Tür hinter mir und musste mich erst einmal gegen die Wand lehnen, um wieder zu klaren Gedanken zu kommen. Himmel, war das peinlich gewesen. Aber ich hatte es geschafft. Ich hatte einen Hiwi-Job und ich hatte es selbst erreicht. Ich fühlte mich unbesiegbar. *Yes!* Aufgepasst, liebe Informatik-Anfänger, ihr habt eine neue Tutorin und die heißt Emma Madeleine Krebel. Und die wird euch Mathe beibringen, dass euch die Ohren schlackern!

Kapitel 6

Lio

„Ich soll dich von Mum und Dad grüßen", sagte Sin beiläufig, als wir uns im warmen Licht der Campus-Bäckerei unseren Kaffee fertigmachten.

„Gruß zurück", entgegnete ich knapp und löffelte großzügig Zucker in den Becher.

Etwas zu laut stellte sie das Zuckerglas auf die Theke. „Wann wirst du endlich wieder mit ihnen reden?"

Gelassen rührte ich um. „Wer sagt denn, dass ich nicht mit ihnen rede?"

„Mum und Dad?"

„Ich rede doch mit ihnen. Sie reden vielmehr nicht mit mir."

„Das ist Unsinn, Lio, und das weißt du auch."

Ich warf den Löffel in den Metallkasten für das gebrauchte Geschirr, bevor ich mich meiner Schwester zuwandte. „Nein, ich rede mit ihnen, aber sie kennen nur noch ein Thema und über das möchte ich nicht mehr sprechen, schon gar nicht mit den beiden."

„Sie haben aber nicht ganz unrecht, weißt du? Du solltest dir wirklich überlegen, wo du im Leben hinwillst und deine Zeit auf der Erde nicht damit vergeuden, einen Studiengang nach dem anderen auszuprobieren und dann doch nicht zu Ende zu bringen."

„Ein einziger!", rief ich lauter als beabsichtigt. Sin zuckte zusammen, darum zügelte ich mich. „Ich habe nur einen einzigen Studiengang abgebrochen. Im Gegensatz zu dir ist Chemie nichts für mich. Das wusste ich vorher nicht."

Wir verließen die Campus-Bäckerei und suchten uns einen ruhigen Ort, denn offensichtlich würde dieses Gespräch umfangreicher werden. Wir fanden im Eingangsbereich schnell eine kleine Bank neben einer Heizung, was Sintja trotz des beginnenden Frühlings äußerst wichtig war. Mir gefiel dieser Platz, weil man einen direkten Blick in die Bib hatte. Ich liebte den Anblick dieser Massen von Bücherregalen.

„Und was war mit dem Work and Travel in Neuseeland?", begann sie, kaum dass wir uns gesetzt hatten.

„Was soll damit sein? Das macht man eine Zeit, sammelt Erfahrungen und kommt zurück. Das ist ganz normal."

In aller Seelenruhe trank sie einen Schluck Kaffee. „Das mag stimmen, aber da hattest du auch plötzlich ganz andere Pläne. Eigentlich wollten wir nur für ein Jahr hin, erinnerst du dich?"

Natürlich, wie konnte ich das vergessen? Dieses Land hatte es mir angetan. Die meiste Zeit waren wir *hiken*, hatten die atemberaubende Schönheit der Landschaften erlebt und viele interessante Menschen kennengelernt. Während meine Schwester ein klares Ende vor Augen hatte, sah ich mich mit der Zeit immer weniger in Deutschland. Das Wetter, die Mentalität, nichts schien mehr zu passen.

„Stört es dich noch immer, dass du damals allein zurückfliegen musstest?"

Sin schnaufte. „Nonsens. Aber da hast du Mum und Dad einen gewaltigen Schock verpasst mit deinen wilden Plänen, dort zu bleiben. Seitdem vertrauen sie dir nicht mehr."

„Ich hatte in Queenstown einen Job als Tourguide", gab ich gelassen zurück. „Dadurch war ich von ihrer finanziellen Unterstützung nicht mehr abhängig. Das war nicht wild, das war durchdacht." Zwinkernd tippte ich mir an die Schläfe.

„Tja, dumm nur, dass deine sonst so gute Menschenkenntnis hier völlig versagt hat." Sie grinste schelmisch hinter ihrem Kaffeebecher.

„Okay, mein Chef war ein Hochstapler, der gutgläubige Touristen und Angestellte betrogen hat. *So what?* Ich war verzweifelt. Ich hätte jedem vertraut, um bleiben zu können. Und ich hätte auch einen anderen Job gefunden. Aber dann hat mich meine Schwester so lange angebettelt, wieder nach Hause zu kommen, dass ich schließlich freiwillig nachgegeben habe." Ich stupste sie an.

Empört schnappte sie nach Luft. „Das war eine Auflistung logischer Gründe. Und diese Liste war lang."

„Nenn es, wie du willst, du hast gebettelt."

Meine Eltern hatten verhalten erfreut auf meine Rückkehr reagiert. Seitdem muss ich mich für jede Entscheidung rechtfertigen.

„Aber mit Neuseeland hat das nichts zu tun. Die sind nur sauer, dass wir keine Ärzte geworden sind", murrte ich.

„Na ja, ich werde in die Pharmazie gehen. Franky sagt, da bin ich so etwas Ähnliches wie ein Arzt."

„Ja, das ist fast dasselbe“, lachte ich und wich direkt aus, weil ich wusste, dass ihre Faust sonst gleich auf meinem Oberarm landen würde. Sie verfehlte ihr Ziel nur knapp. „Die Praxis wirst du trotzdem nicht übernehmen können.“

Der Blick meiner Schwester glitt ins Weite. „Ja, leider.“

„Was das angeht, sind wir ohnehin eine Enttäuschung. Ein Grund mehr, unseren eigenen Weg zu finden.“

„Ich *habe* meinen Weg gefunden.“

Ich ignorierte ihren provokant überheblichen Blick. „Und ich *bin dabei*, meinen Weg zu finden. Ich werde ihn auch finden, solange mir nicht jeder mit der Frage darüber, was ich werden will, im Nacken sitzt.“

„Ist ja gut, ich habe verstanden.“ Sie nippte an ihrem Becher.

„Wenn Mum und Dad mal ein anderes Thema außer meiner Zukunftsperspektiven haben, bin ich gerne bereit, mit ihnen zu reden.“

Mit einer hochgezogenen Augenbraue mustere sie mich. „Gut, ich werde es ihnen ausrichten, wenn ich das nächste Mal mit ihnen telefoniere.“

Zufrieden wollte ich mir einen Schluck Kaffee genehmigen, als etwas über den Rand meiner Tasse meine Aufmerksamkeit erregte. Oder vielmehr jemand.

Da war sie wieder. Das Mädchen aus der Bar. Mit Hoodie, Brille und hochgebundenen Haaren lief sie durch die Bib.

Als wäre ein Stromstoß durch meinen Körper gefahren, sprang ich so schnell auf, dass sich Sin vor Schreck verschluckte. „Sag mal, geht’s noch?“, hustete sie.

„Bin gleich wieder zurück."

„Wo willst du denn hin?"

Aber ich reagierte nicht mehr. Ich rannte die Treppe hinunter in die Bib und dort direkt in die erste Etage, wo ich sie gesehen hatte. Doch ich konnte sie nicht entdecken. Ich lief von Buchreihe zu Buchreihe, von Sektion zu Sektion, sah in jedem Gang und an allen Arbeitsplätzen nach, doch sie war unauffindbar. Wieder hatte ich keine Chance, mich bei ihr für Remos Verhalten zu entschuldigen und dabei vielleicht ihren Namen zu erfahren. Dass ich den nicht kannte, wurmte mich. So blieb sie nur ‚das Mädchen mit dem Hoodie'.

Verdrossen kehrte ich um. Sin saß noch immer auf der Bank im Hauptgebäude. Obwohl gerade eine Traube Studierender vor ihr langlief, war es nicht zu übersehen, wie sie ungläubig lachend den Kopf schüttelte. Fantastisch, sie hatte es gesehen. Da würde ich mir gleich etwas anhören dürfen.

„Was war *das* denn?", empfing sie mich spöttisch. Ihre Mundwinkel zuckten.

Ich hob die Schultern. „Das war ich, wie ich mich zum Trottel mache."

„Auf jeden Fall."

„Ich … Ich dachte, ich hätte jemanden gesehen, dem ich noch etwas schuldig bin, und …"

„Aha, aha, aha", gab sie zurück, ohne Interesse vorzugaukeln. „Und jetzt die Wahrheit bitte."

„Das ist die Wahrheit." Diese Aktion war mir sogar vor meiner Schwester peinlich.

Augenrollend stellte sie die Tasse neben sich ab und faltete ihre Hände im Schoß. Dann sah sie mich an wie jemand, der ein letztes Mal nett fragte, bevor er dich verprügelte. „Versuch nicht, mich für dumm zu verkaufen, Brüderchen. Wir wissen, wie das endet."

Ja, daran hatte ich schmerzhafte Erinnerungen. Schon als Kind hatte ich unterschätzt, wie kräftig sie zuschlagen konnte. Sie war sieben Minuten jünger, kam mir aber manchmal eher wie mein großer Bruder vor.

Ich seufzte. „Was willst du wissen?"

„Wer ist es?"

„Weiß ich nicht."

„Ist es eine Frau?"

„Ja."

„Wie heißt sie?"

„Keine Ahnung."

„Lio", knurrte sie, „ich warne dich."

Ich fühlte mich gewarnt und verzichtete sicherheitshalber darauf, mich wieder neben sie zu setzen. Auch meinen Kaffee ließ ich, wo er war. „Es ist die Wahrheit. Ich weiß nichts über sie."

„Du willst mir allen Ernstes erzählen, dass du einer Frau im wahrsten Sinne des Wortes hinterherrennst, die du nicht einmal kennst?", stieß sie zwischen zusammengebissenen Zähnen hervor.

„Ja."

Es verging eine Sekunde, dann rannten wir gleichzeitig los. Zum Glück hatte ich ein wenig Vorsprung und keine Angst, über Treppengeländer zu springen, sonst wäre ich ihr nicht entkommen.

Ein paar Wochen später war die bequeme Faulenzzeit zwischen Studienabbruch und Studienbeginn vorbei und wir befanden uns in der ersten Vorlesungswoche.

Mäßig motiviert hatten Thorben und ich an diesem Tag bereits Konzepte der Informatik und den Programmierkurs hinter uns gebracht. Eine letzte Veranstaltung noch, dann hätten wir es für heute geschafft. Leider handelte es sich um Mathe I – Analysis.

„Boar, das ist doch Tierquälerei auf 'nen Nachmittag noch so eine Hammervorlesung", stöhnte Thorben im Vorlesungssaal und legte seinen Kopf auf den Tisch.

Während mein Blick hinaus zum Busbahnhof glitt, stimmte ich ihm gedanklich zu. Das triste Grau des sterbenden Winters trug ebenso wenig zu guter Laune bei, wie den Kommilitonen dabei zuschauen, wie sie nach Hause fuhren. Ich mochte den Vorlesungssaal diesem gegenüber lieber. Er hatte eine große Fensterfront zum Innenhof. Das war wesentlich angenehmer.

„Guck mal, die gehen alle nach Hause", sprach Thorben meine Gedanken aus. „Vielleicht sollten wir Mathe I auf nächstes Semester schieben?" Hoffnungsvoll sah er zu mir.

Tatsächlich klang der Vorschlag nicht verkehrt. Ich seufzte. „Okay."

„*Sweet*", flüsterte Thorben. „Dann lass uns abhauen."

Eilig packten wir unsere Sachen und wollten gerade gehen, als der Dozent den Vorlesungssaal betrat.

„Guten Nachmittag, die Damenschaften und Herrschaften", scherzte er im Reingehen. „Entschuldigen Sie die Verspätung, ich wurde noch aufgehalten."

„Was machen wir jetzt?", flüsterte Thorben.

„Ducken und raus", wisperte ich zurück und griff nach meinem Rucksack.

„Darum muss ich den Ablauf etwas anpassen", erklärte der Prof. „Während ich hier aufbaue, werden sich Ihre zukünftigen Tutoren und Tutorinnen kurz vorstellen und dann können wir beginnen."

Drei Studis aus der vorderen Reihe erhoben sich. Ich stieß meinen Kumpel an, damit wir uns in der entstehenden Unruhe davonstahlen. Er stand auf. Ich wollte folgen, da erstarrte ich mitten in der Bewegung. Dort unten, neben dem Pult bei dem Prof stand *sie*. Dunkle Haare, Fransensträhnchen und die große Brille. Sie war eine der Tutoren. Das Vorhaben, die Vorlesung auf nächstes Semester zu verschieben, verpuffe augenblicklich. Von irgendwoher hörte ich Thorben etwas zischen, doch vorne wurde das Umhängemikro an sie gereicht und damit galt meine ganze Aufmerksamkeit ihr.

„Hi, ich bin Emma Krebel", sagte sie mit zarter Stimme. Endlich kannte ich ihren Namen. Allein dafür hatte es sich gelohnt, in die Vorlesung gekommen zu sein.

„Ich studiere Mathematik im vierten Semester. Mein Tutorium ist am Freitag um acht Uhr fünfzehn." Sie reichte das Mikrofon weiter und zog ihre Hände gleich in ihren übergroßen Pulli.

Acht Uhr fünfzehn? Autsch. Das war unbarmherzig früh. Und das an einem Freitag.

„Alter, was ist los? Kommst du jetzt oder nicht?" Thorben hatte sich wieder neben mich gesetzt und schlug mir gegen die Schulter.

Ohne ihn anzusehen, schüttelte ich den Kopf.

„Hey sag mal, ist das nicht die aus dem *Full House*? Die Furchtbare, mit der Remo rumgemacht hat?"

Sofort warf ich ihm einen übellaunigen Blick zu, der sein dämliches Grinsen erlöschen ließ.

„Was denn?"

„Wenn einer furchtbar war, dann Remo", brummte ich. „Du hast doch selbst gesehen, dass sie nicht wollte, oder?"

„Warum hat sie ihn dann angequatscht?", lautete seine schlichte Frage, auf die ich keine Antwort hatte und die mich selbst beschäftigte. Ja, warum hatte sie sich nicht mit mir unterhalten wollen? Wie immer unser Gespräch verlaufen wäre, es hätte mit Sicherheit nicht so plump, enttäuschend und übergriffig geendet. Unwillkürlich ballte ich die Hände.

„He, warte mal. Dann ist das doch auch die, die sich an den Prof da rangemacht hat, oder?"

„Was?" Ein leichter Stich bohrte sich durch meine Rippen. „Da musst du dich irren."

„Ausgeschlossen. Das war die." Thorben deutete grinsend auf Emma, die sich gerade gemeinsam mit den anderen Tutoren an ihren Platz setzte. „Hat Remo erzählt. Er hat sie gesehen. Haben wohl rumgeknutscht oder so." Dann lachte er auf. „Klar, warum sie die Stelle bekommen hat, oder? Man muss gut für seine Gespielinnen sorgen."

Ich weigerte mich, seinem Geschwätz Glauben zu schenken. Es ergab keinen Sinn. Er war Prof und sie Studentin. Das verstieß bestimmt gegen irgendeinen hippokratischen Eid oder sonst etwas. Es gab keine heimlichen Blicke zwischen den beiden. Außerdem sah Emma mir nicht nach einem kaltherzig berechnenden Biest à la Tammi aus. Nein. Ausgeschlossen. Thorben und Remo irrten sich. Es musste so sein. Ich konnte mich nicht wieder so sehr in einer Frau täuschen.

Mein Kumpel stieß mich an. „Also, was ist, gehen wir jetzt?"

Der Prof hatte sich als Herr Dinknagel vorgestellt und präsentierte uns den Ablauf der Vorlesung.

Ich sah wieder zu Emma in der ersten Reihe. „Sorry. Mach, was du willst, aber ich zieh den Kurs durch."

„Ach Mann, ich hasse es, wenn du so vernünftig bist." Genervt und resigniert zog er Block und Stift aus seinem Rucksack und machte es sich gemütlich. „Aber eins sage ich dir. In das Tut von *der* gehe ich nicht."

Kapitel 7

Emma

Die erste Semesterwoche hatte eine Überraschung für mich bereitgehalten. Anne und mir war nicht entgangen, dass zwei ganz bestimmte Personen in einigen grundlegenden Mathekursen fehlten.

„Die haben den Studiengang gewechselt", mutmaßte ich.

Meine Freundin wiegte den Kopf hin und her. „Ich wollt's nicht so sagen, aber eine andere Erklärung habe ich auch nicht."

„Finden die mich jetzt so unausstehlich, dass sie sogar etwas anderes studieren müssen?" Ich war ehrlich: Der Schmerz dieser Aktion hatte sich in mein kaum geheiltes Herz gebohrt und fraß sich kontinuierlich weiter hinein.

„Auf keinen Fall. Das hat nichts mit dir zu tun." Anne hielt kurz inne. „Und wenn doch, sind es ein Paar kleingeistige Schuhsohlenesser."

Nach dieser zusätzlichen Qual war der Hiwi-Job zur Ablenkung noch wichtiger geworden. Selten war ich so nervös wie heute vor meinem ersten Tutorium. Kein Referat, keine Prüfung hatte mich jemals so aus der Fassung gebracht. Bereits bevor ich an die Uni fuhr, verbrachte ich den Morgen damit, tief durchzuatmen und Anne panische Nachrichten zu schreiben.

Sie werden es wissen. Sie wissen, dass ich die bin, die den Prof abgeknutscht hat und jetzt für ihn arbeitet. Die denken bestimmt, ich hätte eine Affäre mit ihm.

Wenn sie das glauben, sind sie dumm.

Sie werden mich begaffen wie ein Tier im Zoo.

*Das wird irgendwann auch langweilig ;P
Denk nicht so viel drüber nach. Du schaffst das, Püppi! Ich glaube ganz fest an dich. Wer es schafft, vor versammelter Mannschaft an seinem Professor einen Kuss draufzudrücken, der bringt auch so ein lapidares Tut hinter sich XD :**

Danke. Das habe ich jetzt gebraucht ... Ich atme einfach tief durch, dann wird das schon.

Aber denk dran, zu viel Sauerstoff ist auch nicht gut für den Körper.

Ha, ha.

Ich sah von einem Smartphone auf in den Spiegel. Kleine, geschwollene Augen schauten mir aus dunklen Rändern entgegen. Im Vergleich dazu wirken meine Wangen eingefallen, mein Gesicht fahl. Die unverkennbaren Spuren einer kaum geschlafenen Nacht.

Unsicher warf ich einen Blick auf mein Schminkkästchen. Vielleicht sollte ich etwas Concealer verwenden?

Eine Viertelstunde und einiges an Schmieren, Pinseln, Auftragen und Verteilen später sah ich aus wie eine Puffmutter. So aufgedonnert hatte ich mich nicht einmal, als Anne und ich durch die Bars gezogen waren. Ich rümpfte die Nase und wusch alles wieder ab.

Dann betrachtete ich mein Gesicht erneut im Spiegel. Durch das beherzte Abwaschen des Make-ups waren meine Augen nun zusätzlich gerötet.

Bevor ich wieder überlegen konnte, ob ich wenigstens etwas Concealer auftragen sollte, verließ ich das Badezimmer. *Avoiding temptation.* Zudem war ich mittlerweile beinahe zu spät dran, um eine Viertelstunde vor Tutoriumbeginn da zu sein. Für einen Earl Grey Tee zum Mitnehmen reichte die Zeit aber noch.

In der Küche frühstückten Saskia und Danje gerade. Mittlerweile flüchteten sie nicht mehr sofort, wenn ich auftauchte. Vermutlich, weil sie begriffen hatten, dass ich ohnehin zu feige war, um sie zur Rede zu stellen. Sie wägten sich in Sicherheit.

Dennoch verstummte ihr leises Gemurmel augenblicklich, als ich den Raum betrat. Überhaupt stellten sie sowohl ihr Gespräch als auch sämtliche Bewegungen ein und saßen da wie eingefroren. Ob sie dachten, dass ich sie nicht sehen würde, wenn sie sich nicht bewegten? Was glaubten die, was ich war? Ein Dinosaurier? Aber einige dieser Tiere hatten bekanntermaßen einen sehr ausgeprägten Geruchsinn und der Verrat meiner ehemaligen Freunde stank bis zum Himmel. Bemerkt hätte ich sie demnach auf jeden Fall.

Obwohl es mehrere Monate her war, dass ihre Affäre aufflog und ohne Umwege zu einer Beziehung wurde, schmerzte es mich bis heute jedes Mal, wenn ich die beiden zusammen sah. Manchmal fragte ich mich, wie es ihnen damit ging. Wie ertrugen sie es, hier mit mir zu leben? Wie sahen sie mich? Besaßen sie denn überhaupt kein Herz?

Da ich auf meine Fragen keine Antworten erwarten konnte, ignorierte ich meine Mitbewohner wie immer. Die gemeinsame Zeit in einem Raum hielt ich minimal, indem ich nur zum Wasseraufsetzen und Tee aufgießen in die Küche ging und mich in der Zwischenzeit fertigmachte.

Keine halbe Stunde später war der große Augenblick gekommen. Die erste Stunde meines ersten Tutoriums als Mathe-Tutorin. Ich hatte kaum Erfahrungen mit Tutorien, geschweige denn, wie man diese abhielt, aber Alouis – es war noch immer eigenartig, ihn so zu nennen – vertraute vollkommen auf meine Fähigkeiten. Zudem hatten wir extra Tutoren-Hiwi-Sitzungen, in denen wir neben den wöchentlichen Aufgabenblättern besprachen, welche Themen der Vorlesung im Tut behandelt werden sollten und wie.

Es würde mir mit Sicherheit richtig Spaß machen, würde ich mich weniger vor den Reaktionen und Fragen meiner Kommilitonen fürchten. Was war, wenn ich nicht verstand, was sie wissen wollten? Was, wenn niemand zuhörte oder sie sich über mich lustig machten?

Leicht zitternd öffnete ich die Tür des Raumes und atmete die abgestandene Raumluft tief ein. Es war eigentlich ein ganz schöner Raum. Durch die Ecklage hatte er statt einer zwei Wände mit Fenstern, wodurch er hell und freundlich wirkte. Der Boden war frisch saniert und glänzte in langweiligem grau. Gegenüber vom Pult und dem Whiteboard standen vier Reihen Tische.

Als Erstes riss ich einige Fenster auf und machte mich mit der Technik vertraut. Obwohl ich Informatik mochte, bereitete mir die praktische Anwendung technischer Geräte in Stresssituationen Unbehagen. Manchmal vermutete ich, dass sie Stresssensoren hatten und bei Nervosität anschlugen wie Bloodhounds. Diese Aktivierung startete dann einen verborgenen Algorithmus, der Funktionen willkürlich ausführte oder ganz einstellte – einfach nur zum Spaß der Programmierer.

Mein Puls lag mindestens bei 120, als ich meinen Laptop hochfuhr und ihn mit dem Beamer verband. Umso erstaunter war ich, als die Präsentation problemlos angezeigt wurde. Man konnte Folien vor und zurückspringen und mein Pointer funktionierte auch. Irritiert überrascht setzte ich mich. Was sollte ich die verbleibenden zehn Minuten machen? Meinen Laptop ließ ich sicherheitshalber unberührt.

Ich schrieb Anne:

Wish me luck!

Sofort kam es zurück:

LUUUUUUUCK!!! XOXOXO

Die ersten Studis trudelten ein und suchten sich Plätze. Einige von ihnen hatte ich in der Vorlesung kurz gesehen, andere waren mir völlig fremd. Ich rechnete mit keiner hohen Anzahl an Studierenden, da ich von den anderen Tutoren bereits gehört hatte, wie voll ihre Tuts gewesen waren. Außerdem war die Zeit meines Tutoriums unmenschlich – oder vielmehr unstudentisch. Freitagmorgen um acht Uhr fünfzehn, was hatte ich mir dabei gedacht?

Dennoch war ich mehr als erstaunt, wie viele den Weg aus dem Bett und hierher gefunden hatten. Bislang zählte ich zwanzig und es waren noch ein paar Minuten Zeit.

Wir hatten es den Studierenden überlassen, ihr Tut frei zu wählen, damit es für alle mit dem Stundenplan vereinbar war. Normalerweise erfolgte eine Zuteilung mittels eines Algorithmus', aber Alouis wollte sehen, wie die Verteilung auf freiwilliger Basis ausfallen würde.

Fünfundzwanzig Studis und drei Minuten bis zum Beginn.

Zwei Minuten und noch immer kleckerten welche ein.

Eine Minute. Ich erhob mich, um gleich die Tür schließen zu können.

Ich rechnete mit nichts und dachte an nichts.

Und dann kam er rein.

Er war etwas größer als ich und hatte dunkle, halblange Haare, die er in einem Zopf an seinem Hinterkopf trug, wenn sie nicht gerade wie heute unter einer hellgrauen Beanie-Mütze versteckt waren.

Ich kannte ihn.

Unsere Blicke trafen sich direkt.

Die Wucht dieser Begegnung prallte gegen mich wie ein Airbus. Beinahe wäre ich rückwärts getaumelt und bei dem Kabelgewirr hinter mir mit Sicherheit auf meinem Hintern gelandet.

Irgendwo hatte ich ihn schon einmal gesehen.

Während ich bewegungsunfähig dastand, huschte ein Lächeln über sein Gesicht. Er suchte sich mit seinem Kollegen einen Platz zu meiner Rechten.

„He, Tutorin, geht's bald los?", quäkte es von einem Typen aus der vordersten Reihe, der mir jetzt schon unsympathisch war und mich in die Realität zurückholte.

„Äh, ja, natürlich." Ich vergewisserte mich, dass es Zeit war zu beginnen, und schloss die Tür.

Heute hatte ich in meinem Tutorium nicht allzu viel zu sagen, denn die Themen der zweiten Vorlesung waren trotz Propädeutikum sehr grundlegend. Durch das Austeilen der korrigierten Aufgabenblätter konnte ich jedoch bereits einige Namen lernen.

So wusste ich zum Beispiel, dass der vorlaute Klugscheißer aus Reihe eins, der mich nur *Tutorin* nannte, obwohl ich mich vorgestellt hatte, Lahn hieß. Vielleicht fand er mich blöd oder die Tatsache, dass eine Frau hier vorne stand. Möglicherweise wollte er sich profilieren oder dem Kurs zeigen, dass er der Mathecrack war. Was es auch war, es trieb ihn an, nonstop die unmöglichsten Fragen zu stellen. Fragen, die mitunter weit über das hinausgingen, was in der Vorlesung durchgenommen wurde. Meistens würgte ich ihn ab, um die anderen nicht zu verwirren, doch dann setzte er einmal zu viel sein ätzendes *seht ihr, die hat keine Ahnung*-Siegergrinsen auf. Wutschnaubend schob ich Brille und

Ärmel hoch, zückte einen Stift und stiefelte zum Whiteboard. Zehn Minuten lang kritzelte ich ausführlich alles an, was mit seiner Frage im Zusammenhang stand. Weil dies zum Großteil nichts mehr mit dem aktuellen Vorlesungsstoff zu tun hatte, bat ich den Rest des Kurses, den Blick zu ihrem eigenen Schutz auf ihre Smartphones statt auf die Tafel zu richten. Doch niemand kam dieser Bitte nach. Machte wohl keinen Spaß, wenn es erlaubt war.

Lahn mochte mir in puncto Selbstbewusstsein überlegen sein, aber in Mathe konnte er sich drehen und wenden, wie er wollte, da steckte ich ihn locker in die Tasche. Nachdem er meine Rechnung nachzuvollziehen versucht hatte und zu meiner Zufriedenheit gescheitert war, war er wenigstens für den Moment ruhig. Irgendwann fotografierte er das Tafelbild und ich war mir sicher, dass er nicht ruhen würde, ehe er einen Fehler darin entdeckt hatte. Aber da konnte er so lange suchen, bis ihm Schweinsöhrchen wuchsen.

Den Blick nach rechts mied ich weitestgehend. Nachdem ich *ihm* sein Aufgabenblatt zurückgegeben und nun wusste, dass sein Name Lio war (hätte er nicht Ottfried oder Malcom heißen können???), war es nach einem weiteren Lächeln von ihm beinahe mit meiner Beherrschung vorbei. Die einzige Möglichkeit, dieses Tutorium noch abhalten zu können, war, Lio komplett zu ignorieren. Und wie es der Zufall wollte, hatte ich dank meiner Mitbewohner aktuell ausreichend Übung darin.

Nach den gefühlt längsten anderthalb Stunden *ever* war ich froh, als der Kurs vorbei war. Im Anschluss kamen einige Kommilitonen zu mir und stellten mir

Fragen, die sie sich im Tut nicht zu stellen getraut hatten – wahrscheinlich, weil sie von Lahn eingeschüchtert waren.

Aus dem Augenwinkel sah ich, dass die beiden Herren rechts ihre Sachen packten und aufstanden. Da die Veranstaltung vorbei war, erlaubte ich mir einen Blick hinüber und bekam allein bei Lios Anblick weiche Knie. Wie konnte ein Mensch so schön sein? Es sollte verboten sein, so gut auszusehen. Vor allem sollte es verboten sein, so gut auszusehen und sich unter das durchschnittliche Volk zu mischen. Ohne ihn würde ich mich nicht halb so hässlich fühlen, wie ich es gerade tat. Das war nicht fair.

Lio wartete mit geschultertem Rucksack auf seinen Kollegen, dessen Name mir wieder entfallen war. Bildete ich es mir ein, oder wirkte er unschlüssig? Auf einmal sah er mich an. Sofort verkrampften sich sämtliche meiner Muskeln.

Er hatte feine Gesichtszüge, die in sehr anziehendem Kontrast zu seinem eher ausgeprägten Kiefer standen. Seine Augen waren wach und klar. Welche Farbe sie hatten, konnte ich aus der Entfernung nicht erkennen, es sah jedoch bläulich aus.

Es vergingen zwei Sekunden, in denen wir uns ansahen, als mir plötzlich einfiel, wo ich ihn schon einmal gesehen hatte. Das *Full House.* Bierlappenzunge.

Als Anne damals gemeint hatte, ich solle mir einen der Jungs aussuchen und mich in die Männergesellschaft schob, sah ich zuerst Lio. Bereits an diesem Abend hatte er mir den Atem geraubt. Ich hatte mich unfähig gefühlt, mit ihm zu reden. Er war so weit außerhalb meiner Liga, dass es ihm garantiert peinlich war, mit mir gesehen zu werden, geschweige denn eine Unterhaltung mit mir zu führen. Darum hatte ich mich umgedreht und den erstbesten nächsten angesprochen. Ich wollte Lio verschonen. Vor mir.

Damit hatte er live mitbekommen, wie ich wahllos irgendeinen Mann angequatscht hatte und schlimmer: Wie der mich nach einem scheußlichen Kuss abserviert hatte. Das sprach nicht gerade für meine femininen Qualitäten. Dennoch konnte ich ihn verstehen. Bierlappenzunge und alle, die mich abgewiesen hatten. Ich würde mich auch nicht haben wollen. Es musste schließlich einen Grund geben, wenn einem selbst der Freund und die beste Freundin den Rücken zukehrten und außer der eigenen Eltern niemand etwas mit einem zu tun haben wollte. Na ja, und Anne. Aber die war hart im Nehmen und durch Tommy Kummer gewohnt.

Als ich das altbekannte Brennen in meinen Augen spürte, riss ich sofort den Blick von Lio los, klemmte mir in Windeseile meine Sachen unter den Arm und verschwand.

„Also für mich klingt das nach einem gelungenen Einstand", sagte Anne wenig später in der Warteschlange vor dem kleinen gläsernen Rondell des Campus-Cafés, nachdem ich ihr von meiner Premiere erzählt hatte. Wie selbstverständlich versuchte sie, mir einige meiner Ponyfransen aus dem Gesicht zu schieben. „Sie werden bald rauswachsen. Du wirst schon sehen." Nachdenklich betrachtete sie meine Zauselfrisur. „Ich könnte dir auch eine Kurzhaarfrisur schneiden."

„Du kannst genauso wenig Haare schneiden wie blonde Strähnchen färben", setzte ich dagegen.

„Nichts, was man über YouTube nicht lernen könnte. Ich könnte zur Abwechslung mal vorbeikommen. Du lernst, ich schnibbel. Oder empfangt ihr noch immer keinen Besuch?“

Ich brummte.

„Echt nicht? Euer Wohnarrangement ist total gestört, weißt du das?“

Wir konnten einen Schritt vorgehen und hatten nun schon einmal den Eingang passiert. Das Stimmengemurmel wurde lauter, das Zischen der Kaffeeautomaten vermengte sich mit dem Klappern von Tassen, Untertassen und Löffeln. Herrlich stieg mir der Duft von gebrühtem Kaffee und frisch aufgeschäumter Milch in die Nase.

„Aber nur so funktioniert es. Sie laden keinen Besuch ein und ich lade keinen Besuch ein. So vermeiden wir unnötigen Ärger.“

Unwirsch fuchtelte Anne durch die Luft. „Schnickschnack. Das machen die nur, weil sie keine Freunde haben, die sie einladen könnten, weil keiner etwas mit ihnen zu tun haben will, weil sie Verräter sind. Du weißt schon, Karma und so.“

„Ich habe auch keine Freunde. Wie lautet deine Theorie dazu?“

„Du hast mich.“ Sie grinste. Wir gingen noch einen Schritt vor.

Ich drehte meinen Fuß, sodass der gelbe Linoleumboden unter meinen Sohlen leise quietschte.

„Du hast auch keine Freunde“, murmelte ich leise, anstatt den Mund zu halten.

„Ohohohoho, sind wir heute kratzbürstig. Hat es dir nicht gereicht, Udo vorzuführen? Nee, wie hieß er noch gleich?"

„Sein Name ist Lahn. Und nein." Betrübt verschränkte ich die Arme vor der Brust. Wie konnte ein einziger Mensch nur dafür sorgen, dass man sich so elend fühlte und das, ohne ein Wort zu sagen oder unfreundlich zu sein? Im Gegenteil, Lio hatte mich nett angelächelt und mir ging es mehr als bescheiden seither. Das war doch absurd.

„Ich habe übrigens Freunde. Zwar nicht in diesem Studiengang, aber nur deshalb, weil ich es so entschieden habe", erklärte Anne beiläufig, während sie versuchte, über die breite Schulter unseres Vordermannes einen Blick auf die Auslagen zu erhaschen. „Mit Tommy und dem Studium – und dir – habe ich keine Zeit für Freunde. Ehrlich gesagt habe ich auch keine Lust, mich ständig entschuldigen und rechtfertigen zu müssen. Außerdem sind mir die Küken in meinem Studiengang viel zu jung."

„Ich bin auch so jung."

„Ja, aber für eine von euch habe ich Platz." Sie zwinkerte grinsend.

Gleich waren wir an der Reihe.

Ich überlegte, ob ich ihr von Lio erzählen sollte. Auf der anderen Seite, was gab es großartig zu erzählen? Ich hatte einen umwerfend gut aussehenden Typ in meinem Tut, der Zeuge meiner Blamage mit Bierlappenzunge gewesen war. Ich wollte gar nicht wissen, was der selbstverliebte Grapscher anschließend über mich erzählt hatte. Bestimmt, dass ich eine furchtbare Gesprächspartnerin war und nicht küssen konnte, was der Wahrheit entsprach. Dann würde Anne die gleiche Leier wie immer runterbeten. Dass das nicht schlimm war, dass ich im Gegensatz zu vielen anderen Frauen stark und mutig war und mir nur holte, was ich brauchte, bla, bla, bla. Damit hatte ich das Gespräch gedanklich bereits geführt und konnte es abhaken.

In den folgenden Wochen hangelte ich mich von Tutorium zu Vorlesung und wieder zurück. Mein Tut war mit über dreißig Studis das bestbesuchte. Ich hatte aufgeschnappt, dass die anderen beiden Tutoren ihren Job nicht sehr gewissenhaft erledigten. Diejenigen, die verstehen wollten, was sie in Mathe I taten und lernten, waren sich darum nicht zu schade, Freitagmorgens früh aufzustehen.

An Lios Anwesenheit hatte ich mich nach wie vor nicht gewöhnt. Jeden Freitag wachte ich schon um fünf Uhr hellwach auf, obwohl ich hundemüde war. Ich schob mich aus dem Bett, frühstückte, duschte, ging die heutigen Aufgaben noch einmal durch und bevor ich die Wohnung verließ, übergab ich mich – nervöser Magen.

Betrat Lio den Raum, begann mein Herz so schnell zu rasen, dass mir kurzzeitig schwarz vor Augen wurde. Ihm sein Aufgabenblatt zurückzugeben, ohne dass er das Zittern meiner Hände bemerkte, stellte mich vor eine ganz neue Herausforderung. Meistens ließ ich seines und das seines Freundes Thorben zusammen von der Seite zu ihnen gleiten und rief gleichzeitig: „Sorry!", denn in der Regel kamen die Blätter nicht weit oder sie rutschten vom Tisch.

Noch immer war das Überstehen des Tutoriums einfacher, wenn ich den Blick nach rechts mied. Kontroverserweise erwies sich Lahn hierbei als äußerst nützlich, da er mich durch seine Fragen und Provokationen oft genug ablenkte. Beinahe fing ich an, diesen Schreihals weniger unausstehlich zu finden, denn er brachte auch das Tutorium voran. Im Gegensatz zu den meisten anderen wusste er stets die Antworten auf meine Fragen und fragte zwischendurch sogar hilfreiche Sachen. Außerdem konnte er sagenhaft gut kopfrechnen, was einen gewissen Entertainmentfaktor bot.

Das Tut heute war jedoch anders. Ich kam beinahe zu spät und Lio tauchte ohne Thorben auf. Mit unruhigen Fingern schloss ich meinen Laptop an und musste dabei feststellen, dass es nicht funktionierte. Panik wallte in mir auf. Der Beamer zeigte keine Reaktion, egal wie verzweifelt ich sämtliche Knöpfe in die Fernbedienung drückte und den Stecker aus meinem Laptop rauszog und wieder reinsteckte.

Dabei war ausgerechnet die heutige Präsentation essenziell wichtig, denn in der letzten Vorlesung war ein neues Thema besprochen worden, das erfahrungsgemäß Schwierigkeiten bereitete. Und jetzt streikte die Technik. Oder der Stresssensor hatte ausgelöst.

„Sorry Leute, ich bekomm das hier gerade leider nicht hin", gestand ich mit brennendem Gesicht. „Hat einer von euch Ahnung von der Technik?" Angesichts des Studienfachs eigentlich eine bescheuerte Frage.

„Hier! Das ist ein Fall für die Informatiker!", brüllte Lahn aus der ersten Reihe prompt, um mal wieder klarzumachen, dass er Mathematiker war.

Dennoch war ich ihm für seine vorschnelle Unerschrockenheit dankbar. Es war die klassische *Jungfrau in Nöten*-Situation, die meine Informatiker erwachen ließ. Sogleich kam ein hagerer Typ mit wuscheligen roten Haaren zu mir und hantierte an meinem Laptop.

„Ist der Beamer überhaupt an?", hörte ich Lio und sah unüberlegt zu ihm. Seine Augen blitzten, dann stand er auf und sprang galant auf den Tisch unter dem Beamer. Um an das Gerät zu gelangen, musste er sich etwas strecken. Dabei rutschte sein Shirt hoch und ließ eine gut trainierte Körpermitte erahnen – ein Anblick, der mich für den Moment alles vergessen ließ.

Er drückte einen Knopf, es piepte. Kurz darauf war ein summendes Geräusch zu vernehmen. Das Blenden riss mich aus meinem Schmachten und ein leuchtend blaues Rechteck erschien hinter mir an der Wand, was Sekunden später meinen Bildschirm projizierte.

„Danke", sagte ich leise.

Lio grinste. „Da hat sich das Informatikstudium jetzt schon gelohnt."

Mein Herz machte einen Hüpfer.

„Hier, du hattest den Bildschirm falsch geteilt", wies mich der Typ an meinem Rechner auf einen weiteren Anwendungsfehler meinerseits hin.

Tja, ich war nun einmal Theoretikerin durch und durch.

Lio lächelte mich an, sprang mit einem Satz vom Tisch, ging zu seinem Platz und setzte sich. Als er wieder zu mir sah, begann er zu lachen. Erst jetzt bemerkte ich, dass ich ihn noch immer mit offenstehendem Mund anstarrte. Oh nein, genau das hatte ich

vermeiden wollen. Genau darum vermied ich Blicke
zur rechten Seite. Wie peinlich!

„He, Tutorin, du hast `ne Formel im Gesicht", witzelte
Lahn und holte mich damit endgültig zurück.

Gedankenverloren starrte ich später in der Bib an die
Bücherregale, bunt und akkurat angeordnet, wie sie
waren. Heute hatten wir keinen Fensterplatz ergattern
können. Die Bücherregale boten wesentlich weniger
Ablenkung. Und dennoch lächelte mich Lio in meinen
Gedanken immer wieder an.

„Warum grinst denn du die ganze Zeit?", flüsterte
Anne mir zu und ließ mich vor Schreck zusammenfah-
ren.

„Ich grinse doch gar nicht."

Sie zeigte auf meinen Laptop. Ich hatte eine Nachricht
von ihr:

Wie heißt er?

Bevor ich schreiben konnte, dass es keinen *er* gibt, bemerkte ich, dass sich meine Mundwinkel von allein hoben, als würde die Schwerkraft in meinem Gesicht verkehrt herum wirken.

Ich antwortete und tippte zum ersten Mal die drei
Buchstaben, deren Personifizierung mir jedes Mal aufs
Neue den Verstand raubte:

Lio

Mit größer werdenden Augen sah Anne auf ihren
Bildschirm und dann so ungläubig zu mir wie jemand,

der gerade einer Salzstangenhochzeit beiwohnte. *Zoller?*, formte ihr Mund.

Achselzuckend nickte ich. Ich wusste ja, dass er zu gut für mich aussah und zu gut für mich war, aber ich würde doch noch träumen dürfen.

Im Gesicht meiner Freundin zeichnete sich Unsicherheit ab. Sie zog und knetete ihre Unterlippe, während sie abwechselnd zu mir und auf meine Nachricht sah.

„Was ist denn?", flüsterte ich.

Sie schüttelte den Kopf. „Das weiß ich noch nicht …"

Kapitel 8

Emma

Wieder Freitag, wieder hatte es mein Frühstück nicht geschafft, in meinem Magen zu bleiben. Dieses Mal allerdings, wie ich feststellen musste, zu Unrecht. Lio fehlte heute. Es war seltsam, weil er noch nie gefehlt hatte. Ob er krank war? Aber Thorben, sein Sitznachbar, war auch nicht gekommen. Und gerade er hätte das heutige Tutorium mehr als nötig. Sein Arbeitsblatt war diese Woche eine Katastrophe gewesen.

Ich sah auf meine neue Retro-Armbanduhr, die mein Dad für mich in das letzte Carepaket gelegt hatte. Sie war Silber mit digitalen Zahlen und sah ehrlich gestanden ziemlich hässlich aus. Mein Dad hatte aber geschrieben, dass er sie damals gekauft hatte, als er Mum kennenlernte. Es sollte sein erstes Geschenk für sie werden, doch Mum verabscheute diesen ‚elektronischen Krimskrams‘. Darum bewahrte er die Uhr heimlich für ihr erstes Kind auf. Nun war es seiner Meinung nach an der Zeit, dass ebendieses Kind diese Uhr bekam.

Ich war gestern zu Tränen gerührt gewesen, als ich den Brief las. Wie sich herausstellte meine Mum ebenso, denn Dad hatte es ihr fast dreißig Jahre verschwiegen.

So schluchzten wir alle drei gestern am Telefon.

„Sie soll dir neue Hoffnung geben, Maddy", sagte Dad sanft. Maddy nannte er mich nur, wenn er ausdrücken wollte, dass er mich besonders lieb hatte. Es war wie ein kleiner Kuss von ihm in Form eines Namens. Dazu sollte erwähnt werden, dass mein Dad, stets lieben und sanftmütigen Gemüts, dennoch kein Mensch für Liebesbekundungen war. Diese Uhr und Maddy waren die größten Gesten, die ich bei ihm erlebt hatte.

Schwer zu sagen, ob ich die Uhr oder den Pulli mehr liebte.

Nichtsdestoweniger war es viertel nach. Ich musste mit dem Tutorium beginnen. Um etwas Zeit herauszuschlagen, wühlte ich in meinen Unterlagen, schrieb irgendetwas auf und klickte ein wenig herum. Dann dämmerte mir, dass es sogar besser war, wenn Lio nicht kam. Das gab mir die Freiheit, mich unverblümt zur Idiotin zu machen, ohne dass es mir danach gesondert peinlich sein musste.

Ich hatte mein Intro beendet und wollte gerade in die Thematik einsteigen, als sich die Tür öffnete und Lio und Thorben mit entschuldigenden Gesichtsausdrücken hereinkamen. Das brachte mich so durcheinander, dass ich mich verhaspelte und prompt vergaß, wovon ich gesprochen hatte. Über Lios Gesicht huschte ein Lächeln. Die beiden setzten sich auf ihre Stammplätze und damit meine Folter fort. Kurz vor Schluss erreichten wir den knackigen Teil dieses Tuts. Am Ende saßen die meisten mit rauchenden Köpfen da. Sogar Lahns vorlaute Klappe war ihm heute abhandengekommen. Ich überzog zehn Minuten, um zumindest die dringlichsten Fragen zu klären.

Am schwersten schien es für Thorben zu sein. Während alle einpackten, um kollektiv im frustrierten Schweigen den Raum zu verlassen, saß er noch immer über seinen Aufgaben, die Hände in den straßenköterblonden Haaren vergraben, die er sich zwischendurch raufte.

Eigentlich war ich fertig. Das Tutorium war beendet und meine Sachen waren zusammengepackt. Ich hatte meine Schuldigkeit getan und mir meinen Hungerlohn verdient. Dennoch konnte ich nicht einfach gehen.

„Kann ich dir noch helfen?", fragte ich Thorben vorsichtig.

Er und Lio sahen gleichzeitig zu mir auf, was mir umgehend die Hitze in die Wangen trieb. Hastig rieb ich mir durchs Gesicht und gähnte, als versuche ich, mich wach zu halten, weil ich so eine Partymaus war.

Schweigen. Schließlich stieß Lio seinen Nachbarn an. „Äh, ja. Das wäre gut", sagte der. Ein kurzer dankbarer Blick von Lio genügte und ich sah mich gezwungen, zunächst die Fenster zu öffnen. Natürlich nur, um frische Luft in den stickigen Raum zu lassen. Klar, oder?

Obwohl ich für Lio vermutlich kaum mehr als eine Mathemaschine war, war ich dankbar, ihn in meinem Tutorium zu haben. Allein seine Existenz ließ mich immer häufiger vergessen, was Saskia und Danje mir angetan hatten. Er gab mir ein neues Licht, mit dem ich mich in meinem gedanklichen Dunkel zurechtfinden konnte.

Zaghaft setzte ich mich zu den beiden, die nun abwechselnd versuchten, mir begreiflich zu machen, wo genau bei Thorben die Verständnisschwierigkeiten lagen. Eigentlich wäre es schnell erklärt gewesen, aber

Thorben bog gedanklich so oft falsch ab, dass mir irgendwann die Erklärungsansätze ausgingen. Mir helfend erklärte Lio wieder, wobei seine Hände hier und dort über das Rechenblatt glitten. Er hatte wirklich schöne Hände, stellte ich hormongetrieben fest. Filigran, aber nicht feminin.

Als die nächste Gruppe in den Raum wollte, mussten wir die Nachhilfestunde notgedrungen abbrechen. Wenigstens hatte sich Thorben ausreichend Notizen gemacht und war zuversichtlich, dass er den Rest schon begreifen würde. Das konnte ich nur hoffen.

„Ich wusste gar nicht, dass du auf Hände stehst", zog Anne mich auf, als wir später mal wieder am Campus-Café anstanden. So effizient die Mädels hinter dem Tresen auch arbeiteten, hätte sich ein zweiter in der Zwischenzeit wirklich rentiert. Zehn Minuten Wartezeit war hier nichts und die Pausen zwischen den Vorlesungen dauerten nur fünfzehn Minuten.

„Ich stehe nicht auf Hände!"

„Natüüürlich stehst du nicht auf Hände, nur auf *seine* Hände." Sie grinste.

„Ich habe nur rein zufällig bemerkt, dass seine Hände ..."

„Jaaaa?"

„Schön proportioniert sind", erklärte ich unbeholfen.

Anne musterte mich skeptisch. „Du stehst also nicht auf Hände?"

„Nein."

„Solltest du aber."

Ich runzelte die Stirn. „Warum?"

„Denk mal drüber nach, Püppi.“ Bedeutungsschwer zwinkerte sie mir zu. Bevor sie mehr sagen konnte, war sie an der Reihe und gab eine ausladende Kaffeebestellung auf.

„Du bist so ein Schweinchen!“, flüsterte ich ihr hysterisch kichernd zu und blickte mich um, um sicherzugehen, dass niemand unser Gespräch belauscht hatte. Mein Glucksen erstarb jäh, als ich sah, dass ausgerechnet Lio fast direkt hinter uns stand. Neben ihm ein mosernder Thorben und eine extrem hübsche Frau mit langen, dunklen Haaren, mit der man ihn öfter zusammen sah. War sie seine Freundin? Mein Herz wusste nicht, ob es vor Freude hüpfen oder vor Kummer brechen sollte, darum rumpelte es unschlüssig in meiner Brust herum.

So sehr ich es wollte, konnte ich den Blick nicht von dem Trio abwenden. Er war wie mit Uhu an ihnen festgeklebt. Gab es Hinweise, dass Lio keine Beziehung mit dieser Frau hatte, oder genau das Gegenteil? Dann bekam ich ihn vielleicht endlich aus dem Kopf.

„Habt ihr denn auch *fingerfood?*“, erkundigte sich Anne plötzlich in übertriebener Lautstärke.

Oh nein.

„Oder habt ihr *Finger*kekse oder andere *Hand*reichungen? Katzenzungen würden es auch tun.“

Meine Augen wurden immer riesiger und ich wünschte mir, in die nächste Szene blenden zu können wie in einem Film.

Lios Blick flog amüsiert zwischen meiner Freundin und mir hin und her.

„Meine Freundin hier hat nämlich ein Ding für *Hände.* Männerhände, um genau zu sein.“

Das konnte unmöglich wahr sein! Lio lachte leise und ehe ich vor Scham verglühen konnte, riss Anne an mir, sodass ich herumwirbelte und in das Gesicht einer genervt dreinschauenden Bedienung blickte. Ich war ihr offenbar zu langsam.

„Lass uns mal wieder auf Tour gehen, Püppi", schlug Anne unbedarft vor, nachdem wir die Kammer des Schreckens alias das Campus-Café verlassen hatten.

Ich zog sie eilig möglichst weit weg vom Ort der Blamage.

„Auf keinen Fall. Nicht nach dem ganzen Ärger, den wir beim letzten Mal hatten!", lachte ich. Allein der Gedanke war absurd. Erst jetzt, mitten im Semester, bekam ich das Gefühl, dass weniger hinter vorgehaltener Hand über mich gesprochen wurde. Waren alle wahrscheinlich zu beschäftigt.

„Ach komm schon", flehte sie. „Mein Kopf braucht mal eine Auszeit. Geile Musik, heiße Typen und vor allen Dingen viel Alkohol."

„Ja, das ist voll die gute Idee. Zerstör dir deine grauen Zellen. Dann musst du aber nicht jammern, wenn der Stoff zu schwer für dich ist."

Annes Augenbrauen zogen sich zusammen wie Gewitterwolken. „Du bist echt eine Spielverderberin."

Ich wollte darauf etwas entgegnen, als ein anderer Teil ihrer Aussage in mein Bewusstsein sickerte. Unüberlegt sprach ich den erstbesten Gedanken dazu aus: „Mal abgesehen davon, warum redest du von heißen Männern? In den ganzen zwanzig Malen, in denen ich mit dir abends in Bars, Kneipen, Lokalen und

Diskotheken war, hast du dich nicht einmal mit einem Mann auch nur unterhalten – unabhängig vom Aussehen."

Mein überhebliches Lächeln verging mir eine Sekunde später, als ich sah, wie sich der Ausdruck in Annes Gesicht veränderte.

„Ich will nur raus und ein wenig tanzen."

„Ganz ohne Männer?" Die Frage war schneller ausgesprochen, als ich mein loses Mundwerk halten konnte.

„Ich habe dir doch gesagt, dass es als alleinerziehende Mutter nicht so einfach ist." Sie sah rasch zur Seite.

Ja, da hatte sie recht. Aber Reden war doch erlaubt, oder? Oder ein kleines bisschen Spaß? Es musste ja nicht sofort im Bett enden, falls sie Sorge hatte, erneut geschwängert zu werden.

Ich verstand ihre Zurückhaltung nicht. In den Bars tummelten sich genug Männer, die vom Alter her besser zu ihr passten als die Studis hier. Doch nie geschah etwas. Sie klopfte Sprüche, zog Männer mit Blicken aus und berichtete detailliert, was sie im Bett mit ihnen anstellen würde, doch wenn Mann ihr tatsächlich einen Drink ausgeben oder sich mit ihr unterhalten wollte, blockte sie ab. Sie versuchte es nicht einmal. Sie gab keinem Mann die Chance, besser als mögliche Erfahrungen zu sein. War es wirklich nur die Tatsache, dass sie alleinerziehende Mutter war?

Vorsichtig streichelte ich ihren Arm. „Sorry, ich hätte das nicht sagen sollen. Es tut mir leid."

„Schon gut", sagte sie mit dünner Stimme und bemühte sich um ein Lächeln. „Es ist eben ... kompliziert."

„Das verstehe ich", log ich.

„Gehen wir trotzdem? Wir beide zusammen mit unseren verkorksten Liebesleben. Erinnere dich, dass heute Freitag ist. Deine Mitbewohner könnten Date-Night haben und dann wird es später laut."

Daran musste ich wahrlich nicht erinnert werden.

„Was ist? Wollen wir?" Mit Plüschaugen sah sie mich an.

Zögernd betrat ich gemeinsam mit Anne am Abend die dunkle, stickige Bar mit dem Namen *Ace*. Tatsächlich waren wir zum ersten Mal hier. Es dauerte einen Moment, bis sich meine Augen an das schummrige Licht gewöhnt hatten. Tische, Stühle, die Theke sowie die Barhocker waren aus rustikalem Holz und sahen aus, als wären sie handgemacht. *I was made for lovin' you* von Kiss dröhnte aus den Lautsprechern und machte es fast unmöglich, seine eigenen Gedanken zu verstehen.

„Bist du sicher, dass das hier eine gute Idee ist?", brüllte ich Anne direkt ins Ohr.

„Sicher bin ich mir sicher!", brüllte sie zurück. „Wir müssen mal die Sau rauslassen. Ohne Männer. Und genau das werden wir jetzt tun."

Meine Begeisterung hielt sich in Grenzen. Ich ließ mich von ihr zur Theke schieben, wo wir uns zwei Biere bestellten, an denen wir schweigend nebeneinanderstehend nippten. Dank des Krachs war keine Unterhaltung möglich. Jetzt kam auch noch ein Schnulzenlied von Nico Santos. *Unforgettable*. Nicht das, was ich gerade brauchte. Zudem klang der gute Nico heute irgendwie anders. Lustlos nahm ich einen weiteren

Schluck und ließ meinen Blick über die vielen Flaschen an der Rückwand der Theke schweifen.

Anne hingegen drehte sich zum Geschehen um. „Ist doch gut hier oder nicht?", schrie sie fröhlich.

„Die Musik ist eindeutig zu laut!"

„Hey, das ist Livemusik. Was willst du erwarten?"

Bevor ich etwas entgegnen konnte, schlug Anne mir mit voller Wucht gegen den Arm.

„He, spinnst du? Das tut weh!" Ich rieb meinen Arm. „Zum Glück hast du nicht meinen Bierhaltearm erwischt", murrte ich wissend, dass sie mich nicht verstand. „Bierflecken in meiner Kleidung kann ich nicht auch noch gebrauchen."

In diesem Augenblick schlug sie mich wieder.

„AU!" Ich fuhr zu ihr herum. Sie sah aus, als habe sich die Bar in das *Candyland* verwandelt. „Was soll das?"

„DA!", rief sie und deutete auf die andere Seite des Raumes. Direkt neben dem Eingang befand sich eine Bühne, die mir beim Reinkommen nicht aufgefallen war.

Ich sah mir die Band an, die gerade spielte. „Und was ist da jetzt beson..." Nein. Das durfte nicht wahr sein. Nein. Nein, nein, nein, nein. Bitte nicht. Nein, nein, nein. Nein! NEIN!

Auf der Bühne am Mikrofon stand, wie sollte es anders sein, Lio. Seine Haare waren hinten zusammengebunden, doch eine Strähne hatte sich gelöst und fiel ihm ins Gesicht, während er *Unforgettable* ins Mikro schmetterte. Es klang ähnlich wie das Original, aber Lios Stimme war basslastiger und rauchiger, was mir deutlich besser gefiel.

Verdammt! Musste er auch noch dieses Teenager-Dreamboy-Klischee erfüllen? Ich war doch auch ohne dass er auf einer Bühne stand und sang, total in ihn verknallt. Doch es war hoffnungslos. Alle Männer hatten mich bislang abblitzen lassen, da brauchte ich mir nicht einbilden, dass ein Traummann wie Lio mich bemerken würde. Nicht einmal dann, wenn ich vor ihm stand und blöde fachbezogene Vorträge hielt.

Dennoch hielten seine Stimme und sein Gesang mich im Bann. Ich prägte mir jede seiner Bewegungen und Gesten ein und verlor mich in seinem Anblick. Wie er dastand, seinen muskulösen Körper angespannt, das Standmikrofon mit beiden Händen festhaltend, während seine Stimme den Raum füllte. Unweigerlich begann ich zu zittern.

Dann kam die Stelle im Song, die ohne Instrumente war und in einer kleinen Pause gipfelte. Die Bridge? Keine Ahnung, ich hätte bei der Liedanalyse in Musiktheorie besser aufpassen sollen. Als Überraschungseffekt wurden plötzlich alle Lichter der Bar hochgefahren, sodass es taghell wurde. Lio sah in den Raum und unsere Blicke trafen sich.

Und für eine Sekunde blieb die Welt einfach stehen.

Die Musik setzte wieder ein, das Licht fuhr runter, doch er stieg erst in der zweiten Hälfte der Zeile ein. War das Absicht?

Sofort spürte ich einen Ellenbogen, der sich schmerzlich in meine Rippen bohrte. „Na, was war das denn? Was war das denn?" Anne lachte sich schlapp.

Ich zuckte mit den Schultern.

„Moment, Püppi, du hast da etwas Sabber", erklärte sie gackernd und fummelte an meinem Mund rum.

Ich schob ihre Hand dezent beiseite, während ich das letzte *Unforgettable* von Lio in mich einsog wie ein Schwamm.

Zugegeben, ich hatte Gefallen an diesem Abend gefunden. Dann spielten sie *Underdog* von Alica Keys. Ich war überrascht, wie hammermäßig es mit einer Männerstimme klang. Dieses Mal bewegte Lio den Körper im Takt dazu. Er hatte offensichtlich Spaß und animierte das Publikum zum Mitklatschen. Zwischendurch shakerte er mit den anderen Bandmitgliedern, die zu meiner Erleichterung alles Jungs in seinem Alter waren.

Das letzte Lied gab mir den Rest. Bereits als die ersten Klänge des Klaviers erklangen, überzog sich mein Körper mit einer Gänsehaut. Lewis Capaldi *Someone you loved*. Heute blieb mir wirklich nichts erspart.

Anne sagte etwas zu mir, doch ich winkte ab. Außer ihm wollte ich nichts hören. Denn wenn Lio sang, hatte ich das Gefühl zu schweben.

Er sang das Lied mit Hingabe. Beide Hände am Mikro hatte er die Augen die meiste Zeit geschlossen. Dabei sah er so anbetungswürdig aus und klang so großartig, dass sich beinahe ein Tränchen aus meinem Auge gestohlen hätte. Woran er wohl gerade dachte?

Als die letzten Töne des Songs gespielt wurden, wurde Lios Blick wieder klar. Er schaute durch die Bar, in der tosender Applaus losbrach. Ich wusste, dass er, geblendet durch die Scheinwerfer, niemanden erkennen konnte, dennoch bildete ich mir ein, dass sein Blick für einen kurzen Augenblick bei mir hängen blieb.

Damit war der Auftritt zu Ende. Ich stimmte sofort in die Rufe nach einer Zugabe ein. Anne hatte längst den

Kontakt zu mir verloren und lachte sich vermutlich gerade scheckig. Mir war es egal. Ich wollte mehr hören.

Die Band gab nach und spielte *Pompeii* von Bastille. Am liebsten wäre ich vor die Bühne gegangen und hätte getanzt, wie es viele taten, doch dafür schlummerte zu viel Feigling in mir. Ich konnte unmöglich vor Lio herumhampeln.

Meine Freundin hingegen ließ es sich bei dem Song nicht nehmen, wie wild um mich herum zu hüpfen, lauthals mitzugrölen und ihre Locken zu schütteln.

Mit dem Lied war auch der Auftritt der Band zu Ende. Die donnernde Livemusik wurde von normaler Kneipenmusik in normaler Lautstärke abgelöst.

Ich litt. Es war keine gute Idee gewesen, hierher zu kommen. Gar keine gute Idee. Ausnahmslos schlecht sogar. Bescheuerter als mit meiner ex-besten Freundin und meinem Ex-Freund in einer Wohnung zu leben. Nach diesem Erlebnis würde meine Verknalltheit in einen unerreichbaren Mann ins Unermessliche wachsen.

Anne und ich drehten uns wieder der Theke zu. „Scheiße", sagte ich.

„Jap", gab sie zurück.

Wir schwiegen.

„Mann, das war schon Sahne. In den könnte ich mich auch verschießen. Also wenn du ihn nicht haben willst, ich nehme ihn."

Bitter lachend nickte ich und trank einen großen Schluck.

„Sah das nur so aus oder hat er bei dem Nico Santos-Lied zu dir geschaut?"

„Das sah bestimmt nur so aus." Ich wollte mir keine Hoffnungen machen lassen. Das war ungesund.

„Hi", hörte ich es plötzlich direkt neben mir. Ich zuckte zusammen. Als ich in Lios klare Augen sah, hätte ich vor Schreck beinahe meine Bierflasche fallen lassen. Er lächelte mich an, nachdem er dem Barkeeper bedeutet hatte, ihm etwas zu trinken zu bringen.

Ach du Scheiße, ach du Scheiße, ach du Scheiße!

Er war ein wenig verschwitzt und sah aus der Nähe aus wie ein junger Gott. Mein Herz tobte, mein Körper wollte zu ihm und ich bekam fast keine Luft, geschweige denn, dass ich hätte reagieren können.

„Bist du öfter hier?", fragte er interessiert.

Ich starrte ihn an. Ewig lange. Dann stieß mir jemand in den Rücken. „Wer, ich?", presste ich endlich hervor.

Lio lachte, wodurch sich kleine Grübchen auf seinen Wangen bildeten. „Ja, natürlich du. Ich hab' dich hier noch nie gesehen."

„Also bist *du* öfter hier", schloss ich fuchsig und hätte mir im selben Augenblick für diese dämliche Reaktion am liebsten vor die Stirn geschlagen.

Noch immer steif wie ein Brett, wenngleich ernüchterter von mir selbst, fügte ich diese Bar gedanklich zu den Orten, die ich nicht betreten sollte, wenn ich Herzschmerz vermeiden wollte. Fragte sich nur, ob diese Bar vor oder nach meiner Wohnung auf dieser Liste kam.

„Meinem Onkel gehört die Bar", erklärte Lio und errettete mich vor meinen Gedanken. „Wir nutzen sie als Probenraum mit wöchentlichen Gigs, bevor der Hauptansturm kommt. Meistens donnerstags, aber diese Woche ist alles etwas durcheinander."

In Ermangelung schlauer Antworten nickte ich beeindruckt und betrachtete ihn, während er sein Wasser entgegennahm.

„Hat es dir gefallen?“, fragte er sanft.

„Ähm …“ Ich wollte ihm sagen, wie hammermäßig ich diesen Auftritt und vor allen Dingen ihn fand. Aber ohne wie ein kleiner, bescheuerter Fan zu wirken (der ich zweifellos war), war das nicht möglich.

Lio wartete noch immer auf eine Antwort.

„Ja!“, rief ich lauter als beabsichtigt und bremste mich schnell wieder. „Ja, es hat mir gefallen.“ Das war die Untertreibung des Jahrhunderts.

„Schön“, antwortete er, doch sein Gesichtsausdruck verriet, dass er sich eine andere Antwort gewünscht hatte. Sofort ärgerte ich mich über meinen kümmerlichen Mickey Mouse Verstand.

Er trank einen großen Schluck Wasser. Danach lehnte er sich zu mir. Die Musik war zwar leiser als die Livemusik, aber eine normale Unterhaltung war dennoch nicht möglich. Also brüllte man sich entweder an, wie Anne und ich es machten, oder man kam sich auf prickelnde Weise näher, so wie Lio gerade.

„Zurzeit spielen wir nur Cover und darunter auch viel Pop. Das gefällt nicht jedem.“ Er schwieg, was mir eine Gelegenheit für eine Reaktion gab, wenn ich eine parat gehabt hätte. Seine Nähe machte mir Denken und Sprechen unmöglich. „Aber die Band“, er deutete auf ein paar Personen an der Bühne, „hat sich gerade erst zusammengefunden. Wir nutzen die Coversongs, um uns kennenzulernen und unseren Style zu finden, weißt du?“

„Ja", gab ich stumpfsinnig von mir. „Kann ich verstehen." Was ich nicht verstand, war, warum er überhaupt mit mir redete. Er hatte gerade einen Wahnsinnsauftritt hingelegt, seine Band wartete auf ihn und Frauen reckten sich den Hals nach ihm. Und wo war dieses hübsche Mädchen, seine Freundin? Wir hatten noch nie großartig miteinander gesprochen. Warum beim Geysir auf Aladdins gezwirbeltem Schnauzbart unterhielt er sich also mit mir?

Er trank noch einen Schluck, während wir schweigend nebeneinanderstanden. Warum blieb er bei *mir* stehen?

„Bist du immer so schweigsam?", erkundigte er sich spitzbübisch.

Hilfeeeee! „Ähäm", gab ich nur wieder von mir.

„Wahrscheinlich nur, wenn du nicht über Mathe reden kannst, was?" Er zwinkerte mir zu.

Würde ich mich weniger hilflos fühlen, wäre ich jetzt gekränkt. Ausschließlich als Geek wahrgenommen zu werden, war nicht gerade schmeichelhaft.

Lio nippte wieder an seinem Wasser. Mir fiel beim besten Willen nichts ein, was ich sagen könnte. Ich fühlte mich wie ein Hornochse. Ein tollpatschiger Hornochse, der versucht, ein magisches Einhorn mit Flügeln zu beeindrucken. Am liebsten hätte ich wegen meiner eigenen Inkompetenz geheult und mir die Haare gerauft. Gerade als sich diese Verzweiflung einen Weg in mein Sprachrohr bahnte, sagte er meinen Namen. Es klang so schön aus seinem Mund, dass ich völlig vergaß, was mich gerade noch aufgewühlt hatte.

Mit seinen fesselnden blaugrauen Augen, die in dieser Umgebung tiefblau wirkten, hakte sich sein Blick so fest in meinen, dass sich ein leichtes Zittern in meinem Körper ausbreitete. Mein Herz trommelte gegen meine Rippen und mein Hals trocknete aus.

Er öffnete den Mund, und während mein Herz schon zu flattern begann, schloss er ihn mit einem kaum merklichen Kopfschütteln wieder. „Also dann, ich muss zurück zu den anderen."

„Ja, ist gut." Ich zwang mich zu einem Lächeln.

Er zögerte einen Moment, dann ging er.

„Warte!", rief ich ihm hinterher.

Er drehte sich um.

„Wie heißt eure Band eigentlich?" Endlich war mir eine Frage eingefallen, was mich mit enormem Stolz erfüllte, was wiederum ziemlich traurig war.

Mit der Wasserflasche in seiner Hand deutete er auf ein gigantisches Banner, das über der Bühne hing und vermutlich jeder außer mir gesehen hatte. Auf diesem Banner stand ein Wort, das ich weder lesen konnte, noch kannte: *reciprocate.*

Mit zusammengekniffenen Augen versuchte ich, diese unmögliche Buchstabenfolge auszusprechen.

„Rece … repr … was?", brabbelte ich vor mich hin. Lio war mit Sicherheit schon wieder an der Bühne. Aber das nächste Mal, wenn wir uns sahen, würde ich nicht wie ein totaler Schwachkopf dastehen. Selbstsicher würde ich mich erkundigen, wie es mit seiner Band *repriorate* oder so lief. Natürlich erst, nachdem ich das Wort gegoogelt hatte und wusste, was es bedeutete. Außerdem könnte ich ihn dann fragen, was es mit dem Namen auf sich hatte und wie die Geschichte dazu war. Gleich zwei Fragen, *whohooo!* Ja, das nächste Mal wäre ich vorbereitet. Ganz sicher.

„Recipe? Repe … Recipr …" Ich begriff es nicht. „Recip … recip …"

„reciprocate", raunte mir plötzlich jemand ins Ohr und legte die Hand an meine Taille. Ich erschrak derart heftig, dass ich die Person reflexartig von mir wegschubste und selbst einen Satz zurückmachte.

Erst jetzt erkannte ich mit Schrecken, dass diese Person Lio gewesen war.

Shit.

Ich dachte, nachdem er mir den Namen gezeigt hatte, sei er zur Band gegangen. Ich hatte nicht bemerkt, dass er zurückgekommen war.

Mit weit aufgerissenen Augen starrte er mich entsetzt an. Ich wollte etwas sagen, aber ich war wie gelähmt.

Lio hob entschuldigend die Hände. „Sorry", sagte er und verschwand, ohne ein weiteres Wort zu verlieren.

„Nein, halt, warte! Das hatte nichts mit dir zu tun!", rief ich, doch es war zu spät. Er war bereits bei der Bühne und konnte mich nicht mehr hören. Ich hätte heulen können. Das war sie gewesen: Meine erste und einzige Möglichkeit, mich außerhalb der Uni mit Lio zu unterhalten. Meine Chance zu beweisen, dass ich mehr als das graue Mathemäuschen war, das er bisher in mir gesehen hatte. Und ich hatte es so etwas von vergeigt.

„Das ist eine seltsame Art, jemandem zu zeigen, dass man ihn mag. Macht ihr Kids das heutzutage so?", fragte Anne mit gespielter Verwirrung, die meinen unbeholfenen Eiertanz aus erster Reihe beobachtet hatte.

„Ich will nach Hause", gab ich matt zurück. Die Lust an diesem Abend war mir vergangen.

„Ach Püppi." Mitfühlend streichelte sie mir über die Schulter. „Du wirst sehen, das hat er ganz schnell vergessen und schon beim nächsten Tutorium lacht ihr darüber.“

Leider lag meine Freundin mit ihren Theorien wie immer daneben und in diesem Fall sogar kolossal. Das nächste Tutorium, vor dem ich so aufgeregt war, dass ich nicht einmal frühstücken konnte, fand ohne Lios Anwesenheit statt. Bei dem Tut eine Woche später kam er zwar, würdigte mich allerdings keines Blickes, was schon einem Kunststück gleichkam, da ich die vortragende Person war. Desinteressiert kritzelte er auf seinem Block herum oder daddelte am Handy. Um Punkt 9:45 Uhr stand er auf und verließ ohne Blick oder Kommentar den Raum, obwohl ich bereits dabei war, die Gruppe zu verabschieden. Thorben folgte ihm. Es war demütigend.

Als er eine Woche später die gleiche Nummer durchzog, war mir klar, dass der Schaden irreparabel war. Ich bekam keinen freundlichen Blick mehr, kein Lächeln. Lio war anwesend, ignorierte mich aber gänzlich.

Nach diesem Tut fühlte ich mich elend. Anstatt wie sonst in die Bib zu gehen und mich dort mit Anne zu treffen, fuhr ich mit dem Bus nach Hause. Ich schloss die Wohnungstür hinter mir, sank auf den Boden und weinte jämmerlich vor mich hin. Ich konnte mir selbst nicht erklären, warum er diese übertriebenen Gefühle in mir auslöste. Das war keine normale Verknalltheit mehr, oder? Ich brauchte Hilfe oder einen Exorzisten.

Als die Tränen versiegt waren, schniefte ich ein letztes Mal beherzt und wischte mir das Gesicht trocken. Erst jetzt bemerkte ich, dass ich nicht allein war.

Ein Stück weiter stand, eine Tasse in der Hand, Saskia. Unschlüssig sah sie mich an.

Kapitel 9

Lio

Missmutig knallte ich die Tür meines Schließfachs zu. Unsere letzte Vorlesung des Tages war vorbei und nun waren Thorben und ich auf dem Weg in die Bib, um dort den Lernstoff nachzuarbeiten.

Das Schöne an diesen speziellen Schließfächern war, dass sie etwas abseits des Menschenstroms lagen, der gerade geschäftig an uns vorüberzog – auf dem Weg zur nächsten Vorlesung, zum Bus oder in die Mensa. Dadurch war es laut genug, dass mein spontaner Ausbruch von Ärger weitestgehend unbemerkt blieb.

„Alter, was'n mit dir los?", fragte Thorben amüsiert.

„Nichts", knurrte ich.

„So ist er schon seit Wochen", meldete sich Sintja zu Wort, die sich unbemerkt von hinten angeschlichen hatte. „Du solltest ihn mal zu Hause erleben. Dass bei uns noch alle Türen in ihren Angeln sind, grenzt an ein Wunder. Ich tippe auf verletztes Ego." Sie grinste mich frech an.

Leider konnte ich ihre Psychoanalyse gerade nicht gebrauchen. „Danke für diesen Einschub, Dr. Freud. Können wir jetzt gehen?"

„Der ist aber echt mies drauf", raunte Thorben ihr zu. Sie nickte und beide sahen mich an, als sei ich im Begriff, die Uni in die Luft zu sprengen.

„Kannst du schon einmal vorgehen? Ich werde meinen Bruder mal kurz in die Mangel nehmen müssen“, sagte sie an meinen Kumpel gewandt.

„Ist gut.“ Anstandslos trottete er davon. Unser Geschwister-Ding hinterfragte er längst nicht mehr.

Sobald er außer Hörweite war, sah Sin mich mit vor der Brust verschränkten Armen scharf an.

„Was?“, fauchte ich.

„Dann hast du mal eine Abfuhr kassiert, *so what?*“

Ich musste hart schlucken, als die Erinnerung auftauchte. Trotz der Wochen, die seitdem vergangen waren, fühlte es sich noch immer schwer an.

„Das bist du nicht gewohnt, schon klar.“

„Woher weißt du ...?“

„Ich weiß alles“, entgegnete sie lässig. „Und wenn du dich nach einem Gig mit einer einzigen Frau unterhältst, spricht sich das schnell herum.“ Sie tippte sich an die Nase.

„Na wunderbar.“ Am liebsten hätte ich gegen die Spindwand getreten.

„Willkommen in der Welt der Normalsterblichen, bei denen es nicht ganz so *easy peasy lemon squeezy* läuft. Bei denen, die sich ins Zeug legen müssen, die lernen müssen, damit umzugehen, wenn sie einen Korb zu bekommen.“ Sie machte eine Pause, dann nahm sie mich in den Arm, damit niemand hörte, was sie nun sagte. „Ich habe gehört, sie hat auch schon einiges an Zurückweisungen erfahren.“

„Von wem redest du?“

„Von deinem Megacrush“, sagte sie, als sei es das Normalste der Welt.

„Ich habe keinen ...“

Sie ließ mich los. „Oh, *come on*! Wir sind Zwillinge und zudem unnormal eng verbunden. *Mein* Puls geht hoch, wenn *du* sie siehst. Erinnerst du dich an unsere kleine Begegnung im Campus-Café?“ Sie sah mich eindringlich an. „Da bin ich ganz zittrig geworden und wusste zuerst nicht einmal, warum.“

„Du weißt, wer sie ist?“ Unwillkürlich erfasste mich Erleichterung. Endlich wusste es jemand. Endlich konnte ich über Emma sprechen.

„Natürlich weiß ich das. Dachtest du wirklich, du könntest es vor mir geheim halten?“

„Sorry.“

Sie bedachte mich mit einem sorgenvollen Blick. „Ehrlich gesagt weiß ich aber nicht, warum gerade sie.“

„Warum? Was ist dein Problem mit ihr? Emma ist hübsch und verdammt klug, was passt dir daran nicht?“, gab ich trotzig zurück.

„Das meine ich nicht. Ich meine ...“ Sin suchte nach den passenden Worten. „Ihr Ruf ist nicht sonderlich gut. Ich habe gehört, sie hat sich an einen Matheprof rangeschmissen und mit ihm rumgemacht, bis seine schwangere Frau aufgetaucht und sie zusammengefaltet hat.“ Sie rümpfte die Nase.

Wieder ein kleiner Stich. „Ich bin sicher, es war anders, als es erzählt wird.“

Meine Schwester seufzte. „Sie wird dir das Herz brechen.“

„Warum glaubst du das?“

„Sie wirkt sprunghaft, verpeilt und unsicher. Mit ihr stimmt etwas nicht. Mal abgesehen davon ...“ Sie deutete auf mich. „Sieh dich doch an. Eine falsche

Bewegung von ihr und du läufst wochenlang rum wie ein apokalyptischer Zombie."

So wenig ich es hören wollte, musste ich zugeben, dass etwas Wahrheit darin lag. Zumindest in dem Teil, der sich auf mich bezog. Ich stand seit Emmas Zurückweisung ziemlich neben mir.

„Wenn du meinen Rat hören möchtest ..."

„Nope."

„Halt dich von ihr fern. Denk lieber an dich, konzentrier dich auf dich, auf deine Familie, auf dein Studium und vor allem auf deine Zukunft."

Genervt rollte ich mit den Augen und drehte mich um, um in die Bib zu gehen. Doch meine Schwester hielt mich zurück. „Lio, ich mache mir nur Sorgen. Gerade nach dem letzten Mal ..."

Ich nahm sie in den Arm und gab ihr einen Kuss auf den Kopf. „Ich weiß", flüsterte ich. „Aber es ist nicht wie beim letzten Mal."

„Das ist gut." Für einen Augenblick schwieg sie. „Weißt du, als Schwester muss ich dir diese Sachen sagen. Aber als deine Freundin sage ich dir: Letztendlich ist es deine Entscheidung. Hör auf dein Herz, Lio."

Als wäre ich in der Lage, es zu überhören. „So ganz allein ist es nicht meine Entscheidung. Emma hat auch ein Wörtchen mitzureden. Das scheint sie aber nicht zu wollen."

„Hm." Nachdenklich sah sie mich an. „Ich kann leider nur in dich reinschauen. Aber ich verstehe es nicht ganz. Worüber sprecht ihr denn so?"

„Normalerweise gar nicht", gab ich zu. Der erstaunte Blick meiner Schwester spiegelte wider, wie töricht ich mich verhielt. Was hatte ich denn geglaubt? Dass es ausreichte, in ihrem Leben aufzutauchen und einen auf Strahlemann und Superstar zu machen, um sie für mich zu gewinnen? Wie man vor drei Wochen gesehen hatte, wusste ich nicht einmal, worüber ich mich mit ihr unterhalten sollte. Von den Themen, die sie interessierten, hatte ich kaum eine Ahnung. Außer Mathe verband uns wohl nichts. Kein Wunder, dass sie mich uninteressant fand. Ja, Emma war tatsächlich anders als andere Frauen. Was sonst easy funktionierte, klappte bei ihr nicht – oder ganz anders.

Ernüchtert berichtete ich Sintja, wie meine Begegnungen mit Emma bisher abgelaufen waren. Zunächst die Sache mit Remo, die mich noch immer verfolgte.

„Ernsthaft? Du wolltest dich bei ihr entschuldigen, weil dieser Typ ein Widerling war?", fragte meine Schwester ungläubig. „Merkst du was?" Ihre Mundwinkel zuckten.

Ich presste die Lippen zusammen.

„Ist dir kein besserer, lächerlicher Vorwand eingefallen, um mit ihr zu sprechen? Vorlesungsthemen oder so?"

„Ich ... es ..." Meine Schultern sanken. „Nein. In ihrem Tut sage ich nichts. Sie erklärt etwas, ich schweige. Sie fragt etwas, ich schweige. Ich habe eine Frage, ich schweige. Ich komme mir so dumm vor."

Mitfühlend sah sie mich an. „Junge, dich hat es echt erwischt, was? Sorry. Ich dachte, Franky übertreibt."

Ich rieb mir über die Augenlider. Noch eine Wahrheit, die ich nicht hatte hören wollen.

„Halt mich für verrückt, aber die ganze Zeit war ich mir sicher, da wäre auch etwas bei ihr." Ich kniff die Augen zusammen, als könnte ich so die vergangenen

Situationen genauer erkennen. „Ich war der festen Überzeugung ...“

„Natürlich warst du das. Du bist Lio Zoller. *Jede* Frau hat Interesse an dir. Du bist es nicht anders gewohnt.“ Ihr Mitgefühl war verschwunden. „Zu siegessicher“, sagte sie achselzuckend mit herablassendem Blick.

„Ich glaube nicht, dass es damit zu tun hatte“, dachte ich laut. „Aber vielleicht wollte ich wirklich etwas sehen, das nie da war.“ Ich seufzte. „Egal, lass uns in die Bib gehen. Thorben wartet und die Aufgaben lösen sich nicht von allein.“ Damit legte ich einen Arm auf ihre Schulter und wir machten uns auf den Weg. Ich zog sie an mich und drückte ihr einen Kuss auf den Kopf.

„Lass das“, kicherte sie. „Du brichst mir mit deiner Liebe noch mal das Genick.“

Sie versuchte, sich zu befreien, doch ich hielt sie nur noch fester. In den letzten Minuten hatten sich die Flure merklich geleert. Vereinzelt saßen noch Studis auf den Bänken rund um das Campus-Café und die Campus-Bäckerei. So auch Emma und ihre Freundin, die ich erst jetzt bemerkte. Mit einem Kaffeebecher in der Hand beobachteten sie das Geplänkel zwischen mir und meiner Schwester. Prompt übersprang mein Herz einen Schlag.

Sin war das ebenso wenig entgangen. „Ganz ruhig“, sagte sie leise, während sie über meine Brust strich, als würde sie zu meinem Herzen sprechen. So unbedarft wie möglich gingen wir weiter.

„Dir ist aber schon klar, dass sie davon ausgehen könnte, dass wir ein Paar sind, oder?“

Was sollte ich dazu sagen? Ja, es war mir klar. Jetzt, wo Emma mich und Sin gesehen hatte. Würde ich mich deswegen anders meiner Schwester gegenüber verhalten? Wofür? Emma wollte nichts von mir wissen. Das hatte sie mir überdeutlich klargemacht.

Demonstrativ ließ ich meinen Arm, wo er war. „Vielleicht solltest du ab jetzt etwas mehr mit deinem Bruder rumhängen.“

Sie drehte den Kopf zu mir. Aus den Augenwinkeln sah ich ihren entsetzten Blick. „Wenn wir noch mehr Zeit miteinander verbringen, wachsen wir zusammen.“

Ich musste lachen. „Na ja, seit ich das Chemiestudium abgebrochen habe, ist es nicht mehr ganz so schlimm. Wir haben inzwischen beinahe so etwas wie ein eigenes Leben. Du und ich.“ Wir beide schmunzelten, weil wir merkten, es stimmte. „Aber ich meine als Schutzschild.“

„Vor ihr?“

„Mehr oder weniger.“

Vor dem Bibliothekseingang blieb Sin stehen und beäugte mich kritisch. „Ein Schutz vor ihr oder ein Schutz für dich?“

„Was meinst du damit?“

Sie verschränkte wieder die Arme vor der Brust. „Glaub mir, ich habe kein Problem damit, dich vor dieser Nerdqueen zu beschützen und einen auf Freundin zu machen, wenn es sich in Grenzen hält. Aber dich kann und werde ich nicht davon abhalten, zu ihr zu gehen. Du weißt am besten, was gut für dich ist. Und hinterher heißt es ‚warum hast du …‘ und ich bin der Buhmann. Nein, danke. Also, was ist es?“ Ich antwortete nicht. „Los Zoller. Raus mit der Sprache!“

„Bleib einfach in meiner Nähe, okay?“

„Du hast Schiss, wieder einen Korb zu kassieren, und willst jetzt den Starken spielen, hab' ich recht?"

Ehrlich gestanden hatte ich keine Ahnung.

„Hi Mum", sagte ich mechanisch in den Hörer, den Sin mir unaufgefordert ans Ohr gepresst hatte. Dabei hatte ich mich gerade erst mit einem Kaffee an den Küchentresen gesetzt. Eigentlich hatte ich meinen Morgen ruhig und stressfrei beginnen wollen.

Ihre Lippen formten ein energisches ‚Rede mit ihnen‘.

„Lio, was ist los mit dir?", quäkte sie theatralisch. Eigentlich war sie wie mein Dad sehr kühl und kopflastig, wenn es allerdings um ihre Kinder ging, mutierten sie zu völlig anderen Lebewesen. Mum wurde überfürsorglich, überbesorgt und dramatisch, während Dad plötzlich eine übertriebene Strenge entwickelte.

„Nichts ist los."

„Du meldest dich nicht mehr bei uns." Ihre Stimme wurde weinerlich.

„Dad hat gesagt, ich soll mich erst wieder melden, wenn ich einen konkreten Plan für die Zukunft habe. Den habe ich aber nicht."

„Für die nahe Zukunft schon", raunte Sin und grinste mich breit an.

Ich zwickte ihr in die Seite, weswegen sie quiekend einen Satz nach hinten machte. Dabei ließ sie versehentlich das Telefon fallen. Schnell hob ich es auf.

„Was ist da los bei euch?", schallte Mums Stimme aus dem Hörer.

Geschickt wehrte ich den folgenden Übergriff von Sin ab. „Nichts."

„Hört auf, euch zu kabbeln, ihr zwei – und Lio, du hörst mir jetzt zu!“, donnerte sie laut genug, dass selbst Sintja neben mir es deutlich verstand.

Damit war unser Streit augenblicklich beigelegt. Brav setzten wir uns auf die Hocker. Ich schaltete den Lautsprecher an und legte das Telefon auf den Tresen.

„Also, erst einmal zu dir, Lio. Dein Vater meinte damit nicht, dass du dich nie wieder melden sollst. Du weißt doch, wie er sein kann. Was?“ Der letzte Kommentar galt Dad, der gerade mithörte.

„Peter, lass mich ausreden.“ Auch das galt ihm.

Sin rollte mit den Augen, griff sich einen Apfel aus der Obstschale und biss genüsslich hinein. „Das kann dauern“, sagte sie mit vollen Backen.

„Vielleicht sollte ich mir ein Omelett machen“, überlegte ich laut.

„Gute Idee, mach mir auch eins. Aber ohne Salz.“

Ich runzelte die Stirn.

Sie stand bereits auf. „Na ja, verliebte Köche versalzen das Essen, oder?“ Mit diesen Worten rannte sie weg, bevor ich ihr hinterher konnte.

„Wer ist verliebt?“, schallte es ausgerechnet jetzt von der Arbeitsplatte.

„Niemand, Mum, das war nur ein Witz. Du kennst ja Sin und ihren Sinn für Humor.“

Mum schwieg verdächtig lange, doch ich würde sie auf keinen Fall aufklären. „Jedenfalls möchte dein Vater von dir eine Idee haben. Einen Vorschlag. Eine Richtung, in die du dir vorstellen könntest zu gehen.“

„Es soll kein Zehnjahresplan sein, Sohn“, schaltete sich Dad brummig ein. „Nur eine Ausrichtung. Etwas, das uns nachts schlafen lässt.“

„Ihr braucht euch darum keine Sorgen zu machen und euch deswegen auch nicht die Nächte um die Ohren zu schlagen. Es ist mein Leben und ich komme zurecht. Ich bin bislang immer zurechtgekommen.“

„Es ist ein Unterschied, ob du nur für dich sorgen musst oder für eine Familie, Sohn, glaub mir. Der Druck ist immens. Außerdem währt dein Erwachsenenleben noch nicht so lange, als dass du zuverlässig solche Aussagen tätigen könntest.“

Ich ballte die Faust. Das war diese Art von Gespräch, die dafür gesorgt hatte, dass ich den Kontakt zu meinen Eltern auf ein Minimum reduziert hatte. Alles, was ich tat, war in ihren Augen stümperhaft, verantwortungslos und leichtfertig. Wenn es jedoch funktionierte, war es angeblich nur Zufall oder Glück. Ich fand anstrengend, ihnen klarzumachen, dass ich bereits ohne Stützräder fahren konnte. Mit Sintja sprachen sie nicht so, obwohl sie die Jüngere war. Aber ein Zukunftsplan reichte, um sie als Erwachsene zu akzeptieren. Ich hatte meinen Kopf angeblich nur in den Wolken.

So, wie sich dieses Gespräch entwickelte, hätte ich meine Schwester gut als Puffer gebrauchen können.

„Ich hoffe, dass du zur Vernunft kommst, Junge.“

Junge, Sohn. Wollte mein Dad besonders autoritär klingen, nannte er mich so.

Ich unterdrückte den immensen Drang, meinen Kopf auf die Arbeitsplatte fallen zu lassen. „Ihr übertreibt. Mein Studium hat gerade erst angefangen.“

„Aber es ist schon das zweite. Wer weiß, wo das endet?“, warf er ein.

„Peter, jetzt lass ihn“, mahnte meine Mutter. „Für heute reicht es.“

In diesem Punkt konnte ich ihr nur zustimmen.

„Lio, lass mich dir noch eine Sache sagen, mein Schatz.“

„Nur zu, Mum.“ Gegenwehr war ohnehin zwecklos.

„Ein kleiner Tipp: Das Herz einer Frau erreichst du mit Ehrlichkeit und Aufrichtigkeit, nicht mit Spielchen.“

Kapitel 10

Emma

Trübsinnig starrte ich auf meinen Laptop oder besser gesagt durch diesen hindurch. Wie immer saß ich mit Anne in der Bib. Sie paukte, ich bereitete mich auf das nächste frustrierende Tutorium morgen vor. Zumindest tat ich so, als ob.

Lios Lösung zum aktuellen Aufgabenblatt leuchtete auf meinem Display, was meinen Korrekturfluss abrupt beenden ließ.

Seufzend stand ich auf, um zur Toilette zu gehen, bevor ich meine Folter fortsetzte.

„Du weißt, dass es hier in der Bib auch Toiletten gibt, oder Püppi?", flüsterte Anne, als ich – wenn überhaupt möglich – noch unmotivierter wieder zurückkam. „Du brauchst nicht immer auf die im Hauptgebäude zu gehen."

„Ich weiß."

Sie musterte mich. „Du meidest die Toiletten hier wirklich immer noch?"

Seufzend nickte ich und statt dem mitfühlenden Blick meiner Freundin Beachtung zu schenken, starrte ich wieder auf den Bildschirm und auf Lios Lösung.

Ich versuchte es. Ich versuchte es wirklich, aber Lios Allüren waren kaum zu ertragen. Denn dieses Verhalten endete nicht nach dem Tut. Super war es, wenn wir uns auf den Fluren der Uni begegneten. Anne hatte mich zu Beginn noch überzeugen wollen, dass Lios abweisendes Verhalten nichts mit mir zu tun hatte. Wir waren auf dem Weg zu einem Seminarraum gewesen, als er uns mit seiner Freundin entgegenkam, sie bei ihm untergehakt. Leider fand Anne es witzig, dasselbe bei mir zu machen. Das kam nicht gut an. Die beiden sahen es und bogen sofort in den nächsten Gang. Sie nahmen lieber einen Umweg in Kauf, als an mir vorbeizulaufen. Nach dieser Begegnung war auch meine stets positive Freundin überzeugt.

Dabei blieb es. Sobald Lio mich sah, wechselte er die Richtung, holte sein Handy raus oder machte einen auffällig großen Bogen um mich. Eisern schluckte ich jedes Mal die aufkommenden Tränen herunter und war froh, dass sich unsere Wege nur selten kreuzten.

Neuerdings wartete seine Freundin sogar nach dem Tut auf ihn, als brauche er einen Aufpasser. Manchmal begleitete sie ihn zur Vorlesung oder holte ihn ab. Aber wenigstens konnte ich dort in der Menge untertauchen und war nicht direkt mit ihm konfrontiert.

Vor den Veranstaltungen, bei denen ich mit ihm in einem Raum sein musste, übergab ich mich. Nach diesen Veranstaltungen suchte ich mir einen Ort zum Weinen.

Ich musste wirklich erbärmlich wirken, wenn ich sogar Saskias eiskaltes Herz für einen Moment erweicht hatte. Als ich nach meiner ersten Heulattacke zu Hause aufsah und sie vor mir stand, wusste keine von uns beiden, was sie sagen oder tun sollte. Es war eindeutig, dass meine Tränen nichts mit ihr und Danje zu tun hatten. Sie war zwanzig Jahre lang meine beste Freundin gewesen. Wäre die Situation eine andere, wäre sie sofort zu mir gekommen, hätte mich in den Arm genommen und getröstet. Aber das war sie nicht. Nicht mehr. Dennoch glaubte ich, ihren inneren Konflikt zu spüren.

„Es geht schon wieder, keine Sorge", sagte ich und platzierte irgendwie ein Lächeln in meinem Gesicht. *Keine Sorge.* Das war mir einfach rausgerutscht, dabei wusste ich nicht einmal, ob sie sich Sorgen machte. Dieser Teil meiner Aussage stammte eindeutig aus besseren Zeiten. Ich wischte mir die Tränenreste von den Wangen. Schwerfällig stand ich auf und ging leisen Schrittes in mein Zimmer, wo ich erneut weinte, dieses Mal jedoch, weil ich meine beste Freundin wiederhaben wollte.

Der Eingang einer neuen E-Mail war es, was mich aus meinen trüben Gedanken riss. Ein Blick auf den Absender ließ mich meine Stirn krausziehen. Sie war von meinem Dad. Er hatte mir noch nie eine E-Mail oder wie er es nannte, *einen Emil,* geschickt (wer meinen Dad kannte und lieb hatte, verzieh ihm seinen Humor). Hoffentlich lag bei meinen Eltern nichts im Argen. Ich klickte auf den kleinen Briefumschlag und las:

Hallo, liebe Emma,
du wirst jetzt vermutlich überrascht sein, einen Emil von mir zu erhalten.

Hatte ich es nicht gesagt?

Deiner Mutter und mir geht es gut. Viel Neues gibt es bei uns nicht, außer einer kleinen Digitalisierung. Den

Vaddicle gibt es jetzt als Pe-de-eff. Habe zusammen mit Konrad meinen alten Computer wieder auf Vordermann gebracht und nun kann ich den Vaddicle auch online verschicken.

Konrad war unser hiesiger Computerfritze. Er war zwar kein Informatiker, hatte aber genug Ahnung von Computern, um allen im Dorf mit ihren Krökelkisten zu helfen. Apropos Informatiker ... Ich schüttelte die Gedanken gleich wieder aus dem Kopf und las schnell weiter.

Anbei die aktuelle Ausgabe für dich.
Deine Mutter lässt dir liebe Grüße ausrichten. Und eine Umarmung. Und ein Küsschen (sie steht gerade neben mir und diktiert mir, was ich schreiben soll.). Wir sind stolz auf dich und vermissen dich.

Liebe Grüße aus der Heimat
Muddi und Vaddi

Ein warmes Gefühl legte sich um mein Herz und hob meine Mundwinkel an. Ich hatte wirklich süße Eltern. Leider konnten auch sie meine Probleme nicht fortzaubern.

Gespannt schaute ich mir Dads Anhang an. Auf dem Titelblatt des heutigen *Vaddicle* war: ich. Es war überraschenderweise sogar ein sehr hübsches Bild von mir vom letzten Sommer. Es zeigte mich lächelnd mit einem Longdrinkglas in der Hand, dem Betrachter zuprostend. Zu dem Zeitpunkt hatte ich noch einen Freund und eine beste Freundin gehabt.

Der Titel lautete:
*Warum wir unfassbar stolz auf unsere Tochter sind –
ein Bericht aus Elternsicht.*

Gerührt las ich Dads Artikel. Darin erzählte er sehr subtil von der Trennung. Mal abgesehen von meinem Verbot, lag es ebenso in seinem Interesse zu vermeiden, das Dorf in zwei Lager zu spalten. Team Emma – die Ärmste hat zwei so verlogene Freunde – und Team Saskia und Danje – kein Wunder, Emma steckt ihre Nase nur in ihre Bücher. Er beschrieb schnörkellos, dass ein Umschichten der Beziehungsverhältnisse stattgefunden habe. Dann konzentrierte er sich darauf, wie stark ich war. Nicht nur, dass ich die Beziehung der beiden akzeptierte, sondern auch weiter gemeinsam mit ihnen auf engstem Raum lebte. Dass ich trotz schlechter Tage, Hindernissen und negativen Erfahrungen den Blick fürs Wesentliche behielt, mich nicht darum scherte, was andere von mir dachten, unbeirrt weiter meinen Weg ging und derlei mehr.

Woher wussten sie eigentlich, dass es mein aktuelles Problem war, was andere über mich dachten, beziehungsweise über mich sprachen? Erzählt hatte ich es ihnen nicht. War das ein *lucky guess*? Elterninstinkt? Hatten sie etwas zwischen den Zeilen rausgehört? Standen sie mit Saskia und Danje in Kontakt? Oder ließen sie mich beschatten? Ehrlich gestanden hielt ich alle Möglichkeiten für gleich wahrscheinlich.

Ich las mir den Artikel erneut durch.

Ja genau, Dad. Ich ließ mich nicht unterkriegen. Ich ging weiter meinen Weg.

Und richtig: Ich war Emma Madeleine Krebel *for crying out loud.* Ich hatte es geschafft, mit meinem Ex-Freund, meiner ehemals besten Freundin und deren neuer Beziehung in einer Wohnung zu wohnen. Ich hatte meinen Prof angegraben, hatte für meinen Fehler geradegestanden und arbeitete nun ganz ehrenvoll für ihn. Da würde ich auch das offenkundige Desinteresse eines Schönlings wie Lio und die abfälligen Blicke seiner weiblichen Entourage überstehen.

Genau!

Ich schlug so heftig mit der Faust auf den Tisch, dass Anne neben mir vor Schreck beinahe von ihrem Stuhl gefallen wäre.

„Grunzende Grottenolme, musst du mich so erschrecken?", zischte sie.

„Sorry."

„Das sollte dir auch leidtun. Du hast mich aufgeweckt."

Ich kicherte.

Es gelang. Anstatt mich zu übergeben oder das Essen einzustellen, wenn ein Zusammentreffen mit Lio bevorstand, las ich nun vorher (und anschließend) den Artikel meines Dads. Er beflügelte mich geradezu und half mir, nicht in dieses tiefe Loch zu fallen, das sich nach jeder Begegnung aufzutun drohte. Beinahe ging es mir wieder gut. Zumindest kam ich besser zurecht und auch das Weinen hatte aufgehört.

Die letzten Wochen der Vorlesungszeit waren angebrochen. Ich hatte mich zur Abwechslung zum Dauerlernen der Literaturrecherche für die nächste Hausarbeit gewidmet. Jedes Mal verdrängte ich, wie nervig das

Bücherwälzen war, mit dem man Stunden zubringen konnte, ohne ein Krümelchen brauchbare Information zu erhalten.

Entmutigt stand ich in der Bib vor einem Regal mit wohl tausend Büchern, die alle das Thema meiner Hausarbeit beinhalteten. Grimmig starrte ich die Bücher an, doch sie blieben unbeeindruckt. Die komplette Freistunde hatte ich nichts gefunden und die nächste Vorlesung begann in weniger als einer Viertelstunde.

„Funktioniert die Chuck Norris-Nummer bei euch auch? Ich starre euch so lange an, bis ihr mir freiwillig sagt, was ich wissen muss?", raunte ich einigen von ihnen zu. Sie gaben keine Antwort. Ich seufzte. Es hatte keinen Sinn. Resigniert überflog ich die Titel und zog schließlich ein Buch heraus, das ich für vielversprechend hielt.

Als ich es aufschlug, bemerkte ich aus den Augenwinkeln, dass jemand in meinem Gang stand. Ohne demjenigen oder derjenigen weitere Beachtung zu schenken, machte ich einen Schritt vor, um ausreichend Durchgangsplatz hinter mir zu schaffen, und begann, das Inhaltsverzeichnis zu studieren.

Die Person rührte sich jedoch nicht vom Fleck. Irritiert sah ich auf. Möglicherweise handelte es sich nur um einen Pappaufsteller, den irgendein Witzbold hier hingestellt hatte, um schwer in Literaturrecherche vertiefte Studierende zu erschrecken – wäre nicht das erste Mal.

Doch da stand kein Pappaufsteller, sondern ein Mensch und nicht irgendein Mensch, sondern Lio. Er stand einfach da, schön wie er war, seine Haare heute mit einer grauen Mütze bedeckt und sah mich an.

Sofort geriet mein Herz ins Stolpern und Hitze durchströmte meinen Körper.

Oh nein, was hatte der hier verloren? Wollte er mich wieder blöd dastehen lassen? Hatten ihm die Aktionen der vergangenen Wochen nicht gereicht? Wollte er mehr? Ich hätte heulen können. Wäre ich ein wenig selbstbewusster, hätte ich ihn ignoriert. Aber das war ich nicht. Ich konnte mich seinem Blick nicht entziehen, selbst wenn ich wollte.

Na schön, gab ich ihm eine weitere Gelegenheit, mich zu erniedrigen. Wenn ihn das glücklich machte, sollte es so sein. Vielleicht wurde ich dafür in meinem nächsten Leben nicht als die Sumpfotter wiedergeboren werden, die ich jetzt war.

Ein paar Augenblicke verweilten wir regungslos, dann kam er auf mich zu. Ohne darüber nachzudenken, drückte ich mich weiter an das Regal, um ihn vorbeizulassen, aber er wollte nicht an mir vorbei. Einen Tick zu dicht vor mir blieb er stehen.

Verwirrt löste ich mich aus meiner Presshaltung. Was würde er jetzt tun? Mir das Buch aus der Hand schlagen? Ernsthaft? Waren wir in der Grundschule?

Doch die Art, wie er mich anschaute, spülte sämtliche meiner Gedanken fort. Der Blick in seinen blaugrauen Augen war unendlich sanft und gleichzeitig unergründlich.

Die Hände tief in den Hosentaschen vergraben, lehnte sich Lio locker ans Regal. Der Hauch eines Lächelns umspielte seine Lippen. „Hey."

Hey? Was hieß hier hey? Wie konnte er nach all dem, was er die letzten Wochen gebracht hatte, mit einem

‚Hey' kommen? Oder war das Teil von irgendwas, das ich wieder nicht verstand?

Der *Vaddicle*-Artikel kam mir in den Sinn. Ich ließ mich nicht unterkriegen. Genau. Ich musste stark bleiben. Zumindest für diesen Moment. Wenn ich diese Situation überlebt hatte, konnte ich nach Hause gehen und mich den Rest des Tages weinend in meinem Bett verkriechen. Nun musste ich mich ihr erst einmal stellen.

„Hey", gab ich zurück. Es sollte trotzig klingen, stattdessen klang es eingeschüchtert. Blöde verräterische Stimme.

Lio neigte den Oberkörper ein wenig zur Seite, um den Buchtitel entziffern zu können. „Was liest du da?", wollte er leise wissen.

„Keine Ahnung. Ich habe es gerade erst aufgeschlagen", flüsterte ich zurück und ignorierte dabei – oder auch nicht –, wie sich die Konturen seines athletischen Körpers unter dem engen Sweatshirt abzeichneten, als er sich wieder aufrichtete.

Nickend presste er die Lippen aufeinander. Da hatten wir es: Er fand mich blöd. Wenigstens gelang es mir damit, den Blick von ihm abzuwenden und auf mein Buch zu richten, wenngleich kein Wort mein Gehirn erreichte.

„Sorry, ich wollte dich nicht lange stören", kam es im Flüsterton von ihm.

Ungläubig sah ich wieder auf.

„Auch auf die Gefahr hin, dass du mir gleich mit dem Teil eins überbrätst", er deutete auf den Wälzer in meiner Hand, „wollte ich mich bei dir für mein Verhalten in den letzten Wochen entschuldigen. Du weißt schon, dass ich dir aus dem Weg gegangen bin."

What the frog ...? Meinte er das ernst? Erst jetzt bemerkte ich, dass ich das Atmen völlig eingestellt hatte, und japste nach Luft.

„Das war total bescheuert von mir."

„Ja, das war es", bestätigte mein infantil beleidigtes Ich, ehe ich es verhindern konnte.

Mensch, Emma, kannst du mal die Klappe halten, wenn es angebracht ist?

„Ich weiß. Ich ..." Er blickte zur Decke, schüttelte den Kopf und benahm sich überhaupt eigenartig. Wenn ich es nicht besser wüsste, hätte ich geglaubt, er war nervös.

„Ich weiß auch nicht. Irgendwie wollte ich ... Ich fürchte, ich wollte mein Gesicht wahren."

Verständnislos zog ich die Augenbrauen so weit zusammen, dass es schmerzte und ich mir über die Stirn reiben musste. „Wie meinst du das?"

„Na ja." Lio fuhr sich über den Nacken und suchte in der Weite der Gänge zwischen den Bücherwänden nach den richtigen Worten. „Nach dem Abend in der Bar musst du mich für einen absoluten Volltrottel halten."

Mir fiel das Buch aus der Hand.

Das brachte ihn kurz zum Schmunzeln. Ungeschickt hob ich es wieder auf und versuchte zu begreifen. Es gelang mir nicht. „Nein, tue ich nicht. Ganz und gar nicht. Wie ... Wie kommst du darauf?"

„Faktencheck. In deinem Tut sitze ich immer blödsinnig da und weiß nie eine Antwort auf eine deiner

Fragen und selbst wenn ich mal eine Antwort weiß, kann ich sie nicht sagen.“

„Warum nicht?“, hauchte ich mit heißen Wangen, meinen Blick in seinem festgesaugt.

„Weil ... Weil du mich so rausbringst, wenn du mich ansiehst, dass ich die Antwort wieder vergesse und außer einem bescheuerten Grinsen nichts zustande bringe.“

Es war ... Geschah das gerade wirklich? Meine Lungen brannten, verlangten nach Sauerstoff, meine Augen brannten, verlangten nach Blinzeln.

Lio betrachtete seine Schuhe. „Ich meine, weißt du eigentlich, wie schwer es ist, sich auf ein Whiteboard zu konzentrieren, wenn du davorstehst?“

Ich hörte seine Worte, doch mein Verstand hatte vorübergehend geschlossen.

„Dann bist du bei unserem Gig, wo ich auch noch genau in dem Moment meinen Einsatz verpasse, als ich dich sehe, und dann bringe ich anschließend nicht mal eine Unterhaltung mit dir zustande.“

Seine Kiefermuskeln arbeiteten. Er schien wirklich der Meinung zu sein, *er* habe das Gespräch versemmelt. Das war absolut lächerlich.

Mit jedem Argument, das er aufzählte, wurden meine Augen größer. Mein zurückgekehrter Verstand weigerte sich, nur ein bisschen davon zu glauben.

Unterdessen fuhr er fort. „Und da dir meine Nähe offensichtlich unangenehm ist, habe ich Begegnungen mit dir vermieden. Aber ... Das war total kindisch. Ich habe dich spüren lassen, wie sehr es mich gekränkt hat.“ Er rückte seine Mütze zurecht. „Ich möchte dich nicht so behandeln, egal, was du von mir hältst. Wenn du mich nicht magst, ist es dein gutes Recht. Das muss ich akzeptieren, anstatt die beleidigte Leberwurst zu sein. Keine Spielchen. Darum wollte ich mich entschuldigen."

Eine Pause entstand.

Atmen, blinzeln, schlucken, Mund wieder zumachen. Nachdem ich das nachgeholt hatte, versuchte ich zu begreifen, was er gerade gesagt hatte. Erneut scheiterte ich. Aber das war meine Chance, ihm endlich meine Reaktion zu erklären.

„Nein. Bitte glaub das alles nicht. Nichts davon stimmt. Und an diesem Abend warst du fantastisch. *Ich* habe doch keinen einzigen Satz rausgebracht. Und ich muss mich bei dir entschuldigen. Ich wollte dich nicht wegstoßen. Ich habe mich einfach total erschrocken. Das war ein Reflex. Das hatte rein gar nichts mit dir zu tun."

Die Idee eines Schmunzelns ließ seine Gesichtszüge weicher werden. „Und ich soll dir glauben, dass du so schreckhaft bist?"

Ich kam um ein erleichtertes Lächeln nicht umhin. „Ich bin es einfach nicht gewohnt, dass mir jemand freiwillig so nahekommt, das ist alles. Hätte ich gewusst, dass du das bist, dann ..."

„Dann ...?"

Mist, Sackgasse. „Äh, ja. Dann hätte ich dich eben nicht weggeschubst. Natürlich nicht. Auf keinen Fall. Niemals."

Für einen Moment verhakten sich unsere Blicke ineinander und ich spürte, wie meine Knie an Kraft verloren.

Leider hörte ich an dieser Stelle nicht auf zu sprechen. „Ich meine, du bist so *wow* und ich bin dagegen nur *hm*.“

Diese wenig eloquente Beschreibung brachte Lio zum Lachen. Solche Sachen hatte er mit Sicherheit viel anmutiger bereits hundertmal von seinen Verehrerinnen gehört. Ich blamierte mich also wieder einmal. Spitze. „Ich meine damit, ich weiß nicht, worüber ich mit dir reden soll, obwohl ich so gerne mit dir reden würde. Und dann stehst du vor mir und wenn ich etwas sage, ist es nur Unsinn, wie man gerade hört, und ich komme mir jedes Mal so behämmert vor. Herrje, ich kann ja nicht einmal den Namen deiner Band aussprechen.“ Den letzten Teil sagte ich fast in normaler Lautstärke, so aufgebracht war ich.

Hilflos zuckte ich mit den Schultern, woraufhin er mir ein Lächeln schenkte, dass diese schönen Grübchen in seinen Wangen entstehen ließ.

„Der ist auch nicht einfach auszusprechen. War vielleicht nicht so klug gewählt.“

Eine scherzhafte Bemerkung für etwas Lockerheit, doch die Stimmung hatte sich verändert. Ich fühlte mein Herz galoppieren.

„Und ich halte dich nicht für *hm*“, sagte er so sanft, dass sich eine feine Gänsehaut auf meinem Körper ausbreitete. „Ganz im Gegenteil.“

Bei seinem Blick kribbelte mein Bauch wie nach zehn Tüten Brausepulver. Ich traute mich kaum, diesen Gedanken zu formen. Konnte es sein, dass Lio mich mochte? Nein! Das war unmöglich.

„Du hast eine faszinierende Ausstrahlung.“

Ob er mich verwechselte? Sollte ich mich umdrehen, ob hinter mir jemand stand, dem er all das sagte?

„Ich bewundere dich. Du bist fleißig, engagiert und diszipliniert und wirfst mit diesem ganzen Wissen um dich, als sei es supereinfach."

Ich runzelte die Stirn. „Aber Mathe ist supereinfach."

Sein Lächeln grub sich tiefer. „Was ich damit sagen will, ist, du bist mehr als *wow*. Du bist …" flüsterte er, während er langsam näherkam. Oder kam ich ihm näher? Wer bewegte sich?

„Der Wahnsinn", endete er leise, sein Gesicht so dicht an meinem, dass ich seinen Atem auf meiner Haut spürte. Dann neigte er sich noch ein Stück weiter vor und seine Lippen berührten sanft meine.

Ich fühlte meinen Körper nicht mehr. Mein Herz schlug bis zum Hals, ich konnte nicht atmen und alles verschwamm. Ich spürte einen zarten Kuss.

Ehe ich mich allerdings darauf einlassen konnte, war er vorbei. Und noch immer hielt ich dieses Buch in der Hand.

Lio sah mir tief in die Augen. Ich wollte ihn an mich ziehen, wollte ihn noch einmal küssen, und zwar richtig. Doch wie immer besaß ich zu wenig Mut.

„Dann sehen wir uns im nächsten Tut, was?", fragte Lio leise und wandte sich zum Gehen.

„Warte!", rief ich ihm flüsternd hinterher. Er drehte sich zu mir um. Verzweifelt versuchte ich, zu gestikulieren, was ich sagen wollte, was ich nicht wusste, weil ich völlig überfordert war. „Du kannst doch jetzt nicht einfach so gehen", fiepte ich schließlich. „Ich meine, das kannst du nicht machen. Du hast nie Interesse an mir gezeigt, du hast immer diese hübsche Frau bei dir.

Dann sagst du mir solche Sachen, gibst mir einen Kuss und gehst? Das kannst du nicht machen.“ Etwas gedämpfter stellte ich die Frage, deren Antwort ich eigentlich nicht hören wollte. „Es ist wegen *ihr*, oder?“

In Lios Augen blitzte etwas auf. „Du meinst meine Schwester?“

„Nein, ich meine die hübsche Brünette, die immer an deiner Seite ist.“

„Das ist meine Schwester.“

„Schwester?“, fragte ich dümmlich mit überschlagender Flüsterstimme.

„Zwillingsschwester, um genau zu sein. Ich bin sieben Minuten älter, aber reib Sintja das bloß nicht unter die Nase, sie hasst das.“

Während meiner Verliebtheit Flügel wuchsen und sie wild in mir umherflatterte, zuckte er mit den Schultern. „Siehst du, so erbärmlich bin ich, dass ich ständig mit meiner Schwester rumhänge.“

„Das ist nicht erbärmlich.“

Er lächelte.

„Also hast du keine Freundin?“

„Bist du immer so direkt?“, fragte er tonlos lachend.

„Weichst du immer unangenehmen Fragen aus?“, konterte ich.

Zwei Studentinnen liefen an unserem Gang vorbei und warfen uns einen mahnenden Blick zu. Obwohl wir kaum über den Flüsterton hinauskamen, waren wir offensichtlich zu laut. Schuldig zog ich den Kopf zwischen die Schultern.

Lio kam näher, damit wir leiser reden konnten. Ich nahm seinen dezenten Duft wahr und bekam erhebliche Schwierigkeiten, bei der Sache zu bleiben.

Er neigte sich vor, sodass sich unsere Wangen vage berührten. Ich hielt zum wiederholten Mal die Luft an. Langsam musste ich mir ernsthafte Sorgen um meine Sauerstoffsättigung machen.

„Nein, ich habe keine Freundin."

„Ist das für dich nur ein Spiel?"

„Nein."

„Du meinst das wirklich alles ernst, was du gesagt hast?"

„Ja."

An seinen Aussagen hatte ich keinen Zweifel, obwohl sie keinen Sinn ergaben. „Warum willst du dann gehen?"

Er überlegte kurz. „Weil ich selbst nicht begreife … und irgendwie verarbeiten muss, was hier gerade passiert."

Wie schön, dass er ähnlich überfordert war wie ich.

„Es tut mir leid, aber ich fürchte, das muss ich jetzt schlimmer machen", hörte ich eine Stimme, die wie meine klang. Sein Blick verriet, dass er wusste, was ich damit gemeint hatte. Möglicherweise wollte er genau das erreichen.

Ich hatte unendlich viel Angst. Was, wenn ich etwas falsch machte? Ich war mit Sicherheit nicht gut darin. Wie konnte man etwas so herbeisehnen und gleichzeitig so fürchten? Mit zitternder Hand zog ich Lios Kopf zu mir. Als seine weichen Lippen vorsichtig meine berührten, drehte sich alles um mich herum. Automatisch schloss ich die Augen und ließ endlich dieses vermaledeite Buch fallen. Wie von allein legten sich meine Arme um seinen Hals. Seine Hände berührten vorsichtig meine Taille und zogen mich dichter, während sie schließlich langsam zu meiner Hüfte hinunterglitten.

Seine Lippen zwischen meinen, meine zwischen seinen. Das Kribbelgefühl verbreitete sich in meinem ganzen Körper und mein Herz rannte einen unglaublichen Ironman. Seine Arme umschlossen mich fester, als seine Zunge im Lippenspiel nach meiner suchte. Ich verlor jegliche Kontrolle, jegliche Wahrnehmung und gab mich ganz dem Kuss hin.

Ich begriff nicht, was er an mir fand. Vielleicht war alles eine Lüge. Vielleicht war er nicht an mir interessiert, seine Schwester doch seine Freundin, das hier war alles Teil einer verlorenen Wette und Bilder hiervon würden unmittelbar auf Instagram gepostet werden. Doch so gerne ich mir diese Situation verderben wollte, glaubte ich ihm. Lio.

Wie war es möglich, dass man sich so sehr in jemanden verliebte, den man im Grunde überhaupt nicht kannte?

Kapitel 11

Emma

Es war verrückt. Schlichtweg verrückt. Gerade noch hatte ich gedacht, der anbetungswürdigste Mann der Uni und heißeste Informatiker aller Zeiten hätte nicht das geringste Interesse an mir und jetzt das.

Er hatte mich geküsst. Wir hatten uns geküsst. OMG! Wir hatten uns geküsst! Und wie!

Noch immer spürte ich Lios Hände an meiner Taille, die Nähe seines Körpers, seine Lippen auf meinen, die zarte Berührung seiner Zunge. Allein bei diesem sehr lebhaften Flashback glühte mein Gesicht. Das war mit Abstand der beste Kuss meines Lebens gewesen.

Als Lio und ich uns endlich voneinander trennen konnten, war es so spät, dass wir direkt zu unseren Vorlesungen mussten. Unbeholfen wie zwei Erstklässler standen wir zwischen den Büchern.

„Sehen wir uns später?", fragte er schließlich.

„Ja." Ich schob meine Brille hoch.

„Schön." Lächelnd gab er mir einen kleinen Kuss auf den Mund, dann war er verschwunden.

Ich hatte keinen Schimmer, wie ich in diesen Vorlesungssaal gekommen war. Mir fehlten jegliche Erinnerungen.

„Au!" Ich rieb mir den schmerzenden Arm und sah zu Anne neben mir.

„Ich sagte HALLO", moserte sie, stockte jedoch sofort und musterte mich skeptisch. „Was ist passiert?"

Mir fehlte eine Antwort. Ich war gleichermaßen verwirrt wie glücklich. Ich strahlte sie an, schüttelte den Kopf, zuckte mit den Schultern. Tränen sammelten sich in meinen Augen.

„Wieder eine dumme Aktion von deinen Mitbewohnern? Das reicht jetzt. Ich gehe zu denen und polier ihnen die Fresse." Voller Tatendrang krempelte sie die Ärmel hoch und warf einen vernichten Blick einige Reihen hinter uns.

„Nein, das ist es nicht." Eilig hielt ich sie zurück. Keine Sekunde zu früh, denn sie war bereits aufgestanden.

„Okaaaay?" Mit in tiefe Furchen gelegter Stirn setzte sie sich langsam wieder. Dann dämmerte es ihr. „Es ist der Schöne, oder? Lio."

Allein seinen Namen zu hören, öffnete ein inneres Freudenfässchen. Ich nickte.

Meine Freundin nickte ebenfalls. „Nach der Vorlesung ist der dran", sagte sie entschlossen und ich hatte keinen Zweifel an ihrer Aussage. „Den verprügel ich mitsamt seinen arroganten Starallüren."

Mein energisches Kopfschütteln durchbrach Annes finsteren Blick.

„Nein, nein?", fragte sie.

„Nein, nein." Das glückliche Lächeln gewann endgültig die Oberhand.

Sie lehnte sich nach hinten, um mich besser in Augenschein zu nehmen. „Moment." Für eine Sekunde hielt sie inne. „Moment, Moment, Moment. Diesen Blick kenne ich. Nicht bei dir, aber ich kenne ihn. Ist es das, was ich denke?"

Wieder nickte ich. Heftig.

Ihre Augen weiteten sich. „NÄ!"

„Doch."

„NÄ!"

„Mhm."

Sie schlug sich die Hand vor den Mund. „Ist nicht wahr!", quietschte sie dahinter und flüsterte dann: „Du und Lio?"

Es fühlte sich an, als würde etwas in mir überschäumen. „Ich glaube schon."

Überschwänglich nahm sie mich in den Arm. „Das ist ja nicht zu fassen! Endlich passiert hier mal etwas Gutes! Ich freue mich so für dich."

Leider kam genau jetzt Alouis rein und wir mussten uns wieder konzentrieren. Hahaha, konzentrieren …!

„Nach der Vorlesung will ich alles hören", raunte Anne mir zu. „Tsss, da lässt man dich *einmal* alleine …" Freudig sah sie mich von der Seite an. „Ich wusste, dass du es in dir hast, Püppi. Ich bin so scheißstolz auf dich!" Sie schüttelte meinen Arm so arg, dass sie mich gleich mitschüttelte, und wir kicherten wie Schulmädchen.

Herr Dinknagel ließ einen aussagekräftigen Blick in unsere Richtung wandern.

Anderthalb Stunden konnten schnell verfliegen. Normalerweise fesselte mich die Vorlesung, dieses Mal jedoch hatte ich unserem Prof keine zwei Minuten am Stück folgen können. Ich musste sogar zwischendurch auf die Toilette, um mein brennendes Gesicht mit Wasser zu kühlen und mein Dauergrinsen unter Kontrolle zu bringen. Meine Wangen schmerzen bereits enorm. Aber keine Chance. Ich konnte nicht aufhören zu lächeln, und jeder einzelne meiner Gedanken drehte sich um Lio. Was er gesagt hatte, wie er mich angesehen hatte, seine Nähe.

So wundervoll sie waren, es war gerade der denkbar schlechteste Zeitpunkt für akute Verliebtheitsgefühle. Wir steuerten geradewegs auf die Prüfungsphase zu und mich deuchte, dass es nicht klug war, nur mit Herzchen vollgekritzelte Bögen abzugeben.

Ich sah in den Spiegel.

Reiß dich zusammen, Emma!, ermahnte ich mich. *Du tust ja so, als seist du zum ersten Mal verknallt.*

Wieder zurück funktionierte das mit dem Zusammenreißen nicht lange. So sehr ich dagegen ankämpfte, gefiel es meinen Gedanken bei Lio wesentlich besser als in der Mathevorlesung. Um Alouis mit meinem Grinsen keine Angst zu einzujagen, klemmte ich einen Bleistift quer zwischen die Zähne.

„Tomatendicksaft", fluchte Anne leise mit ihrem Handy in der Hand. „Tommy ist krank. Ich muss ihn vom Kindergarten abholen." Sie packte ihre Sachen zusammen. „Kann ich mir später deine Notizen leihen?"

Ich sah auf mein leeres Blatt. „Äh, natürlich." Damit hatte ich hoffentlich ausreichend Notwendigkeit, zur Abwechslung beim Mathegeschehen zu bleiben.

„Ich will trotzdem alle Details hören und hoffe, sie sind schön schmuddelig. Ich ruf dich an." Damit eilte sie aus dem Raum.

Das Ende der Vorlesung kam einer Erlösung gleich. Eine Veranstaltung noch, dann war dieser quälende Unitag vorbei, zumindest was die Veranstaltungen anging – wer hätte gedacht, dass ich einmal so denken würde?

Lio hatte gefragt, ob wir uns später sehen. Aber was hieß das? Wann später, wo später? Ich konnte ihn nicht fragen, weil ich seine Handynummer nicht hatte. Ich könnte ihm über das Uniportal eine Nachricht schreiben, doch selbst ich wusste, dass das für Dates total lahm war und verzweifelt wirkte.

Mürrisch trottete ich zwei Flure weiter in einen der kleineren Vorlesungssäle. An meinem Platz am Fenster ließ ich meinen Rucksack und mich auf die Bank fallen und schaute lustlos hinaus.

Gerade als meine Gedanken wieder ein Eigenleben zu führen gedachten, setzte sich jemand neben mich.

„Sorry, hier ist schon bes…" Die blaugrauen Augen, in die ich nun sah, ließen mich das Ende des Satzes vergessen.

„Hi", raunte Lio mir sanft lächelnd zu.

„Äh, hi?", gab ich mit sofort beschleunigendem Puls zurück. „Was … äh Was machst du hier? Du bist nicht in diesem Kurs, oder?" Ich war mir gerade unsicher. Seit dem Kuss hatte ich einiges an Zurechnungsfähigkeit eingebüßt.

Er lachte. „Nein, aber ich habe gesehen, wie du hier reingegangen bist. Und da ich vorhin feststellen musste, dass ich deine Nummer nicht habe …" Er hielt mir sein Smartphone hin. Zögernd nahm ich es und schaute auf den bereits geöffneten Telefonbucheintrag, in den ich meine Nummer eintippen musste. Eine scheinbar simple Aktion, die mich überforderte. Wie war meine Nummer? Wie sollte ich sie eintippen? Wie sollte ich überhaupt das Handy halten? In einer Hand oder in beiden? Was sah lässiger aus? Wahrscheinlich sah es am lässigsten aus, wenn ich weniger zittern würde. Schnell legte ich die Arme auf dem Tisch ab.

„Ich hoffe, dass wir Nummern austauschen, ist dir nicht zu intim", flüsterte er, was mich unwillkürlich kichern ließ.

Irgendwie gelang es mir, die Nummer einzutippen. Gut, dass Zahlen meine Freunde waren.

„Danke", sagte er, als ich ihm das Handy zurückgab. „Jetzt fehlt nur noch der Name." Er schwieg. „Wie heißt du auch noch gleich?"

Für den Bruchteil einer Sekunde platzen meine roten Verliebtheitsbäckchen ab und fielen klirrend zu Boden. Zum Glück entfuhr Lio schnell ein Lachen, sonst hätte ich vermutlich einen akuten Herzstillstand erlitten.

„Sorry, das war ein schlechter Witz, ich weiß." Er zog sich die Mütze ins und wieder aus dem Gesicht. „Also Emma." Es war eigenartig, dass er Emma zu mir sagte. Normalerweise wurde ich *Em* oder *Ems* genannt, wenn ich nicht gerade den Spitznamen *Püppi* trug.

Während Lio an seinem Handy herumhantierte, wanderte mein Blick durch den Raum. Der Aufmerksamkeit meiner Kommilitonen nach zu urteilen, war unser Gespräch die interessanteste Aktion hier.

In diesem Moment vibrierte es in meinem Rucksack. „Und damit hast du jetzt auch meine Nummer", erklärte er. Ich nahm mein Handy heraus. Jetzt hatte ich *seine* Nummer. Ich hatte die Nummer von Lio Zoller.

„Okay, ich muss dann mal wieder", sagte er. „Aber jetzt können wir uns wenigstens schreiben."

Ich nickte und beobachtete bedauernd, wie er aufstand. Es war so angenehm und aufregend zugleich gewesen, neben ihm zu sitzen. Er beugte sich zu mir herunter. „Wenn du mich so ansiehst, würde ich dich am liebsten wieder küssen", flüsterte er mir ins Ohr, was meine Bauchschmetterlinge sofort zum Tanzen brachte. „Aber ich muss jetzt wirklich los. Das holen wir nach, okay?"

Wieder nickte ich dämlich und mit einem letzten Lächeln verschwand er. Ich sah ihm nach. Moment. Hatte er gesagt, dass er *mir* nachgelaufen war?

Mein Handy vibrierte.

Morgen 13.15 CC und dann zu Mathe? Lio

Beinahe hätte ich vor Freude gequiekt.

Gerne :)

Ich wollte das Handy schon wieder wegstecken, da kam eine weitere Nachricht von ihm.

Schön, ich freu mich :)

Verlegen schaute ich auf diese paar Worte. Ich wollte sie ihm glauben. Ich wollte endlich wieder glücklich sein. Ein wenig Glück hatte ich nach der ganzen Saskia-Danje-Geschichte verdient.

Als ich am nächsten Tag wie verabredet vor dem Campus-Café wartete, war ich so nervös, dass ich das Gefühl hatte, keine feste Konsistenz mehr zu haben. Als bestünde mein Körper aus irgendeiner bröckeligen Masse wie Mehl oder Sand.

Wie von allein war mein Blick gestern Abend immer wieder von den Matheaufgaben zu meinem Handy gehuscht. Natürlich hatte ich nicht erwartet, dass Lio sich melden würde. Streng genommen gab es auch keinen Grund und ich hatte ihm auch nicht geschrieben. Dennoch fühlte sich die Schwärze des Displays gestern kühler an als sonst. Dachte er überhaupt an mich?

Zur Ablenkung telefonierte ich mit Anne. Das war krankheitsbedingt nur kurz möglich, aber sie war über die wichtigsten Details im Bilde. Lios Entschuldigung, sein Geständnis, unser erster Kuss, das Hinterherlaufen für meine Nummer und Lios erste Nachricht. Wenn ich darüber nachdachte, waren das heftig viele Ereignisse für weniger als vierundzwanzig Stunden.

Meine Freundin blieb erstaunlich gelassen. „Nimm es an, genieß es und schau, was sich daraus entwickelt", lautete ihr abschließendes Urteil.

Das war leichter gesagt als getan, denn meinem Kopf fielen unzählige Bedenken ein.

„Weg damit!", rief Anne. „Hau sie in die Tonne. Die stellst du dann an die Straße und dein Gehirn am besten gleich mit, das macht ohnehin nur Ärger." Sie lachte. „Dann wartest du, bis die Müllabfuhr kommt und alles auf der Deponie durch die Schrottpresse gewandert ist, denn da gehören diese Gedanken hin."

Bevor ich etwas erwidern konnte, übergab sich Tommy im Hintergrund, Anne fluchte und wir legten auf.

Hatte ich vergangene Nacht schlafen können? Nein.

Hatte ich frühstücken können? Nein.

Hatte ich in der ersten Vorlesung etwas mitbekommen? Gegen Ende eindeutig schlechter werdend.

Jetzt stand ich hier und mir war speiübel. Ich zupfte an meinen noch immer deutlich abstehenden Haarsträhnchen herum und versuchte, sie zu bändigen. Ein Blick auf die Uhr demonstrierte mir höhnend, dass Lio zu spät war. Schwermut drückte meine Schultern hinunter. Er würde nicht kommen. Die dumme Emma hatte sich in den Unischönling verliebt und ihm ohne Verstand jedes falsche Wort geglaubt und …

In diesem Moment entdeckte ich ihn. Er kam lächelnd in Edward Cullen-Twilight-Manier auf mich zu, aber Lio war natürlich viel cooler. Wie immer trug er ein eng anliegendes dunkles T-Shirt und Jeans, seine Haare zu einem Zopf gebändigt. Bei seinem Anblick verschwand jedwede Bewegungsfähigkeit aus meinen Gliedmaßen.

„Hi", begrüßte er mich liebevoll und ehe ich begriff, hatte er mir einen Kuss auf den Mund gegeben.

Das Einzige, was ich darauf erwidern konnte, war, meine Brille hochzuschieben. Er stand zu dicht vor mir.

„Was meinst du, wollen wir uns etwas holen?"

Mit einem demonstrativ lauten Knurren kam mein Magen meiner Antwort zuvor.

Amüsiert sah Lio zu meiner verräterischen Körpermitte. „Das sehe ich auch so." Wie selbstverständlich fuhr er dabei mit der Hand über meinen Bauch und stellte sich dann an. Steif wie der Blechmann aus *der Zauberer von Oz* stakste ich ihm hinterher.

„Du redest schon wieder nicht mit mir, was?", fragte er mit einem belustigten Seitenblick.

Ich kniff die Augen zusammen und hätte mir am liebsten vor die Stirn geschlagen. Warum stellte ich mich so stümperhaft an? „Sorry, ich … Ich weiß selbst nicht …“ Ich brach ab.

„Schon gut“, sagte er mit gedämpfter Stimme. „Wir werden das schon hinbekommen.“

Wir.

So stand er einfach neben mir, bis wir uns zu dem Gebäck vorgewartet hatten. Zur Ablenkung betrachtete ich die verschiedenen Muffins. Ein *Triple Choc* wäre jetzt genau das …

Meine Gedanken stoppten abrupt, als ich Lios Hand an meiner Hüfte spürte. Er stand dicht hinter mir und besah sich über meine Schulter die Auslage.

Zweifellos gehörte er zu den *touchy persons*, die kein Problem mit körperlicher Nähe zu anderen hatten. Ich dagegen war schon gehemmt, wenn es um die Nähe zu meinem eigenen Körper ging. Darum konnte ich nicht reagieren. Als ich jedoch merkte, dass er die Berührung wieder lockerte, schlug etwas in mir Alarm. Es machte mir Angst, dass er mir so nah kam, aber er durfte auf keinen Fall aufhören.

Mutig strich ich über seinen Handrücken und hoffte mit meinem ganzen Sein nichts irreparabel Unkluges gemacht zu haben.

Lio sah mich an und ich versank in seinen schönen, klaren Augen. Sein Blick wanderte zu meinem Mund. Die sanfte Beleuchtung des Campus-Cafés verschwamm zu konfusem Licht, als er sich langsam näherte.

„Alter, da bist du ja! Ich habe dich schon überall gesucht“, tönte es hinter uns. Erschrocken fuhren wir gleichzeitig herum. Vor uns stand Thorben. „Wo warst du denn so schnell hin?“ Erst jetzt schien Lios Freund mich zu bemerken. Seine buschigen Augenbrauen schnellten empor, als er wieder zu Lio sah.

Unwillkürlich fragte ich mich, ob er allen Ernstes glaubte, ich würde seinen Blick entweder nicht sehen oder nicht deuten können. Aber wenn es ihn tröstete, für mich war es ebenso wenig zu glauben.

„Ich bin mit Emma verabredet, sorry." Bei diesen Worten streichelte Lio mir heimlich über den Rücken und löste damit eine Gänsehaut aus. „Wir sehen uns ja gleich in Mathe."

„Mhm", gab sein Freund von sich, musterte mich noch einmal und ging, ohne ein weiteres Wort zu verlieren.

„Und bei euch?", fragte die Bedienung.

„Hi Jes. Zwei coffee to go und einen Triple Choc Muffin", bestellte Lio.

Hatte er das für sich oder für uns beide bestellt? Wollte er den Muffin für sich oder für mich? Ich wollte nicht wieder unbeholfen nachfragen. Lio bezahlte und die Bedienung wandte sich direkt den Nächsten neben uns zu. Hatte sie mich übergangen oder ging sie davon aus, dass die Bestellung für uns beide war oder dass ich nichts wollte?

Am anderen Ende der Theke schob Lio mir einen Kaffee und die Tüte mit dem Muffin hin.

„Äh, danke", sagte ich. „Das wäre aber nicht nötig gewesen."

„Schon klar. Aber Jessica", er deutete auf die Bedienung, die in Rekordzeit Bestellungen aufnahm, „ist eine Freundin meiner Schwester und wenn ich bestelle, zahlen wir weniger. Aber verrat's nicht weiter." Er zwinkerte mir zu und ich hätte beinahe den Zucker neben den Becher gekippt. Sie war hübsch. Musste seine Schwester ausgerechnet derart gut aussehende Freundinnen haben?

„Es war doch der Triple Choc, den du so fixiert hattest, oder?"

„Ja", hauchte ich. Lio achtete darauf, was mir wichtig war?

Wir nahmen unsere Kaffeebecher, schlängelten uns zwischen den Studierenden hindurch und fanden eine Bank, die etwas versteckt in einer Ecke stand. Von hieraus hatte man nach links einen schönen Blick in das Hauptgebäude mit dem Bäcker, dem Café, der Mensa und den kleinen Shops. Auf der rechten Seite befand sich die Bib und der Übergang zu den anderen Gebäuden und den Vorlesungssälen. Dass unsere Bank etwas abseits lag, war mir sehr recht, denn wir wurden gefühlt von jeder zweiten Frau angestarrt.

Die Pause zwischen den Vorlesungen war viel zu kurz. Leider traute ich mich nicht, in Lios Gegenwart den Muffin zu essen, den mein Magen bereits durch Bauchdecke und Tüte zu verdauen versuchte. Zu groß war die Gefahr, dass ich mich mit Schokolade einschmierte und mich lächerlich machte – noch lächerlicher.

Wir sprachen über unsere Studiengänge und unsere besten Freunde. Als unsere gemeinsame Kaffeepause fast vorüber war, bestand Lio darauf, die leeren Kaffeebecher zurückzubringen. Das gab mir die Gelegenheit für einen beherzten Biss in den Schokomuffin. Dummerweise hatte ich die Rechnung ohne meine völlig durchgedrehten Hormone gemacht. Die fanden es nämlich wesentlich wichtiger, diesem Halbgott nachzuschauen, als den Körper angemessen mit Nahrung zu versorgen. Dazu musste ich sagen, dass Lio nicht einfach zum Camps-Café lief. Er sprang über Bänke, Geländer und nahm mehrere Stufen auf einmal, als wäre es völlig normal, sich so fortzubewegen. Herrje, war der fit. Mein Blick heftete so fest an ihm, dass ich erst spät den Todespfeile abschießenden Blick einer Frau unweit unserer Bank bemerkte. Und wer war das jetzt?

Lios Aufmerksamkeit galt auf dem Rückweg allein mir – wie auch immer er das anstellte. An mir gab es nichts zu sehen, zu entdecken oder zu beobachten. Ich war einfach nur ich. Glanz- und farblos ich.

„Das ... sieht richtig gut aus", sagte ich anerkennend, als er wieder vor mir stand.

„Fünfzehn Jahre Parkour", antwortete er und reichte mir die Hand. Ohne darüber nachzudenken, nahm ich sie. Allerdings hatte Lio mir die Hand nicht nur gegeben, um mir hochzuhelfen, sondern auch, wie ich überrascht feststellte, um mich gleich an sich zu ziehen. Langsam legte er meinen Arm um seinen Hals und senkte seinen Kopf zu mir. Meine Beine drohten ihren Dienst zu versagen und der Kaffee in meinem Magen rebellierte.

So sehr ich den Augenblick liebte, hatte der Blick dieser Frau etwas in mir angestoßen, weswegen ich mich behutsam wieder von ihm löste.

„Was ist?", fragte er irritiert.

Ich zog meine Hände in meine Ärmel. „Ich weiß nicht, ob das so eine gute Idee ist."

Lio legte die Stirn in Falten. „Warum nicht?"

„Weil …“ Ich suchte nach den passenden Worten. „Weil uns jeder anstarrt.“

„Stört dich das?“

„Ich werde nie bemerkt und jetzt schauen mich plötzlich alle an, weil sie nicht verstehen, wie du dich mit so einer wie mir abgeben kannst.“

„Die gewöhnen sich schon dran.“ Lio überbrückte den frisch gewonnenen Abstand zwischen uns und strich mir eine Haarsträhne aus dem Gesicht. „Die viel wichtigere Frage ist: Kannst du damit leben, gesehen zu werden? Mit mir?“

Ich öffnete den Mund. Lios Nähe raubte mir jedoch derart den Verstand, dass ich ihn wieder schloss.

„Sonst müssen wir uns versteckt treffen.“

Damit entlockte er mir ein kleines Lachen. „Das ist mein Ernst. Ich werde deinetwegen mit bösen Blicken bombardiert.“

„Wer bombardiert dich?“ Er sah sich um.

Ich wollte auf die Frau zeigen, doch sie war verschwunden. „Sie war eben noch da.“

Sanft lächelte er mich an. „Komm mit.“ Er nahm meine Hand und lotste uns in einen ‚verkehrsberuhigten Bereich‘ unter einer Treppe, wo er sich blitzschnell umdrehte, mich an sich zog und mich küsste, ehe mir wieder Gründe dagegen einfallen konnten.

Ich verlor mich gänzlich in diesem Kuss. Lio war vorsichtig, wusste aber genau, was er tat – im Gegensatz zu mir. Im sanften Zusammenspiel unserer Lippen fuhr er behutsam mit der Zunge über meine Unterlippe. Wie von allein öffnete sich mein Mund und meine Zunge empfing seine. Jetzt, bei diesem zweiten Kuss wurde ich etwas mutiger und traute mich, es ihm später gleichzutun. Der Druck unserer Lippen verstärkte sich, und ich seufzte, als er mich fester an sich zog. Am liebsten wäre ich mit ihm verschmolzen.

Mein Körper war so unter Strom, dass es sich anfühlte, als würde er jeden Augenblick explodieren. So etwas wie mit ihm hatte ich noch nie erlebt.

Atemlos lösten wir uns irgendwann voneinander. „Wir ... sollten jetzt lieber gehen", keuchte er.

Ich nickte.

Im Vorlesungssaal flüsterte er mir ein „Bis gleich" zu und ging direkt zu Thorben, während ich mich nach vorne zu meinen Tutorenkollegen setzte. Sie diskutierten eine Frage, die einer der Studierenden in einem Tut gestellt hatte und die vermutlich in der anschließenden Hiwi-Sitzung Thema sein würde. Ich war noch völlig durcheinander und hielt nach etwas Ausschau, das mir das Gesicht kühlte, ohne schräg hinter mich zu schauen. Wenigstens konnte ich jetzt den Muffin essen, wenn ich schnell genug war – Alouis sah es nicht gerne, wenn man in seiner Vorlesung aß.

„Oder was meinst du, Em?", fragte Nikolas, einer der Tutoren.

„Wozu?"

Gerade wollte ich meinen Muffin auspacken, als sich eine Hand auf meine legte. Lio hockte neben mir. „Hey, was hältst du davon, wenn du morgen Abend in die Bar kommst? Da haben wir unseren Donnertags-Gig."

No way. Ich musste mich beherrschen und meine Sinne halbwegs beisammen behalten, zumindest bis die Prüfungen vorüber waren.

Gott, am liebsten hätte ich ihn an mich gezogen, doch ich riss mich zusammen. Wir hatten nämlich Publikum.

Lio schien das nicht zu stören. Gedankenverloren strich er weiter über meine Hand.

„Ich fürchte, ich kann nicht", log ich und war mir nicht sicher, wen ich damit mehr enttäuschte: ihn oder mich.

„Wenn du Freitag nach dem Tut nichts vorhast, können wir auch da etwas zusammen machen."

„Ab nächster Woche sind Prüfungen", erinnerte ich ihn. Ich hoffte, dass er selbst darauf kam, dass es gerade eine ungünstige Zeit war. Es widerstrebte mir, Nein zu ihm zu sagen.

Lio sah Richtung Tür und sein Blick veränderte sich. Ich nahm an, dass der Prof reingekommen war.

„Aber etwas Zeit habe ich am Freitag schon", hörte ich mich sagen.

„Wunderbar." Sein Gesichtsausdruck erhellte sich, ehe er aufstand und mir zuflüsterte: „Ich freue mich schon sehr darauf." Lächelnd ging er zurück.

Alouis stellte sich an das Pult und warf mir einen anerkennenden Blick zu. Mit Sicherheit hatte auch er gerade mein Geständnis von damals über Liebesleid und nächtliche Eskapaden vor Augen. Und nun machte mir der Jahrgangsschönling Avancen. So gesehen war das wirklich eine bemerkenswerte Wendung. Wieder schoss mir das Blut ins Gesicht und wieder hatte ich es nicht geschafft, meinen Muffin zu essen.

Kapitel 12

Lio

So etwas hatte ich noch nie erlebt. Ich saß in der Mathevorlesung, Emma nur wenige Meter weiter. Noch immer roch ich ihren Duft, spürte ich ihre Wärme und ihre Lippen.

Ich musste meinen völlig aufgebrachten Körper wieder runterbringen. Dieses Treffen hatte eine ganz andere Wendung genommen, als ich erwartet hatte. Irgendetwas stellte sie mit mir an, dass mich komplett aus der Fassung brachte. Ich konnte mich bei ihr kaum kontrollieren. Emma war wie ein Gummiband, das mich zu ihr hinzog und je näher ich ihr kam, desto stärker wurde es.

Ich war froh um die Teenagerjahre früher, in denen es für uns Jungs äußerst wichtig war, in jeder Situation möglichst cool zu sein. Keine Regungen, keine Emotionen. Heute kam mir das zugute, um neben ihr wenigstens ein paar Worte herauszubringen.

Mir entging fast alles, was Herr Dinknagel in der Vorlesung erzählte, jedoch keine einzige von Emmas Bewegungen. Glücklicherweise war es die Wiederholungsstunde vor der Klausur, sodass kein neuer Stoff durchgenommen wurde. Das wäre mein Untergang gewesen.

Mein Handy vibrierte in der Hosentasche. In der Hoffnung, es könnte Emma sein, zog ich es schnell hervor. Doch es war Thorben.

Na, hast dir die Tutorin geangelt? So verzweifelt wegen der Matheklausur? ;)

Kommentarlos steckte ich das Handy wieder weg. Mein Freund grunzte neben mir. Nach dem Blick, den er mir im Campus-Café zugeworfen hatte, war klar, dass noch ein Spruch folgen würde. Wahrscheinlich war diese Nachricht erst der Anfang.

Ich behielt recht. Im Anschluss an die Vorlesung, nachdem sich Emma per Wink enttäuschend flüchtig verabschiedet hatte, ging es munter weiter.

„Alter! Du und die Tutorin. Was hat dich da denn bloß geritten? Das muss ich Remo nachher unbedingt erzählen. Der wird es lieben, dass du mit seiner Abgelegten anbandelst."

Ich ballte die Hände.

„Küsst sie wirklich so schlecht, wie er gesagt hat? Hast sie schon in die Kiste bekommen? Ich wette, auf viel Widerstand wirst du nicht treffen. So verzweifelt wie sie war, ist sie garantiert froh, wenn sie endlich gevögelt wird. Hätte Remo ja eigentlich auch noch eben machen können."

Ich blieb stehen.

Thorben drehte sich verwundert zu mir um.

„Es reicht, okay?", knurrte ich.

Er schwieg offensichtlich unschlüssig, ob er mich jetzt erst recht verspotten oder meine Worte ernst nehmen sollte.

„Machst du dich über sie lustig, machst du dich auch über mich lustig."

„Nee, mache ich nicht. Ich verstehe es nur nicht."

„Es verlangt auch niemand, dass du es verstehst. Nur, dass du es akzeptierst. Ich mag sie, klar?"

Er kratzte sich am Kopf.

Meine Selbstbeherrschung kehrte zurück. „Du wirst es Remo auf jeden Fall erzählen, oder?"

Mein Freund zuckte mit den Schultern. „Ja klar."

Ich seufzte. „Dann tu es wenigstens in meinem Beisein, damit ich euch die Fresse polieren kann, wenn ihr zu weit geht."

Er schlug mir auf die Schulter und grinste breit, wodurch er seine großen Zähne zeigte. „Geht klar, Romeo. Freitagabend dann?"

„Von mir aus."

Freitagmorgen freute ich mich auf das letzte Tutorium wie noch auf keins. Obwohl mir die Anstrengung und die Müdigkeit wegen des gestrigen Gigs in den Knochen steckten, war ich viel zu früh dran. Ich holte für Emma und mich einen Kaffee und wartete vor dem Seminarraum auf sie.

Leider war sie gestern nicht gekommen. Dabei hatte ich extra dafür gesorgt, dass wir wieder Nico Santos' *Unforgettable* spielten. Denn genau das war sie für mich. Unvergesslich.

Endlich kam sie um die Ecke mit ihrem süßen übergroßen Pulli, der Brille und den Haaren, die sich nicht entscheiden konnten, wo und wie sie liegen sollten. Ihr Anblick genügte, um meinen Puls hochschnellen zu lassen und Hitze durch meinen Körper zu treiben.

Sie war so in ihre Notizen vertieft, dass sie mich erst bemerkte, als sie vor der Tür beinahe in mich hineinrannte. Vor Schreck warf sie den Block in ihrer Hand in hohem Bogen von sich. Ein hübscher Zettelregen ergoss sich über unseren Köpfen.

„Guten Morgen“, sagte ich lachend. „Du bist ja wirklich schreckhaft.“

„Hab ich dir doch gesagt“, gab sie kaum hörbar zurück und begann sogleich, die verstreuten Zettel einzusammeln.

Ich stellte die Kaffeebecher ab und half ihr. Sie mied dabei meinen Blick und wirkte überhaupt ziemlich angespannt. Anscheinend lag es wieder an mir, das Eis zu brechen. Grinsend hielt ich ihr meinen Stapel Papiere hin, ließ ihn jedoch nicht los, als sie schüchtern dankend danach griff.

Endlich hob sie den Blick und mein Herz schlug noch schneller. „Ich sagte: ‚Guten Morgen‘.“

Mit großen dunklen Augen sah Emma mich an. Damit war es um meine Beherrschung geschehen. Ich neige mich vor und gab ihr zur Begrüßung einen Kuss. Nur eines der Dinge, die mein Körper ohne mein Zutun machte.

„Morgen“, murmelte sie und nahm den Kaffee entgegen, den ich ihr reichte. Erfreut stellte ich fest, dass sich ihre Wangen rötlich eingefärbt hatten, was sie noch bezaubernder aussehen ließ.

Ganz Gentleman öffnete ich ihr die Tür. Emma stellte alles vorne auf dem Pult ab und bereitete die Präsi für heute vor. Ich gesellte mich mit meinem Kaffee zu ihr und beobachtete sie, wie sie Kabel einsteckte und an ihrem Laptop klickte.

„Ist der Beamer auch an?“, fragte ich findig.

Ohne vom Bildschirm aufzusehen, grinste sie. „Warum stellst du dich nicht auf den Tisch und siehst nach?“ Ihr Tonfall und der Blick, den sie mir nun zuwarf, jagten mir einen wohligen Schauer über den Rücken.

Es wäre beinahe ein Flirt geworden, doch just in diesem Augenblick machte das Gerät seinen Job und projizierte die Bildschirmanzeige hinter ihr an die Wand.

„Ist wohl an“, stellte ich bedauernd fest, während ich meine Fantasie zurück in ihre Schranken wies.

Unschlüssig stand Emma vor ihrem Laptop. Alles war aufgebaut und geladen und wir waren noch immer allein. Aber etwas stimmte nicht. „Was ist?“

Sie trat von einem Bein aufs andere. „Ähm, ich muss versuchen, mich zu konzentrieren.“

„Okay, dann werde ich mich mal brav auf meinen Platz setzen.“ Mit einem Zwinkern ging ich zu meinem Tisch.

Wider Erwarten kam Emma mir hinterher.

„So meinte ich das nicht. Oder doch. ... Ich weiß auch nicht.“ Sie knetete ihre Hände und zog sie dann in ihre Ärmel.

„Ist schon gut, ich verstehe das.“ Ich lehnte mich über den Tisch und küsste sie sanft. Eigentlich sollte es nur ein kleines Aufmunterungsküsschen werden, doch erwiderte sie es so hingebungsvoll, dass es mir nicht gelang, mich vom Gefühl ihrer Lippen zu trennen. Sie legte ihre Hände an mein Gesicht und vertiefte den

Kuss. Ihre Nähe tat gut und strömte warm durch mein Inneres.

Um nicht wieder den Kontakt zur Außenwelt zu verlieren, blieben wir so stehen, wie wir waren, mit dem Tisch zwischen uns. Meine Hand berührte automatisch ihre Hüfte. Tapfer widerstand ich dem Drang, sie über den Tisch und an mich zu ziehen.

Murmelnde Geräusche ließen uns plötzlich hochschrecken. Wir mussten doch ziemlich versunken gewesen sein, denn ich hatte nicht mitbekommen, dass die Ersten reingekommen waren. Emmas unangenehm ertapptem Blick nach zu urteilen sie ebenso wenig. Einige waren schon zu ihrem Platz gegangen, die meisten standen jedoch noch unschlüssig in der Tür.

Was ich ihren Augen erkannte, war Unglaube. Entweder konnten sie nicht glauben, dass jemand wie Emma jemanden wie mich küsste oder dass jemand wie ich jemanden wie Emma küsste, oder dass überhaupt irgendwer irgendwen vor einem Mathetutorium küsste.

„Shit." Mit eingezogenem Kopf und gesenktem Blick schob sich Emma eilig durch den Pulk in der Tür und verschwand. Ich nahm an, dass sie kurz Ruhe und etwas Wasser im Gesicht brauchte, um wieder runterzufahren.

Noch immer rührte sich niemand. Sämtliche Augen waren auf mich gerichtet. Erwarteten sie, dass ich etwas zu dem Kuss sagte? Bestimmt nicht. Erst dann bemerkte ich Lahn, der an seinem Platz stand und mich herablassend musterte. Nun verstand ich die angespannte Atmosphäre. Ich wusste, was er von mir hielt. Dennoch gestand ich ihm zu, mich für intellektuell unterlegen und lächerlich zu halten, denn vor mir stand ein gebrochenes Herz. Seit dem ersten Tut, als Emma ihm gezeigt hatte, wer von ihnen beiden das Mathegenie war, war es um ihn geschehen. Allen im Kurs war das klar. Darum herrschte nun allgemein betretenes Schweigen. Er hatte verloren. Ausgerechnet an mich, neben Thorben der größte Stümper – zumindest dachten sie das. Es tat mir aufrichtig leid, dass er uns gesehen hatte. Das war weder geplant noch Absicht gewesen. Ich wüsste nicht, wie ich reagiert hätte, wäre ich eines Tages ins Tutorium gekommen, und Emma hätte mit Lahn rumgeknutscht.

Er wusste jedoch, wie er reagieren sollte. Ungeniert zeigte er mir den Finger. Ich hob nur die Schultern.

Wieder zurück, teilte Emma zum letzten Mal die korrigierten Aufgabenblätter aus. Als sie mir meines gab, waren alle Blicke auf uns gerichtet. Dennoch neigte sie sich zu mir. „Nach meinem unprofessionellen Verhalten von gerade werde ich heute während des Tuts erst recht nicht zu dir schauen. Ich hoffe, das ist okay", flüsterte sie.

Ich grinste. „Solange du mich danach wieder ansiehst, kann ich damit leben."

„Das kann ich nicht versprechen."

Ja, ich wusste definitiv, was mir an ihr gefiel. „Ich hoffe, es ist dann auch okay, wenn ich mich heute mit meiner mündlichen Mitarbeit zurückhalte und die anderen auch mal zu Wort kommen lasse."

Sie kicherte und ging weiter.

Sanft streichelte ich ihren Handrücken. Wir saßen nach dem Tut, das sich dieses Mal ganz anders angefühlt hatte als sonst, in der Mensa und waren uns noch uneinig, ob wir uns etwas zu Essen holen wollten.

Es war ein immenses Gefühl gewesen, sie dort vorne stehen und über den Stoff reden zu sehen und zu wissen, wie es sich anfühlte, sie zu küssen. Mein schlechtes Gewissen Lahn gegenüber verflog so schnell, wie es gekommen war. Es war mir egal, was er und alle anderen über mich und uns dachten. Emma und ich waren das Einzige, was wirklich wichtig war.

Entgegen ihrer Ankündigung konnte sie es sich nicht verkneifen, hier und da einen Blick zu mir huschen zu lassen. Ich hatte sie jedes Mal dabei erwischt.

„Zehn", lautete mein Ergebnis, als nach dem Tut endlich alle gegangen waren. Thorben war schon los, nicht jedoch ohne ein breites Grinsen. Der Kuss zwischen Emma und mir hatte sofort die Runde gemacht, weswegen er sich ganz besonders auf heute Abend freute.

Lächelnd packte Emma ihre Sachen zusammen, während ich ans Pult gelehnt auf sie wartete.

„Dir entgeht nichts, was?"

Auf dem Weg in die Mensa überlegte ich, wieder die Initiative zu ergreifen und ihre Hand zu nehmen. Doch nachdem ich sie heute Morgen bereits in eine ungünstige und vor allen Dingen unprofessionelle Lage gebracht hatte, beschloss ich, ihr etwas Freiraum zu geben. Da sie meine Hand ihrerseits auch nicht nahm, war es vermutlich die richtige Entscheidung.

Schweigend betrachteten wir die vorüberziehenden Studis, als sich Emma mit einem Mal versteifte. Flüchtig sah ich mich um, konnte aber außer ihrer eigenartigen Freundin Anne, die ihr wenig dezent zuwinkte, niemanden erkennen. Da es Emma unangenehm zu sein schien, tat ich so, als hätte ich sie nicht bemerkt.

„Ähm … Singst du eigentlich schon immer?", erkundigte sie sich in die Stille hinein.

Ich schmunzelte. Emma hatte tatsächlich nicht vor, mich ihrer Freundin vorzustellen. „Nein, ehrlich gesagt singe ich erst seit …" Ich rechnete kurz zurück. „Nicht mal einem Jahr."

„Oh, das hatte ich nicht erwartet."

„Bis vor einem Jahr wusste ich nicht einmal, dass ich singen kann."

Sie zog eine Augenbraue hoch.

„Dann sind Thorben und ich mit besoffenem Kopf in einer Karaokebar gewesen, wo Nille, unser Bassist, mich nach unserer grottenschlechten Performance angesprochen hat."

An dieser Stelle schnaubte sie.

„Glaub es oder nicht, aber mein Geleier damals war wirklich grottenschlecht. Wenn ich überlege, was wir heute machen, wundert es mich, dass Nille überhaupt auf mich zugekommen ist."

„Bezweifle ich, aber okay."

Ich konnte mir ein Grinsen nicht verkneifen. Es war schön, von ihr für so gut gehalten zu werden. „Nille sagte, er wolle eine Band gründen, habe schon einen Schlagzeuger und könnte sich mich für die Vocals vorstellen. Dann haben wir über Flyer E-Gitarre und Keyboard zusammengesucht und hier sind wir, *reciprocate*."

„*Reciprocate*", wiederholte sie leise. „Und was hörst du in deiner Freizeit?"

Aha, es wurde interessant. „Hauptsächlich Rock. Oder Hard Rock und Metall. Volbeat ist richtig gut, aber es darf gerne auch mal Amon Amarth, Slipknot oder Metallica sein.“

„Warum spielt ihr das nicht?“

„Fünf Typen, fünf verschiedene Musikgeschmäcker. Sogar Klassik. Darum haben wir uns für den Anfang auf Coversongs geeinigt.“

Langsam fühlte es sich wie ein Verhör an. Aus dem Augenwinkel sah ich ihre Freundin wieder winken. Sie wollte bestimmt zu uns kommen. Für mich wäre es in Ordnung, Emma schien davon allerdings nicht überzeugt zu sein.

Sie sah mich wieder direkt an und fragte weiter. „Wer hört denn Klassik?“

„Ben, unser Keyboarder. Eigentlich ist er Pianist. Er lässt sich aber für uns dazu herab, Keyboard zu spielen. Darum sind auch einige Alicia-Keys-Songs in unserem Programm.“

Ich sollte ihr anbieten, dass ihre Freundin zu uns kommen kann.

„Und was hat es mit dem Bandnamen auf sich?“, schob sie die nächste Frage schnell hinterher.

Ich lachte über ihren Interview-Modus. „Schluss jetzt, Miss Lane von den Daily News. Wie wär's, wenn du morgen ins *Ace* kommst? Da haben wir einen außerplanmäßigen Gig zur Kneipennacht. Dann kann ich dir die Band vorstellen und dir alles genauer erklären.“

Ihre Augen wurden größer. „Das geht nicht“, erwiderte sie eilig.

„Und warum nicht?“

„Da muss ich lernen. Nächste Woche beginnen die Prüfungen."

„Lernst du auch abends?"

„Gerade abends. Da bin ich am leistungsfähigsten." Sie schob ihre Brille hoch. Ich wusste nicht, warum, aber ich liebte es, wenn sie das tat. Ihr Blick war auf unsere Hände geheftet, ihre Wangen leicht gerötet.

Emma war fleißig und lernte viel, keine Frage, aber sie verschwieg mir etwas. Ich verdrängte das aufkeimende schlechte Gefühl, das Sin mir eingepflanzt hatte und akzeptierte, dass Emma nicht darüber sprechen wollte. Emma war nicht wie *sie*. Sie würde es mir irgendwann erklären.

„Gut, was gibt's Neues?", fragte Couscous. Es war Abend. Wir saßen um den ‚neuen' Küchentisch in Thorbens WG, den sie aus dem Sperrmüll ‚gerettet' hatten.

Ich schwelgte in den Erinnerungen des Mittags mit Emma. Es war unheimlich schön gewesen. Ein wenig schade fand ich, dass Emma mich nicht mit ihrer Freundin bekannt gemacht hatte. Dabei hätte mich interessiert, was diese Anne für ein Mensch war. Wenn sie so eng mit Emma befreundet war, war sie bestimmt nett, auch wenn sie forsch und vorlaut wirkte. Außerdem hatte ihre Freundin etwas an sich, das mich vermuten ließ, dass Emma wegen ihr nie eifersüchtig sein musste.

Möglicherweise war sie noch nicht bereit, mich weiter in ihr Leben zu lassen. Auch wenn es dunkle Erinnerungen weckte, war es für den Augenblick in

Ordnung, dass wir uns ausschließlich auf uns konzentrierten und uns näher kennenlernten.

Mit einem großen Tisch zwischen uns und damit kaum Berührungsmöglichkeiten konnten wir uns mit der Zeit endlich ungezwungen unterhalten. Der Abschied fiel uns beiden schwer und wir zögerten das Ende bis zur letzten Sekunde hinaus. Wir küssten uns, immer und immer wieder. Ich konnte mir nicht erklären, was Remo an ihren Küssen auszusetzen hatte. Mich brachten sie völlig um den Verstand und machten mir definitiv Lust auf mehr.

Nur schwer fand ich wieder in die Wirklichkeit zurück. An unserem Tisch war mittlerweile jeder mit einem Bier versorgt. Dann konnte es ja losgehen.

Thorben sah zu mir, doch ich winkte ab. „Nein, ich bin erst einmal nur als Außenstehender hier. Tut so, als sei ich nicht da." Ich trank den ersten Schluck aus meiner Flasche und beobachtete, wie alle drei Augenpaare interessiert zu Thorben wanderten.

Der überlegte kurz, ehe es aus ihm herausplatzte. „Lio hat was mit Emma." Er schien sich ein Lachen verkneifen zu müssen.

Die übrigen Anwesenden schwiegen.

Ich spürte Frankys Blick auf mir, vermied jedoch, ihn anzusehen.

„Okay. Schön für dich", sagte Remo mit einem dezent beleidigten Unterton. Er verstand zwar offensichtlich nichts, missbilligte es aber aus Prinzip, dass ich im Gegensatz zu ihm etwas mit jemandem hatte.

Hier und da wurde am Bier genippt, bis Couscous endlich fragte: „Und wer ist jetzt Emma?"

Darauf hatte mein Kumpel nur gewartet. „Remos Abgelegte."

Besagter richtete sich nun breit grinsend auf. Mit seinen hellen Pudelhaaren und seinem Milchbubigesicht erinnerte er mich immer an Justin Timberlake. „Na, sieh mal einer an", sagte er aufgeblasen und wollte weitersprechen, wandte sich aber wieder an Thorben. „Welche Abgelegte jetzt? Ich meine, wirklich interessant kann ich sie nicht gefunden haben, wenn mir ihr Name nicht einmal mehr etwas sagt." Er zwinkerte mir herausfordernd zu.

„Das ist die von damals aus dem *Full House*", lautete Thorbens Antwort. Daraufhin beschrieb er in allen unschönen Einzelheiten diesen Abend, während der Ausdruck purer Genugtuung auf Remos Gesicht wuchs.

„Ich freue mich total für dich", flüsterte Franky mir in seinem englischen Akzent zu.

Ich quittierte seine Aussage mit einem Lächeln, das sich auf den Pailletten seines Oberteils spiegelte.

„Sie hätte gleich dich ansprechen sollen, nicht ihn."

„Es war die falsche Zeit", gab ich zurück. „Sie war erst ein paar Wochen von ihrem Freund getrennt. Mittlerweile ist das über ein halbes Jahr her."

„Verstehe", sagte Franky nickend, obwohl ich mir sicher war, dass er mit dieser Information nichts anfangen konnte.

„Also Lio", begann Remo endlich. Ich hatte mich schon gefragt, wann er loslegen würde. „Du musst dir nicht die ganzen furchtbaren grauen Mäuse krallen, nur um mit mir mitzuhalten. Die sind zwar einfacher rumzukriegen, klar, aber wo bleibt da der Kampfgeist? Hab ein bisschen mehr Anspruch."

„Habe ich“, erklärte ich gelassen.

„Und dann nimmst du dir das erstbeste Vierauge? Das sieht für mich nicht nach Anspruch aus.“ Seine Miene erhellte sich und er grinste spöttisch. „Oder hast du vor alle Mathe-Mädels flachzulegen?“

„Nein.“

„Aber warum *die*? Die hatte nun wirklich gar nichts. Bist du so verzweifelt?“

„Nein.“

„Ich habe gehört, Tammi ist noch immer interessiert.“ Ich zuckte mit den Schultern.

„Alter, wenn man eine Tammi hatte, wie kann man dann auf so eine charakterlose Nicht-Frau stehen?“

Jetzt hatte er mich. Ich biss mir auf die Lippen. Es war in Ordnung, dass er nicht verstand, was ich in Emma sah, aber sie als Nicht-Frau zu bezeichnen war unterhalb der Gürtellinie.

Doch gerade als sich meine Wut verbalisieren wollte, kam Thorben mir unerwartet zuvor. „Hey, jetzt pass mal auf, was du sagst. Das ist *meine Tutorin*, über die du da redest.“

Beinahe hätte ich laut losgelacht. Wenn er es wollte, konnte mein bester Freund wirklich drollig sein. „Außerdem“, er sah mich treudoof an. „Wenn Lio wirklich auf sie steht, wird das seinen Grund haben.“

„Das finde ich auch“, pflichtete Franky ihm bei.

„Du stehst doch wirklich auf sie, oder?“, vergewisserte sich Thorben.

Ich musste lachen. „Ja.“ Scheiße noch mal, ja!

„Okay, wollte nur noch mal sichergehen.“

Ich wandte mich an Remo. „Und Tammi ist ein kaltes, berechnendes Biest. Nimm du sie doch, wenn du sie so toll findest."

„Hab's schon versucht, aber die will dich", murmelte er kleinlaut, und ich begriff, woher die Gehässigkeit kam.

„Nur, weil sie weiß, dass sie mich nie haben wird. Für sie ist das nichts weiter als ein Spiel." Ein wenig tat Remo mir leid. „Warte, bis es ihr langweilig geworden ist, dann kannst du auftrumpfen."

„Ja, aber ich werde immer die zweite Wahl sein", maulte er.

Nicht zu fassen, dass ich diesen *Fuckboy* gerade wirklich aufmunterte. „Als zweiter kannst du dich bei ihr immer noch glücklich schätzen."

„Das ändert nichts daran, dass ich immer *nach dir* kommen werde." Remo spielte genervt an der Flaschenöffnung.

Mann, konnte der schmollen. Warum kam er so gut bei Frauen an? „Remo, zum letzten Mal. Ich bin nicht an diesen Spielchen interessiert. Aber wenn es dich tröstet, du hattest Emma zuerst, was mich wirklich wurmt."

Er richtete sich wieder auf. Natürlich gefiel ihm dieser Gedanke. Ungerührt trank ich einen Schluck Bier, während ich überlegte, ob ich ihm das Nächste auch sagen sollte. Verdient hatte er es nicht. Dennoch entschied ich mich, *the bigger man* zu sein.

„Und du bist mir auch immer noch einen voraus." Ich ließ das Gesagte einen Augenblick wirken.

„Haha!", schallte es triumphierend von Remo. „Noch nicht an der *second base* gewesen, was? Jetzt enttäuschst du mich aber, Zoller. Da hätte ich dir mehr zugetraut."

Na bitte, jetzt ging es ihm gut, und alles war in Butter. „Das mit uns geht erst seit zwei Tagen."

„Ich war nach nicht mal zwanzig Minuten an ihren ..."

„Du hast gegrapscht."

„Oho, jetzt kommt der Rächer der armen Jungfrauen." Man merkte, dass bei Remo der Alkohol langsam in seinem Kopf ankam. Seine Zunge wurde loser.

Insgesamt wurde der Abend dennoch richtig spaßig. Nachdem Remo und ich unseren Teil durchhatten, stand Thorbens nicht vorhandenes Liebesleben im Fokus unserer Witze und dummen Sprüche. Anschließend machten sich alle über Franky lustig, einschließlich Franky selbst und als Coucous an der Reihe war, schwiegen wir und wechselten das Thema.

Für die anderen vier war es ein sehr feucht-fröhlicher Abend. Ich musste mich mit dem Trinken leider am Riemen reißen, denn nichts war schlimmer als Singen mit einem Hangover. Damit ich nicht in Versuchung kam, ständig zu checken, ob Emma geschrieben hatte oder ich ihr mitten in der Nacht halbbetrunkene Nachrichten schickte – oder die Jungs ihr heimlich ganzbetrunkene Nachrichten schrieben –, schaltete ich es aus.

Am nächsten Morgen wachte ich in halbwegs akzeptablem Zustand auf Thorbens Couch auf. Die anderen hatten sich ordentlich abgeschossen und lagen in ihren Betten. Remo war später noch losgezogen, um sich ein *Mädel zu pflücken*, wie er es genannt hatte. Der Geräuschkulisse letzter Nacht nach zu urteilen, war er erfolgreich gewesen.

Während ich mir einen Kaffee machte, schaltete ich in freudiger Erwartung mein Handy wieder an. Leider hatte ich keine Nachricht von Emma bekommen. Enttäuschung füllte sich in mir wie der Kaffee die Kanne. Entschlossen öffnete ich unseren Chat.

Guten Morgen :)

Ich sah auf die Uhr. Es war zehn Uhr. Das konnte man als Morgen durchgehen lassen.

Konntest du gestern Abend gut lernen? Wenn ja, kannst du heute Abend ins Ace kommen. Hab gehört, da spielt ne coole Band ;)

Ihre Antwort kam erfreulich schnell.

Hi, ich konnte leider nicht lernen. Anne ist gestern spontan vorbeigekommen und wir sind später in die Wunderbar gegangen. Darum muss ich heute erst recht was tun. Tut mir leid.

Trübsinnig schaute ich zu, wie sich die Kanne weiter mit Kaffee füllte.

Schade. Hättest du was gesagt, hätte ich dazukommen können.

Das war ein Mädels-Ding, sorry.

Ich presste die Lippen zusammen. War das nur mein Gefühl oder hatte sie weniger Bedürfnis nach mir als ich nach ihr?

Wenn du es dir heute anders überlegst, weißt du, wo du mich findest. Ich würde mich freuen :)

Auf diese Nachricht kam keine Antwort mehr. Ich warf einen Blick zur arbeitenden Kaffeemaschine, dann ging ich. Die Lust auf Kaffee war mir vergangen.

„Guten Morgen, Sonnenschein", begrüßte Sin mich sarkastisch, als ich nach Hause kam, meine Sachen in die Ecke feuerte und jede Tür zuknallte, die sich mir in den Weg stellte.

„Morgen", brummte ich.

„Kaffee?"

Ohne eine Antwort zu geben, ließ ich mich auf einen der Barhocker unserer Kochinsel fallen. Ja, wir hatten eine große Küche mit einer Kochinsel. Überhaupt war diese Wohnung großzügig, hell und edel und hatte nichts mit einem normalen Studentenleben zu tun. Es war die Ferienwohnung unserer Eltern, die wir kostenfrei nutzten, weil sie sonst leer stehen würde. Einzige Bedingung unserer Eltern: keine Partys. Damit konnten wir leben.

Meine Schwester stellte mir einen Becher Kaffee hin und setzte sich auf den gegenüberliegenden Eckplatz.

„Na dann erzähl mal. Ich dachte, du hättest die Nacht bei Emma verbracht und ich würde dich heute überhaupt nicht zu Gesicht bekommen."

„Bin bei Thorben versackt", murrte ich.

„Aha", sagte meine Schwester. „Okay, aber das verstehe ich nicht. Es ist Wochenende und ihr seid so wahnsinnig verknallt. Wo ist sie? Wie schafft ihr es, euch überhaupt zu trennen?"

Ich schwieg.

„Lio?"

Ich hasste es, wenn sie mit mir sprach, als wäre ich ein Hund, der gerade *Pfui* gemacht hatte. Zur Ablenkung löffelte ich haufenweise Zucker in meinen Kaffee.

„Brüderchen?"

Ich rührte schwungvoll um und sah zu, wie sich der kleine Tassenstrudel langsam wieder legte.

Meiner Schwester schien ein Licht aufzugehen. „Ich lag richtig, stimmt's? Sie bricht dir jetzt schon das Herz. Hat sie dich versetzt?"

„Nein."

„Was ist es dann? Komm, lass dir nicht alles aus der Nase ziehen."

Ich atmete einmal tief durch. „Sie hat mir gesagt, sie muss lernen, war dann aber mit einer Freundin in der *Wunderbar* und jetzt können wir uns heute Abend nicht sehen, weil sie das nachholen muss, was sie gestern nicht geschafft hat. Bist du jetzt zufrieden? Ich wäre dir dankbar, wenn du das nicht weiter kommentieren würdest." Finster starrte ich in mein ebenso finsteres Getränk.

„Das tut mir leid." Sie legte ihre Hand auf meinen Arm. Einen Moment blieb sie still. „Dann erzähl doch mal, wie geht es Franky?"

Der Abend kam und mit ihm der Gig. Meine Laune hatte sich nicht ernsthaft gebessert, als ich mit meinen

Bandkollegen ein letztes Mal die Playlist für den heutigen Auftritt durchging. Ich hatte den Rest des Tages nichts von Emma gehört und plante mir meinen Frust von der Seele zu singen. Erfahrungsgemäß funktionierte das ganz gut.

Die Bar füllte sich zusehends. Auch die Jungs aus Thorbens WG waren gekommen. Sie wollten anschließend noch weiterziehen, schließlich war Kneipennacht. Vielleicht schloss ich mich ihnen an. Das würde ich davon abhängig machen, ob mir der Sinn nach Gesellschaft und Alkohol stehen würde.

Wir spielten eine knappe Stunde. Die Bar war brechend voll und ich war froh, auf der Bühne zu stehen, wo es ausreichend Platz für jeden unserer Band gab. Obwohl der Auftritt super lief und das Publikum total mitging, war ich nicht bei der Sache. Wie so oft dachte ich ununterbrochen an Emma. Bis vor einigen Tagen hatte ich mich gefragt, wie ich sie für mich gewinnen konnte, was ich tun musste, dass sie mich bemerkte. Jetzt schmerzte mein Herz, weil ich das Gefühl hatte, dass sie sich nicht vollständig auf mich einließ.

Nach dem Auftritt plauderte ich auf der Bühne noch lange mit Thorbens Leuten und meinen Bandkollegen. Doch irgendwann wurde der Durst zu groß und wir schoben uns durch die Massen an die Bar. Die Jungs bestellten Tequila und obwohl ich wusste, dass das mein Untergang sein würde, trank ich mit.

Einige Tequila später berührte mich eine Hand. Sie fuhr über meinen Rücken, glitt unter meinem Arm hindurch und blieb auf meiner Brust liegen. Nicht mehr ganz Herr meiner Sinne, glaubte ich sofort, es sei Emma, gab dem leichten Zug der Hand nach und lehnte mich zurück. Beinahe hätte ich den Kopf für einen Kuss zur Seite gedreht, doch der fremde Duft weckte mich auf. Hinter mir stand jemand anders.

„Hey, Tiger!", hauchte es in mein Ohr, gefolgt von einem kleinen Biss in mein Ohrläppchen. Ich fuhr herum. Es war Tammi in einem extrem kurzen high waist Rock und einem noch kürzeren bauchfreien Oberteil, das aus viel zu dünnem Stoff war.

„Hey Tammi", sagte ich kühl.

Sie raunte mir etwas ins Ohr, das ich wegen der lauten Musik nicht verstand.

„Was?"

Sie kam noch näher und bewegte ihren Körper lasziv an meinem, während sie mir weiter ins Ohr hauchte. Ich bezweifelte, dass sie überhaupt etwas sagte. Viel eher diente es als Tarnung, um mein Ohr und meinen Hals zu küssen.

Behutsam brachte ich wieder Abstand zwischen uns. „Sorry, kein Interesse", sagte ich und wollte mich zu den Jungs umdrehen, doch Tammi hielt mich fest.

„Komm schon. Wir hatten beim letzten Mal so viel Spaß. Das könnten wir jetzt fortführen." Sie lehnte sich wieder unangenehm an mich. „Ich habe nichts drunter und habe richtig Bock auf animalischen Sex mit dir", raunte sie und versuchte, sich erneut an meinem Ohr zu schaffen machen, doch dieses Mal schob sie gleich weg.

„Wie gesagt, kein Interesse."

Was nun geschah, kam einer Metamorphose gleich. Ihr Gesichtsausdruck veränderte sich derart, dass sich ihr ganzes Gesicht geradezu verformte. Nun sah man unschön, was sich hinter der perfekt geschminkten

Fassade verbarg, wie sie wirklich aussah. Sie stemmte eine Hand in die Hüfte. „*Seriously*? Du sagst Nein zu *mir*?"

„Jap."

„Doch nicht etwa wegen dieser kleinen Nerd-Schlampe, oder?"

„Ihr Name ist Emma und nein, es ist nicht wegen ihr. Du interessierst mich einfach nicht, Tammi."

Sie hob die Nase. „Mann, die muss echt gut im Bett sein, dass du so auf sie abfährst."

Kopfschüttelnd trank ich einen Schluck Bier. Ich würde mich nicht dazu herablassen, mit dieser gestörten Frau über Emma zu sprechen.

Plötzlich begannen Tammis Augen zu leuchten und ihr Mund verzog sich zu einem Lächeln, das mich fatal an den Joker aus Batman erinnerte. Sie hatte mein Schweigen offenbar falsch gedeutet. „Ah verstehe! Ich habt es noch gar nicht miteinander getrieben, ach wie süß. Lass mich raten. Sie will noch warten? Sie möchte dich erst einmal besser kennenlernen? Wie lange musst du denn auf dem Trockenen sitzen und den verständnisvollen Freund geben, ehe sie dich ranlässt? Ein, zwei Monate? So lange wartet man doch, bevor man zum ersten Mal mit seinem ersten Freund schläft, oder?" Ihre Worte trieften vor Spott und Hohn. „Darum bist du so wild auf sie. Entjungfern ist schon heiß."

Aggressionen überwältigten mich. Aber selbst in meinem Zustand begriff ich, dass sie mich provozieren wollte. Sie war verzweifelt, nur deswegen zog sie Emma mit in ihr mieses Spiel. Alkoholbedingt fiel es mir extrem schwer, doch es gelang mir, über ihren Provokationen zu stehen. „Halt die Klappe, Tammi." Wieder wollte ich mich wegdrehen. Als sie mich festhielt, rollte ich mit den Augen.

Sie zog mich eng an sich und wie beim letzten Mal waren ihre Hände überall an meinem Körper. „Mit mir kannst du es gleich haben“, sagte sie und drängte ein Bein zwischen meine. Dann begann sie, leicht mit der Hüfte zu kreisen. „Ich werde deinem kleinen Milchmädchen nichts verraten. Versprochen.“

Jetzt war das Maß voll. Energisch packte ich sie an den Oberarmen und schob sie bestimmend von mir weg. „Zum letzten Mal. Ich habe kein Interesse! Und wenn du mich nicht in Ruhe lässt, bekommst du hier Hausverbot.“ Warum fiel mir das jetzt erst ein?

Stinksauer starrte sie mich an. Ich hatte sie abblitzen lassen und sie damit in ihrem Stolz gekränkt. Es ließ mich kalt. Alles, was sie machte und gemacht hatte, ließ mich kalt. Ich hätte mich nie auf sie einlassen dürfen. Jetzt hielt sie mich für ihr Schoßhündchen und dachte, ich sei ihr hörig.

Sie hob den Zeigefinger, vermutlich um mich zu beleidigen oder mir zu drohen, hielt jedoch inne, als sie jemanden neben uns bemerkte. Ohne nachzudenken, folgte ich Tammis Blick und sah in der Menge eine vertraute, ungestüme Frisur. Emma. Sofort schlug mein Herz höher. Ihre Brille hatte sie gegen Kontaktlinsen getauscht. Sie trug ein leichtes, silbernes Satinoberteil, das an ihr hammermäßig aussah. Überhaupt sah sie atemberaubend aus.

So sehr ich mich freute, sie zu sehen, überbekam mich gleichzeitig immense Panik, sie könnte die Situation zwischen Tammi und mir falsch verstanden haben. Was hatte sie alles gesehen? Ich war so ein besoffener Vollidiot. Gott, wenn ich Emma wegen dieser Ziege verlor, wüsste ich nicht, was ich tun würde.

Ich musste hart schlucken, als Emma auf uns zukam.

Bitte, bitte, lass die das nicht falsch verstanden haben.

Mein Gehirn lief auf Hochtouren, um Erklärungen für alles zu formulieren.

Dann stand sie bei uns.

Unsere Blicke waren ineinander versunken. Sie beachtete Tammi überhaupt nicht. Ein Lächeln zierte ihr hübsches Gesicht und sie reichte mir beide Hände.

Unendlich dankbar ließ ich mich von ihr aus der Situation ziehen.

Langsam rückwärtsgehend bahnte sie uns einen Weg durch die Menge, ohne dass wir den Blick voneinander abwandten.

Diese gelassene Reaktion von Emma hätte ich nie erwartet und sie beeindruckte mich einmal mehr.

Vor der Bühne auf der Tanzfläche blieb sie stehen. Sie legte die Arme um meinen Hals und begann sich langsam im Rhythmus der Musik zu bewegen. Ich tat es ihr gleich. Es war noch immer sehr voll, doch das störte uns nicht. Eng umschlungen bewegten wir uns sanft im Takt.

„Ich bin so froh, dass du gekommen bist", raunte ich.

„Ich habe den ganzen Tag nonstop gelernt, damit ich heute Abend hier sein kann."

Mein schlechtes Gewissen zerrte an mir. „Emma, es tut mir so leid, was du gerade gesehen hast. Aber es war wirklich nicht das, wonach es aussah. Tammi war aufdringlich, aber ich wollte nicht ..."

Erstaunt sah sie mich an. „Nicht? Du wolltest sie nicht abweisen? Für mich sah es nämlich aus, als hättest du genau das getan.“

Erleichtert nahm ich sie fest in den Arm und vergrub mein Gesicht in ihren Haaren. „Es tut mir trotzdem leid.“

Dann zog sie liebevoll meinen Kopf zu sich, um mich erst vorsichtig, dann immer hingebungsvoller zu küssen.

Meine Hände fuhren von allein unter ihr Oberteil und strichen sanft über die weiche Haut ihres Rückens. Sie presste sich dichter an mich. Da sie keinen BH trug, spürte ich ihre Brüste deutlich an meinem Körper, der sofort reagierte.

„Können wir hier irgendwie weg?“, murmelte ich unüberlegt zwischen den Küssen.

„Du willst schon gehen?“ Es klang bedauernd.

„Ich will mit dir ... nach Hause.“ Ich ließ meine Hände in ihre Hosentaschen gleiten und zog sie enger an mich, damit sie spüren konnte, warum. Zugegeben, es war extrem plump, damit zu argumentieren. Aber dieses ganze Tanzen, bei dem sie rhythmisch ihren Körper an meinen schmiegte, ihre Küsse und ihr Duft ließen meinen Verstand schmelzen. Die vielen Tequila taten ihr Übriges. Ich konnte nur hoffen, dass sie mich jetzt nicht für einen triebgesteuerten Idioten hielt.

Umso glücklicher war ich, als sie kicherte. „Okay, lass uns gehen.“

Kapitel 13

Emma

Wir wollten die Bar schnell verlassen, allerdings musste sich Lio zunächst von einigen Leuten verabschieden. Ich wartete etwas abseits in der Nähe der leeren Bühne. Eine Kennenlernrunde konnte ich gerade nicht gebrauchen.

Die halb nackte Frau tauchte aus der Menge auf und nahm mich ins Visier. Sie kam direkt auf mich zu. Meine Arme durchströmte der Impuls, in Verteidigungshaltung zu gehen.

Überraschenderweise lief sie allerdings an mir vorbei. Ich atmete erleichtert auf.

„Genieß deinen kleinen Sieg, er wird nicht lange währen", vernahm ich plötzlich.

Ich fuhr herum, konnte jedoch niemanden mehr ausmachen.

Ich wusste selbst nicht, woher ich gerade diese Ruhe genommen hatte. Als ich Lio und diese Frau gesehen hatte, die ihn massiv angrub, hatte sich mir zunächst der Magen umgedreht. Sofort kamen mir Saskia und Danje in den Kopf. Meine Übelkeit stieg. Ich wollte kehrtmachen, doch etwas in Lios Blick ließ mich die beiden weiter beobachten. Glücklicherweise, denn wäre ich gegangen und hätte er mir die Situation im Nachhinein erklären wollen: Ich hätte ihm kein Wort geglaubt. Nie hätte ich mir vorstellen können, was so offensichtlich war: Nämlich, dass er sie loswerden wollte. Das war sogar so eindeutig, dass nicht einmal ich daran etwas missverstehen konnte. Er sah sie kaum an, drehte sich von ihr weg, und wenn sie ihm zu nahe kam, schob er sie von sich. Nicht viele Männer hätten ihr widerstehen können. Sie war blond, bildhübsch und hatte eine Figur, die ich niemals haben würde. Sie wusste genau, was sie wollte und wie sie es bekam. Hätte ich es nicht mit eigenen Augen gesehen, wäre ich davon ausgegangen, dass Lio darauf eingestiegen wäre. Vermutlich wäre sogar ich darauf eingestiegen.

Er war wirklich besonders.

Das zusammen mit dem freudestrahlenden Blick, als er mich sah, schoben meine Zweifel endgültig beiseite. Diese Nacht wäre ich ganz die seine. Es war verfrüht und dennoch unumgänglich. Ich konnte mich auf nichts mehr konzentrieren. Fast zehn Stunden hatte ich heute versucht, zu lernen und im Endeffekt war ich nicht einmal ein Viertel der Zeit produktiv gewesen. Schließlich überredete mich Anne, ins *Ace* zu gehen und Lio einen Besuch abzustatten. Sie riet mir zu diesem Oberteil und zu diversen Anmachsprüchen, die ich mir vorerst verkniff. Umso schöner, dass es auch ohne Sprüche funktioniert hatte. Denn das, was ich eben auf der Tanzfläche gespürt hatte, bewies eindeutig, dass ich allein ausreichend war. Ein Gefühl so berauschend, dass es mich leicht zittern ließ.

Wir fuhren mit dem Bus zu Lios Wohnung und hatten alle Mühe, uns zusammenzureißen. Bis wir bei ihm waren, gelang es uns irgendwie, es beim Küssen zu belassen.

Hinter verschlossener Tür fiel alle Zurückhaltung augenblicklich von uns ab. Wir küssten uns immer fordernder, geradezu hungrig. Lio drückte mich fest gegen eine Wand. Ich seufzte wohlig auf, als ich ihn hart fühlte. Ich schlang die Beine um seine Hüfte und er trug mich küssend in sein Zimmer, wo wir gemeinsam aufs Bett fielen. Allein das Gewicht seines Körpers auf meinem war ein unbeschreibliches Gefühl.

„Wir ...“, begann Lio außer Atem. „Wir können auch noch warten.“ Er küsste meinen Hals.

„Nein, ich will nicht warten“, keuchte ich. Ich wartete auf alles. Bis Danje und ich das erste Mal miteinander geschlafen hatten, warteten wir ein halbes Jahr. Und wofür?

Ich sah ihn fest an. „Ich will dich. Jetzt.“

„Bist du dir sicher?“

Statt einer Antwort küsste ich ihn und zog ihm das T-Shirt aus. Endlich durfte ich die ganze Schönheit seines Oberkörpers aus nächster Nähe betrachten. Er küsste meinen Hals und mein Dekolleté. Als er mein Oberteil hochschob, sog ich scharf die Luft ein und versteifte mich völlig. Dieses Mal hatte ich zwar keine Klebestreifen verwendet, aber die Wahrheit war, ich mochte meine Brüste nicht. Sie waren alles andere als perfekt. Und jetzt wusste Lio das auch.

„Du bist wunderschön“, flüsterte er, während er über meine Brüste streichelte und sie sanft küsste. Und in diesem Moment glaubte ich ihm.

Seine Berührungen und Küsse ließen meinen Körper vor Lust brennen. Ich wollte mehr und zog ihn sacht zu mir hoch. Im nächsten Kuss versunken, öffnete ich mit zitternden Fingern seine Hose, derer er sich schnell entledigte. Unter unzähligen elektrisierenden Küssen entlang meiner Oberschenkel zog er mir auch meine aus.

Die viele nackte Haut machte mich verrückt. Mein Herz galoppierte, mein Körper bebte vor Ekstase, meine Lenden pulsierten. Ich begehrte Lio mit jeder Faser.

Ungeduldig zog ich ihm die Boxershorts runter, die schnell ihren Weg zu den anderen Klamotten fand, ebenso wie mein Slip.

Lio angelte in seinem Nachtschrank nach einem Kondom, dessen Verpackung er geschickt mit den Zähnen aufriss. Alles an mir verlangte nach ihm. Als ich auch noch sah, wie unruhig seine Hände beim Überstreifen waren, wäre es um meine Beherrschung beinahe ganz geschehen.

Er fing meinen Blick auf. „Sorry, ich bin total nervös", gestand er, während er sich wieder auf mich legte. Als ich seine Härte spürte, stellten sich sofort sämtliche Härchen auf.

Liebevoll strich ich über seinen Rücken. „Das bin ich auch", untertrieb ich und sah ihm tief in die Augen. „Es ist mir ganz egal, wie es wird. Das Schönste ist, dass wir uns nahe sein können", wisperte ich.

Sein Lächeln wirkte befreit. „Geht mir genauso." Langsam senkte er seinen Kopf und seine Lippen fanden meine. Unter innigem Küssen drang er behutsam in mich ein. Für ein paar schwere Atemzüge unterbrachen wir unseren Kuss, um das Gefühl der Verbundenheit zu genießen, das für mich so intensiv war wie nie zuvor. Meine Knie kribbelten und meine Lenden

pulsierten immer stärker. Ich spürte ihn so deutlich in
mir, dass es mich überwältigte.

„Ach du Scheiße", fiepte ich.

Besorgt sah Lio mich an. „Was ist?"

Ich wagte nicht, es auszusprechen. Verzweifelt versuchte ich, das sich in mir ausbreitende Gefühl unter
Kontrolle zu bringen. „Bitte beweg dich nicht", brachte
ich mit zusammengebissenen Zähnen hervor.

Lio lachte etwas ungläubig. „Echt jetzt?" Spielerisch
bewegte er die Hüfte.

Sofort verstärkte sich das Prickeln zwischen meinen
Beinen und ich stöhnte auf. „Shit", entfuhr es mir.

„Oh Mann, du bist wirklich der Wahnsinn." Er verwickelte mich in einen weiteren leidenschaftlichen Kuss.
„Es tut mir leid, aber ich fürchte, das muss ich jetzt
schlimmer machen", murmelte er bereits in den ersten
Bewegungen. Nicht nur dass, sondern auch, *wie* er sich
bewegte, ließ mich vergessen, wer ich war. Er erregte
mich gezielt, nicht so plump, wie ich es bisher kannte.
Lio löste ganz neue Empfindungen in mir aus. Ich
krallte mich an seinem Rücken fest, kniff die Augen zu,
biss mir auf die Lippen.

„Lass dich fallen", flüsterte er mir schwer atmend ins
Ohr.

Diesen Satz hatte ich gebraucht. Erleichtert löste ich
meinen Klammergriff. „Gib mir mehr", hauchte ich und
der Teil von mir, dem dieser Satz irre peinlich war,
hoffte, dass Lio es nicht gehört hatte.

Doch das hatte er. Umgehend wurden seine Bewegungen schneller und ausgiebiger. Ich seufzte wohlig, als er
dadurch noch tiefer in mich drang und schob ihm mein
Becken weiter entgegen.

„Oh Gott, Emma, das ist so intensiv“, keuchte er und setzte ein paar härtere Stöße nach.

Das war zu viel für mich. Seine Stimme, seine Lust, seine Härte tief in mir, seine Bewegungen, ich hielt es nicht länger aus. Ich stöhnte auf, als sich das ekstatisch kribbelnde Gefühl explosionsartig in meinem Körper ausbreitete. Mir wurde heiß und ich klammerte mich an Lio fest, der mein Stöhnen zusammen mit seinem eigenen in einem Kuss dämmte.

„Heilige Scheiße, war das heftig“, stellte Lio fassungslos fest, als wir wieder zu Atem gekommen waren, und fuhr sich durch die etwas zerzausten Haare. Kopfschüttelnd sah er mich an. „Was war das?“

Ich zuckte mit den Schultern. „Der kürzeste Sex der Welt?“

Wir mussten beide lachen.

„Das kann man wohl sagen. Wie lange war das? Anderthalb Minuten?“

„Kommt hin.“

„Das war ... das war ...“ Er suchte nach Worten und ich hoffte, dass es jetzt keine Evaluation geben würde. „Das waren die heftigsten anderthalb Minuten meines Lebens.“ Er warf mir einen prüfenden Blick zu. „Ist das normal bei dir?“

Vehement schüttelte ich den Kopf. Daraufhin wurde der Ausdruck in Lios Gesicht unendlich liebevoll. Er strich über meine Wange und gab mir einen zärtlichen Kuss. „Dann stimmt wohl einfach die Chemie zwischen uns.“

Er legte sich auf den Rücken und zog mich an sich. Ein kleiner Teil von mir bekam unheimlich Angst, dass er mich gleich fortschicken würde. Er hatte bekommen, was er wollte, wozu brauchte er mich jetzt noch? Doch nichts dergleichen geschah. Zaghaft kuschelte ich mich an ihn und legte die Hand auf seine Brust, während er meinen Arm streichelte.

„Danke, dass du heute Abend ins *Ace* gekommen bist", sagte Lio und gab mir einen Kuss auf die Stirn.

Ich lächelte, wusste allerdings nicht so recht, was ich darauf antworten sollte. Gern geschehen? „Die Frau, die bei dir stand. Das war übrigens die, die mich in der Uni so böse angefunkelt hat." Kurz überlegte ich, ihm von dem Zwischenfall aus der Bar zu erzählen, doch da ich mir nicht sicher war, ob sie es tatsächlich gewesen war, entschied ich mich dagegen. „Wer ist sie?"

Er winkte ab. „Niemand. Wirklich."

„Sie schien sehr vertraut mit dir zu sein. Hattest du mal was mit ihr?" Warum fragte ich das ausgerechnet jetzt?

„Ich möchte diesen Moment eigentlich gerade mit dir genießen und nicht über Tammi reden." Als ich jedoch nichts sagte, seufzte er. „Na gut. Ja, ich hatte ein bisschen was mit ihr."

Meine Brust zog sich zusammen. Aber ich hatte gefragt, daran war ich also selbst schuld.

„Es war nur ein Kuss, ein einziger Kuss", beeilte sich Lio zu ergänzen.

Das beklemmende Gefühl in der Brust ließ ein wenig nach.

„Tammi war schon länger hinter mir her, aber ich mochte sie nie besonders. Sie hat keinen guten Charakter. Berechnend, manipulativ, opportunistisch." Er machte ein brummendes Geräusch. „Aber leider hat sie mich genau damit gekriegt. Ich war an diesem Tag einsam und richtig mies drauf. Sie wusste genau, was sie sagen musste." Bei der Erinnerung schüttelte Lio den Kopf. „Seitdem glaubt sie, ich gehöre ihr oder so."

„Oh", sagte ich unbeholfen. „Tut mir leid."

Er lächelte mich an. „Braucht es nicht. Ist ja meine eigene Dummheit gewesen."

„Nein, ich meine, dass ich nicht eher reingekommen bin. Aber es sah aus, als hättest du die Situation ganz gut im Griff."

Schelmisch grinsend drehte er sich zu mir. „Aber ich werde auch liebend gerne gerettet." Er gab mir einen Kuss, hielt jedoch gleich wieder inne. „Moment, was meinst du damit, dass du nicht eher *reingekommen* bist?"

„Das hast du gehört, was? Ähm ... Na ja, ich war draußen und habe euren Auftritt gehört", gestand ich.

„Warum draußen? Es wäre so viel schöner gewesen, dich im Publikum zu haben." Er fing an, mit meinen Fingern zu spielen.

„Ich habe mich nicht getraut. Du bist so beeindruckend, wenn du auf der Bühne stehst."

„Warum findest du das?"

„Ich ... weiß es nicht."

Lio schon. „Vermutlich, weil ich darin aufgehe. Es ist mein Element. So wie Mathe deins ist." Er kam mir so nahe, dass sich unsere Nasenspitzen berührten. „Ist dir eigentlich klar, wie unwiderstehlich du bist, wenn du souverän eine Matheformel nach der nächsten runterratterst und jede komplizierte Frage aus der ersten Reihe beantworten kannst?", fragte er mit gesenkter Stimme.

„Das liegt daran, dass es keine sonderlich schweren Fragen sind."

„Für uns sind sie das. Aber für dich nicht, weil du dich in deinem Element bewegst. Dir fällt das leicht, was dich übrigens ziemlich sexy macht."

„Echt? Du findest mich sexy, wenn ich über Mathe rede?" Wie alles, was er sagte, ergab auch das für mich keinen Sinn.

Er sah mir tief in die Augen. „Ich finde dich immer sexy." Dann küsste er mich. „Und hübsch." Er küsste mich wieder. „Aber wenn du über Mathe redest, verdrehst du mir völlig den Kopf."

Würde ich ihn nicht gerade küssen, hätte ich wohl laut losgelacht. Doch wir waren bereits auf dem Weg in unsere eigene Welt. Er begann langsam, mich zu liebkosen und erkundete auf diese Weise jeden Quadratzentimeter meines Körpers. Als er meinen schützenden Arm von meinen Brüsten schob, versteifte ich mich jedoch ein wenig.

„Schäm dich nicht für das, was du hast. Das ist dein Körper und der ist wunderschön", sagte er liebevoll. Damit streichelte und küsste er ausgiebig meine Brüste. Es war schwer zu erdulden, fühlte sich aber gleichzeitig irrsinnig gut an, besonders wenn er sie zwischendurch mit leichtem Druck umgriff.

Die Art, wie Lio mir das Gefühl gab, vollkommen zu sein, ließ mich sämtliche Selbstzweifel zum Mond schießen. Ich erlaubte mir, mich seinen Zärtlichkeiten hinzugeben und sie zu genießen. Meine Finger krallten sich in das Bettlaken, als er langsam mit einer Hand zwischen meine Beine fuhr, ohne seine Liebkosungen zu unterbrechen. Er fand so schnell die richtige Stelle, dass ich es beinahe nicht mehr rechtzeitig geschafft hätte, mir ein Kissen aufs Gesicht zu drücken, um den Aufschrei meiner Lust zu dämpfen.

Noch nicht wieder bei Sinnen, griff ich nach dem Kondompäckchen auf Lios Nachttisch und riss eines heraus.

„Darf ich?", fragte ich so selbstsicher wie möglich. Ich hatte das noch nie gemacht, aber bislang war heute nichts so gewesen, wie ich es gewohnt war.

Lächelnd nickte er. „Natürlich."

In der Theorie wusste ich, wie es funktionierte. Ihm gegenüber sitzend begann ich langsam das Gummi abzurollen. Wie jede Erfahrung mit diesem Mann war auch diese berauschend. Allein ihn in den Händen zu halten, war pure Erotik und bescherte mir eine Gänsehaut.

Lio schloss die Augen und seufzte.

In dem, was ich tat, bestätigt, festigte ich den Griff. Auf einmal packte er meinen Nacken und zog meinen Kopf zu sich heran, während er ein Aufstöhnen in einem leidenschaftlichen Kuss zu ersticken versuchte.

Davon noch erregter, tastete und streichelte ich weiter.

Immer schwerer atmend, vergrub Lio sein Gesicht in meinen Haaren, küsste meinen Hals und biss sanft in mein Ohrläppchen. Es war ein unvergleichliches Gefühl, diejenige zu sein, die ihn derart außer Kontrolle brachte.

Schließlich zog er mich in einer schnellen Bewegung auf seinen Schoß, wo wir miteinander verschmolzen.

„Ich sollte langsam gehen", sagte ich etwas später und setzte mich auf. Ich wollte nicht gehen. Ich fühlte mich so wohl bei ihm, dass der Gedanke, nicht mehr bei ihm zu sein, kaum zu ertragen war. Aber vielleicht war es ihm lieber. Damit ich ihn nicht in die Verlegenheit brachte, mich bitten zu müssen zu gehen, bot ich es von mir aus an.

Lio schnellte hoch. „Nein, geh nicht." Er küsste meine Schulter. „Bleib doch einfach die Nacht hier. Das wird unsere Nacht." Damit verwickelte er mich in einen leidenschaftlichen Kuss.

„Okay", murmelte ich, während wir uns küssend wieder niederlegten.

So vergingen die Stunden im Rausch der Endorphine. Wir tauschten Zärtlichkeiten aus und liebten uns. Wir kuschelten und redeten viel. Es hätte kaum schöner sein können. Lio hatte recht, es wurde unsere Nacht.

Am nächsten Morgen neben Lio aufzuwachen, ließ das Adrenalin blitzartig durch meine Blutbahn schießen. Selten war ich so müde und gleichzeitig so wach gewesen. Erst gegen vier Uhr morgens waren wir erschöpft eng aneinandergeschmiegt eingeschlafen.

Verstohlen warf ich einen Blick auf den schönen Mann neben mir, dessen Brust sich gleichmäßig hob und senkte. Erst jetzt sah ich mich ein wenig in dem Raum um, in dem ich die ganze Nacht verbracht hatte, ohne ihn überhaupt wahrzunehmen. Lios Zimmer war für ein Studentenzimmer riesig. Allein dieses Bett war groß. Dann gab es einen breiten Kleiderschrank und ein gut bestücktes Bücherregal. An einer Wand war ein kreisförmiger Bereich voller Fotos, die ich mir am liebsten angeschaut hätte. Auf der anderen Seite stand eine beeindruckende Birkenfeige und vor der Fensterfront befand sich der Schreibtisch. Schwere hellgraue Vorhänge hielten den Großteil des Tageslichts draußen.

Wie spät es wohl sein mochte? Ich suchte den Boden nach meiner Hose ab, denn in deren Tasche befand sich meine Retrouhr. Am hinteren Bettende entdeckte ich sie zwischen unseren restlichen Klamotten. Möglichst bewegungslos, damit ich Lio nicht aufweckte, versuchte ich, an die Hose zu gelangen. Waghalsig lehnte ich mich aus dem Bett und lief mit den Händen über den Boden. Fast hatte ich mein Ziel erreicht.

„Was veranstaltest du denn da?" Lios amüsierte Frage erschreckte mich so sehr, dass ich aus dem Bett rutschte und unsanft auf den Holzfußboden fiel.

Sofort tauchte sein Kopf über mir auf. „Alles in Ordnung?"

Gerade wollte ich ihm sagen, dass meine Schulter schmerzte, als ich eine andere Feststellung machte. „Hey, du hast ja Fußbodenheizung."

Lachend half er mir wieder ins Bett.

Ich war unruhig neben ihm. Die Nacht war vorbei und mit ihr bestimmt auch der Zauber zwischen uns. Würde er mich nun rausschmeißen? Wenn ja, wie würde er es mir sagen?

Wie sich herausstellte, gar nicht. Stattdessen begann er wieder, mich zu küssen und zu streicheln. „Gott, ich krieg einfach nicht genug von dir."

Zufälligerweise ging es mir genauso. Ich fuhr ihm durch seine zerzausten Haare und zog ihn an mich.

Als der Hunger irgendwann zu groß wurde, schafften wir es sogar aus dem Bett. Weil mir kalt war, durfte ich einen von Lios Pullis überziehen. Er wusste es noch nicht, aber er würde diesen Pulli nicht so schnell zurückbekommen. Erstens war er viel zu gemütlich und zweitens roch er zu gut nach ihm.

Wir betraten die imposante Küche. „Wow“, entfuhr es mir. „Wohnst du hier wirklich?“ Staunend sah ich mich um. Die schicke Hochglanzküche in einem modernen Anthrazit war riesengroß und begeisterte durch geradezu lächerlich große Schubladen. In der Mitte des Raumes thronte die Kochinsel, die gleichzeitig als Esstisch diente. Die Glasfront aus Lios Zimmer setzte sich in diesem Raum fort, was ihn offen und hell wirken ließ. Hier entdeckte ich weitere bemerkenswert mächtige Pflanzen.

Lio setzte uns einen Kaffee an und studierte den Inhalt des Kühlschranks. „Ja, meine Schwester und ich wohnen hier. Es ist das Ferienhaus meiner Eltern. Ich bin hier nicht so gern. Ist mir zu überkandidelt.“

„Dann müssen deine Eltern reich sein“, sagte ich unüberlegt.

„Ärzte. Hm, warte mal, ich glaube, ich habe noch Aufbackbrötchen in der Truhe. Sin bringt gerne so Zeug mit. Möchtest du Rührei?“

„Klingt gut.“

Er holte Eier und Milch aus dem Kühlschrank und setzte eine Pfanne auf, bevor er den Raum verließ, um nach den Brötchen zu sehen.

„Tada!“ Als er wieder zurückkam, hielt er triumphierend eine unangenehm laut knisternde Tüte in die

Höhe. Dann stellte er den Ofen an, kam zu mir und küsste mich ausgiebig.

„Ich würde dir gerne helfen", sagte ich schließlich. Ich fühlte mich unnütz.

Lio lächelte. „Auf keinen Fall. Im Grunde gibt es auch überhaupt nichts zu tun. Macht sich ohnehin mehr oder weniger von allein."

„Und was für Ärzte?", nahm ich stattdessen unseren Gesprächsfaden wieder auf.

„Beide HNO mit eigener Praxis", erklärte er beiläufig, während er die Eier aufschlug.

„Interessant", murmelte ich. „Was machst du dann in der Informatik?"

Abrupt hielt Lio in seiner Bewegung inne und sah mich an. Ups, Treffer und versenkt würde ich sagen.

Er ließ die Schultern sinken. „Das fragen sich meine Eltern auch."

„Das dachte ich mir."

„Warum?"

Etwas hilflos zuckte ich mit den Achseln. „Du hast sie und ihren Beruf nur so beiläufig erwähnt, ohne dieses Glänzen in den Augen. Da lag es irgendwie auf der Hand."

Lio schob die Schüssel mit den Eiern beiseite. „Ich verstehe mich zurzeit nicht gut mit meinen Eltern. Dass wir die Praxis nicht übernehmen würden, war für sie schon enttäuschend genug. Sin ist in der Chemie geblieben, aber für mich war das nichts. Deswegen habe ich in die Informatik gewechselt. Meinen Eltern lebe ich zu sehr in der Gegenwart und mache mir zu wenig Gedanken darüber, was ich nach dem Studium arbeiten will."

„Und was willst du nach dem Studium arbeiten?“, fragte ich spitzbübisch.

Grinsend kam er zu mir und zog mich eng an sich. „Sei froh, dass ich dir so verfallen bin, sonst dürftest du diese Frage nicht stellen.“

Er war mir verfallen? Mein Herz begann zu flattern. Ich legte die Arme um seinen Hals und genoss den Blick in seine schönen blaugrauen Augen.

„Also hast du schon Pläne?“

„Ich plane nicht gerne. Ich lass die Dinge lieber auf mich zukommen und entscheide dann. Bislang hat sich das bewährt.“

„Darum hast du auch bereits ein abgebrochenes Studium auf dem Konto“, neckte ich ihn.

Er festigte seinen Griff und schob mich gegen eine Wand, wo er mir gefährlich nahekam. „Du bist ganz schön frech, weißt du das?“, raunte er, wenige Zentimeter von meinem Mund entfernt.

„Ja, weiß ich. Was meinst du, warum ich keine Freunde habe?“ Das sollte eigentlich witzig und selbstironisch sein, ließ die Stimmung jedoch vom Provokanten ins Mitleidige kippen.

Lio drückte mir einen Kuss drauf, dann widmete er sich wieder dem Rührei. „Was möchtest du denn mit deinem Studium machen?“

„Na ja, zuerst möchte ich es bestmöglich abschließen und dann in einem großen Unternehmen arbeiten. Vielleicht im Risikomanagement oder so.“

Seine Augenbrauen wanderten die Stirn hinauf.

„Deswegen werde ich in den Wahlpflichtmodulen ein paar Wirtschaftskurse belegen, sobald es sinnvoll ist, spätestens im Master.“

Nun hatte er sogar das Rühren eingestellt. „Beeindruckend. Meine Eltern würden dich lieben."

Eigentlich wollte ich mich über diese Aussage freuen, doch sein Tonfall hinderte mich daran. „Aber …?"

Er lächelte mich an. „Aber es passt nicht zu dir."

„Wie bitte?" Vor mir türmten sich die Bauklötze, die ich staunte.

„Du bist keiner dieser Haifische. Du bist ein guter Mensch, der zu schätzen gewusst werden sollte. In einem großen Unternehmen würdest du kaputtgehen."

„Ähm …", machte ich in Ermangelung sinnvoller Wörter. Ich sprach schon lange von diesem Weg. Mein Dad hatte sogar einen *Vaddicle* Artikel darüber geschrieben und niemand war bislang der Ansicht gewesen, dass dieser Weg nicht das Richtige für mich sein würde. War Lios Einschätzung süß und ehrlich oder traute er mir nichts zu und versuchte, mich klein zu halten?

„Außerdem würden dir mit Sicherheit deine Zahlen und das Rechnen fehlen. Da läuft doch alles über Computerprogramme, oder?", ergänzte er liebevoll. Okay, er schien es zumindest gut zu meinen.

„Die würde ich auch programmieren. … oder du." Ich grinste ihm zu. Eine Weile beobachtete ich ihn, wie er die Eimasse würzte und dann in die heiße Pfanne goss. Mittlerweile verströmten Ei, Brötchen und Kaffee ihren herrlichen Duft. „Ich könnte dir helfen, wenn du möchtest. Du weißt schon, bei den Zukunftsperspektiven."

Er runzelte kaum merklich die Stirn. „Wirklich? Hast du denn Lust, dich mit diesem Kram auseinanderzusetzen?"

Oh ja, und wie.

Nur wenig später war das Frühstück fertig und ich durfte wenigstens unsere Plätze decken.

„Ist es okay, wenn ich Sin dazu hole?", fragte Lio.

Ehrlich gestanden war mir die Vorstellung unangenehm, seine Schwester direkt nach unserer ersten gemeinsamen Nacht offiziell kennenzulernen, in der sie durch unser Liebesleben vermutlich wenig Schlaf bekommen hatte. Aber da es auch ihre Wohnung war, konnte ich sie schlecht ausladen. „Ja klar, kein Problem", strahlte ich möglichst unbedarft.

Eine Sekunde zu lang sah er mich an. „Vielleicht ist sie ja auch noch gar nicht wach", beruhigte er mich wissend.

Damit verließ er die Küche auf der gegenüberliegenden Seite. Möglicherweise hatte sie doch nicht zu viel mitbekommen.

Er war schnell zurück. „Das Zimmer ist dunkel und sie antwortet nicht. Entweder schläft sie noch, oder sie ist letzte Nacht nicht nach Hause gekommen." Er grinste kopfschüttelnd, als er meinen erleichterten Blick bemerkte.

Also frühstückten wir zu zweit. Wobei man das, was wir taten, kaum als Frühstücken bezeichnen konnte. Wie zwei ausgehungerte Raubkatzen stürzten wir uns auf das Essen und verschlangen, ohne ein Wort miteinander zu wechseln, alles, was Lio uns zubereitet hatte.

„Wir haben letzte Nacht ordentlich Kalorien verbrannt", rechtfertigte Lio unsere Fressorgie, als er anschließend noch Joghurt und Äpfel holte.

Gerade als wir auch das aufgegessen hatten, wurde eine Tür geöffnet. Aus reiner Gewohnheit verkrampfte ich mich, weil ich Saskia oder Danje erwartete.

Natürlich war es keiner der beiden, sondern Sintja, die ganz legitim in die Küche getapst kam. Ihr Gang war noch schleppend, die Haare zerzaust, das Augen-Make-up verschmiert. Sie gähnte ausgiebig und schenkte sie sich einen Kaffee ein.

„Morgen, Sis", begrüßte Lio sie freudig.

„Nä, von dir will ich nichts hören. Ich habe letzte Nacht genug von dir gehört. Mehr, als ich es mit einer jahrelangen Psychotherapie aufarbeiten könnte."

Erschrocken sah ich zu ihm, doch er schüttelte den Kopf. „Sie blufft", flüsterte er.

„Tu ich das?", motzte sie. „Geh du mal in dein Zimmer und ich treib's mit irgend 'nem Typen."

Ich bekam den letzten Schluck kaum herunter. Hatte sie gerade *mit irgend 'nem Type*n gesagt? Hielt sie mich für *irgend 'ne Tussi*?

„Sie blufft", versicherte Lio mir erneut. Dann stand er auf und führte seine Schwester an den Schultern zu unserem Essplatz, wo sie sich auf dem Hocker mir gegenüber fallen ließ. Ihr Haar hatte dieselbe dunkle Farbe wie das ihres Bruders. Ihre Augen waren ebenso klar, aber etwas heller, mehr türkis. Bei näherem Hinsehen erkannte ich weitere Ähnlichkeiten zwischen den beiden. Stirn, Nase, Ohren waren bei ihr fast identisch fein. Allerdings hatte sie nicht diese ausgeprägte Kieferpartie und ihre Gesichtszüge wirkten insgesamt weicher. Dennoch sah sie aus wie das weibliche Pendant zu ihrem Bruder. Ich war fasziniert.

Mit finsterer Miene sah sie mich an und ich bereute es prompt, mir den Bauch so vollgeschlagen zu haben.

„Emma, Sintja", machte Lio uns schnörkellos bekannt.

Ich wollte sie freundlich anlächeln, war von ihr jedoch so eingeschüchtert, dass ich wie versteinert dasaß und völlig einfältig wirkte.

„Redest nicht viel, was?", murrte sie.

Okay, damit war die Frage, ob sie mich mochte, wohl beantwortet. Vielleicht hatte sie uns wirklich gehört oder sie war territorial, wenn es um ihren Bruder ging. Möglicherweise hatte sie einfach Kopfschmerzen oder war genervt, gleich nach dem Aufstehen Besuch in der Wohnung zu haben. Oder aber Lio brachte häufiger jemanden heim und sie wusste, dass es sich nicht lohnte, eine Beziehung aufzubauen.

„Mhm." Ich schaute, ob es noch irgendein Krümel aufzulesen oder ein Schluck auszutrinken gab, doch leider war ich sehr gründlich gewesen. Aus dem Augenwinkel sah ich, wie sie den Kopf schüttelte und Lio einen rechthaberischen Blick zuwarf. Jap, sie hasste mich.

„Ich gehe zu Franky", verkündete sie schließlich und stand auf. Sie bändigte ihre Haare in einem *messy bun*, der auch ohne Spiegel beneidenswert gut wurde, wischte sich unter den Augen entlang, schlüpfte in Flipflops und verließ ohne ein weiteres Wort die Wohnung.

Die ist ja krass, dachte ich. Es war Sommer und die Unterschiede zwischen Schlafklamotten und normalen Klamotten schrumpften, aber nie wäre ich freiwillig in Boxershorts und Tanktop auf die Straße gegangen – dann lieber in Kuschelhoodie und Flauschisocken ...

„Was hältst du davon", begann Lio mit gesenkter Stimme, während er von hinten seine Arme um mich schlang und meinen Hals mit Küssen bedeckte, „wenn wir jetzt duschen gehen und dann den Tag auch noch im Bett verbringen?“

Schon bei der Vorstellung kribbelte es gewaltig in meinem Bauch und das lag nicht an der Kombination aus Joghurt, Äpfeln und Kaffee darin.

„Was ist mit deiner Schwester?“

„Die ist weg.“

„Solltest du sie nicht zurückholen?“

„Auf keinen Fall.“

Ich drehte meinen Kopf zu ihm.

„Wenn sie so drauf ist, sollte man sie lieber lassen“, erklärte er liebevoll. „*Don't poke the bear.*“

Mein Blick wanderte zur Wohnungstür. „Sie kann mich nicht leiden, oder?“

Lio zuckte mit den Schultern. „Sintja kann niemanden leiden. Und niemand kann Sintja leiden. Darum hängt sie ständig mit ihrem Bruder rum.“

Der im Gegensatz zu ihr aber gerade ein neues Spielzeug und weniger Zeit für sie hat, ergänzte ich in Gedanken.

„Nur Franky mag sie.“

„Wer ist Franky?“, fragte ich mich allmählich seinem zärtlichen Streicheln hingebend.

„Einer von Thorbens Mitbewohnern, der sich gerade in einer ... Selbstfindungsphase befindet. Sin scheint die Einzige zu sein, die ihn etwas ablenken kann.“ Er schmiegte sich weiter an mich. „Also, was hältst du von meinem Vorschlag?“ Er küsste erneut meinen Nacken.

Ich schloss die Augen. Bleischwer lagen die Worte auf meiner Zunge. „Ich muss heute wirklich wieder lernen“, sagte ich, drehte mich zu ihm und küsste ihn. „Und du solltest das auch tun.“

„Okay", flüsterte er, während seine Hände unter meinen Pulli glitten und meinen Rücken streichelten. Langsam schob er mich in Richtung seines Zimmers.

„Ich muss wirklich lernen", murmelte ich im Kuss und zog ihm das T-Shirt aus.

Er öffnete meinen Hosenknopf. „Das verstehe ich natürlich."

Ich war verliebt. Ich wusste nicht, dass man so fühlen konnte. Für das, was ich für Lio empfand, brauchte man mit Sicherheit einen Führerschein. Oder einen Flugschein. Oder einen Waffenschein. Irgendein Schein eben, den man machen musste, um mit all diesen heftigen Gefühlen umgehen zu können. Es war ein Traum. Lio war ein absoluter Traum.

Tatsächlich schaffte ich es erst am späten Nachmittag, mich von ihm loszureißen. Davor hatte ich es einmal immerhin bis zu seiner Wohnungstür und sogar in meine Schuhe geschafft, allerdings nicht aus der Tür. Ich wusste, dass ich lernen sollte, lernen müsste. Doch die Wahrheit war: Ich wollte nicht gehen. Bei Lio fühlte ich mich so lebendig. Es fühlte sich an wie das wahre Leben, wohingegen mein bisheriges Leben, bestehend aus Formeln, Algorithmen und Theorien, nur in Büchern existierte.

Um den Rückweg sinnvoll zu nutzen, rief ich Anne an.

„Na, Püppi, bist du ordentlich durchgevögelt?", eröffnete sie fröhlich das Gespräch.

Normalerweise hätte ich sie für diese Ausdrucksweise getadelt oder mich zumindest für sie geschämt, aber ich war zu glücklich. „Ich glaube, ich hatte noch nie so viel Sex." Ich rieb über meine glühenden Wangen.

Anne lachte schallend.

„Aber im Ernst. In zwei Jahren Beziehung habe ich nicht so oft mit Danje geschlafen wie mit Lio in achtzehn Stunden. Das ist doch nicht normal."

„Das, meine Teure, nennt man Verliebtheit und ist genau richtig so."

„Wenn deine Theorie stimmt, war ich nie in Danje verliebt. Zumindest nicht richtig."

„Das glaube ich auch. Hach, ein wenig beneide ich dich."

„Du kannst das auch haben. Wir finden auch jemanden für dich." Ich war hoch motiviert. „Ganz ehrlich, wenn ich – komplett ohne Attraktivität ausgestattet – jemanden auch noch mit Mathe für mich gewinnen kann, schaffst du das erst recht."

Einen kurzen Moment schwieg Anne. „Lass gut sein, Püppi. Konzentrier dich jetzt erst einmal auf dich. Das hast du dir verdient. Warum rufst du überhaupt schon an?"

Ich verstand ihre Anklage nicht. „Ich muss doch etwas für die Uni tun."

„Ach, das Zeug ist morgen auch noch da. Ob Lio morgen noch da ist, ist allerdings fraglich."

„Hey!"

„Außerdem kannst du das doch ohnehin alles. Jetzt zahlt es sich aus, dass du das ganze Semester so hart gebüffelt hast. Dafür kannst du dir locker mal ein Wochenende für deine Triebe Zeit nehmen. Die verkümmern, wenn man sie nicht pflegt."

Lachend blieb ich stehen.

„Jetzt tust du genau, was ich dir sage: Du bewegst deinen hübschen Hintern zurück zu dem geilen Typen und wirst Unaussprechliches mit ihm treiben, bis der Arzt kommt. Hast du mich verstanden?“
Ich grinste. „Oui, mon capitaine.“
Und genau das tat ich.

Kapitel 14

Emma

Die erste Prüfungswoche lief unerwartet gut. Nach diesem Wochenende war ich zwar mehr in Lio verliebt denn je, dennoch hatte mir die intensive Zeit mit ihm gutgetan. Die schmerzlich unerfüllte Sehnsucht war beendet, in meinem Kopf wurde es ruhiger und ich konnte wieder auf die ein oder anderen Studieninhalte zugreifen.

Da wir zwischen den Prüfungen alle in der Bib lernten, war aus uns schnell ein solides Quartett geworden. Ich hatte mich – nicht ohne Unbehagen – dazu durchringen können, Lio und Anne einander vorzustellen und Thorben war von Lios Seite ohnehin kaum wegzudenken. Zwar unterhielt er sich selten mit mir, machte aber keinen Hehl daraus, dass er mich für ein Mathegenie hielt, das ihm alle Fragen beantworten durfte. Manchmal glaubte ich, dieselbe Röte in Lios Gesicht zu erkennen, die ich vermutlich trug, wenn Anne mal wieder einen unüberlegten Kommentar von sich gegeben hatte, beispielsweise zur AfH-Hose des Mädels vor uns an der Mensaschlange.

Doch wir kamen gut zurecht, wenn wir wie die Hühner auf der Stange nebeneinander in der Bib saßen und lernten.

Meine Wohnung sah ich selten und meine Mitbewohner noch seltener. Dabei wäre ich ihnen gerne mal wieder begegnet, damit sie sahen, wie verdammt happy ich war und dass sie mir nichts mehr anhaben konnten.

Wie jeden Tag saßen wir auf unseren angestammten Plätzen, Lio wie immer neben mir. Als sei es völlig normal, streichelte er nebenbei entweder meinen Arm, meine Hand oder meinen Rücken. Es war schön, machte mich jedoch wuschig und half mir nicht gerade, mich auf den Stoff zu konzentrieren.

Heute strich er unterm Tisch über meinen Oberschenkel. Eine kleine Geste, die dafür sorgte, dass ich mir nonstop auf die Lippen beißen musste, um ihn nicht an Ort und Stelle zu vernaschen. Seit unserem Wochenende hatten wir uns nicht mehr allein getroffen, was sich in mir gerade heftig bemerkbar machte. Ich brauchte dringend kaltes Wasser. Viel kaltes Wasser.

Abrupt sprang ich auf und eilte, ohne darüber nachzudenken zu den Toiletten in der Bib. Doch bevor ich die Tür erreicht hatte, wurde ich am Arm herumgewirbelt und leidenschaftlich geküsst.

„Wir müssen uns heute Abend unbedingt sehen", murmelte Lio im Kuss.

„Unbedingt."

„Ich halte es nicht noch länger ohne dich aus." Er schob seine Hände in meine Hosentaschen.

„Ich auch nicht." Ich intensivierte den Kuss.

„Es würde auch noch eine andere Möglichkeit geben – für zwischendurch", flüsterte er und deutete auf die Toilettentür.

Ich erstarrte.

Bibklosex.

Nein.

In diesem Moment brach ein Stück meines Glücks ab. Meine Kehle schnürte sich zu. Ich konnte nicht mehr atmen. Ich musste hier weg. Sofort machte ich mich von ihm los, drehte mich um und rannte raus. Aus der Bib, durch das Hauptgebäude, vorbei an den verwunderten Blicken einiger Studis. Mit voller Wucht warf ich mich gegen die Doppeltüren, die sogleich aufflogen und mich endlich raus aus der Uni ließen. Ich brauchte Luft.

Im Innenhof stürzte ich gegen die erstbeste Mauer und japste wie ein Fisch an Land.

Lio war direkt hinter mir. „Emma, was ist los?", fragte er, als er bei mir war.

Er konnte es nicht wissen. Aber ich konnte es ihm nicht sagen.

„Geh", sagte ich schwach.

„Sag mir bitte, was los ist." Er kam zu mir, legte mir die Hand auf den Rücken.

Es war zu viel.

„Bitte nicht. Ich brauche gerade … Es geht nicht." Ich schüttelte den Kopf, hielt mir den Magen, versuchte sein besorgtes Gesicht nicht zu bemerken.

„Emma, es tut mir leid …"

„Lass mich bitte kurz allein."

Unschlüssig blieb er stehen, während ich mich weiter mühsam atmend an der Mauer festhielt. „Ich würde lieber bei dir bleiben."

Ich schüttelte den Kopf.

„Emma, ich wollte dich wirklich zu nichts drängen."

Ich spürte, wie meine Kräfte schwanden. Er sollte mich nicht so sehen. „Hast du nicht."

Er kam näher, doch ich hob die Hand. „Bitte, Lio."

Einen Moment lang sah er mich an. „Okay, wenn es das ist, was du gerade brauchst, gehe ich." Er wartete, ob ich ihm widersprechen würde.

Ich schwieg.

„Es tut mir wirklich sehr leid", sagte er leise und ging.

Als ich endlich das Geräusch der sich schließenden Tür vernahm, sackte ich weinend zusammen. So viel zum Thema, dass ich so glücklich war und Saskia und Danje mir nichts mehr anhaben konnten.

Ich wusste nicht, wie lange ich hier gehockt hatte, bis ich mich wieder so weit im Griff hatte, dass ich zurückgehen konnte – zumindest körperlich, seelisch klaffte ein riesiges Loch in meinem Inneren. Ich musste zurück, meine Sachen holen.

Die drei saßen an dem langen Tisch, die Köpfe gesenkt. Statt die letzten Schritte zu gehen, lehnte ich mich an die Bücher, die Füße schwer, als wären meine Schuhe aus Beton.

Anne bemerkte mich als Erste. Obwohl sie nicht wusste, was geschehen war und Lio vermutlich nichts gesagt hatte, war ein Blick auf mich ausreichend, dass sie sofort ihre Sachen packte, und meine gleich mit.

Jetzt drehten sich auch die anderen beiden verwundert um.

Lio sprang direkt auf und kam zu mir. „Alles in Ordnung?"

Mit besorgter Miene strich er mir über die Arme. So angenehm das war, war es gerade nicht das Richtige.

„Ja", log ich leise. „Ich würde aber jetzt gerne nach Hause."

„Schon bereit. Und Abflug", kam Anne ihm zuvor und hielt mir meinen Rucksack entgegen.

Lio begleitete uns, bis wir die Bib verlassen hatten, dann bremste er uns. „Emma, bitte. Können wir kurz reden?"

Ich schüttelte den Kopf.

Der Ausdruck auf seinem Gesicht war herzzerreißend, aber ich konnte nicht. Es ging nicht.

„Es tut mir so leid, bitte verzeih mir. Wenn du dachtest, ich wollte dich zu irgendwas zwingen, dann ..."

„Nein", unterbrach ich ihn sofort. Mir war nicht nach Reden zumute, dennoch war das Mindeste ihm diese Sorge nehmen. „Bitte denk das nicht. Ich brauche gerade etwas Zeit für mich."

Lio sah zu Anne, dann zu mir. Seine Schultern sanken ein Stück tiefer. Ihm war klar, dass ich nicht die Wahrheit sagte. „Werde ich irgendwann erfahren, was los ist?"

„Ja." Wieder gelogen. Ich wusste nicht, ob ich mit ihm je über die Umstände meiner Trennung sprechen konnte oder wollte.

Er presste die Lippen aufeinander. „Bleibt es bei heute Abend?"

„Ich denke nicht." Ihm in die Augen zu sehen war mir nicht mehr möglich.

Er verstand. „Meld dich bitte, wenn es dir besser geht." Mit tief in den Taschen vergrabenen Händen ging er zurück.

Brennende Tränen liefen meine Wange hinunter.

Er hatte nichts falsch gemacht.

„Komm Püppi, lass uns gehen." Anne legte ihren Arm um meine Schulter und transportierte mich ab.

Es war beinahe wie vor einigen Monaten. Wieder saß ich auf Annes Bett. Da ich trotz der warmen Temperaturen erbärmlich fror, war ich auch wieder in eine Decke eingewickelt und hielt wieder einen Becher Tee in der Hand. Die Wärmflaschen brauchte ich dieses Mal jedoch nicht.

Ratlos sah meine Freundin mich an, nachdem ich ihr erzählt hatte, was vorgefallen war. „Tja, dazu fällt mir jetzt irgendwie auch nichts ein." Sie drehte sich auf ihrem Schreibtischstuhl hin und her. „Ganz schön heftige Reaktion."

Ich konnte ihr nur zustimmen. „Es hat mich selbst überrascht. Aber plötzlich war alles wieder da. Ihre Affäre. Plötzlich war das, was sonst nur eine vage Idee war, die ich immer verdrängt habe, Wirklichkeit." Ich versuchte, meine Gedanken zu beschreiben. „Plötzlich habe ich es gesehen. Ich konnte mir genau vorstellen, wie es bei ihnen abgelaufen ist und was sie gemacht haben. Es war so real. Er war mit *mir* zusammen und vögelt *sie* auf dieser Toilette!" Tränen füllten meine Augen.

„Ach Püppi, es tut mir total leid, dass ich dir damals auf der Fachschaftsparty so detailreich von dem Bibklosex dieser Menschen erzählt habe. Ich war einfach so genervt, weil die *ständig* zugange waren. Da wusste ich ja noch nicht, dass es dein Freund und deine beste Freundin waren."

Ich putzte meine Nase und lächelte sie an. „Das weiß ich doch. Niemand macht dir einen Vorwurf."

„Das nicht, aber ich erinnere mich, dass du es nicht hören wolltest. Bestimmt hast du gewusst oder geahnt, dass dir diese Geschichte unendliches Leid bringen würde. Und habe ich Rücksicht genommen? Nein, stattdessen habe ich dir weiter vom Sexverhalten deiner dich betrügenden Freunde berichtet.“

Leid? Wie kann mir diese Geschichte Leid gebracht haben, wenn sie mir Lio schenkte? Bei diesem Gedanken füllte sich mein Herz mit Wärme. „Ach, pitschpatsch, schwippschwapp, nee. Wie sagst du immer?“

„Was mir gerade einfällt.“

„Ich wollte es nicht hören, weil ich prüde war. Damals konnte ich mir nicht vorstellen, wie man solch obszöne Dinge an öffentlichen Orten treiben konnte.“ Verlegen spielte ich mit dem Etikett meines Teebeutels. „Aber ohne meine Vergangenheit hätten Lio und ich das heute auch gemacht.“

Annes weiche Gesichtszüge wurden noch weicher. „Er tut dir gut.“

Ich nickte. „Unheimlich. Und jetzt geht es ihm schlecht, weil er denkt, er hätte etwas falsch gemacht. Ich würde ihm diese Gedanken gerne nehmen, aber ich bin noch nicht so weit, dass ich ihm die ganze Geschichte erzählen kann.“

„Klingt, als würdest du jetzt erst anfangen, die Trennung zu verarbeiten.“

So etwas befürchtete ich auch. Es hatte mir gutgetan, mit Studium, Job und Verliebtheit abgelenkt zu sein, doch jetzt rächte sich meine Verdrängungstaktik.

Wir nahmen uns den Nachmittag frei und erlaubten uns zu reden, zu essen und vor allem gedanken-

versunken zu schweigen. Gerade von dem Letzten
brauchte ich besonders viel.

Wie hatten sie das tun können? Und wie hatte ich beiden so gleichgültig sein können, dass sie mich so lange
hinter meinem Rücken betrogen, bis sie erwischt wurden? Wie konnten sie mir ins Gesicht lachen und ins
Gesicht lügen? Ich hatte ihnen vertraut. Und sie hatten
dieses Vertrauen ausgenutzt. Warum hatte niemand
mit mir gesprochen? Warum hatte Danje mir nie gesagt, dass es ein Problem in der Beziehung gab oder ich
ihm nicht mehr genügte?

Zwischendurch kam Tommy nach Hause. Anne ba-
dete und versorgte ihn, während ich abgeschirmt in ihrem Zimmer blieb. Gegen halb sieben – dem Schreien
nach zu urteilen hatte sie dem Kleinen gerade die
Zähne geputzt – klingelte es an der Tür. Ich nahm an,
dass das die Pizza war, die wir bestellt hatten, und war
umso überraschter, als Lio plötzlich im Zimmer stand.
Mein Herz hüpfte.

„Hey", begrüßte er mich sanft.

„Hey."

„Darf ich mich zu dir setzen?"

So weit war es also schon, dass er um Erlaubnis bat,
mir näher kommen zu dürfen. Ich musste wirklich
fürchterlich zu ihm gewesen sein, wenn er derart verunsichert war. „Natürlich darfst du. Das brauchst du
doch nicht zu fragen."

Zaghaft setzte er sich neben mich, wobei er penibel
auf genügend Abstand achtete.

Ich schluckte schwer.

„Lio ..." Mehr brachte ich nicht heraus. Bitterlich
schluchzend fiel ich ihm um den Hals.

Er drückte mich fest. Sein wunderbarer Geruch beruhigte mich. „Es tut mir so leid", sagte er zum wiederholten Mal, dabei war jedes einzelne davon überflüssig.

„Nein, keine Entschuldigung. Das hat nichts mit dir zu tun." Ich setzte mich mühsam auf. „Aber ich kann es dir im Augenblick noch nicht sagen."

„Okay." Behutsam wischte er meine Tränen von den Wangen, strich mir eine verklebte Haarsträhne aus dem Gesicht und schob meine Brille wieder hoch.

Und ich verliebte mich noch ein kleines bisschen mehr in ihn. „Danke."

„Aber die Nase musst du dir selbst putzen."

Ein Prusten platzte aus mir hervor. Lio stimmte in mein Lachen ein.

Wir machten es uns auf Annes Bett etwas bequemer und ich kuschelte mich an ihn.

„Es ist so schön, bei dir zu sein", sagte er. „Für dich da zu sein."

„Woher wusstest du, wo ich bin?"

„Ich habe Anne geschrieben."

„Du hast ihre Nummer?"

„E-Mail." Er schwieg kurz. „Sie sagt, wir haben Zeit, bis sie Tommy schlafen gelegt hat. Wir sollten es aber bitte nicht in ihrem Bett treiben." Nach einer Pause fügte er hinzu: „Der Boden sei aber okay."

Ich schmunzelte. Das war typisch Anne.

Er nahm meine Hand und spielte mit meinen Fingern. „Kommst du morgen ins *Ace*? Und nur damit wir uns richtig verstehen: Ich meine *zu* unserem Auftritt, nicht anschließend."

Lächelnd hob ich den Kopf zu ihm. „Ich weiß noch nicht."

Doch damit ließ sich Herr Zoller nicht abspeisen. „Also ich habe mir drei Monate lang jeden Freitag angesehen, wie du dein Wissen vor uns ausbreitest und fand dich von Mal zu Mal faszinierender. Ich habe mich gequält, um wenigstens etwas von dem Mathestoff mitzubekommen. Es ist also nur fair, wenn du morgen Abend zu unserem Gig kommst, um mich für meine Qualen zu entschädigen. Und auch zu den folgenden Auftritten und Bandproben für die nächsten drei Monate. Erst dann sind wir quitt." Auf seinen Wangen bildeten sich seine hübschen Grübchen.

Sah er mich wirklich in drei Monaten immer noch an seiner Seite? Wahrscheinlich sagte er das nur, um mich in Sicherheit zu wägen. Ich sollte nicht zu viel hineininterpretieren.

„Es sind aber nur anderthalb Monate, wenn ich auch noch zu euren Bandproben komme."

„Sieh es als Zinsen für seelische Grausamkeiten." Er küsste mich so zart auf den Mund, als hätte er Angst, meine Lippen könnten zerspringen, wenn er sie zu fest berührte.

„Ich weiß nicht."

Die Gigs vielleicht, aber die Bandproben? Da konnte ich nicht in der Masse untergehen und jeder würde wissen wollen, was Lio da aufgelesen hatte und wie man es angemessen entsorgte. Und wie war der Verhaltenskodex? Sollte ich ihn anfeuern oder schweigsam warten? Was war mit Freunden und Bandkollegen? Wurde erwartet, dass ich auf sie zuging? Und wenn mich jemand fragte, was das mit mir und Lio war, was antwortete ich da? Wir hatten nie darüber gesprochen, also waren wir offiziell nicht zusammen. Vermutlich wollte er sich gerne die Freiheit bewahren, mich jederzeit abzuschießen, sobald ich als Spielzeug langweilig geworden war. Dann war Zeit für Tarry? Telli? Wie auch immer sie hieß. Ich konnte es ihm nicht einmal verübeln. Wer wollte auf Dauer schon jemanden wie mich, wenn sich jemand wie sie nach ihm die Finger leckte?

„Die Bandproben würden dir gefallen", unterbrach er meine gedankliche Fahrt in die Abgründe meiner Seele. „Sie sind total locker. Sin ist manchmal dabei und Detlef, unser Onkel, auch. Dann würdest du ihn mal kennenlernen."

Mein Magen verknotete sich. Ich wollte niemanden kennenlernen. Ich war nicht der Typ für Small Talk oder einen guten ersten Eindruck. Als Danje damals mit seiner Familie in unser kleines Örtchen gezogen war, hatte ich zuerst seine Eltern über meine kennengelernt. So gab es keine Erwartungshaltung an mich als potenzielle Schwiegertochter, lediglich ein Tourguide für ihren Sohn. Danje war so entspannt, als ich ihn kennenlernte, dass ich das erste und einzige Mal nicht das Gefühl hatte, ihn beeindrucken zu müssen oder mehr zu sein als ich war. Das klassische Kennenlernen, bei dem man sich nur von seiner Schokoladenseite zeigte, gab es bei ihm nicht. Doch wenn ich jetzt darüber nachdachte ... Hatte er damals überhaupt richtiges Interesse an mir gehabt? Oder war unsere Beziehung nur das Resultat mangelnder Alternativen gewesen? Denn zu der Zeit tourte Saskia mit ihrer Familie während der Sommerferien im Camper durch Deutschland.

„Was meinst du?", mengten sich Lios Worte in meinen kontinuierlichen Selbstzerstörungsprozess.

„Ähm … Ich kann dir nichts versprechen. Wir sind noch mitten in der Prüfungsphase und ich muss lernen. Ich sollte besser alle meine sieben Sinne beisammen behalten." Das Letzte war mir irgendwie rausgerutscht.

Er grinste. „Soll das heißen, dass ich dir die Sinne raube?"

Natürlich hieß es das. Ich biss mir auf die Lippen.

Sein Blick wurde liebevoll. „Das freut mich. Mir geht es nämlich genau so." Er küsste mich vorsichtig. Als er merkte, dass ich zurückwich, hörte er sofort auf. „Entschuldige", flüsterte er. „Ich werde jetzt besser gehen und dich in Ruhe lassen. Aber wenn irgendetwas ist, schreib mir."

Ein wenig wehmütig schaute ich zu, wie er aufstand und zur Tür ging. Bereits die Klinke in der Hand drehte er sich noch einmal um. „Emma, ich möchte nicht, dass du etwas tust, was du nicht willst, okay?"

„Ich weiß."

„Wenn es dir zu schnell geht oder zu viel ist, dann sag es mir."

Ich nickte. Ehrlich gestanden hätte ich den vergangenen Sonntag mit ihm an jedem einzelnen Tag verbringen wollen. Zu schnell ging es mir definitiv nicht. Doch interferierte meine vorherige Beziehung und vor allem deren Ende ungünstig mit der Sache zwischen Lio und mir.

„Ich …", begann er, brach jedoch ab. „Ich meld mich." Er schenkte mir ein letztes Lächeln, dann war er verschwunden.

Der Donnerstag kam und zog vorüber. Ich ging nicht ins *Ace*, sondern blieb den ganzen Tag zu Hause und lernte. Bereits am Morgen hatte sich Lio nach meinem Befinden erkundigt und gefragt, ob ich heute zum Lernen in die Bib komme. Nachdem ich ihm schweren Herzens abgesagt hatte, fragte er in der Mittagspause, ob ich abends ins *Ace* kommen würde. Ich schrieb ihm, dass es mir noch immer nicht sonderlich gut ging und mir nicht nach Rausgehen und Bar zumute war, was der Wahrheit entsprach. Zumindest einem Teil der Wahrheit. Dem Großteil. Der Rest waren animalische Triebe, deren Intensität mir Angst machten.

Obwohl ich wusste, dass es für alle besser war, wenn ich das *Ace* mied, behielt ich das ungute Gefühl, Lio im Stich gelassen zu haben. Die Bestätigung kam um elf Uhr abends, als er schrieb:

Schade, dass du nicht da warst. Gute Nacht XOX

Als ich Freitagmorgen aufwachte, fühlte ich mich nicht besser. Die Nacht hatte mein schlechtes Gewissen, Lio versetzt zu haben, nicht vertreiben können. Warum sabotierte ich mein Glück und vergraulte alle Menschen, die Interesse an mir hatten?

Träge schleppte ich mich zur Kaffeemaschine, schaltete sie ein und nutzte die Zwischenzeit zum Duschen.

Das warme Wasser spülte den Trübsinn der letzten beiden Tage fort. Vielleicht lag es an dem Magnolienduft meines neuen Duschgels oder an der Ausgiebigkeit, mit der ich das Wasser einfach auf meinen Kopf prasseln ließ, aber ich fasste neuen Mut. Ich wollte mich von diesem Teil meiner Vergangenheit nicht mehr derart beherrschen lassen. Es wurde Zeit, aktiv dagegen anzusteuern.

Entschlossen machte ich mich fertig. Bevor ich ging, steckte ich den Kopf zur Küchentür rein, wo Saskia und Danje gerade Frühstück vorbereiteten.

„Ihr könnt den Kaffee nehmen, wenn ihr wollt, ich hol mir welchen in der Uni."

Mein Grinsen wegen ihrer verdutzten Blicke hielt sich noch bis zur Bushaltestelle.

In der Bib waren die drei Musketiere bereits eifrig am Lernen und bemerkten mich noch nicht. Bei Lios Anblick machte mein Herz wie üblich einen Satz. Dann sah ich zu Anne. Sie hatten die letzten zwei Tage zusammen verbracht. Es stand mir nicht zu, solch einen Gedanken zu haben, aber was war, wenn Lio meine Freundin irgendwann besser fand als mich? Zweifellos war sie interessanter. Herausfordernder. Würziger. Im Vergleich zu ihr war ich Haferbrei. Nicht einmal der mit den aufregenden Vollkornflocken, sondern Zartblatt.

Wie bei Danje war es wahrscheinlich nur eine Frage der Zeit, bis auch Lio bemerkte, dass meine Freundin sympathischer und attraktiver war. Dass Anne ihn heiß fand, hatte sie ja bereits mehrfach geäußert.

Zweifel nagelten meine Füße am Boden fest.

Sollte ich wieder gehen?

In dem Moment gab Lio ein Seufzen von sich und rieb sich mit dem Handballen über die Augen. Mit Sicherheit war das der Müdigkeit geschuldet, dennoch fühlte ich mich angesprochen. Ich sollte mich zumindest dafür entschuldigen, dass ich mich die letzten Tage rargemacht hatte.

Ich atmete tief durch und pirschte mich an. Praktischerweise hatte Lio Ohrstöpsel im Ohr und bemerkte auch Annes und Thorbens Winken nicht, als die mich entdeckten. Ich trat an Lio heran, schlang von hinten die Arme um seinen Hals und küsste ihn, bevor er begriffen hatte, was los war. Ich konnte nur hoffen, dass er mir wegen gestern nicht böse war, sonst wäre das jetzt reichlich dämlich.

Doch ohne zu zögern, erwiderte er den Kuss, zog mich auf seinen Schoß und vergrub die Hände in meinen Haaren.

„Du bist wieder zurück?", fragte er schließlich.

Ich nickte. „Es tut mir so leid, dass ich meinen seelischen Ballast auf dich abgeladen habe und dass ich gestern nicht bei eurem Gig war. Dafür komme ich Sonntag zur Bandprobe. Versprochen."

Er schwieg.

„Wenn du mich da überhaupt noch haben möchtest, heißt das."

„Natürlich möchte ich das", flüsterte er warmherzig und sah mir so tief in die Augen, dass sich mein Magen anfühlte wie ein Ameisennest.

Dann küsste er mich wieder.

„Maaaann, nehmt euch `n Zimmer", maulte Thorben, so leise es ihm möglich war. „Hier sitzen einige auf dem Trockenen."

„Und das schon seit Monaten", ergänzte Anne.

Hm. Thorben und Anne. Warum war ich nicht schon eher darauf gekommen? Thorben war zwar nicht der Beziehungstyp, aber die beiden könnten sich trotzdem gegenseitig ... helfen ...

Lio hatte meinen Blick bemerkt und zwickte mir leicht in den Oberschenkel. Unmerklich schüttelte er den Kopf.

Ich runzelte die Stirn.

Er schüttelte wieder den Kopf.

Das war eine wenig originelle Diskussion. Dennoch ließ ich es für den Augenblick gut sein und reihte mich in die Gilde der Lernenden ein.

„Warum bist du gegen Thorben und Anne?", fragte ich ihn, als wir später in unserer Kaffeepause im Campus-Bäcker kurz allein waren. „Ich meine ja nicht, dass es eine lebenslange Verbindung werden sollte, aber vielleicht würden sich die beiden im Augenblick guttun."

Lio sah mich an, als balanciere ich gerade einen Sack Kartoffeln auf meinem Kopf.

„Was?"

„Meinst du das ernst?"

„Was ist denn?" Ich begriff nicht – ein Gefühl, mit dem ich nicht gut umgehen konnte.

„Ist das nicht offensichtlich?"

„Nein. Was denn?"

Er setzte an, verwarf es jedoch wieder. „Ich glaube, das solltest du besser selbst mit ihr besprechen."

„Lio, jetzt sag mir endlich, was los ist."

Sein Blick wurde so liebevoll, dass der Groll augenblicklich verstummte und endgültig verschwand, als er seine Hand an meine Wange legte. „Ich will damit sagen, dass ich glaube, dass Thorben nichts für Anne ist. Und nicht nur Thorben, alle seiner Gattung. Auch ich."

Ich brauchte einen Moment, bis in meinem Verstand ankam, was er damit andeutete. „Neeeeee, Quatsch. Sie

ist so wild auf Männer ..." Ich unterbrach mich, um alle Situationen mit ihr durchzugehen, die mir auf die Schnelle einfielen und sie logisch zu durchdenken. „Nee, echt nicht", lautete mein abschließendes Urteil.
„Hat sie dir das gesagt?"
Er schüttelte den Kopf.
„Dann nee, echt nicht."
Damit war das Thema trotz Lios Grinsens für mich erledigt.

Leider konnten wir uns an dem Abend nicht sehen, weil er bei Thorben war. Samstag hatte ich Anne versprochen, noch einmal Mathe mit ihr durchzugehen. Ihre Entlohnung bestand aus Waffeln mit Vanilleeis und heißen Kirschen, als Tommy schlief. Zumindest das Vanilleeis passte zur Jahreszeit, Waffeln gingen immer und die Kirschen kühlten ohnehin superschnell ab, war Annes Antwort auf meinen fragenden Gesichtsausdruck.

Auf das Thema, das Lio angedeutet hatte, sprach ich sie nicht an. Ob es stimmte oder nicht, spielte keine Rolle, denn offensichtlich wollte Anne nicht, dass ich davon wusste. Als gute Freundin respektierte ich das, auch wenn es mich traf, dass sie mir eventuell etwas verschwieg, das sogar Außenstehende bemerkten.

Dann war endlich Sonntag. Die Bandprobe begann um fünfzehn Uhr. Da Lio und ich in unterschiedlichen Stadtteilen wohnten, trafen wir uns dort. Bereits morgens hatte ich ihm geschrieben, dass ich mich schon sehr auf später freute. Ich sah das nicht als Lüge, sondern als Selbstmotivation. Wenn ich es oft genug sagte, glaubte ich es vielleicht irgendwann.

Nervös zupfte ich an meinen Klamotten. Langsam, aber sicher waren wir im Sommer angekommen, wo es leider wenig Raum für Kuschelpullis gab. Automatisch fühlte ich mich unbehaglich nackt.

Zur Ablenkung telefonierte ich mit meinen Eltern. Gänzlich im Gespräch versunken, versprach ihnen etwas voreilig, für ein paar Wochen nach Hause zu kommen, sobald die Prüfungen vorbei waren. Wie ich das mit meiner Verliebtheit und Sehnsucht zu Lio vereinbaren sollte, wusste ich noch nicht. Könnte ich ihn bitten, uns zwischendurch zu besuchen? Er würde bei meinen Eltern garantiert super ankommen. Wenn sie Danje schon gemocht hatten, der nie große Affinität zu ihrer Tochter gezeigt hatte, würden sie jemanden, der sie auf Händen trug, bestimmt vergöttern. Auf der anderen Seite – vielleicht mochten sie Danje gerade deswegen, weil er mir in ihrer Gegenwart selten näherkam.

Eine Menge Stoff zum Grübeln, doch alles rein hypothetisch, da ich Lio natürlich erst vorstellen würde, wenn wir ernsthaft zusammen waren.

Für den Augenblick blieb mir sowieso keine Zeit mehr. Ich musste mich fertigmachen. Mir grauste vor der Bandprobe, aber ich freute mich irrsinnig, Lio wiederzusehen.

Mit angehaltenem Atem öffnete ich die Tür zum *Ace*. Ich war absichtlich zehn Minuten zu spät, um sicherzugehen, dass Lio schon da war.

Stickige, kühle Luft mit einem holzigen Geruch empfing mich. Da draußen strahlender Sonnenschein herrschte, brauchten meine Augen ein wenig, um sich an die spärliche Beleuchtung zu gewöhnen. Die großen Fenster waren mit Folie beklebt, weswegen kaum Tageslicht hinein drang. Das dunkle Holz der Möbel und die Innenbeleuchtung – viele Lampen rund um die Theke, an den Wänden und auf den Tischen – sorgten für ein unerwartet gemütliches Ambiente.

An der Theke stand ein Mann, vermutlich in den Fünfzigern, der gerade den Tresen scheuerte. Ich nahm an, dass es sich um Onkel Detlef handelte.

Alle Bandmitglieder waren auf der Bühne versammelt. Einige, so wie Lio, studierten irgendwelche Zettel, andere werkelten an ihren Instrumenten herum. Hier und dort erklang ein Ton, mal vom Bass, mal von den Drums. Eine dezente Hintergrundmusik spielte, die, wie ich beim Blick auf Ben den Keyboarder bemerkte, von ihm kam.

Während ich fasziniert das Treiben und die Vorbereitungen der Band beobachtete, stieß der Typ neben Lio ihn an und deutete auf mich.

Lächelnd sprang er von der Bühne und kam zu mir. „Schön, dass du da bist", raunte er und gab mir einen Kuss. „Komm mit, dann kannst du die Band kennenlernen." Er nahm meine Hand und führte mich zu den anderen.

„Hey Leute, ich möchte euch Emma vorstellen."

Beinahe gleichzeitig drehten sich alle zu mir. Würde mich ein Duschvorhang umgeben, hätte ich ihn jetzt zugezogen. Unauffällig schob ich mich etwas hinter Lio.

„Emma, das sind Nille, unser Bassist", er deutete auf einen hageren Typ mit sehr langen Haaren, die er mit einem Zopf gebändigt hatte, „Ben, unser Keyboarder", gepflegt aussehend, mit blondem, leicht gewelltem Haar, das sorgfältig zurückgekämmt war, „Maxim, E-Gitarre", ein eher kleiner Jüngling mit Dreadlocks hob seine Hand. „Und Olf, unser Drummer."

„Warum werden die Schlagzeuger eigentlich immer zum Schluss genannt?", fragte der Riese an den Drums pikiert. „Man sieht uns ohnehin kaum hier hinten."

„Als wenn man dich übersehen könnte", stichelte Maxim.

„Das nächste Mal werde ich dich zuerst vorstellen", versprach Lio.

„Deine Almosen habe ich nicht nötig." Beleidigt verschränkte er die baumstammgleichen Arme vor seiner gewaltigen Brust. In seinen großen Händen wirkten die Drumsticks wie Streichhölzer. Er war eindeutig der Typ *Hagrid*, nur weniger behaart.

„Aber du bist nicht der Letzte, den ich vorstelle", erklärte Lio beschwichtigend und drehte mich zur Theke. Der Zettel in seiner Hand knisterte. „Und das ist Detlef."

„Der Onkel", ergänzte ich etwas zu laut.

„Nenn mich nur Onkel, wenn du mich ärgern willst", kam es gleich von ihm. Als er meinen erschrockenen Blick bemerkte, ließ er ein Zwinkern folgen.

„Setz dich einfach irgendwohin", sagte Lio zu mir, bevor er auf die Bühne sprang und seine Unterhaltung mit Nille fortsetzte.

Unbeholfen setzte ich mich zu Detlef an die Theke, auch wenn ich lieber allein an einem der Tische gesessen hätte. „Kann ich dir etwas helfen?", fragte ich tölpelhaft, als er mich lächelnd ansah und mir kein Gesprächsthema einfiel.

Er musterte mich. Sofort bereute ich es, mich nicht an einen Tisch gesetzt zu haben.

„Du bist anders", stellte er sachlich fest.

Ich schob meine Brille hoch. „Wie bitte?"

„Anders als die Mädels, die er sonst mitbringt und auch anders als das, was ihm sonst so hinterherrennt. Das sind immer diese Püppchen. Enorm hübsch, weißt du?"

Ich schluckte hart. Das hieß, dass ich nicht hübsch war. Und es hieß, dass Lio öfter Mädchen zur Bandprobe brachte. Es war also eine Masche ... Das hatte ich befürchtet. Ich sackte etwas auf meinem Hocker zusammen. Meine Mitte schmerzte. Ich war nichts Besonderes für ihn. Am liebsten wäre ich gegangen, doch nach der ganzen Sache mit dem Bibklosex zwang ich mich, die Probe abzuwarten, um dann mit ihm zu sprechen. Wenn er außer etwas Spaß hier und da nichts von mir wollte, war es nur fair, wenn er mir das sagte.

Die Bandprobe war tatsächlich wesentlich ruhiger. Es hatte etwas von einem unplugged Konzert. Die meiste Zeit saß Lio auf einem Barhocker. Einige Liedpassagen der neuen Songs musste er sogar noch ablesen. Dennoch liebte ich es, ihn singen zu hören, und hätte ihn am liebsten direkt in mein Bett gezerrt – wenn Detlef nicht die enorm hübschen Frauen erwähnt hätte.

Auch die Instrumente wurden weniger kraftvoll gespielt.

Umso mehr schreckte ich hoch, als die Tür aufflog und Sintja hineingestürmt kam. Sie sah wie immer bildhübsch aus, dennoch ließ die Laune in ihrem Gepäck wieder das Bedürfnis erwachen, meinen imaginären Duschvorhang zuzuziehen.

„Was ist das denn hier für ein Gelutsche?", donnerte sie an die Band gewandt. „Was seid ihr, ein Kirchenchor? Lasst mich mal ran, ich muss Dampf ablassen."

Keines der Bandmitglieder war auch nur im Entferntesten überrascht von ihrem Auftritt. Lio warf ihr grinsend das Mic zu und kam zu mir.

„Jetzt pass mal auf", flüsterte er mir ins Ohr und nahm mich von hinten in den Arm.

Endlich sah sie in unsere Richtung. Sie grüßte ihren Onkel, streckte ihrem Bruder die Zunge raus (ich nahm an, dass er hinter mir gerade dasselbe tat), und streifte mich lediglich mit einem kurzen Blick.

„Jetzt zeigt mal, was ihr draufhabt", forderte sie.

Nach dem Intro am Keyboard starteten Drums und E-Gitarre. Mir kam die Melodie bekannt vor, doch ich erkannte sie erst nach den ersten Zeilen. *Fighter* von Christina Aguilera.

Himmel, Arsch und Zwirn, schmetterte sie diesen Song ins Mikro. Damit konnte sie der lieben Christina ernsthaft Konkurrenz machen. Es musste eine gewaltige Laus gewesen sein, die ihr heute über die Leber gelaufen war.

Da das Lied sehr E-Gitarren-lastig war, hatte auch der kleine Maxim ordentlich Spaß und grinste von einem Ohr zum anderen, während er seinem Instrument alles abverlangte. Seine Finger flogen nur so über die Saiten.

Ich drehte mich zu Lio, der leise mitsang und im Takt der Musik wippte. Er war ganz in dem Song versunken.

„Sing mit!", rief ich ihm schließlich gegen die Lautstärke zu und bedeutete ihm, auf die Bühne zu gehen.

Er schüttelte den Kopf, als sei der bloße Gedanke schon völlig absurd.

„Warum nicht?"

Wie selbstverständlich öffnete er den Mund, hielt jedoch inne und überlegte. „Moment." Die letzten Töne waren noch nicht verklungen, da sprang Lio wieder auf die Bühne und besprach etwas mit seiner Schwester. Dann gab er dem Rest der Band ein Zeichen und sie spielten den Song ein weiteres Mal, jetzt mit den Geschwistern im Duett. Die kräftigen Stimmen der beiden und vor allem der Bass, den Lios Stimme reinbrachte, ließen mich völlig gebannt dasitzen.

Detlef musste mir auf die Schulter tippen, damit ich ihn bemerkte.

„Geniale Idee von dir!"

Meine Wangen brannten noch mehr. Ich quälte mich zu einem Lächeln. Da er bei mir stehen blieb, um den Auftritt mitzuverfolgen, fühlte ich mich verpflichtet, mich mit ihm zu unterhalten. „Es ist nett von Ihnen, dass Sie die Jungs hier proben lassen."

„Bitte, bleib beim Du. Ich siez dich ja auch nicht."
Ich nickte.

„Weißt du, wir haben beide etwas davon. Ich sag dir, der Junge ist ein wahrer Goldesel. Wenn der auf der Bühne steht, klingelt ordentlich die Kasse. Darum brauch ich nicht mal Eintritt nehmen. Große Fangemeinde. Gerade auf der weiblichen Seite." Er grinste.

Wieder der ziehende Schmerz in der Körpermitte.

„Ich versuche schon seit einiger Zeit, ihn zu festen Samstagsauftritten zu überreden, aber bislang ist er nicht begeistert." Detlef sah aus, als seufzte er, bei der Lautstärke konnte man es jedoch nicht hören. „Was ein Jammer. So viel Talent und gutes Aussehen verschwendet an Computer."

... und an mich ..., fügte ich gedanklich hinzu.

Kapitel 15

Lio

Es war der Hammer. Warum waren wir nicht schon eher darauf gekommen, ein Duett zu singen? Gesanglich war Sin klasse. Mit etwas Training würde sie mich sogar in die Tasche stecken. Als wir damals mit den Alicia-Keys-Songs anfingen, hatte ich sie versucht zu überzeugen, diese zu performen. Doch sie war nicht zu erweichen gewesen. Meine Schwester meinte, dass sie bereits Geige, Querflöte und Saxofon spielte und sich nicht noch mehr an den Hals holen wollte. Zudem wäre das Singen mein Hobby, nicht ihres. Vielleicht konnte ich sie aber zu einem Duett überreden.

Als wir nach dem Song wieder zu Atem gekommen waren, erkämpfte ich mir meinen Einzelplatz als Sänger zurück, indem ich meiner Schwester das Mic wegnahm und sie von der Bühne schubste. Sie zeigte mir grinsend den Mittelfinger und ging zu Detlef, während wir mit dem nächsten Stück von Linkin Park begannen. Maxim, unser Hip Hopper, würde den Rapteil übernehmen. Es war das erste Mal, dass wir *In the End* spielten, und ich war ziemlich nervös, weil Emma dabei war. Wenn ich patzte, würde sie es direkt mitbekommen.

Gerade nach meinem Fehltritt in der Bib vor ein paar Tagen war es mir wichtig, einen guten Eindruck zu machen. Ihr Zusammenbruch war sehr heftig gewesen. Was auch immer ich bei ihr in Gang gesetzt hatte, der Auslöser war definitiv mein unbeherrschtes Verlangen gewesen. Aber das würde mir kein zweites Mal passieren. Noch immer schämte ich mich bodenlos dafür.

Und für meine Schwester. Sin saß zwar neben Emma, ignorierte sie jedoch. Nachdem Sintja letztes Wochenende so unmöglich zu ihr gewesen war, hatte ich sie gewarnt, sich meiner Freundin gegenüber besser zu verhalten. Ich wusste, dass sie ihre Zweifel hatte, was meine Beziehung mit Emma anging. Gerade nach meiner letzten Beziehung war sie überwachsam geworden, aber es war allein meine Sache. Und ich war mit Emma glücklicher als je zuvor. Sie löste Gefühle in mir aus, die ich noch nie erlebt hatte. Sie gab mir Sicherheit, Wärme und war auf niedliche Weise total schräg. Bei ihr fühlte ich mich geerdet. Wenn sie mich lassen würde, könnte ich jeden Augenblick eines jeden Tages mit ihr verbringen und wusste selbst, wie kitschig das klang.

Nach dem Song, der erstaunlich gut geklappt hatte, gingen wir zu den anderen an die Bar. Detlef erklärte meiner Freundin gerade, dass er und mein Vater die komplette Inneneinrichtung des *Ace* selbst gesägt, gedrechselt, lackiert und zusammengebaut hatten. Sintjas und meine stunden- und tagelange Mithilfe dabei erwähnte er natürlich nicht. Aber ich wollte nicht wie ein beleidigter Junge wirken, wenn ich ihn daran erinnerte, wie oft wir den beiden geholfen hatten. Stattdessen begnügte ich mich damit, eine wunderschöne und liebevolle Frau in meinen Armen zu halten.

„Das war die Premiere dieses Songs. Wie fandst du es?", raunte ich dicht an ihrem Gesicht.

„Es war fantastisch", flüsterte sie mit leuchtenden Wangen, wich jedoch meinem Blick aus.

„Findest du?" Gerade wollte ich ihr näherkommen, als ringsum das Nörgeln einsetzte.

„Boar, ihr seid echt schlimm!"

„Das ist hier keine Peepshow!"

Hinzu kamen ein paar Knuffe von diversen Seiten, die mich schließlich lachend wieder der Gruppe zuwenden ließen. „Ist ja gut." Den Arm behielt ich trotzdem um Emmas Hüfte. „Also, Sis, Donnerstag stehst du mit auf der Bühne, dass das klar ist."

„Pffff" war ihre Reaktion darauf, doch ein winziges Zucken in ihren Mundwinkeln verriet sie.

Ich schmunzelte. „Dann ist das ja geritzt."

„Singst du eigentlich auch?", fragte ich Emma. Wie genial wäre ein Duett mit ihr?

Ihre Augen weiteten sich beinahe auf die Größe ihrer Brille und sie sah aus, als würde sie gleich vom Hocker kippen. Gut, dass sie sich noch immer in meinem Arm befand.

„Äh, nee", sagte sie schließlich. „Ich kann nicht singen."

„Jeder kann singen", polterte Sin und erntete sofort einen mahnenden Blick von mir.

„Nicht ganz", gab Emma zurück. „Rein körperlich ist es nicht jedem gegeben, zu singen oder überhaupt zu sprechen, wie du weißt. Und diejenigen, die physiologisch theoretisch in der Lage wären, sollten ein bisschen was mitbringen, damit man es ernsthaft als Gesang bezeichnen kann und nicht als scheußliche

Aneinanderreihung ungewollter Töne. Dazu zählen: Musikalisch sein, also Rhythmusgefühl, keine Stimme haben, die wie alte Blechdosen klingt und Töne nicht nur hören, sondern auch treffen können. Ich gehöre zur letzten Kategorie – Töne treffen – obwohl ich ebenso gut allen drei Kategorien zugeordnet werden könnte. Oder anders ausgedrückt: Wenn ich singe, klingt es furchtbar. Mundartlich: Ich kann nicht singen." Man hätte eine Nadel fallen hören können, so still war es plötzlich in der Bar. Niemand hatte so einen Kommentar von ihr erwartet. Ich zwar auch nicht, war aber mit dieser Seite von ihr vertraut, denn das war die Tutorium-Emma, wenn man sie herausforderte.

Bei den vielen ungläubigen Gesichtern musste ich ein Lachen unterdrücken.

„Wollen wir weitermachen?", fragte ich amüsiert in die sprachlose Runde. „*Immortals* von Fall Out Boy steht noch auf der Agenda, dann sind wir für heute durch."

Ein allgemeines Raunen ging durch die Gruppe, dann setzten sich zumindest die Bandmitglieder in Bewegung. Ich wartete, bis sie davongetrottet waren, ehe ich mich an Emma wandte. „Möchtest du nach der Probe mit zu mir kommen?" Kaum hatte ich die Frage ausgesprochen, ärgerte ich mich darüber. In ihren Ohren klang es bestimmt anrüchig, obwohl es nicht so gemeint war.

„Nein, doch, das können wir machen", sagte sie mit einem Lächeln, dass leider nicht bis zu ihren Augen reichte. Wieder hatte ich es vergeigt. Warum konnte ich ihr nicht der Freund sein, den sie wollte und brauchte? Aber heute würde ich ihr zeigen, dass ich mich beherrschen konnte.

„Hast du schon einmal überlegt, professioneller Sänger zu werden?", fragte sie nach einer Weile, als wir die Fußgängerzone auf dem Weg zu mir nach Hause hinter uns gelassen hatten und nun durch weniger belebte Straßen schlenderten. Ich hatte ihre Hand zwischendurch einfach genommen. Obwohl sie es zuließ, war ich mir nicht sicher, ob sie wirklich glücklich damit war.

„Dein Onkel will dir viel mehr Auftritte verschaffen."

Ich schnaubte. „Ich weiß. Aber das Singen ist nur ein Hobby. Ich will mir den Spaß daran nicht dadurch verderben, dass ich meinen Lebensunterhalt damit bestreiten muss. Dann wird es Zwang, der Konkurrenzkampf steigt. Das ist nichts für mich."

„Grundsätzlich könnte ich mir die freischaffende Kunst aber für dich gut vorstellen."

Sanft lächelte ich sie an, als sie ihre Brille zurechtrückte. „Meine Eltern würden mich killen."

Ich überlegte, worüber wir alternativ sprechen konnten, doch Emma hatte meine Gegenhaltung zu diesem Thema bereits wahrgenommen. „Also tretet ihr nur in dieser Bar auf?"

„Nein, hin und wieder haben wir auch Gigs woanders." Bislang hatte ich ihr noch nicht davon erzählt. Das war die Gelegenheit.

„Mhm", gab sie scheinbar geistesabwesend von sich.

„Zum Beispiel bei Semesterpartys."

„Mhm."

„Zum Beispiel bei der Fachschaft Mathematik."

Endlich wurde sie stutzig. „Moment. Dieses Semester war doch keine Fachschaftsparty."

„Das stimmt."

Ihre Augenbrauen hinter dem runden Rahmen zogen sich eng zusammen. „Was bedeutet, dass ..." Sie ließ den Satz unvollständig, wusste aber, worauf ich hinauswollte.

„Dass ...?"

„Dass du letztes Semester einen Gig hattest?"

Ich nickte. Leider reagierte Emma nicht so, wie ich es gedacht hatte. Sie wurde etwas blass um ihre kleine Nase und ihre dunklen Augen wirkten verklärt.

Erinnerungen.

Jedoch unschöne.

„Du warst letztes Semester auch schon der Typ auf der Bühne?", fragte sie heiser.

Warum hatte ich es für eine gute Idee gehalten, ihr davon zu erzählen? „Ja."

„Hast du ..."

„Es gesehen? Ja, habe ich." Mit dem Daumen streichelte ich ihren Handrücken, versuchte sie ein wenig zu beruhigen.

Ich konnte spüren, wie ein Ruck durch ihren Körper ging. „Das ging dich nichts an!", rief sie wütend und entzog mir ihre Hand.

Unfähig zu begreifen, wo das Problem lag, blieb ich stehen. „Warum ist das so schlimm?"

„Du hast eine Situation beobachtet, die dich nichts angeht. Eine arme Jungfer wird von ihrem Freund vor den Augen aller bloßgestellt und muss errettet werden. Also Bühne frei für den heldenhaften Lio!" Sie verschränkte ihre Arme vor der Brust.

Unablässig fragte ich mich, was ich versehentlich getriggert hatte. Ich hatte ihr etwas ganz anderes sagen wollen und jetzt stritten wir. „Ich habe euch nicht beobachtet, nur gesehen. Und wenn das so privat ist, hättet ihr eure Beziehung nicht in der Öffentlichkeit beenden sollen."

„Ich habe mir das nicht ausgesucht und hatte demzufolge nicht genügend Zeit, die Aufdeckung des Verrats meiner ehemaligen Freunde zu planen!", motzte sie.

Ich wusste zwar noch immer nicht, was genau damals vorgefallen war, konnte es mir aber denken und in Emmas Augen zweifellos sehen, wie tief ihr Schmerz saß. Darum blieb ich sanft. „Lass mich bitte zu Ende reden." Ich wollte ihre Hand nehmen, doch sie ließ mich nicht.

„Ist das der Grund, warum du Interesse an mir hattest? Mitleid?"

Beinahe wäre mir der Kinnlade runtergeklappt. Glaubte sie das allen Ernstes?

„Die Optik war es jedenfalls nicht, wie mir heute berichtet wurde."

Nicht doch. Das hatten sie nicht ernsthaft gebracht …

„Zu deiner Information, ich brauche dein Mitleid nicht! Ich muss jetzt nach Hause." Damit drehte sie um und lief in die Richtung, aus der wir gekommen waren.

„Emma, warte!" Ich rannte ihr sofort hinterher und ergriff ihren Arm. Das konnte ich unmöglich so stehenlassen. Sie konnte eine Menge denken, aber das nicht. Vor allen Dingen nicht, nachdem Detlef oder Sin ihr vermutlich irgendwelche Halbwahrheiten erzählt hatten.

Irritiert, als hätte sie nicht damit gerechnet, dass ich ihr hinterherlaufen würde, drehte sie sich um.

„Mitleid hat damit nichts zu tun, verstehst du das?" Eindringlich sah ich ihr in ihre wunderschönen dunklen Augen. „Du bist damals mit Anne gekommen. Ihr seid nicht durch den Haupteingang gekommen, sondern durchs B-Gebäude. Man hat dir schon beim Betreten der Aula angesehen, dass du nicht auf dieser Party sein wolltest. Anne hat die ganze Zeit über ein Thema geredet, dass dir nicht gefallen hat. Du bist dir nämlich ständig durch die Haare gefahren, wie du es immer tust, wenn du etwas unterdrückst." Liebevoll strich ich ihr durch die Haare und war froh, dass sie zumindest das zuließ.

„Emma, ich war freiwillig in einem Tutorium, dass Freitagsmorgens ist. *Freitags. Morgens.* Die schlimmste Zeit, wenn man Donnerstagsabends Gigs hat. Aber wenn du die Tutorin bist, gehe ich auch Freitagmorgens ins Tut."

„Was willst du damit sagen?", hauchte sie.

„Das mit uns ist für mich kein Samariter-Ding. Du hast mich vom ersten Moment an in deinen Bann gezogen." Ich holte tief Luft. „Ich erzähle dir das, damit du endlich verstehst, dass meine Liebesgeschichte mit dir schon wesentlich eher angefangen hat als deine Liebesgeschichte mit mir."

„Liebesgeschichte?", fragte sie mit geröteten Wangen.

Ich sah ihr tief in die Augen. Das war unser *magic moment.* „Ja, Liebesgeschichte."

„Ich ... ich dachte ... weil Detlef meinte, dass du öfter Mädels mit zu den Bandproben bringst ..."

Dachte ich es mir. Ich bring ihn um. „So oft ist das noch gar nicht vorgekommen. Und ich habe bislang nur Frauen mitgebracht, mit denen ich zusammen war.“

Sie stutzte. „Was heißt das? Dass wir zusammen sind?“

„Ähm, ja?“ Auf ihren perplexen Blick hin musste ich lachen. „Also, ich weiß ja nicht, was du die letzten zwei, zweieinhalb Wochen gemacht hast, aber ich war mit dir zusammen.“ Noch immer sagte sie nichts. „Muss ich mir jetzt Sorgen machen, dass du dich anderweitig vergnügt haben könntest?“

Endlich lachte sie auch. „Nein, natürlich nicht. Es … ich meine, aber … Wir haben nie darüber gesprochen.“

„Das stimmt. Aber es war zwischen uns so eindeutig, dass ich davon ausging, dass wir es beide so sehen würden.“

„Eigentlich schon.“ Sie überlegte. „Und wann genau sind wir zusammengekommen?“

„Nach meinem Empfinden damals in der Bib. Vielleicht wäre es etwas anderes gewesen, wenn du mich nicht davon abgehalten hättest zu gehen.“

„Das heißt, ich habe einen Freund?“, fragte sie verhalten, doch das Leuchten ihrer Wangen hatte auch den Rest ihres Gesichts eingenommen.

Mit einem Schritt überbrückte ich den Abstand zwischen uns. „*You bet your sweet ass off*“, murmelte ich, zog sie zu mir ran und küsste sie sanft. Ihre Lippen fühlten sich himmlisch an und als sich unsere Zungen zärtlich berührten, musste ich mich bereits zusammenreißen. Emma machte es mir auch nicht leichter, die Kontrolle zu bewahren, als sie den Kuss intensivierte, immer weiter, immer mehr. Fordernd verstärkte sie den Druck ihrer Lippen, presste sich an meinen Körper.

„Okay, stopp", sagte ich außer Atem. Versuchte, vernünftig zu sein, doch als ich dieselbe Lust in ihrem Blick sah, die ich so oft unterdrückte, war alle Vernunft dahin. „Shit, ich würde dich am liebsten gleich hier auf der Stelle ..."

Mit einem verschmitzten Grinsen biss sie sich auf die Unterlippe, was mich nur noch verrückter machte. Fieberhaft überlegte ich, wo wir ungesehen wären. Mit einem Mal zog Emma mich zwischen die Häuser einen schmalen Gang entlang. Sie lotste mich zielstrebig mal nach rechts, mal nach links, bis wir in einem abgelegenen waldähnlichen Stadtteil waren. Ohne zu zögern, schlüpfte sie mit mir durch einen mannshohen Busch, auf dessen anderer Seite sich überraschenderweise ein kleines Grasstück befand.

„Hier hat sich Tommy neulich versteckt. War unauffindbar und von außen nicht zu sehen", erklärte sie mit einem Tonfall, der mir unter die Haut ging. Mit einer schnellen Bewegung hatte sie ihr Oberteil über den Kopf gestreift und achtlos zu Boden fallen lassen.

Allein der Blick, mit dem sie mich ansah – eine Mischung aus Zuneigung, Lust und Unsicherheit – war eine betörende Kombination, die mein Herz so laut schlagen ließ, dass ich es hören konnte.

Mein Gehirn war nur noch Kartoffelbrei. Ich war so erregt, dass es fast schmerzte. Es war zu lange her, dass ich ihr nahe sein durfte. Dennoch war ich wegen der Ereignisse der vergangenen Tage völlig bewegungsunfähig. Ich stand einfach nur da und sah zu, wie Emma ein Teil nach dem anderen auszog, bis sie schließlich nackt und schön vor mir stand. Ihre dunklen Haare fielen weich über ihre Schultern. Hier und da lehnten sich noch immer einzelne Strähnen gegen die Schwerkraft auf. Auch wenn der Vergleich in Anbetracht dessen, was wir im Begriff waren zu tun, absolut unpassend war, sah sie aus wie Eva im Garten Eden.

Erst als sie ihre Brille abnahm, ihre Arme um meinen Hals legte und mich liebevoll küsste, kam wieder Leben in mich. Als könnte ich mich verbrennen, fuhr ich mit den Fingerkuppen behutsam über ihre weiche Haut.

„Worauf wartest du?", flüsterte sie.

„Ich weiß nicht, ob ich mich zusammenreißen kann."

Emma zog mein T-Shirt aus und strich über meine Brust. „Wer sagt denn, dass du dich zusammenreißen sollst?"

Ich schwieg.

„Also ich weiß ja nicht, was du geplant hast, aber ich möchte jetzt dringend mit meinem Freund schlafen, sonst explodier ich." Sie küsste meinen Hals, während sie Knopf und Reißverschluss meiner Shorts öffnete und sie samt meiner Boxershorts zu Boden gleiten ließ.

„Ich auch."

Daraufhin schob sie mir ein kleines Tütchen in die Hand und involvierte mich in einen Kuss, der mich endgültig meine Zurückhaltung überwinden ließ. Ich streifte mir das Kondom über, ehe ich sie küssend an einen der Bäume drückte. Ein Bein stellte sie auf einen Findling, das andere schlang sie um mich. Ich hielt es fest, während ich mich langsam in sie schob. Sie fühlte sich so unfassbar gut an.

Bereits nach den ersten Stößen begann sie zu zittern und ich wusste von den letzten Malen, dass ich mich beeilen sollte. Dennoch bewegte ich mich vorsichtig, damit der Baum in ihrem Rücken nicht zu schmerzhaft wurde.

Ich küsste ihren Hals und hauchte in ihr Ohr, während ich ihre Brüste mit leichtem Druck massierte. Sie seufzte wohlig auf.

Schließlich schloss sie schwer atmend die Augen. Indem sie mich noch dichter an sich heranzog, gab sie mir das Zeichen, dass sie es jetzt etwas härter brauchte. Ich gab es ihr, wenngleich ich mich dadurch selbst kaum mehr beherrschen konnte. Damit ich ihr nicht die Freude nahm, weil ich zu schnell war, fuhr ich mit den Fingern zwischen ihre Beine und fand rasch die richtige Stelle. Zu sehen, wie sie die Augen zusammenkniff, keuchte und sich zuckend im süßen Genuss des Höhepunkts wand, gab mir den Rest.

Ich presste meine Lippen auf ihre, während ich tief in ihr kam.

An den Baum gelehnt verharrten wir eine Weile, küssten uns, spürten und genossen die Verbundenheit. Erst dann bettete ich sie auf das Gras, wo ich mich neben sie legte.

Sie fuhr mir durch die Haare und versuchte die Strähnen, die sich aus meinem Zopf gelöst hatten, hinter meine Ohren zu streichen.

Während ich ihr in die großen, dunklen Augen sah, formte sich ein Gedanke, der bislang nur nebelhaft in meinen Kopf existiert hatte. Doch ich äußerte ihn nicht. Es war noch zu früh.

Nach den Prüfungen lief es für Emma und mich besser. Wir genossen einfach den Sommer. Wir sahen uns beinahe jeden Tag, sie kam zu den Bandproben und zu den Auftritten und wir verbrachten die schönsten Stunden zu zweit.

Wir gingen oft an den nahe gelegenen See schwimmen oder, wie in unserem Fall, im Wasser herumturteln. Meistens waren wir entweder in Begleitung von Anne und ihrem Sohn, der Sommerferien hatte, oder Thorben und einige seiner WG-Buddys (außer Remo, der ein Zusammentreffen mit Emma vermeiden wollte). Sin kam selten mit. Sie behauptete, zu viel im Labor zu tun zu haben. Ich glaubte ihr nicht, kümmerte mich aber nicht weiter darum, denn ich war glücklich.

Über meinen anzüglichen Vorschlag in der Bib und die Tatsache, dass ich die Trennung von Emmas Freund damals live mitbekommen hatte, sprachen wir nicht mehr. Ich redete mir ein, dass Emmas, wie sie es selbst nannte, *Überreaktion* dem Prüfungsstress geschuldet gewesen war. Dennoch blieb etwas zwischen uns – wie ein Keil, der verhinderte, dass wir komplett beieinander sein konnten. So blockte sie beispielsweise jedes Mal ab, wenn ich vorschlug, zu ihr zu gehen. Sie konnte mir keinen Grund nennen. Meine unschuldigen Vermutungen waren, dass sie entweder ein kleiner Messie war oder eine Affinität für Kuscheltiere, Hello Kitty oder Justin Bieber hatte und ihr Zimmer mit den entsprechenden Accessoires ausgestattet war. Vielleicht besaß sie einen Schrein und betete zu *Was-weiß-ich-wem* oder sie wohnte in einem Altenheim. Die Möglichkeiten waren vielfältig.

Was es auch war, ich konnte mit allem leben. Wenn das zu ihr gehörte, war es so. An meinen Gefühlen für sie würde es nichts ändern.

Es war kränkend, dass sie noch immer einige Lebensbereiche von mir fernhielt. Nach wie vor kannte ich weder ihre Wohnung noch ihre Mitbewohner oder ihre Eltern. Ich merkte, dass mein Verständnis dafür mit der Zeit schrumpfte. Immer weniger war ich in der Lage, es bedingungslos zu akzeptieren. Warum vertraute sie mir nicht? Dennoch zwang ich mich, die Parallelen zu meiner letzten Beziehung nicht zu sehen.

Sin empfahl eine Schocktherapie. Möglicherweise würde es für Emma einfacher sein, wenn ich ihre ‚Messibude‘ erst einmal gesehen hatte. Dann könnte ich ihr zeigen, wie wenig es mich störte. Aus diesem Grund, und um mir selbst zu beweisen, dass sie nicht wie meine letzte Freundin war, beschloss ich eines Tages, Emma zu überraschen. In welchem Studentenwohnheim sie wohnte, wusste ich immerhin.

Inmitten von geschätzt dreißig Klingelschildern fand ich ihres. Drei Namen standen darauf. Wellmar, Ditt und Krebel. Gespannt klingelte ich.

„Hallo?“, kam es aus der Gegensprechanlage. Eindeutig Emmas Stimme.

„Hi, ich bin’s, Lio. Kann ich raufkommen?“

Der Summer ertönte zögerlich. Immerhin ließ sie mich hinein. So schlimm konnte es also nicht sein.

Im zweiten Stock stand sie in der Tür wie eine Absperrung. Ihr Blick war gleichermaßen überrascht wie unbehaglich und verständnislos.

„Was machst du hier?“, fragte sie.

Ich versuchte es mit einem Kuss zu Begrüßung, um uns die Anspannung zu nehmen. „Dich besuchen. Ist das in Ordnung?“ Diese Frage war eigentlich rhetorisch, doch ihr Zögern war nicht, was ich erwartet hatte.

„Nein ... eigentlich nicht“, gab sie zu. „Lio, du ... Du kannst hier nicht einfach auftauchen. Vor allen Dingen nicht unangekündigt.“

Darauf wusste ich nichts zu entgegnen. Es war wie ein Schlag ins Gesicht. Sollte ich jetzt gehen oder ihr klar machen, dass mir egal war, was sich hinter diesem Türrahmen verbarg?

„Aber heute ist es ausnahmsweise okay“, sagte sie schließlich. „Ich bin allein.“

Bevor ich fragen konnte, was diese Aussage zu bedeuten hatte, führte sie mich in die Wohnung und in ihr Zimmer. Ich war zu gespannt, was mich erwarten würde, als dass ich weiter darauf eingegangen wäre.

„Hier lebst du also.“ Interessiert sah ich mich um. Ihr Zimmer war erstaunlich spartanisch eingerichtet. Bett, Sideboard, Regal, Schank, Schreibtisch. Nicht einmal Vorhänge befanden sich vor den Fenstern. Dennoch war es nichts, wofür man sich schämen müsste.

Sie erriet meinen Eindruck. „Es ist ein Arbeits- und Schlafzimmer, keine Wohlfühloase.“

„Du solltest Sin mal in dein Zimmer lassen. Die zaubert etwas daraus. Auf jeden Fall hast du dann ein paar riesige Pflanzen.“

Von ihr kam nur ein Schnaufen. Die beiden waren die zwei wichtigsten Frauen in meinem Leben und sie verstanden sich nicht – auch das war nicht das erste Mal.

Auf dem Schreibtisch lag ein großer Ordner. „Woran arbeitest du gerade?“, fragte ich schnell.

Sie drückste etwas. „An deiner Zukunft“, gestand sie mit roten Wangen.

Überrascht sah ich sie an. Leider klingelte in diesem Moment ihr Telefon.

„Meine Eltern“, erklärte sie nach einem Blick aufs Display. „Ich wimmle sie kurz ab.“ Damit nahm sie das Gespräch an.

Ich tat, als würde ich mich in Ruhe noch etwas umsehen, doch innerlich war ich angespannt. Meine ganze Aufmerksamkeit galt dem Telefonat. Würde sie mich ihren Eltern gegenüber erwähnen? Wussten sie, dass es mich gab? Sie war sehr zurückhaltend, meine Freunde und Bandkollegen näher kennenlernen zu wollen, aber vielleicht war es für sie kein Problem, mich ihren Eltern vorzustellen.

„Hi Mum, du, es ist gerade schlecht, kann ich später wieder anrufen? ... Weil ich Besuch habe ... Kennt ihr nicht.“

Das war zu viel. Mit verschränkten Armen drehte ich mich zu ihr. Emma verstand das falsch und würgte ihre Eltern kurzerhand ab. Erleichtert strahlte sie mich an.

„Warum verleugnest du mich vor deinen Eltern?“ Ich versuchte, mir meine Enttäuschung nicht anmerken zu lassen.

„Ähm, das weiß ich nicht.“

„Wissen sie von mir?“

„Nein?“

„Warum nicht?“

Sie gestikulierte wild in der Luft. Ich musste lachen. „Keine Ahnung!“

„Wirst du ihnen später von mir erzählen?“

Auf ihrem Gesicht zeichnete sich ein schmerzliches ‚Nein‘ ab.

„Möchtest du das denn?“, fragte sie stattdessen.

„Natürlich möchte ich das."

Als sie mich verwirrt ansah, trat ich zu ihr. „Emma, ich bin dein Freund. Wir sind zusammen. Das ist etwas, das deine Eltern wissen sollten."

„Wissen deine Eltern denn von mir?"

Liebevoll umfasste ich ihre Taille. „Sie wissen schon lange von dir. Sin konnte nämlich ihr vorlautes Mundwerk nicht halten, als sie meine Verliebtheit witterte, und hat sofort gepetzt."

Sie kicherte, bevor sie mir einen Kuss gab. „Okay, ich werde es ihnen erzählen." Dann deutete sie auf den Schreibtisch. „Wenn du magst, schau es dir an."

Ich nahm den Ordner und öffnete ihn. Ganz oben war eine große Mindmap im A3-Format. Ich faltete sie auf und sah, dass der Hauptknotenpunkt Informatik war. Darum herum waren verschiedenste Spezialisierungen, sowohl im Bachelor als auch im Master. Games Engeneering, Medieninformatik, Mensch-Maschine-Kommunikation, Bioinformatik, Lehramt. Und zu jeder Fachrichtung war mindestens eine passende Firma aufgelistet. Hinter der Mindmap fand ich die Modulhandbücher, Stundenplanvorschläge, Firmenbeschreibungen und Stellenausschreibungen.

„Ich habe erst einmal nur Firmen hier aus der Gegend rausgesucht." Emma war neben mich getreten und schmiegte sich an meinen Arm – eine viel zu seltene Geste bei ihr. „Wenn du aber gerne woanders hinmöchtest, gäbe es wesentlich mehr Möglichkeiten."

Sie schwieg, während ich fassungslos über die Arbeit, die sie sich gemacht hatte, durch den Ordner blätterte.

„Wow", hauchte ich. „Das ist ... Wie viel ... Zeit hast du da reingesteckt?"

Sie winkte ab. „Unwichtig, es hat mir Spaß gemacht.“ Ich sah sie eindringlich an.

„Wirklich“, sagte sie lachend. „Wenn du magst, kann ich auch noch eine Präsentation vorbereiten. Dann kannst du bei deinen Eltern richtig Eindruck schinden.“

„Auf gar keinen Fall. Die werden mich so schon für einen Außerirdischen halten, wenn ich ihnen dieses Ding vor die Nase knalle.“ Ich klappte den Ordner zu und schaute meine wunderschöne Freundin an, die das für mich getan hatte. Noch keine Frau hatte sich so viel Mühe für mich gegeben.

„Du bist wirklich etwas ganz Besonderes, Emma Krebel, weißt du das?“ Ich spürte meinen Herzschlag in jeder Faser meines Körpers, als ich ihr tief in die Augen sah. Und wieder kam dieser Gedanke, lauter als jemals zuvor.

„Möchtest du denn hier in der Gegend bleiben?“, fragte sie vorsichtig.

Ich verstand die Frage und die Sorgen, die sie sich deswegen machte, sofort. Darum legte ich den Ordner zurück auf den Schreibtisch und nahm ihr Gesicht behutsam in beide Hände. Die folgenden Worte wählte ich mit Bedacht. „Mir ist egal, wo ich lebe, studiere oder arbeite, solange ich bei dir bin.“

Sie schenkte mir ein erleichtertes, wenngleich etwas ungläubiges Lächeln. Das Glitzern in ihren Augen verriet, dass sie hoffte, ich meinte es ernst. Und genau das tat ich. Wort für Wort.

Als ich ihr über die Wange strich, drängte sich dieser Gedanke förmlich auf, wollte endlich ausgesprochen werden. Der Moment konnte kaum passender sein.

Doch gerade nach dieser Reaktion wusste ich nicht, ob sie schon bereit dafür war. Wenn nicht, würde sie es mir nicht glauben und aus etwas Wunderbarem wurde plötzlich ein Problem.

Darum unterdrückte ich es erneut und küsste sie stattdessen zärtlich. Sie legte die Arme um mich und erwiderte meinen Kuss hingebungsvoll. Obwohl nichts gesagt worden war, hatte sich etwas zwischen uns verändert. In kleinen Schritten näherten wir uns dem Bett. Es lag so viel Liebe in der Luft. Wir küssten uns, streichelten uns, genossen die Nähe und jede einzelne Berührung. Wir nahmen uns sehr viel Zeit, streiften erst nach und nach die Kleidung ab. Noch nie war es so schön gewesen, ihre Haut und ihre Lippen zu spüren. Unsere Herzen schlugen im selben Rhythmus füreinander. Es war, als dachten und fühlten wir dasselbe. Ich streichelte über ihre Arme, ihre Beine, küsste ihren Hals, vergrub meine Hände in ihren Haaren.

Lediglich ein kurzes Knistern unterbrach nach einer Weile die liebevolle Stille zwischen uns. Die Berührung ihrer Hände dort, wo es am empfindlichsten war, ließ mich in vollem Genuss die Augen schließen und die Atmung vertiefen. Anschließend schmiegte ich mich zwischen ihre Beine und senkte mich unter zärtlichen Küssen behutsam ab.

Ich fand meinen Weg in sie. Ihre unvergleichliche Wärme umschloss mich und bescherte mir wie jedes Mal Gänsehaut.

Unsere Bewegungen waren seicht und langsam, denn sie standen völlig im Hintergrund. Es ging um uns, um unsere Zuneigung und unsere Nähe. Emma strich mir über den Rücken, fuhr mir sanft durch die Haare.

Wenn wir uns nicht küssten, sahen wir uns tief in die Augen.

Unsere Atmung intensivierte sich irgendwann von ganz allein, wurde eins, so wie wir.

Ein Gefühl, das so intensiv war wie diese Erfahrung und diese Beziehung, durchströmte meinen Körper in mehreren heftigen Wogen.

Auch Emmas unkontrollierte Atmung schien nicht enden zu wollen. Mit sanftem Druck verflochten sich unsere Finger ineinander, berauscht von dieser Empfindung.

Schließlich normalisierte sich unser Atem und wir kamen zur Ruhe. Wir küssten uns noch einige Male, bevor ich mich neben sie legte. Noch immer schwiegen wir, sahen uns in die Augen, küssten uns. Es war so erfüllend wie kein Erlebnis zuvor. Alles andere war bedeutungslos geworden.

Arm in Arm schliefen wir ein.

Als ich erwachte, dämmerte es bereits. Wir mussten den ganzen Nachmittag und Abend mit unserem Liebesspiel und Schlafen verbracht haben.

Eine Welle des Glücks durchflutete mich, als ich meine Freundin friedlich neben mir schlafen sah. Sie würde mit Sicherheit bald aufwachen und Hunger haben, so wie ich.

Leise stieg ich aus dem Bett, zog meine Boxershorts an und verließ das Zimmer. Ich fand die Küche schnell, denn es brannte Licht.

Eine mir vage bekannte Frau mit langen, glatten blonden Haaren, die mich an das Elbenvolk aus *Herr der*

Ringe erinnerte, räumte gerade Teller und Besteck in den Geschirrspüler.

„Oh, hallo", begrüßte ich sie.

Verblüfft sah sie mich an. Dann wanderte ihr Blick einmal an mir herunter und wieder herauf. „Ähm, hallo?"

„Ich bin Lio, Emmas Freund. Ist es okay, wenn ich uns ein bisschen was zu essen mache?"

Ihr Mund klappte mehrfach auf und zu, bevor die Antwort herauskam. „Sicher, nur zu. Nimm dir, was du brauchst."

Hm, das war unproblematisch gewesen. Warum waren Emma ihre Mitbewohner dann so unangenehm? Oder war es vielleicht der dritte Name auf dem Klingelschild, mit der oder dem sie im Clinch lag?

„Welche Sachen sind denn ihre?"

Sie winkte ab. „Bedien´ dich einfach." Dann zeigte sie mir, wo ich Teller, Brot und Aufschnitt finden konnte. Sie war wirklich nett.

Während ich uns ein paar Brote machte und einen Apfel aufschnitt, stand sie weiterhin an die Arbeitsplatte gelehnt und beobachtete mich eingängig.

„Bist du wirklich Emmas Freund?"

Das Lächeln kam ganz automatisch. „Ja."

Sie lächelte auch. „Wie lange seid ihr schon zusammen?"

Ich musste kurz zurückrechnen. Ich fühlte mich Emma so verbunden, dass ich das Gefühl hatte, wir wären schon Ewigkeiten zusammen. „Etwas über zwei Monate."

Sie nickte.

Wir unterhielten uns kurz, bevor ich, beladen mit dem Essen, zurück ins Zimmer ging. Behutsam stellte ich alles auf den Nachttisch und setzte mich auf den Boden neben dem Bett. Als ich Emma über die Haare strich, schlug sie langsam die Augen auf.

„Hey, meine Hübsche", wisperte ich.

Ihr Mund formte dieses wunderschöne Lächeln. „Hey."

Ich reichte ihr ihre Brille und präsentierte unseren kleinen Schmaus.

Freudig richtete sie sich auf und wickelte die Decke um sich. „Oh danke." Sie nahm sich zwei Stücke Apfel und steckte uns beiden einen in den Mund. „Hast du alles gefunden?", fragte sie, während sie kauend zu einer Brotscheibe griff und gleich abbiss. Mit den vollen Backen sah sie unendlich niedlich aus.

„Ich hatte etwas Hilfe", gestand ich.

Emma erstarrte in ihrer Bewegung. Ihr Blick huschte zur Wanduhr und wieder zu mir. Entsetzten zeichnete sich in ihren Gesichtszügen ab. Dann schluckte sie ihr Essen hart hinunter. „Was ... Was meinst du damit?"

Etwas sagte mir, dass ich einen elementaren Fehler begangen hatte, doch begriff ich beim besten Willen nicht, welchen. „Deine Mitbewohnerin", sagte ich unschuldig. Hätte ich nicht mit ihr reden dürfen? Das konnte ich nicht wissen.

Ich legte die Brotscheibe, die ich mir gerade genommen hatte, zurück auf den Teller. Der Ausdruck in ihren Augen ließ meinen Appetit schlagartig schwinden.

„Emma, es tut mir leid, ich wusste nicht, dass ..."

„Du bist zu weit gegangen!", fuhr sie mir über den Mund. Dann zog sie sich irgendwelche Klamotten an, die sie gerade fand und lief, sich unablässig durch die Haare fahrend im Zimmer auf und ab.

Ich schwieg. Das würde kein gutes Ende nehmen.

„Ich habe dir gesagt, du sollst nicht herkommen", fuhr sie mich an. „Warum glaubst du, dass du dich einfach über meine Grenzen hinwegsetzen kannst? Weil du Lio bist?"

„Nein, weil du nie eine Grenze gesetzt hast. Du wolltest nie, dass wir zu dir gehen, aber du hast nicht gesagt, dass ich nicht zu dir kommen darf. Warum ist das so schlimm für dich?"

„Weißt du, wer sie war?"

Ich zuckte ehrlich mit den Schultern.

„Du sagst, du hättest es damals gesehen und erkennst sie nicht?" Tränen füllten ihre Augen.

Es tat weh, sie so zu sehen. Eilig versetzte ich mich gedanklich wieder in den Abend, an dem ich Emma zum ersten Mal gesehen hatte. Sie, Anne, wer war da noch? Ich konnte mich an niemanden erinnern, nur an ihren damaligen Freund und ... Das Blut gefror beinahe in meinen Adern ... Das Mädel aus der Küche.

Entsetzt sah ich meine Freundin an. „Du wohnst mit der Frau, mit der dich dein Freund betrogen hat, zusammen?"

„Mit ihr und mit ihrem Freund", sagte sie mit bebender Stimme.

Ich wagte kaum, die Frage auszusprechen. „Wer ist ihr Freund?"

Die Tränen liefen ihr über die Wangen und ihre Unterlippe bebte, als sie die zwei Worte aussprach, die alles erklärten. „Mein Ex-Freund."

„Shit", sagte ich und wollte sie in den Arm nehmen, doch sie wich zurück. Verzweifelt versuchte ich, mich zu verteidigen. „Aber woher hätte ich das denn wissen sollen? Du redest nie über diese Trennung."

„Es ist auch nicht einfach, darüber zu reden, wenn man belogen, hintergangen und bloßgestellt wurde. Es ist nichts, worauf ich stolz bin, klar?" Ihr Tonfall wurde barsch.

„Es ist aber nicht deine Schuld", versuchte ich es sanft.

„Ach nein? Meine beiden besten Freunde wenden sich von mir ab. Das soll nichts mit mir zu tun haben?"

„Sie war deine beste Freundin …", wiederholte ich überflüssigerweise und begann erst jetzt ihren Schmerz zu erahnen.

Emma sah aus, als würde sie gleich zusammenbrechen. Doch tränenüberströmt blieb sie aufrecht vor mir stehen. Obwohl es ihr vermutlich alles an Willenskraft abverlangte, wiederholte sie immer wieder, dass ich nicht zu ihr kommen durfte.

„Sie wollen noch immer nichts mit mir zu tun haben. Offensichtlich war ich für beide eine miese Freundin."

„Auf keinen Fall."

„Du hast keine Ahnung!", schrie sie.

„Nur, weil du diesen Teil deiner Vergangenheit vor mir verbirgst. Aber er gehört zu dir. Rede mit mir darüber."

„Ich will nicht mit dir darüber reden! Der perfekte, schöne Lio, der sich vor Frauen kaum retten kann, dem alle Chics hinterherlaufen, wie soll der jemals verstehen können, wie ich mich fühle? Du hast keine Ahnung, wie es sich anfühlt, wenn sich alle von einem abwenden! Wie es sich anfühlt, so erniedrigt zu werden."

Ich seufzte. Es stimmte. Zumindest teilweise, doch sie ließ mir keine Zeit zu reagieren.

„Das Zusammenleben ist hart, aber wir gehen uns aus dem Weg, akzeptieren uns oder tolerieren uns wenigstens. Niemand hat je Besuch mitgebracht. Und jetzt bist du da und sie wissen von dir und wenn du so in der Küche warst", sie deutete auf meine Boxershorts und meinen unbekleideten Oberkörper, „werden sie wissen, dass wir Sex hatten, und das sollen sie nicht wissen. Und wenn ich Freunde einlade, werden sie es auch tun und dann werde ich gar nicht mehr aus meinem Zimmer kommen können."

„Aber ich bin doch da. Und ich komme dich so oft besuchen, wie du möchtest."

„Und wie lange?"

Diese Frage fühlte sich an wie ein Schwall kaltes Wasser ins Gesicht. „Wie meinst du das?"

„Wie lange findest du das kleine Emma-Nerd-Spielzeug noch interessant?"

„Was?"

Plötzlich sah sie mich mit diesem Blick an, der mir nicht gefiel. „Du wirst es auch tun."

Nein. Tat sie gerade wirklich, was ich befürchtete? Ich brachte die Frage kaum heraus. „Was werde ich auch tun?"

„Mich betrügen." Sie weinte diese Worte mehr, als dass sie sie sagte. „Wie er."

Ich versuchte, mich von ihrer Verletzung nicht anstecken oder übermannen zu lassen. Ich versuchte, das Ende unserer Beziehung, das gerade unausgesprochen zwischen uns schwebte, zu verhindern. „Nein, das werde ich nicht."

Dieser Versuch war kläglich. Sie glaubte mir nicht.

„Du kannst mir vertrauen", setzte ich nach.

Langsam schüttelte sie den Kopf. „Mit der Zeit wirst du merken, wie langweilig ich bin, genau wie sie. Du wirst Abwechslung suchen und Frauen wie Tammi vögeln, während ich zu Hause sitze und lerne."

Meine Brust schnürte sich zu. „Emma! Denkst du das wirklich?"

Sie weinte, versuchte mich jedoch weiterhin anzusehen. „Auf lange Sicht gesehen, ja."

Meine Augen brannten. Ich kannte die Antwort auf die nächste Frage, bevor ich sie dennoch stellte. „Glaubst du an unsere Beziehung?"

Sie wollte etwas sagen, weinte jedoch zu sehr, als dass sie ein Wort rausbekommen hätte.

Ich spürte die Tränen auf meinem Gesicht. Doch ich musste es hören. „Ja oder nein, Emma. Glaubst du an unsere Beziehung?"

Sie biss sich fest auf die bebende Unterlippe, versuchte sich zu fangen. Es gelang ihr nicht. Dann schüttelte sie den Kopf. „Nein."

Ein Umgang aus schwerer Kälte legte sich über mein Herz, ehe es langsam zerbrach.

Kapitel 16

Emma

Es fühlte sich an, als wäre mein Leben zu Ende.

Lio war fort.

Aus meiner Wohnung.

Aus meinem Leben.

In einem Augenblick waren wir so glücklich, im nächsten standen wir vor den Trümmern unserer Beziehung.

Als er ging, brach ich zusammen, sank auf den Boden und weinte.

Ich fror, obwohl es warm war. Ich konnte mich nicht mehr bewegen.

Mein Körper schmerzte.

Alles schmerzte.

Ich weinte, bis ich keinen Tränen mehr hatte, dann weinte ich tränenlos weiter.

Mein Gesicht tat weh, meine Augen taten weh, mein Kopf tat weh.

Draußen wurde es dunkel und irgendwann wieder hell.

Mein Körper zitterte.

Geräusche nahm ich nur dumpf wahr.

Ich existierte nicht mehr.

Wenn ich nicht weinte, starrte ich ins Nichts.

Ich wusste nicht, ob ich zwischendurch schlief oder nicht.

Es wurde wieder dunkel.

Irgendwann vernahm ich gedämpfte Geräusche vor meiner Tür. Es redete jemand. Ich verstand es nicht.

War das ein Klopfen?

Ich konnte es nicht sagen.

Ich schloss die Augen, glitt in einen schlafähnlichen Zustand, mehr aus Erschöpfung als aus Müdigkeit.

Plötzlich ein lautes Geräusch. Träge öffnete ich die Augen.

Die Tür flog auf, knallte gegen die Wand.

Lio?

Doch es war Anne. Sie sagte etwas zu mir, das ich nicht verstand. Sie beugte sich über mich, wurde lauter, rüttelte an meinen Schultern. Noch immer konnte ich nicht verstehen, was sie sagte.

Dann packte sie meinen Arm, legte ihn um ihren Hals, hievte meinen lebensarmen Körper hoch.

Ich landete im Bett. Im Flur in einem Lichtkegel stand Saskia, die Hand vor den Mund gehalten.

Ich wollte etwas sagen, doch nur trockenes Krächzen verließ meine Kehle.

Anne deckte mich zu und strich mir über den Kopf.

Immer wieder sagte sie etwas zu mir, aber sie sprach wie durch Schaumstoff.

An meinen Lippen wurde es nass.

Obwohl es nur dumpf war, vernahm ich das Wort *trinken*. Ich versuchte es, doch es war, als hätte ich verlernt zu schlucken. Das Wasser wollte meinen Hals nicht hinunter. Ich spuckte es wieder aus.

Anne ging und kam kurz darauf zurück. Ich spürte eine angenehm feuchte Wärme in meinem Gesicht. Einen Waschlappen vielleicht. Es tat gut.

Erneut hielt sie mir das Glas an den Mund. Dieses Mal schmeckte ich etwas. Es war Apfelsaft.

Endlich schaffte ich es, einen Schluck zu trinken.

Ich erbrach ihn sofort wieder.

Anne machte es weg und blieb neben mir sitzen. Sie streichelte mir über den Kopf, summte eine vertraute Melodie.

Als sie mir das Glas das nächste Mal hinhielt, war es wieder Wasser. In winzigen Schlückchen, die wenigstens drinblieben, leerte ich ein halbes Glas.

„Jetzt ruh dich etwas aus. Ich bleibe hier", sagte sie.

Ich konnte sie schon besser verstehen. Meine Zimmertür schloss sich, der Lichtkegel verschwand.

Die Erschöpfung übermannte mich und riss mich in den nächsten traumlosen Schlaf.

Als ich die Augen wieder öffnete, war es noch immer dunkel.

Anne saß neben mir auf der Bettkante. Mir über den Rücken streichelnd, hielt sie mir direkt das Glas an den Mund. Dieses Mal ging das Trinken einfacher. Wenngleich ich mich nicht übergeben musste, krampfte mein Magen dennoch nach jedem Schluck.

Unter Annes seichtem Kopfstreicheln schlief ich wieder ein.

Beim nächsten Erwachen war es hell. Liebevoll sah Anne mich an und hielt mir als Erstes ein Glas Wasser entgegen.

Das dumpfe Dröhnen in meinen Ohren war verschwunden. Ich verstand sie klar, als sie sagte: „Guten

Morgen, Püppi. Trink das. Du bist total dehydriert, aber keine Sorge, wir päppeln dich schon wieder auf.“

Ich trank das Glas leer, dann schlief ich wieder ein.

Die sommerlichen Temperaturen heizten das Zimmer auf. Anne musste die Fenster öffnen, was mich aufweckte.

„Sorry. Möchtest du etwas essen?“

Ich schüttelte den Kopf.

Unermüdlich bot sie mir Wasser an. Ich trank es in vielen kleinen Schlucken. Als ich ihr das Glas wieder zurückgab, musste ich es sagen. Drei Worte, die mit einem Schmerz verbunden waren, den ich bislang noch nie empfinden musste.

„Er ist weg.“

Sie nickte und nahm mich in den Arm. Ich weinte, solange es mir mein Körper möglich machte.

Danach schlief ich wieder.

Drei Tage brauchte es, bis ich wieder normal trinken konnte und Anne zumindest so viel Nahrung in mich bekommen hatte, dass sie für einen Tag gehen und sich um ihren Sohn kümmern konnte.

Sie war ein Engel. Mit schwarzen Locken.

Die meiste Zeit hatte ich geschlafen. Ich wusste nicht, ob und wann sie in diesen drei Tagen geschlafen hatte, denn jedes Mal, wenn ich wach wurde, war sie es auch. Sie reichte mir Trinken, hörte mir zu, wenn ich einzelne Wörter dieses Abends zusammenhangslos ausspuckte, tröstete mich und versorgte mich mit Streicheleinheiten.

Mein Engel.

Da sie heute nicht da war, hatte sie vorsorglich zwei Flaschen Wasser, etwas Apfelsaft, Bananen und eine Tüte Brötchen besorgt.

Lustlos aß ich eine halbe Banane. Sie schmeckte scheußlich. Kaum hinuntergewürgt, spürte ich, wie sie wieder hochkam. Auf wackeligen Beinen wankte ich eilig zum Badezimmer, wo die Banane unehrenhaft in der Toilette landete.

Ich spülte und lehnte mich matt an den Rand der Badewanne. Das durfte alles nicht wahr sein. Warum zerbrach ich wegen eines Mannes derart? Bei Danje war es nicht ansatzweise so schlimm gewesen, obwohl wir zwei Jahre zusammen gewesen waren und er mir auch noch meine beste Freundin genommen hatte. Zugegeben, ich war kurzzeitig auf Abwege geraten, aber der Verlust von Lio nahm besorgniserregende Ausmaße an.

Wollte ich an dieser Trennung nicht zugrunde gehen oder mir meine Zukunft dadurch versauen, dass ich kaum noch lebensfähig war, musste ich mich in den Griff bekommen. Zumindest sollte ich dringend anfangen, daran zu arbeiten. Ich konnte nicht alles wegwerfen, was ich mir aufgebaut hatte, nur weil mich irgendein Mann verlassen hatte ... Aber Lio war nicht irgendein Mann. Der drückende Schmerz in meiner Mitte nahm zu.

Ich atmete tief durch, versuchte, ruhig zu bleiben, ließ die Tränen laufen, ohne ihnen nachzugeben und wieder ins Weinen zu verfallen.

Einatmen.

Ausatmen.

Schwerfällig erhob ich mich. Ich kam mir vor wie ein Nilpferd, dem man einen Betäubungspfeil in den Allerwertesten geschossen hatte. Schritt für Schritt schleppte ich mich vorwärts, gegen die bleierne Schwere ankämpfend, die mich wieder zu Boden reißen wollte. Ich blieb gerade, ich blieb aufrecht und ich ging, ohne mich festzuhalten.

Zurück in meinem Zimmer ließ ich mich erschöpft auf das Bett sinken. Dabei bemerkte ich etwas. Ich wollte es ignorieren, doch es ließ mir keine Ruhe. Mühsam richtete ich mich wieder auf und sah zum Nachttisch. Darauf lag, in roter Folie eingewickelt, ein kleines Schokoladenherz. Ich war mir sicher, dass es vor meinem Badezimmerbesuch noch nicht dagelegen hatte. Aber ich hatte niemanden am Badezimmer vorbeilaufen hören und konnte mir nicht vorstellen, dass meine Mitbewohner sich zu einer derartigen Geste hinreißen ließen. Wahrscheinlich war es mir bislang nur nicht aufgefallen.

Dennoch nahm ich es ohne zu zögern, packte es aus und aß es. Die zart schmelzende Süße breitete sich angenehm in meinem Mund aus. Es war die leckerste Schokolade, die ich je gegessen hatte. Auch mein Magen freute sich darüber und über alles, was ich mich danach zu essen traute, ebenso.

In kleinen Schritten ging es bergauf.

Am nächsten Tag kam Anne vorbei wie versprochen. Als ich ihr die Tür öffnete, leuchtete ihr Gesicht wie ein Glühwürmchen. „Hey, du siehst heute ja gar nicht mehr so furchtbar aus!" Freudig nahm sie mich in den Arm. „Aber den Babyspeck müssen wir wieder draufbekommen. Du bist viel zu dünn geworden." Sie zwickte mir schmerzlich zwischen die Rippen.

Als wir in meinem Zimmer saßen und ich ihr berichtet hatte, wie es mir ergangen war, überlegte ich immer wieder, ob ich sie nach dem Schokoladenherz fragen sollte. Allerdings gefiel mir der Gedanke, dass es *nicht* von Anne gekommen war. Darum behielt ich es für mich.

Mittlerweile konnte ich ihr etwas zusammenhängender von dem Abend mit Lio erzählen.

„Natürlich hast du Schwierigkeiten, ihm zu glauben und ihm zu vertrauen. Er kam aus dem Nichts, eure ganze Beziehung war plötzlich da, obwohl ihr euch nicht einmal kanntet. Bei euch ging alles so schnell, dass es kein Wunder ist, dass es Zweifel gibt."

„Also beim nächsten Mal langsamer angehen lassen", murmelte ich und fühlte gleich eine starke innere Rebellion.

Ich wollte kein nächstes Mal.

Ich wollte keinen neuen Mann.

„Oder vielleicht erst einmal mit der alten Beziehung abschließen", schlug Anne vor.

Sofort liefen die Tränen über meine Wangen.

„Hey." Sie legte ihre Hand auf mein Bein. „Ganz ruhig, ich meinte die andere Beziehung."

„Zu Danje?", schniefte ich.

Sie nickte. „Es macht keinen Sinn, sich in etwas Neues zu begeben, wenn die Dämonen der Vergangenheit noch nicht besiegt sind."

„Ist Lio auch ...?"

„Nein, Püppi, nein, nein, nein. Er ist noch kein Dämon der Vergangenheit. Er ist die Gegenwart. Gib dem Ganzen Zeit."

Sie blieb, bis sie Tommy abholen musste. Wenn Anne da war, ging es mir fast gut. Zumindest konnte ich aufrecht sitzen, trinken und halbwegs essen.

Doch jetzt kam der Abend und mit ihm wieder der Schmerz. Ich spürte, wie er mich aufzufressen begann, und da ich Anne ihre Ruhe nicht nehmen wollte, biss ich in den sauren Apfel und rief meine Eltern an.

„Hallo Emmchen, das ist aber eine schöne Überraschung. Wir haben uns schon Sorgen gemacht, weil wir so lange nichts von dir gehört haben, oder Vaddi?", schallte es von Mum, als sie abgenommen hatte.

Anrufererkennung war vielleicht nicht die beste Erfindung gewesen.

Bevor ich antworten konnte, sprach sie weiter. „Und dann um diese Uhrzeit." Es war neun Uhr. „Was ist los?"

Eigentlich wollte ich etwas plauschen, mich ablenken. Seit meinem Auszug war unser Verhältnis recht oberflächlich geworden. Einzig von der Trennung von Danje hatte ich ihnen erzählt, weil sie es ohnehin über den Buschfunk erfahren hätten.

Ich wollte mit lieben Menschen sprechen und liebe Worte hören. Sogar mahnende Worte von Mum, weil ich sie in diesen Semesterferien doch nicht besucht hatte, wären mir recht gewesen. Alles, was mich dazu brachte, etwas anderes als Trauer und Leere zu empfinden.

Doch dann platzte es einfach aus mir heraus. Alles.

Über eine halbe Stunde hörten meine Eltern zu, wie ich ihnen unter Tränen und mit permanent überschlagender Stimme alles vom letzten halben Jahr erzählte. Die Wahrheit über die Trennung, meine WG-Folter, mein Barleben und Lio, wie er mein Leben verändert und bereichert hatte und wie wir dann am glücklichsten Punkt abstürzten und regelrecht am Boden zerschellten. Zumindest hatte ich mich so gefühlt.

Nachdem ich geendet hatte, blieb es eine Weile ruhig in der Leitung. Ich putzte mir ausgiebig die Nase und fragte mich, ob es ein Fehler gewesen war, meine Eltern einzuweihen, noch dazu in dieser Ausführlichkeit.

„Weißt du, Spätzchen", meldete sich Mum zu Wort. „Das mit Saskia und Danje habe ich nie verstanden. Von keiner Seite."

Was meinte sie damit?

„Warum redet ihr nicht einfach mal miteinander? Ich bin sicher, dass viel aus der Welt geschafft werden kann."

Innerlich seufzte ich. Wie immer verstand sie mich nicht. Es hatte seinen Grund, dass unser Kontakt nur oberflächlich war. Sie war eben meine Mutter, nicht meine Freundin.

„Weil sie mir aus dem Weg gehen, Mum. *Sie* wollen nichts mit *mir* zu tun haben, als sei ich der Übeltäter."

„Spätzchen, ich kenne Saskia fast genau so lange wie dich. Und ich bin mir sicher, dass sie dich nicht einfach für einen Mann aufgibt, den sie dir auch noch geklaut hat. Wenn du mich fragst, klingt es nicht danach, dass sie dich bestrafen wollen, sondern eher danach, dass sie sich schämen, was sie, wenn du mich fragst, mit gutem Recht tun."

Bei dem letzten Satz glaubte ich sogar Ärger in ihrer Stimme zu erkennen. Bei der Frau wie Mum, die vom Grundsatz her allen Menschen wohlgesonnen war, kam das äußerst selten vor.

„Aber sie hätten auch zu mir kommen und mit mir reden können."

„Erwarte keine Größe von Menschen, die dich hintergangen haben", kommentierte Dad.

Ich musste zugeben, dass das sehr einleuchtend klang. „Ähm, danke ihr beiden. Das hat mir wirklich geholfen."

„Gerne Spätzchen. Und hast du wieder Pläne, die Uni zu wechseln?"

„Nein", gab ich zurück, obwohl ich noch nicht darüber nachdenken wollte, wie ich das nächste Semester überleben sollte, das in wenigen Wochen begann. „Ich zieh das hier durch. Lio und ich haben unterschiedliche Studiengänge und sollten uns nicht zu oft in die Quere kommen, wenn ich das Tutorium für Mathe II – lineare Algebra – nicht übernehme." Ich verschwieg, dass wir uns bereits vor unserer Beziehung ständig über den Weg gelaufen waren. Sogleich packte mich das Unbehagen. Was, wenn ich ihn in der Uni mit einer anderen Frau sah? Damit war klar, dass ich dieses Semester nicht mehr nur die WG, sondern auch die Uni meiden musste, so oft es möglich war.

„Macht euch keine Sorgen", schob ich hinterher.

„Ach, Liebes, wir machen uns immer Sorgen", sagte Mum.

„Aber was die Jungs- und Uniprobleme angeht, fürchte ich, dass du ganz normal bist, Emma."

Diese Aussage kam, ob man es glaubte oder nicht, von meinem Dad.

„Wenn du wüsstest, was deine Mutter und ich alles durchgemacht haben, bevor wir einander gefunden haben … Da könnte man ganze Bücher mit füllen." Er schwieg. „Bücher …", brummelte er.

Oh, oh. Ich würde wetten, Mum und ich waren gerade Zeugen geworden, wie eine Romanidee geboren war.

„Das mit Lio setzt mir ziemlich zu", sagte ich zur Ablenkung.

„Natürlich, Spätzchen. Richtige Liebe tut richtig weh. Darum war es nach Danje auch nicht so schwer für dich. Das war doch keine Beziehung mit dir und diesem emotionslosen Klotz."

„Mum!", rief ich, musste aber dennoch lachen, weil sie so etwas noch nie geäußert hatte.

„Linda!", rief Dad ebenso entsetzt.

„Was denn? Sie sind nicht mehr zusammen, da darf ich das doch wohl sagen? Es hat mir nie gefallen, wie lieblos er zu unserer Emma war. Und dir auch nicht, Günther, gib es zu."

In dieser Nacht konnte ich zum ersten Mal wieder halbwegs gut schlafen. Das Gespräch mit meinen Eltern war wie eine zarte Schutzschicht über meiner offenen Wunde.

Auch die folgenden Tage hielt der kleine Aufwärtstrend an, bis ich so weit war, dass ich ins Leben zurückkehrte und auch meinen Laptop wieder einschaltete.

Ich hatte eine Nachricht von Alouis erhalten. Betreff: *Jobangebot.*

Extrem nervös kam ich zwei Tage später an die Uni. Wie immer in der vorlesungsfreien Zeit war es sehr ruhig. Die Gebäude und Flure waren seltsam menschenleer. Die Hauptaktivität spielte sich lernend in der Bib ab, die ich in jedem Fall meiden würde, egal, was mir mein Prof für einen Job anbieten wollte.

Er hatte sich in seiner Mail mit Informationen sehr bedeckt gehalten, wollte gerne persönlich mit mir sprechen. Wobei ich mir nicht vorstellen konnte, was nicht über Nachrichten geklärt werden konnte.

Erst jetzt, wo ich wieder hier war, dämmerte mir, dass es bei dem Gespräch vielleicht gar nicht um das Jobangebot, sondern um mein unprofessionelles Verhalten vor meinem letzten Tutorium gehen könnte.

Der Kuss mit Lio zu einer Zeit, in der ich ihn noch hatte. Der Schmerz dieser Erinnerung zog tief in meine Seele, ließ meine Beine schwächer werden. Das war der Moment, in dem ich es bereute, Anne so leichtfertig abgewimmelt zu haben, als sie mir angeboten hatte, mitzukommen. Ich hatte mich fit gefühlt. Stark und bereit, rauszugehen. Nun schwante mir, dass sie richtig gelegen hatte. Ich war noch lange nicht so weit.

Umzudrehen war dennoch keine Option, also versuchte ich, alle Gedanken beiseite zu drängen. Meine Schritte wurden so schwerfällig, als sei der Boden aus Schlick.

„Ah, hallo, Emma. Schön, dich zu sehen", begrüßte A-louis mich fröhlich, als ich zaghaft sein Büro betrat, und wies auf den kleinen Stuhl vor seinem ausladenden Schreibtisch.

„Ich komme gleich zur Sache."

Okay, das war konkret gewesen. An seiner Stelle hätte ich mich auch herbestellt. Ich trat aus seinem Büro und atmete tief durch. Das musste ich erst einmal verarbeiten. Auf dem Weg zurück durch die Uni dachte ich über das nach, was Alouis mir alles erzählt hatte.

Es handelte sich nicht einfach um ein Jobangebot. Im Grunde war es ein Plan für die nächsten sechs Jahre plus. Er hatte Wort gehalten und mir zum einen eine Stelle in seiner Forschergruppe angeboten. Weiterhin das Mathetutorium zu geben, konnte ich mir ohnehin nicht vorstellen, auch wenn ich bezweifelte, dass Lio freiwillig in meines kommen würde.

Zusammen mit seinem Team hatte er ein neues Projekt auf die Beine gestellt, für das bereits Gelder genehmigt wurden. Damit war für viele seiner Angestellten eine längerfristige Beschäftigung sowie eine Promotion gesichert. Für mich sah er diesen Weg ebenfalls vor. Er hatte sich bereits Gedanken über ein geeignetes Thema gemacht, das ich in Bachelor-, Master- und Doktorarbeit behandeln könnte.

Es klang enorm spannend, kollidierte nur leider mit meinen bisherigen Berufsplänen.

Unentwegt grübelte ich, ob dieser neue Weg etwas für mich wäre. Dabei konnte ich nicht verhindern, an Lio zu denken, der mich entweder als Einziger wirklich gesehen hatte oder als Einziger ehrlich gewesen war, als er sagte, dass meine aktuelle Zukunftsplanung nicht zu mir passte.

Lio. Ich vermisste ihn so sehr.

Dieser Besuch hatte mich alle Kraftreserven gekostet, die ich mir die vergangenen Tage mühsam aufgebaut hatte. Deswegen legte ich einen Schritt zu, um schnell wieder nach Hause zu kommen.

Ich war so in meine Gedanken versunken, dass ich nicht bemerkte, dass mir jemand folgte. Nichtsahnend ging ich zur Bushaltestelle, als ich von hinten gepackt und zur Seite gezogen wurde.

Es war Sintja.

Mein Herz tobte, als ich sie ansah. Diese Ähnlichkeit mit ihrem Bruder ... Mal abgesehen von ihrem Gesichtsausdruck, denn der sah aus, als würde sie mich am liebsten zusammenschlagen.

„Na, findest du dich jetzt gut?", polterte sie los.

Ich runzelte die Stirn.

„Wow, du hast Lio Zoller den Laufpass gegeben. Wer kann das schon von sich behaupten? Jetzt werden dich bestimmt alle toll finden. Endlich ist dein Ruf wieder geradegerückt, nachdem du mit deinem halben Jahrgang und deinem Prof rumgemacht hast und dich niemand wollte."

Ich wollte etwas sagen, doch sie ließ mich nicht.

„Na ja, das mit dem Prof hatte schon seinen Nutzen. Wie ich gehört habe, arbeitest du für ihn."

Ihre Worte schmerzten mich enorm. Um nicht vor ihr zu weinen, biss ich mir von innen fest auf die Lippe. Sintja war es nicht wert.

„Sag, was umfasst dein Job bei dem Dozenten eigentlich so? Arbeit auf und unter dem Schreibtisch?"

Jetzt wurde sie hässlich.

„Lass mich in Ruhe!", rief ich und konnte die Tränen nicht mehr zurückhalten.

Doch Sintja dachte überhaupt nicht daran. Sie schob mich noch weiter von den Wartenden weg. Ich hatte keine Kraft, mich zu wehren, und hätte Anne gerade dringender denn je gebraucht.

Sie kam näher und senkte die Stimme. „Weißt du eigentlich, warum Lios letzte Beziehung kaputt gegangen ist?"

Ich schüttelte den Kopf, während ich mir über die Wangen wischte.

„Natürlich nicht. Habt ihr auch mal über jemanden anders als dich geredet?" Sie presste die Lippen aufeinander. „Sie war drei Jahre älter. Er wollte es nicht sehen, aber er war nichts anderes als ihr *Toyboy*, dessen sie sich entledigt hat, als er ihr zu langweilig wurde."

Ich schluckte. Es hatte einen Grund, dass ich ihn nicht nach vorherigen Beziehungen gefragt hatte. Ich war davon ausgegangen, dass er alle bisherigen Freundinnen abserviert hatte und wollte gar nicht wissen, warum sie ihm nicht mehr genügten. Nie hatte ich in Betracht gezogen, dass auch er verletzt worden war. „Wie ..." Ich räusperte mich. „Wie ist er damit umgegangen?" Eine lahmere Frage war mir nicht eingefallen.

Sie zuckte mit den Schultern. „Wie wohl? Ging ihm scheiße. Glaub nicht, dass er sich danach eingebuddelt hätte. Mein Bruder ist kein Kind von Traurigkeit. Aber diese *casual*-Geschichten sind eigentlich nichts für ihn. Lio ist jemand, der sein Herz verschenkt und leidenschaftlich liebt. Mein Bruder ist nichts für eine schnelle Nummer." Sie sah wieder zu mir, der Blick kühl. „Warum auch immer er sich für dich entschieden hat."

Diese Aussage bestätigte meine schlimmsten Befürchtungen. Also fragte sich wirklich jeder, was er ausgerechnet mit mir wollte. „Ja", sagte ich matt. „Das ist es eben, was ich nie verstanden habe ..."

„Ich meine nicht, weil du ein Geek bist“, fuhr sie mir gleich über den Mund. „Sondern, weil du ihm nicht guttust.“

Perplex schwieg ich.

„Du bist so mit dir selbst und deinem kleinen gebrochenen Herzen beschäftigt, dass es dir ganz egal ist, was du auf meinen Bruderablädst und dass du ihn wie Dreck behandelst. Alle müssen auf dich Rücksicht nehmen, aber du nimmst auf niemanden Rücksicht.“ Wütend funkelte sie mich aus ihren türkisenen Augen an, die ebenso schön klar waren wie die ihres Bruders. „Du bist noch schlimmer als seine Ex. Bei der war es wenigstens offensichtlich, dass sie kein echtes Interesse an ihm hatte – zumindest für alle außer Lio. Du dagegen wirkst so lieb und unschuldig mit deinen riesigen Augen, deiner noch größeren Brille, den wuseligen Haaren und deiner Vorliebe für übergroße Kuschelpullis, bist aber in Wirklichkeit ein kaltherziges, ichbezogenes Stück.“ Sie hatte sich in Rage geredet und hielt kurz inne, um sich zu wieder einzufangen. Ruhig sprach sie weiter. „Eigentlich würde ich dich am liebsten noch mehr zur Schnecke machen, aber weißt du …“, sie musterte mich herablassend, „du zu sein ist schon Strafe genug.“

Damit drehte sie sich schwungvoll um und ging.

Ihre Worte surrten in meinem Kopf, brannten geradezu in meinen Ohren.

Ich hatte es vermasselt.

Der Bus brachte mich nach Hause.

Ich wusste nicht, wie ich es von der Haltestelle in die Wohnung und aufs Bett geschafft hatte.

Unentwegt kreisten meine Gedanken um Sintjas Worte. Alouis, der Hiwi-Job und meine Zukunftsplanung waren längst vergessen.

Hatte sie recht? War es immer um mich gegangen? Zweifellos hatte Lio mit mir einiges einstecken müssen. Ich war launenhaft, unsicher, zickig und verschlossen. Er hingegen war offen und bedingungslos liebevoll und leidenschaftlich, wie Sintja es gesagt hatte. Und dann ging ich hin und unterstellte ihm, *er* meine es nicht ernst, wo er viel mehr Grund gehabt hätte, das von mir zu denken?

Warum war ich so?

Warum hatte ich ihn nie ganz an mich rangelassen?

Weil ich überzeugt war, nicht gut genug für ihn zu sein.

Aber lag es wirklich an mir, das zu entscheiden?

Irgendwann inmitten derlei und ähnlichen Grübeleien schlief ich ein.

Die Wochen, bevor die Vorlesungen wieder begannen, kam Anne, so oft es ging, vorbei – moralischer Support. Erstaunlicherweise tolerierten meine Mitbewohner das nicht nur, sie verkniffen es sich ihrerseits Besuch einzuladen. Es war unwahrscheinlich, aber vielleicht nahmen sie Rücksicht.

Zu dem Zwischenfall mit Sintja hatte Anne nichts gesagt, doch ich sah, wie sich vor ihrem geistigen Auge gewaltverherrlichende Szenen abspielten. Lios Schwester zu vermöbeln (und ich war sicher, dass ihr so etwas vorschwebte) brachte uns allerdings nicht weiter. So schmerzhaft Sins Worte gewesen waren, waren sie dennoch aufschlussreich. Allein von Lios Art zu Lieben zu hören, war wertvoll. Warum hatte sie mir das jetzt erst gesagt? Zudem war mir bislang nie in den Sinn gekommen, wie egozentrisch ich wegen meiner Vorgeschichte war. Ich hielt mein Verhalten zwar für gerechtfertigt, hatte Lio aber nie nach seinen Verlusten gefragt.

Warum heilte es nicht, mein *kleines, gebrochenes Herz*? Ich wollte nicht mehr so sein, wie Sintja mich beschrieben hatte.

„Kam die Sache mit Lio zu schnell?", fragte ich Anne nachdenklich.

„Wenn man verliebt ist, ist man eben verliebt. Ich würde behaupten, diese Gefühle interessiert es nicht einen ranzigen Besen, ob du noch alte Angelegenheiten zu klären hast oder nicht."

Ich sah meine verrückte Freundin ratlos an. „Was heißt das?"

„Dass deine Verliebtheit trotzdem da gewesen wäre."

„Stimmt. Ich hätte mal meinen Allerwertesten hochbekommen und meine Angelegenheiten klären sollen."

„Wann denn? War doch sofort Lio da."

„Du verwirrst mich!"

Annes herzliches Lachen erfüllte den Raum. „Also noch mal zum Mitschreiben. Lio wäre sowieso gekommen. Und du hättest dich in jedem Fall in ihn verknallt. Und deine Angelegenheiten hättest du auch selbst dann nicht geregelt, wenn er nicht gekommen wäre. Stimmt's?"

Vermutlich. Solange wir uns hier irgendwie arrangiert hätten, hätte ich mir keine neue Wohnung gesucht. Den Saskia-Zwischenfall, der unser Beziehungsende in Gang gesetzt hatte, hätte es demzufolge ein Jahr später genauso geben können. „Aber wenn du mich nicht durch die Bars geschleift hättest, hätte ich mich nie zur Lachnummer des Jahrgangs gemacht, hätte nie den Hiwi-Job bei Alouis bekommen und wäre Lio vielleicht nie begegnet. Also deine Schuld", konterte ich. Ha! Ich hätte Jura studieren sollen. Schien mir zu liegen.

Anne blieb unbeeindruckt. „Herr Dinknagel hat dir den Job unabhängig von deinen Eskapaden aufgrund deiner Leistungen angeboten. Es war umgekehrt, dass du ihn beinahe nicht bekommen hättest, weil ich dich durch die Bars geschleift habe."

„Also wäre es auf jeden Fall so gekommen", schloss ich.

Kapitel 17

Emma

Die Beziehung zwischen Lio und mir war von Anfang an zum Scheitern verurteilt gewesen.

Als Anne gegangen war, ließ ich mich rücklings auf mein Bett fallen. Nun war es meine Aufgabe, einzusehen, dass vorbei war. Es war ... vorbei.

Verzweiflung, Wut und Trauer türmten sich auf und drohten über mir einzustürzen. Ruckartig setzte ich mich auf. Nein, das würde ich nicht wieder geschehen lassen, schweigend akzeptieren. Ich musste nach vorne schauen. Ich würde genauso vorgehen wie bei der letzten Trennung: So tun, als hätte es Lio nie in meinem Leben gegeben und mich auf das konzentrieren, was vor mir lag. Mein Studium, meine Zukunft.

Obwohl sich alles in mir dagegen sträubte, zwang ich mich, aufzustehen und mich an den Laptop zu setzen. Eisern hielt ich meinen Kopf frei von Gedanken und mein Herz frei von Gefühlen, während ich eine E-Mail an Alouis verfasste. Ich schrieb ihm, dass ich die Hiwi-Stelle in der Forschergruppe gerne annahm. Zudem, dass ich mir als ersten Schritt in eine akademische Karriere ein Thema aus seinem Forschungsgebiet für meine Bachelorarbeit vorstellen könnte. In dem Zusammenhang fragte ich ihn, ob ich mein Praktikum gegebenenfalls auch bei ihm absolvieren könnte oder ob er es im Sinne der Praxisnähe für sinnvoller erachtete, hierfür in einem Unternehmen zu arbeiten.

Ich musste zugeben, je länger Alouis' Vorschlag in meinem Kopf umherschwirrte, desto mehr gefiel mir die Idee. Viele seiner Doktoranden kannte ich bereits. Sie waren freundlich, aufgeschlossen und unterstützten sich gegenseitig. Ich konnte mir gut vorstellen, Teil dieses Teams zu sein.

In diesem Augenblick vernahm ich auf dem Flur leise Stimmen. Saskia und Danje waren zurückgekommen. Es war albern, dass sie immer flüsterten. Ich hörte sie ohnehin, ganz gleich, wo sie sich aufhielten. In diesem Fall holten sie sich in der Küche etwas zu essen und gingen dann in Danjes Zimmer.

Kopfschüttelnd klickte ich auf *Senden*.

Es war dringend an der Zeit, sich in dieser Wohnung normal zu verhalten, in regulärer Lautstärke zu sprechen oder Besuch einzuladen.

Oder es war an der Zeit, auszuziehen. Kurz vor Beginn des Wintersemesters wären bestimmt einige Wohnungen verfügbar. Der Gedanke an eine WG machte mir keine Angst mehr. Schlimmer als ein Wohnarrangement mit seinen ehemaligen besten Freunden, die man tunlichst zu meiden versuchte, konnte kein WG-Leben sein. Im Gegenteil, es würde mich eher bereichern. Vielleicht fand ich eine Freundin oder Leidensgenossin.

Beinahe fröhlich öffnete ich eine neue Suchanfrage bei *WG gesucht*, als ich ins Stocken geriet.

Was hatte meine Mum vor ein paar Tagen am Telefon gesagt? Danje war immer schon lieblos zu mir gewesen und auch meinem Dad war es aufgefallen?

Die Erkenntnis traf mich wie ein Blitz.

Mit einem Satz sprang ich vom Schreibtischstuhl vor mein Bücherregal und zerrte die Schachtel mit den gesammelten *Vaddicle*-Ausgaben heraus. Sorgfältig ging ich jedes Exemplar durch, betrachtete Bilder und las alle Artikel, in denen wir drei Erwähnung gefunden hatten.

Es war unverkennbar. Die Art und Weise, wie sie auf den Fotos ihre Körper zueinander gewandt oder absichtlich voneinander abgewandt hatten, sprach Bände.

In den Texten hatte mein Dad für sie Worte verwendet, wie *zwei aus einem Guss* oder *einer wie der andere*. In dem *Vaddicle*, der Danje als meinen ersten festen Freund vorstellte (ja, es war megapeinlich), schrieb er *die beiden wichtigsten Freunde in Emmas Leben verstehen sich wortlos*.

Bedeutete es das, was ich dachte?

Ehe ich begriff, was ich tat, stand ich auf, die Zeitung in der Hand. Zum ersten Mal seit Monaten ging ich zwei Zimmertüren weiter und klopfte behutsam.

Zunächst geschah nichts.

„Ja?", hörte ich Danjes Stimme dumpf.

Vorsichtig öffnete ich die Tür und steckte den Kopf hinein. Danje, von der Statur her breitschultrig und bärig, saß in der Ecke seines Sofas, Saskia mit ihrer Elfengestalt kerzengerade daneben. Die zerzauste Seite ihrer langen blonden Haare ließ vermuten, dass sie bis gerade auf seiner Brust gelegen hatte.

„Kann ich kurz mit euch reden?"

Die beiden tauschten einen Blick.

„Klar, komm rein", sagte Danje schließlich und richtete sich aus seiner Lümmelposition auf. Saskia saß weiterhin da, starr und aufrecht wie ein Erdmännchen.

Es sollte mir unangenehmer sein, dieses Gespräch zu führen, doch das war es nicht. Etwas bestärkte mich.

„Den habe ich gerade wiedergefunden." Ich hielt die Ausgabe des *Vaddicle* hoch. Liebevoll betrachtete ich das Bild, ehe ich aussprach, was mich selbst überraschte. „Ich glaube, ihr habt schon damals zusammengehört."

Die beiden sahen aus, als seien die Hunnen gerade in diesem Zimmer eingefallen. Völlig regungslos saßen sie da. Entweder standen sie unter Schock oder sie wollten plötzliche Bewegungen vermeiden, weil sie fürchteten, ich könnte endgültig den Verstand verloren haben.

Lächelnd legte ich die Zeitung zur Seite. „Ihr sollt wissen, dass es für mich in Ordnung ist. Dass ihr zusammen seid, meine ich. Und ich habe euch verziehen."

Die einzige erkennbare Regung der beiden bestand in Saskias geballten Händen.

Ich ließ mich davon nicht irritieren. Ich wollte die Wärme, die nach Wochen zum ersten Mal wieder in mir loderte, nicht aus falschem Stolz verleugnen. Darum betrachtete ich statt ihrer die Ärmel meines Pullis, aus denen nur noch die Fingerkuppen schauten.

„An diesem Abend habe ich zwei Freunde verloren. Wochenlang, monatelang war ich damit beschäftigt, wütend auf euch zu sein. Das war anstrengend und zermürbend und hat mir den Schmerz nicht genommen. Im Gegenteil. Zu dem Verlust kam der Groll. Und ganz ehrlich, das ist es nicht wert."

Ich strich mir eine Strähne hinters Ohr. Mittlerweile waren sie lang genug, dass sie sich nicht mehr so häufig lösten. „Wenn man liebt, dann liebt man. Ich bin gekommen, um zu sagen, dass ich es vorher nicht verstanden habe. Aber jetzt verstehe ich es. Jetzt, wo ...“ Ich schluckte. „Wo ich selbst erfahren habe, was man für einen Menschen empfinden kann, was die Liebe mit einem macht, was sie einem schenkt, was sie einem nimmt und was man für sie bereit ist, aufzugeben.“ Eine Träne löste sich. Hastig wischte ich sie weg. Ich war nicht hier, um Mitleid zu erregen. „Und ich bin hier, weil ...“ Erst jetzt sah ich wieder auf und bemerkte erschrocken, dass zahllose Tränen über Saskias Gesicht liefen. „Weil ich eure Geschichte hören möchte.“

Saskia schniefte, Danje streichelte ihren Rücken.

„Darf ich ... Darf ich zu dir kommen, Em?“, fragte sie zurückhaltend.

Ich nickte.

Langsam stand sie auf. Einen Moment sahen wir uns schweigend an, dann brach es aus ihr heraus. Mit einem Satz sprang sie über den kleinen Couchtisch und nahm mich so überschwänglich in den Arm, dass wir rückwärts gegen die Tür taumelten.

In unseren Armen liegend weinten wir einfach nur.

„Es tut mir so leid, Em“, schluchzte sie immer wieder. „Ich wollte dir nie wehtun.“

„Ich weiß“, flüsterte ich.

Ich fühlte eine weitere Hand auf meinem Rücken. Danje war zu uns gekommen und nahm uns beide in den Arm.

„Mir tut es auch leid, Ems.“

Ich sah in seine dunkelbraunen Augen. Er meinte es aufrichtig.

„Ich war das größte Arschloch der Welt." Nun schniefte auch er.

„Das waren wir beide", sagte Saskia.

Obwohl ich keine Entschuldigung von ihnen erwartet hatte, tat es unendlich gut, diese Worte zu hören. Nach so langer Zeit.

Wir hielten uns eine Weile im Arm. Dann setzten wir uns auf den Boden. Danje wollte Saskias Hand nehmen, doch sie zog sie zurück.

„Es ist okay, wirklich", sagte ich zu ihr. „Ihr seid zusammen und seid es nicht weniger, wenn ihr es vor mir verbergt." Aufmunternd lächelte ich sie an.

Zögernd nahm sie seine Hand und verschränkte ihre Finger mit seinen.

Zugegeben, es war etwas eigenartig, diese Geste bei ihnen zu sehen – eine Geste, die mir damals verwehrt geblieben war – aber es war endlich echt und ich wusste, dass ich mich daran gewöhnen würde.

„Wann habt ihr euch verliebt? Wann wusstet ihr es und wann habt ihr den Gefühlen nachgegeben?"

Saskia holte tief Luft und Danje drückte ihr aufmunternd die Hand. „Im Grunde waren wir es schon immer", erzählte sie. Für beide war es Liebe auf den ersten Blick. Das Schicksal meinte es jedoch nicht gut mit ihnen, denn als sie sich am ersten Schultag nach den Ferien kennenlernten, war ich bereits mit Danje zusammen. Um mich zu schützen, versuchten sie, ihre Gefühle zu verleugnen, zu überspielen und zu unterdrücken. Sie verzichteten lange darauf, ihrer Liebe nachzugehen, ertrugen die Gegenwart des anderen und quälten sich mit den falschen Verhältnissen. In der WG stritten sie unentwegt, gaben ihren unausgelebten Gefühlen ein Ventil. Doch Partys und Alkohol sorgten dafür, dass sich alle guten Absichten verflüchtigten.

Die Schuldgefühle nagten schwer an ihnen. Danje war inzwischen bereit, die Beziehung zu mir zu beenden. Saskia jedoch befand sich in der Zwickmühle. Die Angst vor diesem Schritt war zu groß, dennoch konnte sie nicht mehr ohne Danje.

Selbst ich hatte zu dem Zeitpunkt bemerkt, dass etwas nicht stimmte. Unter anderem weil Danje aufgehört hatte, bei und mit mir zu schlafen. Er war Saskia vom ersten Augenblick an treu gewesen. Allerdings war ich zu beschäftigt mit meinem Studium, um ein Problem zu erkennen. Wäre ich weniger selbstbezogen gewesen und hätte mit meinem damaligen Freund geredet, wäre es mit Sicherheit nicht so dramatisch gekommen. Wir hätten eine ehrlichere Lösung finden können.

Damit stellte ich überrascht fest, dass Sintja mit ihrer Einschätzung nicht völlig danebengelegen hatte.

Die Anfangszeit der beiden war dennoch hart gewesen. Gerade Saskia hatte mit einem derart schlechten Gewissen zu kämpfen, dass sie Danje ähnlich von sich wegstieß wie ich Lio. Es hätte sie beinahe ihre Beziehung gekostet. Einzig Geduld, ihre langjährige Liebe füreinander und dass sie sich selbst verziehen, rettete sie.

„Ich hätte damals ausziehen sollen, oder?", grübelte ich.

„Wer weiß", sagte Danje. „Hätte, wäre, wenn. Zu spekulieren bringt niemandem etwas."

„Habt ihr den Studiengang wegen mir gewechselt?“

„Nein.“ Saskia nahm meine Hand. „Es war vielmehr so, dass wir dir zuliebe das Mathestudium angefangen haben. Deswegen, und weil wir keine Ahnung hatten. Aber je mehr wir von Finanzmathematik mitbekommen haben, umso mehr haben wir gemerkt, dass es besser zu uns passt.“

„Ja. Im Grunde ist es dem Mathestudium ähnlich, ist nur Firmen- und damit praxisorientierter“, ergänzte Danje. Die Augen der beiden leuchteten.

„Eigentlich passt es auch besser zu deinen Plänen. Wie wäre es, wenn du auch wechseln würdest?“ Saskia strahlte mich an.

Vor einigen Wochen noch hätte ich ernsthaft darüber nachgedacht. Aber das war vor Alouis’ Angebot, bevor ich Tutorin war und vor Lio. Jetzt gefiel mir die Aussicht zu Forschen und zu Lehren und die Gestaltung meiner eigenen Zukunft. „Ich habe einen anderen Weg für mich gefunden.“

Saskia nickte, dann wurde ihr Gesichtsausdruck besorgt. „Dass es mit Lio nicht geklappt hat, tut mir so leid. Ich habe mich wirklich für dich gefreut.“

Ich presste die Lippen zusammen, als sie dieses Thema ansprach. Aber was erwartete ich? Sie kannte mich lange genug, um zu wissen, was in mir vorging.

„Versteh mich nicht falsch. Ich habe mich nicht gefreut, weil ich dann ein weniger schlechtes Gewissen haben musste, dir deinen Freund ausgespannt zu haben ...“

„Moment, da gehören immer noch zwei zu. Ich bin genauso daran schuld“, warf Danje sofort ein. „Sogar mehr.“

„Sondern auch, weil du mit ihm so aufgeblüht bist. Wir sind seit der Krabbelgruppe befreundet und habe dich noch nie so glücklich gesehen." Sie schenkte mir ein warmes Lächeln.

„He!", warf Danje empört ein. „Was ist mit mir?"

Unschuldig sah Saskia ihn an. „Sorry Schatz. Ich habe nichts hinzuzufügen."

„Ich auch nicht", sagte ich bedauernd.

Ein wenig schmollte er, zwinkerte seiner Freundin aber lächelnd zu, als sie ihm versöhnlich über das Bein strich.

Sie wandte sich mir zu. Das Lächeln war aus ihrem Gesicht verschwunden. „Es war unerträglich anzusehen, wie schlecht es dir ging."

Kein Ton kam heraus. Was mir blieb, war ein stummes Nicken.

„Ich wollte dir helfen, für dich da sein." Saskia nahm wieder meine Hand. „Aber weil ich nicht wusste, ob du das möchtest, habe ich zuerst Anne Bescheid gesagt."

„Hast du?" Das hatte meine liebe Freundin Anne nicht erwähnt. Merkwürdig.

Saskia lächelte bedauernd. „Wir haben von ihr ein absolutes Verbot bekommen, uns in der Trennungszeit um dich zu kümmern."

„Und mein Schatz wollte wirklich", schaltete sich Danje wieder ein und zeigte auf seine Freundin. „Sie war total zappelig, stand immer an der Tür und hat gelauscht. Auch nachts ist sie bei jedem Geräusch hochgeschreckt. Das war aber auch übel mit dir." Mitleidig sah er mich an.

Ich schüttelte die Erinnerung von mir ab. „Und warum durftet ihr nicht?"

Saskia lächelte ein wenig bitter. „Anne meinte, dass es dich noch mehr aufwühlen würde."

„Ach, das ist doch …" Ich wollte abwinken, brach jedoch ab. Vermutlich stimmte es. Dabei fiel mir etwas ein. Ein wenig fürchtete ich mich vor dieser Frage oder vielmehr vor deren Antwort, aber ich hoffte. „Kam das Schokoladenherz zufällig von dir?"

Ihr zartgeschwungener Mund lächelte. Wortlos stand sie auf und holte eine Packung Schokoladenherzen aus dem Schreibtisch. Eines fehlte. „Ich wollte dir eigentlich jeden Tag eins hinlegen, dir zeigen, dass immer jemand an dich denkt und dich lieb hat. Leider gab es keine Gelegenheiten mehr." Damit gab sie mir die Packung. „Sie sind für dich."

„Um mir zu sagen, dass du mich lieb hast?", vergewisserte ich mich vorsichtig.

„Egal, was kommt und egal wie du das siehst, wirst du für mich immer meine beste Freundin bleiben, Em."

„Danke", flüsterte ich trotz Kloß im Hals und betrachtete gerührt die Schokoherzen. „Ich habe dich auch lieb."

„Und ich habe dich auch lieb", erklärte Danje so feierlich, dass Saskia und ich lachen mussten. „Ems, lass mich auch noch ein paar Worte sagen. Auch wenn du schon alles weißt." Er räusperte sich. „Ich dachte wirklich, ich würde dich lieben, aber …" Unbeholfen zuckte er mit den Schultern.

Bevor er weitersprechen konnte, tätschelte ich ihm den Arm. „Schon gut. Ich weiß genau, was du meinst."

„Es war nie meine Absicht, dich zu verletzen."

Ich nickte.

„Aber lieb habe ich dich trotzdem. Auch wenn du mich für einen verlogenen Drecksack hältst, was ich verstehen kann.“

Mein Schmunzeln entspannte mein Gesicht. „Tue ich nicht. Zumindest nicht mehr.“

„Liebst du ihn?“, fragte Saskia unvermittelt. „Lio meine ich.“

„Langsam, Schatz“, ermahnte Danje sie.

Obwohl ich nie ernsthaft darüber nachgedacht hatte, war die Antwort so leicht, als wäre sie schon immer da gewesen. „Ja“, antwortete ich. „Ich liebe ihn.“ Es schmeckte bittersüß.

„Das ist schön … und schade zugleich“, fasste meine Freundin zusammen.

War sie überhaupt noch – oder wieder – meine Freundin?

„Es ist besser geliebt und verloren zu haben, als niemals geliebt zu haben“, erklärte Danje altklug. „Zitat von … Wer war das noch gleich?“ Er kratzte sich am Kopf.

„Samuel Butler, glaube ich“, antwortete Saskia.

„Glaube ich auch.“ Ich hielt inne und dachte nach. „Also verstehe ich das richtig, dass alles zwischen euch nichts mit mir zu tun hatte und damit, dass ich eine schlechte Freundin und langweilig bin?“

„Überhaupt nicht! Schlag dir das sofort aus dem Kopf!“, donnerte Danje aufgebracht.

Auch Saskia schüttelte energisch den Kopf. „Es waren die Gefühle, gegen die wir machtlos waren. Das hatte rein gar nichts mit dir zu tun.“

„Das ist schön zu hören.“ Unsicher sah ich zu den beiden, dann auf die Schokoherzen in meiner Hand.

„Denkt ihr …“ Wie sollte ich das formulieren? „Denkt ihr, wir könnten wieder Freunde sein?“

Kaum hatte ich die Frage ausgesprochen, wurde ich bereits umgerissen. „Ja, auf jeden Fall, bitte, bitte, ja!“, lachte und schniefte Saskia gleichzeitig. Ich drückte sie so fest, ich konnte, und ließ meinen Freudentränen freien Lauf.

Danje gab uns unsere Zeit. Erst als wir uns wieder aufgerappelt hatten, nickte er mir zu. „Das wäre schön.“

„Da piek mich doch einer und mal' mir ein Geweih.“ Das war Annes Art, über die Ereignisse zu staunen, die ich ihr am selben Abend berichtete. „Es geschehen noch Zeichen und Wunder.“

„Na, jetzt mal nicht ganz so überrascht. Schließlich hat Saskia dir Bescheid gesagt, als ich zusammengebrochen bin, oder?“

„Schon, aber so, wie du damals aussahst, war es ihre Pflicht als verantwortungsvolle Bürgerin, entweder mich oder alternativ einen Krankenwagen zu holen.“

„Du wusstest, dass sie sich Sorgen um mich machen, oder?“

Anne sah mich lange an, dann knickte sie ein. „Ja, ich wusste es. Aber ich war mir nicht sicher, ob es nur aus Mitleid oder ihren Schuldgefühlen heraus war, und wollte dich schützen.“

„Schon gut. Hier, etwas Liebe für dich.“ Ich gab ihr eines von Saskias Schokoherzen. „Du hast es gut gemeint.“

„Natürlich habe ich das“, empörte sie sich, während sie das Silberpapier zu lösen begann. „Sorry, ich will nicht barbarisch wirken, aber wenn man mit einem kleinen Kind zusammenlebt, muss man schnell sein, wenn man etwas von den Süßigkeiten abhaben will."

„Tommy ist nicht da."

„Gewohnheit. Weißt du, es kommt vor, dass ich etwas von seinen Süßigkeiten klaue und sie entweder verstecke und warte, bis er schläft oder so tue, als müsste ich auf Toilette, um sie dort in Ruhe zu essen."

Bei dieser Vorstellung musste ich laut lachen. Die toughe Anne, die sich vor ihrem Sohn versteckt, damit er nicht mitbekommt, dass sie heimlich von seinem Süßigkeitenvorrat nascht. „Du bist echt herrlich!"

Sie brummte verlegen, während sie die Schokolade genoss.

„Wir machen heute Abend ein *get together* in unserer WG. Kommst du auch bitte? Das erste Mal, dass wir alle zusammen sind. Wir wollten ein wenig trinken, quatschen, vielleicht etwas spielen oder einen Film anschauen. Bist du da... ?"

Die Frage nicht einmal ganz ausgesprochen, tippte sie sich an die Stirn. „In die Höhle der Löwen? Verzichte."

„Das ist sie nicht mehr. Versprochen. Das wird gut!"

„Vielleicht kannst du ihnen so schnell verzeihen, aber ich nicht. Ich bin konsequenter. Erziehung, *parenting* und so weiter."

„Aber wenn *ich* ihnen verzeihen konnte, solltest *du* das erst recht können."

„Na ja, von mir aus, ich komme. Aber nur, wenn ich Tommy bei meinen Eltern unterbringen kann."

Freudig nahm ich sie in den Arm.

„Und nur fürs Protokoll: Ich finde es blöd, dass Saskia wieder auf der Bildoberfläche aufgetaucht sind. Wer sich so verhält, gehört in die Versenkung. Wenn diese

Schrapnelle glaubt, dass sie dich mir wegnehmen kann, hat sie sich geschnitten."

Ich kicherte. Sie war die beste durchgeknallte Freundin der Welt. „Niemand kann mich dir wegnehmen."

„Gut, wenn das mit heute Abend klappen soll, muss ich jetzt aber los und Tommy für etwas Mama-Sohn-Zeit abholen. Meine problembehaftete Freundin ist in unserem Zeitplan nicht einbegriffen."

„So problembehaftet bin ich nicht mehr."

Kapitel 18

Lio

Der Alkohol tat seine Wirkung. Endlich ließ der Schmerz ein wenig nach, zwar auch zusammen mit meiner optischen und akustischen Wahrnehmung, aber das nahm ich in Kauf.

Seit diesem furchtbaren Abend war nichts mehr wie zuvor. Ich war nicht mehr wie davor. Emma fehlte mir auch Wochen nach unserer Trennung höllisch. Am schlimmsten war der erste Tag gewesen. Nachdem ich es – ich weiß nicht einmal mehr, wie – nach Hause geschafft hatte, saß ich über Stunden in der dunklen Küche, starrte auf meine Hände und versuchte zu verstehen, was schiefgelaufen war und wann.

Ich hätte eher sehen müssen, dass Emma noch nicht bereit für eine neue Beziehung war. Aber ich hatte die Anzeichen dafür ignoriert. Ich wollte meine Emma. Ich wollte mit ihr zusammen sein. Dass Sin bei dem Tempo, das Emma und ich an den Tag gelegt hatten, mit ihrer Einschätzung richtig liegen könnte, hatte ich nicht wahrhaben wollen.

Plötzlich spürte ich eine Hand, die über meinen Rücken fuhr, einen Kopf, der sich auf meine Schulter legte.

„Es tut mir so leid", flüsterte meine Schwester. Mehr nicht. Mehr brauchte es nicht.

Immerhin hatte Thorben mich heute zum ersten Mal rausbekommen. Nun stand ich im Schummerlicht des überfüllten *Ace* an der Bar und versuchte Jannis, den Barkeeper zu überreden, mir noch einmal nachzuschenken, als sich eine Hand fest in mein Gesäß krallte. Kein Zweifel, wer sich einfach nahm, was nicht ihrs war.

„Hey, Cutie", raunte es in mein Ohr.

„Verschwinde", knurrte ich, ohne hinzusehen.

„Och, du willst mich doch nicht etwa schon wegschicken, oder?" Als ich nicht antwortete, sagte sie die magischen Worte: „Ich könnte uns noch ein paar Kurze bestellen."

Mein Interesse war geweckt. Ich drehte mich zu ihr um. Ich wusste, dass sie jeder in dieser Bar bildhübsch fand. Auch ich hatte sie mal schön gefunden. Doch mittlerweile sprach mich an ihr nichts mehr an.

„Was willst du von mir, Tammi?"

Sie legte die Hand an meine Wange. „Du siehst so traurig aus. Ich möchte dich gerne trösten."

„Ich nehme drei Tequila."

Sie zeigte ein perlweißes Lächeln, das so künstlich wirkte wie alles an ihr.

„Ich meine nicht diese Art von trösten. Ich meine die andere Art."

Sie kam so nahe, dass sich unsere Körper berührten.

„Erinnerst du dich noch daran, dass ich beim letzten Mal gesagt habe, dass ich nichts drunter trage?"

„Nein."

Sie zog einen gespielten Schmollmund, ließ ihn jedoch schnell wieder verschwinden. „Wenn du willst, darfst du heute alles mit mir machen“, hauchte sie. „Alles.“

Ich reagierte nicht. Doch etwas in meinem Gehirn hatte registriert, was sie gesagt hatte.

Wie auf Knopfdruck trübte sich ihr Blick. „Weißt du, die Wahrheit ist, ich weiß ganz genau, wie du dich gerade fühlst.“

„Was du nicht sagst. Und wie fühle ich mich?“

„Geliebt und verloren. So ging es mir auch.“

Wirklich glauben konnte ich ihr das nicht, aber wenn es stimmte, würde es ihre Mission erklären, jeden halbwegs gut aussehenden Kerl in dieser Stadt ins Bett zu bekommen. „Okay?“

Aus ihren stahlblauen Augen sah sie mich fuchsig an. „Darf ich dir davon erzählen? Vielleicht können wir uns gegenseitig etwas Trost spenden.“

Ich runzelte die Stirn, gab jedoch nach in der Hoffnung, sie dann loszuwerden. „Sicher.“

Sie sah sich um, wobei ihre Mähne rechts und links über ihre Schultern glitt. „Können wir irgendwo hingehen, wo wir etwas ungestörter reden können?“

Auf mein Schulterzucken hin nahm sie meine Hand und führte mich zu den Toiletten, wo sie uns in einer einschloss. Dann kam sie auf mich zu, legte ihre Arme langsam um meinen Hals und sah mir tief in die Augen.

„Du wolltest reden?“

„Ja, auf jeden Fall. Aber weißt du, wo wir beide schon hier und allein sind, dachte ich, könnten wir mit dem Trost spenden anfangen.“

Meine natürliche Skepsis ihr gegenüber dümpelte irgendwo auf dem Grund der letzten Bierflasche und an seine Stelle war offensichtlich Dummheit getreten.

Nicht anders war zu erklären, dass ich noch nicht verschwunden war.

„Und wie soll das aussehen?“

Sie sah mich mit einer schulmädchenhaften Schüchternheit an. „Ich könnte …“ Langsam fuhr sie mit der Hand zwischen meine Beine.

Es regte sich nichts.

Doch so schnell gab Tammi nicht auf. Sie wollte den Knopf meiner Hose öffnen, um besseren Zugang zu bekommen, doch ich schob ihren Arm beiseite. Es nervte wirklich, dass sie glaubte, sie könne mich begrapschen, wie es ihr gefiel.

Sie ließ von mir ab, um nun die Träger ihres Oberteils von ihren Schultern zu schieben und es langsam zu Boden gleiten zu lassen.

Sofort musste ich an Emma und unser kleines Erlebnis in Tommys Versteck denken. Es hatte so viel mehr Stil gehabt, als sie aus ihren Kleidern schlüpfte. Bei Tammi wirkte es billig.

„Es gibt viel, was sich die Männer von mir und mit mir wünschen. Heute darfst du all das haben. Deiner Fantasie sind keine Grenzen gesetzt. Heute Nacht bin ich deine Sklavin.“

Himmel, sie fuhr wirklich dick auf.

„Nein danke.“ Auch ihr inzwischen entblößter Oberkörper änderte daran nichts.

„Findest du mich nicht hübsch?“

Fangfrage. Sagte ich Nein, würde sie zur Furie werden, sagte ich Ja, würde sie das noch mehr motivieren.

„Du wolltest reden, also rede“, sagte ich, obwohl mir klar war, dass das nur ein Vorwand gewesen war, mich hierher zu locken. Und schon wieder war ich darauf reingefallen.

„Weißt du, was mir hilft, wenn ich traurig bin?" Sie setzte sich breitbeinig auf den Spülkasten. Ihr Rock war so kurz, dass sofort sichtbar war, dass sie nichts drunter trug. Keinen Stil. Ich hoffte, sie würde mitsamt dem Spülkasten auf den Boden krachen.

Doch da erwachte etwas in mir. Alkoholbedingt. Ein triebgesteuertes Monster. Kurzzeitig überlegte ich, ihr zu geben, was sie wollte, um Ruhe vor ihr zu haben. Ich würde sie dermaßen hart rannehmen, dass ihr Hören und Sehen vergingen. Vielleicht hätte sie dann endlich genug. Verlockende Vorstellung.

„Ja, ich wusste, dass dir das gefällt", schnurrte sie zufrieden mit meiner Reaktion. „Kommst du jetzt, oder soll ich schon einmal ohne dich anfangen?" Sie ließ die Hand zwischen ihre Beine gleiten.

Ich biss mir fest auf die Lippe. Was tat ich hier? Wie hatte Tammi es geschafft, dass ich ernsthaft darüber nachdachte? War ich von allen guten Geistern verlassen?

Und Emma? Bei diesem Gedanken drückten mir die Schuldgefühle schwer auf die Schultern. Ich brauchte ihr gegenüber kein schlechtes Gewissen zu haben, doch ich hatte es. Kein triebgesteuertes Monster der Welt würde so stark sein, dass ich Emma das antat.

„Kein Interesse", sagte ich schließlich kühl. „Aber du bist ja in guten Händen." Ohne sie noch einmal anzusehen, verließ ich die Toilette und ging direkt zu Detlef ins Büro, um ihn zu bitten, sie rauszuschmeißen, sollte sie sich wieder ins *Ace* wagen. Er war einverstanden.

„Bist schon durch mit Tammi?", fragte Remo, als ich zurück an die Theke kam.

„Hör bloß auf. Die geht mir echt auf die Eier. Aber sie ist auf den Toiletten. Vielleicht hat sie noch Bedarf oder Verwendung. Versuch doch mal dein Glück."

Mit hämmerndem Schädel wachte ich am nächsten Morgen auf. Zu viel Tequila, zu viel Bier.

Ich griff nach den Aspirin, die ich gestern vorsorglich auf meinen Nachtisch gelegt hatte, und spülte sie mit viel Flüssigkeit runter.

Dann wartete ich regungslos im Bett, bis das Pochen nachließ. Leider halfen diese Tabletten nicht gegen die Schmerzen eines gebrochenen Herzens.

Emma.

Ich vermisste sie qualvoll. Ihr Lächeln genauso wie ihre Brille von der Nase rutschte, ihre unmöglichen Haare, ihr Geruch, ihre Nähe und ihre Wärme. Warum hätte es nicht sie gestern Abend in der Bar sein können? Nichts hätte mich abhalten können.

Aber wenn es Emma nur um Sex gegangen wäre, hätte ich es dann gemacht? Hätte ich mit ihr schlafen können, wenn ich gewusst hätte, es würde zu nichts führen? Einfach *for the fun of it*? Die Frage war Unsinn, da Emma nicht der Typ dafür war, aber es war ein interessantes Gedankenspiel, das mich ablenkte, bis sich die Kopfschmerzen verflüchtigten.

Zeit für ein Katerfrühstück.

Der Restalkohol in meinem Blut ließ mich ungeschickt in die Küche wanken, wo sich mir ein Anblick bot, bei dem ich mich beinahe übergeben hätte.

Meine Schwester saß mit dem Rücken zu mir auf der Kochinsel und davor, zwischen ihren Beinen stand – FRANKY!

Adrenalin schoss durch meine Adern. „Was zum Geier wird das, wenn es fertig ist?", donnerte ich trotz Kopfdruck.

Erschrocken drehten sich beide zu mir und Franky sprang einen halben Meter von Sin weg. Sie hatten nur intensiv geknutscht, trotzdem quoll mein Zorn über.

„Guten Morgen, Sonnenschein", begrüßte sie mich ungerührt.

Ihre Leichtfertigkeit machte mich noch wütender. „Spinnst du eigentlich?"

„Was ist dein Problem?"

„Du!", rief ich. „Ihr! Das!"

Franky sah aus, als hätte man ihm schmerzlich auf die Füße getreten.

„Was wird das, wenn es fertig ist? Du hast immer gesagt, ihr wärt nur Freunde, *Schwesterchen*!"

„Ach, darf jetzt niemand mehr Spaß haben, nur weil du keinen hast?"

„Darum geht es nicht! Ich reagier' nun einmal allergisch auf Manipulation und abgekartete Spiele!" Ich wandte mich an den Typ neben meiner Schwester. „So machst du dich an meine Schwester ran? Gibst den liebevollen scheinbar schwulen Freund. Und damit nicht genug, lullst du mich auch noch ein und machst einen auf verständnisvollen Kumpel, der meine Geheimnisse erkennt und sie für sich behält. Dabei war alles gelogen! Und ich fall auch noch auf deine bescheuerte Nummer rein! Du wusstest genau, dass du sonst keine Chance hättest, an sie ranzukommen, oder?"

„Das war nicht … Wie war das Wort noch gleich?“ Hilfesuchend wandte er sich an Sin.

„Abgekartet“, kam es von uns beiden gleichzeitig.

„Ich habe gedacht, du wärst ein Freund, dabei bist du der mieseste Scheißer von allen!“ Wutentbrannt nahm ich einen der Barhocker und hielt ihn in die Luft.

Franky quiekte vor Schreck wie ein Meerschweinchen.

„Hey!“, brüllte Sin, sprang auf und bewaffnete sich ihrerseits mit einem Barhocker. Es wäre nicht der erste Streit zwischen uns, der diese Richtung nimmt. Im Gegenteil, Stuhl- und Hockerstreits haben bei uns beinahe Tradition.

Franky verstand die Situation falsch. „Oy, ganz ruhig!“, versuchte er uns panisch zu beschwichtigen. Sein Akzent trat deutlich hervor. „Nichts war gelogen. Ich habe dich verstanden, okay, bro?“ Er schob sich zwischen uns, was beinahe heroisch war in Anbetracht der Tatsache, dass zwei Holzmöbel auf ihn gerichtet waren. „Listen to me. Du weißt, ich mag Männer. Das war nicht gelogen. Aber das zu zeigen ist noch neu für mich. Und Sintja, sie ist eine so beeindruckende Frau. Sie hat mir Mut gemacht. Sie war für mich da. Sie hat mir geholfen. Und manchmal … verliebt man sich einfach in einen Menschen, egal ob Mann oder Frau.“ Er sah sie liebevoll an. Versöhnlich ließ sie ihren Hocker sinken. „Bei ihr ist alles anders.“

„Aw.“ Damit zog sie ihn zu sich, um ihn zu küssen.

„Hallooo?“, rief ich dazwischen, während ich noch immer mit hoch erhobenem Hocker dastand.

Verärgert schob sie Franky beiseite. „Wenn du Emma so sehr vermisst, geh verdammt noch mal zu ihr und mach nicht allen anderen das Leben zur Hölle!"

Ich ballte die Fäuste, schluckte den Schmerz runter. „Das geht nicht, das weißt du."

„Pfeif doch auf deine bescheuerte Regel. Die macht ohnehin keinen Sinn!"

„Doch. Vorbei ist vorbei. Vergangenes aufzuwärmen, bringt nichts. Es macht nur noch mehr kaputt."

„Oh ja, genau. Wie war das noch gleich? Eine tote Beziehung gehört nicht ins Reich der Lebenden, oder wie hattest du es damals ausgedrückt? Das galt vielleicht zu Schulzeiten, aber Lio, hey, wir sind erwachsen. Wir sollten uns nach unseren Gefühlen richten, nicht nach dem, was wir uns für Regeln überlegt haben."

„In diesem Fall hat es aber nichts mit meiner Regel zu tun, sondern damit, dass Emma keine Zukunft für unsere Beziehung sieht. Was sollte sich in den letzten Wochen daran geändert haben? Sie ist sie, ich bin ich und nichts ist anders."

„Dann nutz wenigstens die Chancen und vergnüg dich anderweitig. Gerade nach gestern Nacht dachte ich eigentlich, dass du heute besser drauf sein würdest." Den letzten Teil nuschelte sie nur, doch ich hatte es sehr gut verstanden.

„Woher weißt du davon?"

Selbstgefällig verschränkte sie die Arme vor der Brust. „Gern geschehen."

„Du hast Tammi auf mich angesetzt?", fragte ich fassungslos.

„Doch nur, damit du auf andere Gedanken kommst."

„Ich glaube nicht, dass ich in dem Punkt deine Hilfe nötig habe!" Ich wurde wieder aufbrausender. „Und dann auch noch ausgerechnet *sie!* Die Letzte, die ich gebrauchen kann." Sin wusste ganz genau, was ich von Tammi hielt.

Meine Schwester zuckte jedoch ungerührt mit den Schultern, während Franky an seinen Fingernägeln zu knabbern begann. „Warum nicht? Sie ist echt gut aussehend und ich weiß, dass du sie heiß findest."

„Schon längst nicht mehr. Hörst du mir eigentlich zu?"

„Sie war willig, was soll ich sagen? Und ich dachte, es reicht. Du hast sie doch ... *Na, du weißt schon.* Ich habe gehört, ihr seid zusammen auf der Toilette verschwunden." Sie zwinkerte mir frech zu.

Und so rasch entstanden Gerüchte. Es war so dumm gewesen, mit Tammi zu gehen. Ich konnte nur hoffen, dass Emma davon nichts mitbekommen hatte. Sie würde mir nicht glauben und damit wäre ich haargenau der Idiot, den sie in mir gesehen hatte. Meine Brust schmerzte.

„Stimmt's?", hakte meine Schwester noch einmal nach.

„Natürlich habe ich sie nicht *na, du weißt schon!* Auch wenn ich nicht gerade die Frau, die ich liebe, verloren hätte, hätte ich Tammi nicht *na, du weißt schon!"*

Franky zog scharf die Luft ein. Sins Körperhaltung änderte sich ebenfalls. „Die du liebst?", fragte sie verblüfft.

Ich sagte nichts mehr. Zum ersten Mal hatte ich es ausgesprochen und das ausgerechnet unter diesen Umständen.

Meine Schwester kam zu mir und nahm mich in den Arm. Ich wollte es nicht, doch die Tränen kamen einfach.

„Ich hatte keine Ahnung, Lio", flüsterte sie. „Ich dachte, das mit Emma wäre nur eine Phase, ein Abenteuer, ein Exkurs. Es tut mir so leid."

Franky tapste zu uns und nahm mich auch in den Arm.

„Dann hast du so richtigen Liebeskummer?", fragte sie später.

„Sieht so aus."

„Keine Chance auf Versöhnung?"

Tief betrübt schüttelte ich den Kopf.

„Und wenn du noch einmal zu ihr gehst und mit ihr redest?"

„Deswegen wird sie nicht mehr Glauben in mich, in uns und die Beziehung bekommen. Es gibt nichts, was ich tun kann, außer zu versuchen, über sie hinwegzukommen."

Sintja streichelte über meinen Rücken. „Ich helfe dir dabei, okay?"

Argwöhnisch sah ich sie an.

„Und ich gelobe feierlich, dich nicht mehr mit Frauen zu bombardieren."

„Danke."

Einige Tage später hätte Sin beweisen können, dass sie mir bei der Verarbeitung der Trennung beistand, doch leider war sie nicht da, als es an der Tür klingelte. Ich hatte keine Lust auf Besuch und ignorierte es. Als ich in die Küche ging, um mir etwas zu trinken zu holen, standen meine Eltern bereits in der Wohnung.

„Sintja ist nicht da“, erklärte ich wenig überrascht und wollte mich wieder auf den Weg in mein Zimmer machen.

„Stehen geblieben, junger Mann. Begrüßt man etwa so seine Eltern?“, schimpfte meine Mum.

Ich gab nach und nahm beide angemessen in den Arm, bot ihnen Kaffee an und ließ mich in ihren üblichen Small Talk involvieren. Natürlich glitt das Gesprächsthema so schnell wie zufällig zu meiner Zukunftsplanung. Rhetorisch waren die beiden wirklich versiert. Würde ich sie nicht schon mein Leben lang kennen, hätte ich nicht bemerkt, dass sie das Gespräch von Anfang an geschickt in diese Richtung gelenkt hatten.

„Und? Hast du dir mittlerweile Gedanken gemacht?“, erkundigte sich mein Dad.

Ich nickte und dachte an Emma und diesen Ordner. Die Mühe, die sie sich gemacht hatte. Nur für mich. Ich schluckte.

„Ich habe ein paar Ideen. Es ist nichts Konkretes, aber es wären Möglichkeiten.“ Dann erzählte ich meinen Eltern von zwei Vorschlägen, die mich besonders angesprochen hatten. Es hätte mir eine Genugtuung sein müssen, ihre überraschten Gesichter zu sehen, doch das war es nicht. Es änderte nichts und es linderte nichts.

Bei meinen Eltern verhielt es sich jedoch anders. Ihnen schien eine gewaltige Last genommen worden zu sein. Das war der Moment, in dem ich begriff, dass ich überhaupt nicht verstehen musste, warum ihnen meine Zukunftsplanung so wichtig war. Sie hatten ihre Gründe und jetzt wirkten sie sehr erleichtert.

Mum legte ihre Hand auf meine. „Aber das klingt doch fabelhaft."

„Mag sein."

„Warum siehst du dann so aus wie damals, als Welli gestorben ist?"

Ich schüttelte den Kopf.

„Dein Vater und ich lieben dich, Lio. Wir sind immer für dich da. Das weißt du, oder?"

Ich nickte.

„Was auch immer dich bedrückt, du kannst es uns sagen."

Sie wartete, doch ich schwieg.

„Geh nicht zu hart mit uns ins Gericht. Wir sorgen uns nur und möchten, dass es euch gut geht. Wir möchten sichergehen, dass ihr versorgt seid."

„Das weiß ich doch."

„Aus dem Plan, dass ihr unsere Praxis übernehmt, wenn sich bei uns der Ruhestand sich nähert, ist ja nichts geworden, aber jetzt wissen wir, dass ihr trotzdem einen Weg finden werdet."

„So, die Ablösung ist da!" Mit rotem Kopf und völlig außer Atem kam Sin in die Wohnung, schmiss ihre Umhängetasche auf einen Hocker und begrüßte überschwänglich unsere Eltern. Dann kam sie zu mir. „Sorry, dass ich dich nicht vorgewarnt habe", flüsterte sie mir zu. „Ich wollte sie eigentlich abfangen."

„Ist schon gut", wisperte ich zurück und meinte es auch so.

Das Semester hatte wieder begonnen. Ich war froh und enttäuscht zugleich, dass Emma keine Tutorin für Mathe II sein würde. Seit der Trennung hatte ich sie nicht mehr gesehen. Ich wusste, dass es das Beste war, dennoch war ich missmutig. Es fühlte sich ein wenig an, als würde sie mich meiden.

Doch eines Tages, das Tut war gerade vorbei, stand sie plötzlich in der Tür. Mein Herz machte einen gewaltigen Satz.

„Oh ha“, kommentierte Thorben. „Dann sehe ich mal zu, dass ich Land gewinne, was?“

Ich nickte unsicher. Immerhin bestand die Möglichkeit, dass sie nicht wegen mir hier war. Bianca, unsere aktuelle Tutorin (kein Vergleich zu Emma), versuchte sie sogleich in ein Gespräch zu verwickeln, doch Emma suchte immer wieder Blickkontakt zu mir.

Thorben schlug mir auf die Schulter. „Ich bin dann mal weg. Hoffentlich bekomme ich dich in einem Stück wieder. Wenn nicht, hat mich gefreut, deine Bekanntschaft zu machen.“

„Ja, sehr heldenhaft von dir. Danke“, gab ich zurück.

Nachdem sie Bianca abgewimmelt hatte, kam Emma zu mir. Mein Herz tobte in meiner Brust, das Atmen fiel mir schwer.

Ihre Fransensträhnen waren deutlich länger geworden, man sah sie kaum mehr, was ich etwas bedauerte. Sie hatte damit noch niedlicher ausgesehen. Aber in unserer Situation war es besser.

„Hey“, sagte sie leise.

„Hey.“

Sie beobachtete, wie ich die letzten Sachen in meinen Rucksack packte. Ihre Anwesenheit machte mich extrem nervös.

„Können wir kurz reden?“

Da wir seit unserer Trennung keinen Kontakt hatten, hatte ich schon angenommen, dass sie noch einmal das Gespräch suchen könnte. Allein, weil wir uns jetzt wieder öfter über den Weg laufen würden.

„Sicher."

Schweigend verließen wir den Raum. Ich betete, dass sie nicht über Tammis Aktion sprechen wollte. Überhaupt hoffte ich, dass sie davon nichts mitbekommen hatte. Es war so dumm und unbedeutend gewesen, aber nicht für sie. Sie hätte es verletzt.

„Wie geht es dir?", erkundigte sie sich.

Ich fühlte mich elend. Emma war weder meine erste Trennung noch meine längste Beziehung, dennoch war sie wohl mit Abstand die Intensivste. Jetzt, wo sie vor mir stand und mich mit ihren großen dunklen Augen ansah, hatte ich sofort das enorme Bedürfnis, sie in den Arm zu nehmen und nie wieder loszulassen.

„Können wir den Small Talk überspringen? Was wolltest du mit mir besprechen?", holte ich mich selbst aus meiner Traumwelt.

Sie öffnete den Mund, doch es kam nichts heraus. Sie gestikulierte etwas. „Ich hätte mir wohl vorher überlegen sollen, was ich genau sage, was?", sagte sie verlegen.

Am liebsten hätte ich gelacht, wie ich es immer getan hatte, aber die Verletzung saß zu tief und ließ kein Lachen mehr zu.

Emma setzte neu an. „Ich wollte mit dir über unseren letzten Streit sprechen."

Mein Innerstes zog sich zusammen. Ich schwieg.

„Was ich dir damals vorgeworfen habe, tut mir leid."

Ich antwortete nicht.

„Das mit meinen Mitbewohnern. Es war damals die Situation, dass …“

„Ich weiß, welche Situation es war“, unterbrach ich sie.

Sie nickte. „Ich wollte dir nur erzählen, dass …“

„Nein“, sagte ich matt. Ich wollte es nicht hören. Ich konnte mir von ihr nicht zwischen Tür und Angel eine Anekdote zu einem der schönsten und zugleich schlimmsten Tage meines Lebens erzählen lassen. Warum konnte sie das? Hatte sie mit der Beziehung vielleicht schon abgeschlossen? War sie nicht an dem Punkt gewesen, an dem ich war? Die Stiche in meinem Herzen häuften sich.

„Aber ich finde es wirklich wichtig, dir zu erzählen, wie sich …“

Ich hob die Hand.

Schweigend senkte Emma den Kopf.

„War es nur das, worüber du reden wolltest?“

„Ich dachte, es interessiert dich vielleicht.“

„Dein Leben ist nicht mehr meines“, erinnerte ich sie unter erneutem Herzschmerz. Ich wusste, dass ich ein Scheusal war, aber ich musste mich schützen. Wenn sie wirklich schon mit der Beziehung abgeschlossen hatte, würde es sie nicht stören und wenn nicht, konnte sie mich nach solchen Aussagen wenigstens hassen.

„Ich habe den Ordner noch“, sagte sie dann. „Wenn du ihn haben möchtest, bringe ich ihn dir mit.“

Lange betrachtete ich ihre knetenden Hände, ehe ich langsam antwortete. „Schon gut, ich habe mir die wichtigsten Punkte gemerkt. Danke noch mal“, würgte ich hervor und schob die Erinnerungen an die schöne Zeit, nachdem sie mir den Ordner gezeigt hatte, beiseite.

Mit gesenktem Blick nickte sie. Dieses Gespräch wurde immer mehr zu einer Qual.

„Und dann wollte ich dich noch fragen, ob es okay ist, wenn ich ins *Ace* komme?", erkundigte sie sich mit leiser Stimme.

Unwillkürlich hüpfte mein Herz bei dem Gedanken, sie öfter zu sehen. Dennoch wollte ich mich darüber nicht freuen. Und warum fragte sie das jetzt überhaupt? War das doch Small Talk oder wollte sie wieder auf Männerfang gehen? Das würde nur Ärger bedeuten.

Ich zuckte mit den Schultern. „Du kannst hingehen, wo du möchtest."

„Ist es denn in Ordnung? Oder habe ich Hausverbot oder so?"

Nun entschlüpfte mir doch ein kleines Lächeln. „Nein, hast du nicht. Natürlich nicht."

„Und wie ist es für dich?"

„Mir ist es egal", log ich und steckte die Hände in die Taschen. „Aber ich denke nicht, dass es ratsam wäre." Mit Sicherheit wollte ich gerade keine Frau kennenlernen, erst recht nicht in Emmas Gegenwart. Aber was, wenn es doch so kam? Umgekehrt war ich bereits in die Unannehmlichkeit gekommen, sie mit einem anderen Mann zu sehen. Das ertrug ich kein weiteres Mal. Vor allen Dingen, wenn es sich um Remo handelte. Zwar hatte er auf seinen *Nahkampfstachel* geschworen, dass er keinerlei Interesse an ihr hatte, aber das nahm ich ihm nur bedingt ab. Immerhin wäre das seine Gelegenheit, mir eins auszuwischen, wenn er sich mal wieder in einem *Punkterückstand* glaubte.

Verständnisvoll nickte sie. Gerade wollte sie etwas sagen, als ich ihr über den Mund fuhr. „Wolltest du sonst noch etwas?“

Es tat mir irrsinnig leid, so pampig zu sein, aber es wurde zu viel. Vor ihr zu stehen, mit ihr zu reden, ohne ihr näher kommen zu dürfen, der sich weiter bestärkende Eindruck, dass sie mit der Trennung wesentlich besser zurechtkam als ich. All das begann mir körperliche Schmerzen zu bereiten. Ich musste weg.

Die Quittung für mein schäbiges Abwimmeln bekam ich augenblicklich. Emma sah mich an, als könne sie nicht fassen, dass ich so mit ihr sprach. Das Glänzen in ihren Augen zeigte, dass ich sie getroffen hatte.

„Wenn du nicht hören möchtest, was sich mit meinen Mitbewohnern ...“

„Nein, möchte ich nicht.“

Sie senkte den Blick. „Dann war das alles“, sagte sie mit brüchiger Stimme.

„Gut“, erwiderte ich, machte einen Bogen um sie und ging. Ich brauchte mich nicht umdrehen, um zu wissen, dass sie weinte. Und ich war der Grund. Ich hasste mich dafür.

Obwohl ich noch Vorlesung hatte, nahm ich den nächsten Bus nach Hause.

Kapitel 19

Emma

Trübselig rührte ich in dem Kakao, den Anne mir mitgebracht hatte. Nicht, dass mir gerade nach einem Kakao zumute war, aber sie meinte, dass sie so viel vom Frühstück übrighatte und es nicht wegkippen wollte. Der schokoladige Geruch stieg mir sanft in die Nase.

„Du hättest ihn sehen sollen. Was er zu mir gesagt hat." Ich stockte beim Rühren, als die Erinnerungen wieder hochkamen. Der Kakao kämpfte sich um den Löffel herum. „Und wie er es gesagt hat."

Mitfühlend sah mich meine Freundin an. „Dem geht's bestimmt ähnlich bescheiden wie dir."

„Ich weiß nicht."

„Ganz bestimmt sogar. Der war so verknallt in dich und die Trennung kam unverhofft. Es würde mich wundern, wenn er so leicht über dich hinwegkäme. Dann wäre er wirklich falsch dir gegenüber gewesen. Das sieht ihm nicht ähnlich."

„Meinst du?" Das Getränk in meinem Becher zog weiter seine Runden, mittlerweile jedoch wesentlich weniger aufgebracht.

„Absolut."

„Was macht dich da so sicher?" Ich ließ den Löffel wieder in der Tasse kreisen.

„Weil er dich schon immer wollte."

Verwundert sah ich sie an.

Sie kratzte sich unbehaglich am Kopf. „Es gibt da etwas, das ich dir schon lange sagen wollte, aber irgendwie gab es nie einen guten Zeitpunkt."

Ich zog die Augenbrauen zusammen. „Okay?"

„Erinnerst du dich noch an Bierlappenzunge?"

Uäch. „Ja, jetzt schon. *Thanks for the nightmares.*"

„Erinnere dich an diesen Abend."

Es war der Abend, an dem ich Lio das erste Mal gesehen und mich schockverliebt hatte. Die ganze Erfahrung mit Bierlappenzunge war so überflüssig gewesen. Wie viel Elend wäre mir erspart geblieben, hätte ich mich in dem Moment, als Lio und ich uns ansahen, nicht umgedreht. Ich wollte gar nicht darüber nachdenken.

„Erinnerst du dich, was eure Knutscherei unterbrochen hat?"

Dafür musste ich tiefer in der Erinnerungskiste wühlen. „Irgendwer hat rumgepöbelt, meine ich."

Sie lächelte sanft. „Ich glaube, die genauen Worte waren: ‚Hey! Lass das!'" Ihre Gesichtszüge wurden weicher. „Sie kamen von Lio. Und er meinte damit Bierlappenzunge."

Der Löffel rutschte mir aus den Fingern. „Ist das wahr?"

Anne nickte. „Er hat dafür auch ziemlich wirre Blicke von seinen Kumpels geerntet. Das war lustig." Sie legte ihre Hand auf meine. „Er war schon immer in dich verknallt, Püppi. Und so verrückt, wie er nach dir war, obwohl er dich kennengelernt hat", an dieser Stelle musste ich kichern, „kann ich mir vorstellen, dass er es noch sehr lange sein wird."

Das warf ein neues Licht auf unsere Situation. Er meinte es also damals ernst, als er sagte, dass seine Liebesgeschichte mit mir eher begonnen habe als meine Liebesgeschichte mit ihm. Ich hatte angenommen, er hätte das nur gesagt, weil es schön klang und romantisch war, nicht, weil es der Wahrheit entsprach. Andauernd hatte ich seine Gefühle infrage gestellt, weil sie nicht in mein Weltbild passten. Dabei hatte er mir seine Zuneigung schon viel früher demonstriert.

Was hätte ich getan, hätte er mir meine Gefühle nicht geglaubt? Erst jetzt verstand ich, wie schwierig es für ihn gewesen sein musste, mich von etwas zu überzeugen, von dem ich nicht überzeugt sein wollte. Ich war wirklich der größte Trottel auf diesem Planeten gewesen.

Während in mir die Erkenntnisse rappelten, wurde Anne in sich gekehrter. „Ich wollte es dir schon viel früher sagen. Ich glaube, ohne dir etwas Böses zu wollen, habe ich dir unabsichtlich diese Information vorenthalten, damit ich hier unten in meinem Elend Gesellschaft habe. Das war sehr egoistisch von mir."

„Was für ein Elend genau? Bei den Sachen, die du mir bislang erzählt hast, gibt es keinen Grund für Elend. Folglich muss es etwas geben, das du mir noch nicht erzählt hast."

Den Blick auf ihre Füße gerichtet nickte sie stumm. Dann sah sie mich wieder an. „Scheint, als wüsstest du es bereits."

„Ich weiß überhaupt nichts. Lio hatte mal angedeutet, dass Männer nichts für dich sind, das ist alles."

Unheimlich grinsend nickte sie und schüttelte den Kopf. „Der ist echt gut", murmelte sie.

„Also ist es wahr?", fragte ich vorsichtig.

Anne schwieg lange. Schließlich nickte sie. „Niemand weiß davon."

„Warum hast du nicht schon eher etwas gesagt? Das hättest du doch nicht für dich behalten müssen. Gerade hier an der Uni geht es so multikulti zu, sind alle so tolerant und offen, da hättet du ganz du selbst sein dürfen."

„Pah", sagte sie verächtlich. „Das habe ich auch geglaubt. Nach meinem konservativen Elternhaus war ich froh um das Unileben. In meinem BWL-Studium habe ich dann Mia kennengelernt. Wir haben viel zusammen unternommen, gefeiert, uns geküsst und auch mehr. Ich habe mich total verliebt und ihr irgendwann meine Gefühle gestanden und was war?"

Ich schaute meine Freundin blöde an.

„Nichts. Für sie war das alles ein Spaß. Sie wollte sich ausprobieren, herumexperimentieren. Das war schon schlimm. Und dann erzählt sie dem ganzen Jahrgang, dass sie bei der Lesbe aufpassen müssten, die füllt einen ab, um zu grapschen." Sie schüttelte den Kopf.

„Aber warum?"

„Homophobie? Oberflächlichkeit? Kleingeistigkeit? Toleranzlosigkeit?"

Sofort musste ich an meine Cousine denken und wie Mum ignoriert hatte, dass Caro eine Freundin gehabt hatte. Traurig.

„Als wenn man sich als Frau automatisch in jede Frau verliebt. Und bevor du fragst, Püppi, für mich bist du wie eine Schwester. Die kleine Schwester, die ich nie hatte." Sie lächelte mich an. Gerührt nahm ich sie in den Arm.

„Und wie kam es zu Tommy?“

Wieder seufzte sie. „Keine Ahnung. Herumexperimentieren. So wie Mia es gemacht hat. Ich dachte, wenn sie was mit einer Frau anfangen kann, obwohl sie auf Männer steht, kann ich es umgekehrt vielleicht auch. Ich habe ein paar Kerle abgeschleppt, von denen es jeder sein könnte. Ernsthaft, Püppi, mit Jungs zu schlafen ist ekelig. Ich frage mich wirklich, was ihr daran findet. Und dann dieser stinkende Schleim.“ Sie verzog das Gesicht und ich musste laut loslachen.

Jetzt lachte Anne auch. „Jedenfalls war etwas in diesem Schleim mein kleiner Tommy. Erst wollte ich ihn abtreiben, aber ich konnte es nicht. Auch wenn ich seinen leiblichen Vater nicht mal erkennen würde, wenn er direkt vor mir stünde, war der Wunsch, dieses Kind zu behalten, größer.“ Ihr Blick wurde zärtlich bei dem Gedanken an ihren Sohn.

„Das hat deine Eltern sicher sehr gefreut“, neckte ich sie.

„Jaha, ein uneheliches Kind. Ein Skandal. Und nicht einmal ein Freund, den sie in eine Ehe oder zumindest feste Lebensgemeinschaft mit mir zwingen könnten. Sie sind derbe enttäuscht von mir, aber alles ist besser, als dass sie die Wahrheit kennen. Sie unterstützen mich finanziell, wollen aber Mitspracherecht. Darum das Lehramtsstudium. Sie sind die besten Großeltern der Welt und es könnte schlimmer sein. Für mich ist es okay.“

„Trotzdem hättest du es mir sagen können.“

Sie lächelte befreit. „Beim nächsten Mal.“

Ich musste lachen.

„Du, Anne?“

„Ja?"

Ich stellte meine Kakaotasse zur Seite und knetete meine Hände. Dann sah ich sie entschlossen an. „Ich will ihn zurück."

„Wen, Danje?", fragte sie unwissend, konnte sich den Anflug eines Grinsens jedoch nicht verkneifen. „Ich fürchte, das kannst du verg... "

„Lio! Ich meine Lio! Ich liebe Lio und ich will ihn zurück."

Ihr Grinsen wurde so breit, dass es beinahe von einem Ohr zum anderen reichte. „*Das* wollte ich hören."

Es war Donnerstagabend. Anne und ich hatten überlegt, Lio im *Ace* zu besuchen. Ich wollte meine Fehler wieder gutmachen, wollte ihm zeigen, dass wir füreinander gemacht waren. Ich wollte ihm endlich die Freundin sein, die er verdient hatte – ausnahmslos. Dennoch: Ich hatte unheimliche Angst. Angst, ihn wiederzusehen, Angst, dass er wieder so kaltherzig zu mir sein würde. Am meisten Angst hatte ich jedoch davor, dass er bereits jemanden Neues hatte.

Dann hatte Anne ihren *Ohne Versuch kein Sieg*-Spruch gebracht und nun standen wir hier. Saskia hatte ebenfalls mitkommen wollen, doch Danje hatte ihr zu verstehen gegeben, dass sie jetzt für mindestens eine Stunde sturmfrei hatten, *zwinker, zwinker.*

Das war in Ordnung, solange sie für mich da war, sollte es heute Abend nicht gut laufen, wovon ich beinahe ausging.

Bereits weit vor dem *Ace* hörte ich Lios unglaubliche Stimme. Wenn ich es richtig erkannte, sang er gerade Alice Cooper's *Poison.*

„Hey, stell dir mal vor, er wäre auch so geschminkt", witzelte Anne, der meine wachsende Anspannung nicht entgangen war.

Doch mir war nicht nach Witzen zumute. Meine Schritte verlangsamten sich. „Ich glaube, das war keine gute Idee", sagte ich panikgelähmt.

Meine liebe Freundin schob mich unbarmherzig weiter. „Das werden wir erst wissen, wenn wir es ausprobiert haben, also los."

Vor der Tür war allerdings endgültig Schluss. „Ich kann das nicht. Lio war so gefühllos beim letzten Mal. Ich glaube, er will mich nicht mehr."

Anne seufzte. „Denk doch mal nach, Püppi. Wie hat er reagiert, als du ihn damals versehentlich weggestoßen hast?"

„Er hat mich ignoriert."

„Und, was war letztendlich sein Problem?"

„Dass er mich gut fand?"

„Da hast du's. *Case closed*."

Unschlüssig sah ich zur Tür. Das Lied war zu Ende, das Publikum johlte. Was als Nächstes folgte, war *Heat Waves* von Glass Animals.

In diesem Augenblick trat Thorben nach draußen. Er bemerkte mich leider sofort.

„Heeey, Herzensbrecherin!", strahlte er mich an und nahm mich überschwänglich in den Arm.

Mit so viel Thorben konnte ich nichts anfangen. Verunsichert sah ich zu Anne, die mit den Schultern zuckte.

Endlich ließ er mich los. „Eigentlich wollte ich gerade weiterziehen, aber wenn ihr mit reinkommt, können wir noch einen zusammen trinken. *My treat*."

Unsicherer Blick zu Anne, Schulterzucken ihrerseits. „Ähm, okay?"

Zufrieden legte Thorben seinen Arm um meine Schulter und ehe ich mich's versah, hatte mich das *Ace* verschluckt. Das schummrige Licht, die stickige Luft und Lios Stimme, die aus den Lautsprechern donnerte, empfingen mich.

„Ja, unser Romeo trällert seine Oden!", schrie Thorben mir ins Ohr, als wir an der Bühne vorbeigingen. Lio hätte uns nicht unbedingt bemerkt, aber das auffällige Winken seines Kumpels hatte er nicht übersehen. Genau so wenig wie mich in dessen Schlepptau. Sofort sah er in die andere Richtung.

„Ist das erste Mal seit eurer Trennung, dass er wieder singt", erklärte Thorben, nachdem wir drei mit einem Bier angestoßen hatten.

„Wirklich?"

„Ja, Dieter hat sogar Panik bekommen, dass er gar nicht mehr wieder anfängt. Hat es als Sommerpause ausgeschrieben, aber dem ging ordentlich die Muffe, wenn du mich fragst." Er trank einen Schluck.

„Das wusste ich nicht. Das tut mir total leid."

„Ach, Quatsch. Jetzt singt er ja wieder. Wette, das hat mit eurem letzten Gespräch zu tun." Er zwinkerte mir zu.

Lios Band stimmte derweil zu einem Nico Santos Lied an, dieses Mal *Play with fire* und ich fragte mich, ob ich das persönlich nehmen sollte. Sowohl das Lied als auch die Singpause. Hatte das mit mir zu tun?

„Und warum bist du hier?", fragte Thorben irgendwann. „Willst'n wiederhaben?"

Unsicherer Blick zu Anne, Kopfschütteln ihrerseits. Doch bevor ich antworten konnte, sprach er weiter. „Das kannst du nämlich vergessen."

Zwei zusammengezogene Augenbrauenpaare richteten sich auf ihn.

Unschuldig hob er die Hände. „He, seht mich nicht so an. Ist seine Regel, nicht meine."

„Was ist seine Regel?", fragte Anne an meiner Stelle unwirsch.

„Nichts mit der Ex anzufangen. Hat sich bislang eisern dran gehalten."

Mein Mut verließ mich.

„Das ist doch Bullshit!", rief meine Freundin.

„Seine Regel", erklärte er wieder.

Mit schmerzverzerrtem Herzen sah ich zur Bühne. Im selben Augenblick schaute er zu mir. Unsere Blicke begegneten sich und blieben beieinander.

Es dauerte eine Sekunde, bis ich bemerkte, dass Lio aufgehört hatte zu singen. Der Song war in den letzten Zügen, weswegen ich mir nicht sicher war, ob es Absicht war.

Noch immer in dem Moment gefangen, öffnete er den Mund, als wollte er weitersingen oder etwas sagen, schloss ihn jedoch kopfschüttelnd wieder. Dann verließ er die Bühne und verschwand. Leider konnte ich nicht sehen, wohin.

„Hm", kam es von Thorben. „Bin gespannt, ob er das wirklich durchhält. Es ist anders bei dir. Könnte mir vorstellen, dass er irgendwann einknickt."

„Meinst du?"

„So daneben habe ich den noch nie erlebt." Er trank noch einen Schluck. „Schade eigentlich mit euch."

Argwöhnisch betrachtete ich den stämmigen Kerl neben mir. „Warum schade?“

„Na ja, sagen wir so, je öfter ich mit dir zu tun hatte, desto besser habe ich dich kennengelernt. Und desto mehr habe ich dich lieb gewonnen. Und jetzt bist du schon wieder weg.“

Ich fühlte, wie sich mein Unterkiefer aushaken und zu Boden fallen wollte.

Ungläubiger Blick zu Anne. Fetter *thumb up* von ihr.

Lios Reaktion war weder so positiv wie erhofft noch so negativ wie befürchtet. Sein Blick ging mir nicht aus dem Kopf. Etwas lag darin, dass mir Aufwind gab. Auch Thorbens Einschätzung half dabei.

Mutig gingen Anne und ich auch die nächsten Donnerstage ins *Ace*, setzten uns an die Theke und schauten uns von dort den Gig an. Natürlich hatte ich stets den grandiosen Plan in der Tasche, anschließend mit Lio zu reden. Mein Mumm verkrümelte sich jedoch jedes Mal, sobald der Auftritt vorbei war und ich mein Vorhaben hätte in die Tat umsetzen können.

Meistens ignorierte Lio mich. Hin und wieder verirrte sich aber doch ein Blick zu mir, der mir einen Schauer über den Rücken trieb und die Schmetterlinge in meinem Bauch tanzen ließ.

Wenn er den Gig zu Ende brachte, war er jedes Mal sofort verschwunden. Von Thorben wusste ich, dass er sich entweder zu Detlef ins Büro verzog oder gleich durch den Lieferanteneingang verschwand.

Beim dritten Mal war es jedoch anders. Eine Frau tauchte auf der Bildoberfläche auf und es war nicht Tessi, Telli oder wie ihr Name war. Sie, ihre dunkle

Mähne, die vollen Lippen und ihre lasziven Tanzbewegungen am Bühnenrand waren mir bereits während des Auftritts aufgefallen. Anne auch, denn sie stieß mir heftig in die Rippen.

„Ich weiß", sagte ich nach Luft ringend. Es war der Super-GAU. Das hatte ich nun von meiner Feigheit. Jetzt würde ich ihn verlieren. Es war unverkennbar, dass sie Lio im Visier hatte. Er beachtete sie nicht weiter, hatte sie aber definitiv bemerkt.

Nach dem Gig bestätigte sich mein Verdacht. Als Lio gehen wollte, stellte sie sich ihm in den Weg. Unauffällig kam sie ihm im Gespräch näher.

Meine Hände krallten sich in den Tresen. Bislang hatte er nichts weiter getan, als mit gesenktem Kopf zuzuhören, was sie zu sagen hatte. Seine Reaktion hinterher würde über alles entscheiden. Hatte ich mich wieder einmal zur Närrin gemacht bei dem stümperhaften Versuch, ihn zurückzugewinnen? Hatte ich ihn längst verloren und wusste es noch nicht?

Anne nahm meine Hand. „Wenn es dir hilft, drück zu", sagte sie.

Das tat ich.

Wenn er sie gleich ansah, wüsste ich Bescheid. Für die Frage, ob ich die Wahrheit überhaupt ertragen konnte, war es zu spät, denn ich befand mich bereits mitten drin.

Würde er sie anlächeln? Ihr seine Nummer geben? Sie mit an die Theke nehmen?

Ein gedämpfter Schmerzensschrei drang an mein Ohr.

Das Mädel hatte ihren Vortrag beendet und blickte ihm erwartungsvoll entgegen. Noch immer hielt er den Kopf gesenkt.

Ich zersprang beinahe vor Anspannung.

Dann sah er auf, doch sein Blick galt nicht ihr, sondern mir. Mein Herz stolperte und stolperte.

Wollte er meine Erlaubnis? Wollte er sichergehen, dass er meine Aufmerksamkeit hatte?

Er wandte sich ihr wieder zu, und es trieb mir die Tränen in die Augen, er lächelte sie an. Warum tat er mir das an? Warum tat ich mir selbst das an?

Ich wollte auf der Stelle gehen, aber Anne hielt mich fest. Sie deutete auf die beiden.

Lio hatte ihr schulterzuckend etwas gesagt und während ihr Blick suchend zur Theke wanderte – zu uns? Zu mir? – verschwand er. Sie schien niemanden zu finden, der ihr ebenbürtig war und ging sichtlich verärgert zurück zu ihren Freundinnen.

„Was hat er ihr gesagt?", fragte ich mich laut, als wir am Wochenende alle (inklusive Tommy) bei uns in der kleinen WG-Küche saßen und frühstückten.

„Das wirst du ihn wohl selbst fragen müssen", erklärte Anne, während sie die Nutellareste von Tommys Gesicht, Händen und Ohren wischte.

„Fest steht auf jeden Fall, dass du deine Strategie ändern musst. Diese Frau hat vielleicht noch einen Korb von ihm bekommen, aber die Nächste kommt bestimmt", sagte Danje.

Ich wusste noch nicht, ob es mir gefiel, dass mein Ex-Freund mir Liebesratschläge zu erteilen versuchte.

„Das stimmt", bestätigte Saskia mit ihrem Kaffeebecher in der Hand. „Beim nächsten Mal musst du ihn abfangen. Geh in die Vollen. Riskier es. Wenn es nicht klappt, weißt du es."

„Du würdest mich nicht zu einer Selbstmordmission ermuntern, oder?"

Saskia sah pikiert aus. „Natürlich nicht." Nach einer kurzen Pause warf sie einen fragenden Blick zu Danje, der nickte.

„Was?"

Sich räuspernd stellte sie den Kaffeebecher ab. „Weißt du, als ich Lio damals in der Küche getroffen habe, habe ich ihm – vielleicht etwas unüberlegt – eine sehr persönliche Frage gestellt."

„Welche?"

„Ich … Ich habe ihn einfach gefragt … Na ja, ob er dich liebt."

Tommy warf seinen Becher runter, doch niemand kümmerte sich darum. Alle Blicke waren fest an Saskia geheftet.

„Ich weiß auch nicht, warum ich einen wildfremden Menschen das gefragt habe. Es war mit Sicherheit dumm, aber es schien in diesem Augenblick die richtige Frage zu sein."

„U-und?", fragte ich und legte vorsichtshalber alles Zerbrechliche beiseite.

Auf Saskias Gesicht entfaltete sich ein Lächeln. „Du solltest wirklich zu ihm gehen", riet sie sanft.

„Er hat Ja gesagt?", hauchte ich und schlug mir die Hand vor den Mund, als sie nickte. Ich sah hinüber zu Anne, die sicherheitshalber Tommys Fingerchen festgehalten hatte. „Hast du das gehört?"

Alle lachten.

„Ja, habe ich. Worauf wartest du noch? Du könntest ihm auch schreiben, weißt du?“

Ich überlegte kurz. „Nein, da könnte er mich abblocken. Ich muss persönlich mit ihm reden. Wenn ich eine Chance habe, dann in einem Gespräch.“

„Und dieses Mal kommen wir mit“, erklärte Saskia, Danjes Schmollmund ignorierend.

„Wag es ja nicht, da reinzugehen“, wurden wir vier am nächsten Donnerstagabend im Halbdunkel gebremst, bevor wir das *Ace* betreten konnten. Unverkennbar, dass diese Stimme Sintja gehörte. Sie klang wie ein knurrender Wolf. Breitbeinig und mit vor der Brust verschränkten Armen stellte sie sich zwischen mich und die Eingangstür. Offensichtlich waren wir sehr wohl in der Grundschule.

„Lass nur, Püppi, ich regle das“, erklärte Anne, krempelte ihre Ärmel hoch und wollte losmarschieren. Ich hielt sie zurück.

„Deine Anwesenheit ist in dieser Bar nicht länger gestattet. Dieter schmeißt dich sonst raus.“

„Das soll er mir persönlich sagen.“ Ich reckte das Kinn. Von Lios Schwester würde ich mich nicht mehr einschüchtern lassen.

Sie zögerte einen Moment zu lange. „Hau einfach ab!“

„Nein“, sagte ich bestimmt.

Sintjas Stirnrunzeln vertiefte sich.

„Ich werde nicht weggehen“, betonte ich und wurde noch frecher – was hatte ich zu verlieren? „Und du solltest endlich aufhören, dich in die Angelegenheiten deines Bruders einzumischen.“

Mit weit aufgerissenen Augen blinzelte Sintja ein paar Mal. „Wie war das? Ich glaube, ich habe mich verhört."

„Wenn Lio mir sagt, dass ich gehen soll und dass er mich nicht mehr sehen will, gehe ich und komme nicht mehr. Aber nicht, wenn mir das seine kleine Schwester sagt."

„Hey, ich bin nur sieben Minuten jünger, klar?", motzte sie, dennoch hatte sich in ihrem Blick etwas verändert, das mir den Mut gab, weiterzumachen.

„Du brauchst mir nicht sagen, wie dumm ich war. Dass ich einen Fehler gemacht habe, weiß ich selbst. Und seit deiner Ansage damals sogar noch mehr." Ruhiger sprach ich weiter. „Kannst du mich wenigstens ein bisschen verstehen? Du kennst deinen Bruder, ich kannte ihn nicht. Er war so weit außerhalb meiner Liga, dass ich mir nicht vorstellen konnte, dass er es ernst meinte. Aber mittlerweile weiß ich schmerzlich, dass nur er wissen muss, was er an mir findet. Es hat zu lange gedauert, bis ich das begriffen habe." Ich betrachtete meine Schuhe. „Du hattest recht, ich war selbstbezogen und habe nur meine eigenen Probleme gesehen. Aber die habe ich mittlerweile geregelt." Damit deutete ich auf Saskia und Danje, die unbeholfen die Hand hoben.

„Hi, wir sind die Probleme", scherzte er. Niemand lachte.

„Alles, was ich von ihm möchte, ist ihn um eine zweite Chance zu bitten."

„Und wenn er dir keine gibt?" Sintja funkelte mich provokant an.

„Dann werde ich es hinnehmen und mich zurückziehen."

„Genau genommen hattest du schon eine zweite Chance. Du hast es schon einmal vergeigt, schon vergessen? Also wäre das jetzt deine dritte."

„Das war keine Absicht. Ich wusste nicht ..." Ich stoppte. Ich war ihr keine Rechenschaft schuldig. „Seit wann zählt man in der Liebe? Und ... Ich wäre nicht hier, wenn ..." Ich zog meine Hände in die Ärmel. „Wenn es etwas anderes wäre."

Sintja starrte mich an. Dann endlich ließ sie ihre gestrafften Schultern sinken und gab den Eingang frei. „Ja, so etwas habe ich schon mal gehört", murmelte sie. „Dann geh halt."

Als ich an ihr vorbei wollte, hielt sie mich am Arm fest. „Aber ich warne dich. Ich hoffe für dich, dass es kein nächstes Mal gibt, da werde ich nämlich nicht so nett zu dir sein. Verstanden?"

Ich nickte. Sie ließ uns passieren.

„Also, wenn man die beiden so erlebt, könnte man glatt meinen, er sei das Mädel und sie der Bub, nicht umgekehrt", raunte Anne mir zu, während das Licht des zum Ende neigenden Tages vom Barlicht abgelöst wurde.

Wir kamen passend zu *Blinding Lights* von The Weekend.

Wie schon die letzten Male positionierten wir uns an der Theke.

Fröhlich über den Ausgang wippte Saskia begeistert mit. Lio hatte mich bereits beim Reinkommen gesehen, ließ sich jedoch nicht dazu hinreißen, mich länger anzusehen oder den Song abzubrechen.

Zumindest fast.

„Wie lange willst du das noch durchziehen, Emma?“, fragte er plötzlich mitten in die letzten Klänge des Lieds hinein und schirmte mit einer Hand sein Gesicht ab. Er sah mich direkt an, was in mir augenblicklich ein Gefühl ähnlich einem Sandsturm aufkommen ließ.

Eigentlich sollte dies das letzte Mal sein, doch ich ließ mich von dem Moment mitreißen. „Bis du mir eine zweite Chance gibst“, sagte ich in normaler Lautstärke. Natürlich konnte er mich nicht hören und auch nicht gut genug sehen, um es anhand meiner Lippenbewegungen zu verstehen.

Was er aber sah, waren Saskia und Danje, die neben mir standen, Saskia mit einem Arm um meine Hüfte gelegt, und Sintja, die sich gerade zu uns gesellte. Ich kam mir vor wie bei einem Schachangriff und ich war die Dame. Lio runzelte die Stirn und schickte einen vorwurfsvollen und zugleich fragenden Blick zu seiner Schwester.

Die legte beide Hände um ihren Mund. „Macht euren Scheiß alleine!“, rief sie ihm aus voller Kehle unüberhörbar zu. Das war wohl das Netteste, was sie je über mich gesagt hatte.

Unschlüssig verharrte er einen Augenblick. Ich wurde nervös. Würde er den Auftritt abbrechen oder mich rauswerfen lassen? Ich griff nach Annes Hand und umklammerte sie.

Schließlich nahm er für den nächsten Song das Mikro vom Ständer. Michael Schultes *Stay*. Bereits nach den ersten Worten überzog sich mein gesamter Körper mit einer Gänsehaut.

„Ganz ruhig, Süße", sagte Saskia, die mein Zittern vor mir bemerkte.

Eine Hand drückte in meinen Rücken. Anne schob mich ein Stück vor. „Na los, Püppi. Er ist verunsichert. Das ist deine Chance. Geh zu ihm."

„Meinst du wirklich?"

„Natürlich! Und wenn du nicht gleich gehst und ihn küsst, tue ich es. Behalt das im Hinterkopf." Sie bedachte mich mit einem mahnenden Blick. Da sie aus Prinzip schon ernst machen würde, setzte ich mich in Bewegung. Unsicher schaute ich zu Sintja. Auch sie nickte mir zu.

Zaghaft bahnte ich mir Schritt für Schritt den Weg zur Bühne. Kurz bevor ich diese erreicht hatte, wurden meine Beine jedoch so schwer, dass ich sie nicht mehr hochbekam und stehen blieb. Meine Knie zitterten und ich musste meinen Kiefer zusammenbeißen, damit meine Zähne nicht aufeinander klapperten.

Lio sang das Lied wie immer leidenschaftlich und mit vollem Körpereinsatz, doch er sah, dass ich mich stocksteif und Hände knetend in der begeisterten Menge befand.

Plötzlich verstummte er mitten in der Zeile und sah mich direkt an. Mein Magen zog sich zusammen. Sein Blick war ernst, zu ernst.

Merklich verunsichert spielte die Band weiter.

Das Zittern und feiner Schweiß ließen meine Brille rutschen. Ich schob sie wieder hoch. Jetzt sprang Lio von der Bühne und kam entschlossen auf mich zu.

Ich war wie gelähmt. Würde er mich auffordern, zu gehen? Seine Kiefermuskeln arbeiteten.

„Das geht nicht, Emma. Du kannst nicht ... Das geht nicht.“ Er schüttelte den Kopf. „Nein.“

Ich wollte etwas entgegnen, doch er war noch nicht fertig. „Ich kann den Frauen nicht ewig sagen, dass du meine Freundin bist, nur weil du da bist. Das geht alles nicht mehr.“

Es dämmerte mir. Die Frau von letzter Woche. Das hatte er ihr also gesagt.

Seine Worte klangen nach *geh*, doch seine Augen, die im dämmrigen Barlicht so schön dunkelblau funkelten, baten mich, zu bleiben.

Ich blieb.

Das war die Chance, die er mir gab. Ein winziges Zeitfenster.

Ich hatte mir keine Worte zurechtgelegt und keine Zeit mehr, sie sorgsam auszuwählen. Ich sprach sie aus, wie sie kamen.

„Es tut mir leid, wie ich zu dir war. So unendlich leid. Ich habe versucht, mich vor meiner Vergangenheit zu verstecken, aber damit hat sie mich noch mehr beherrscht. Was ich dir in der Uni schon sagen wollte, war, dass ich mich meinen Dämonen gestellt habe. Es gibt sie nicht mehr. Statt ihrer habe ich meine beiden Freunde wieder.“

„Das ist schön“, sagte Lio, wobei es eher nach einem *schön für dich* klang.

Scheinbar fest stand er vor mir, versuchte, gleichgültig zu wirken. Doch die Art, wie er mich zwischendurch ansah, von einem Bein aufs andere trat, immer wieder die Augenbrauen zusammenzog und auf den Boden schaute, zeigten mir, dass er einen inneren Kampf mit sich ausfocht. Wer würde gewinnen?

Neugierige Blicke beobachteten uns unverhohlen.

Lio störte sich nicht daran. „Ich habe eine Regel …", begann er.

„Scheiß drauf!", rief ich verzweifelt.

Überrascht sah er mich an. Das war nicht meine gewöhnliche Wortwahl.

„Scheiß doch drauf", setzte ich nach. Mein Körper bebte heftig. Ich schmeckte bereits den Verlust. Dennoch kämpfte ich weiter. „Es ist jetzt alles ganz anders. Ich bin anders, eine neue Emma. Hallo." Ich versuchte mich an einem unbeschwerten Lächeln, scheiterte jedoch jämmerlich. „Es wäre ein Neuanfang, kein Aufwärmen."

Sein Blick begann sich zu verschließen. Ich wusste nicht, warum, aber ich hatte verloren.

„Ich bin keine Regel. Ich bin nicht deine Ex."

Lio schüttelte den Kopf und wandte sich zum Gehen.

„Warte!" Mit dem Mut der Verzweiflung griff ich nach seinem Arm, so, wie er es oft bei mir gemacht hatte. Er hatte nicht aufgegeben und das würde ich auch nicht. Noch nicht.

Er blieb stehen, drehte nur den Kopf zu mir.

Meine Augen brannten, als sich mein Herz endlich Gehör verschaffte. Lautstark wollte es rufen, doch meine Stimme brach. Obwohl kein Ton mehr zu hören war, sprach ich es aus. „Ich liebe dich."

Die Welt verschwamm hinter einem Vorhang aus Tränen. Ich konnte Lios Gesichtsausdruck nicht mehr erkennen.

Verloren.

Ich ließ seinen Arm los und senkte den Kopf.

Es geschah so lange nichts, dass ich überzeugt war, er sei gegangen.

„Ich kann das nicht noch mal durchmachen", hörte ich seine bebende Stimme direkt an meinem Ohr, spürte, wie dicht er vor mir stand.

Meinte er unsere Beziehung? War sie so schlimm für ihn gewesen?

„Diese Trennung killt mich."

„Mich auch", schniefte ich.

Wir standen da wie zwei Katzen, unsere Körper einander so nah, die Köpfe am Hals des anderen und doch berührten wir uns nicht.

„Ganz oder gar nicht, Emma", sagte er leise. „Wenn du dir nicht sicher bist, ob du dich auf mich einlassen kannst, lass es. Ich überlebe nicht nochmals eine Trennung von dir."

„Ganz", schoss es aus mir wie von allein. Als ich ihn wieder ansah, war aller Ernst aus seinem Blick verschwunden und hatte Verletzlichkeit Platz gemacht. Schweigend beobachtete er, wie sich eine Träne aus meinem Auge löste und die Wange hinunter rann.

„Auf jeden Fall ganz." Ich zitterte, als würden Minusgrade herrschen, mein Herz raste. „Ich vertraue dir."

Dann durchbrach – endlich – ein erleichtertes Lächeln seine sorgenzerfurchte Miene. Ein Lächeln, von dem ich mich sofort anstecken ließ. „Du machst mich fertig, Emma Krebel, weißt du das?" Er strich mir über die Wange.

Beinahe hätte ich vergessen zu atmen, so sehr genoss ich diese kleine Geste, die er gerne machte.

Sein Blick war unendlich sanft. „Ich liebe dich so sehr, Emma."

Mein Herz tanzte. Es steckte meinen Magen an und schickte Hitze in meine Wangen. Diese Worte waren die schönsten, die ich je gehört hatte.

Kurz sah ich Tränen in seinen Augen glitzern, ehe er sich vorneigte und mich zärtlich küsste.

Eine immense Geräuschkulisse erhob sich und flutete die Bar. Das Johlen, Applaudieren und Pfeifen der Gäste war derart laut, dass es sogar die Band übertönte.

Ich nahm es kaum wahr. Lio hatte mir so unendlich gefehlt. Seine Nähe, seine Berührungen, seine Küsse. Ich legte die Arme um seinen Hals und er zog mich fest an sich. Während unsere Lippen einander wieder vertraut machten, durchströmten warme Wogen der Liebe meinen Körper.

Mit brennenden Wangen lösten wir uns irgendwann voneinander. Die Band spielte nach wie vor ihre Tonfolge in Dauerschleife.

Der Hauch eines Lächelns umspielte seine Lippen. „Ich kann nicht fassen, dass du es vor mir gesagt hast, dabei liebe ich dich schon länger.“

Kichernd zog ich ihn für einen weiteren innigen Kuss an mich. Nie wieder. Nie wieder würde ich ihn gehen lassen. Ganz gleich, welche Dämonen mich heimsuchten.

Doch irgendwann war auch der schönste und intimste Moment, den wir mit allen Barbesuchern teilten, zu Ende. Lio hechtete auf die Bühne und beendete das Lied.

„Der letzte Song ist für eine ganz besondere Frau, die vom ersten Augenblick an mein Leben völlig auf den Kopf gestellt hat.“ Er grinste mich an. „Und nur damit es keine Missverständnisse gibt, Emma: Wir sind zusammen.“

Mit leuchtenden Wangen, die man in dem Licht zum Glück nicht sah, lachte ich.

Er lachte auch.

Während meine Freunde zu mir kamen, spielte *reciprocate Unforgettable* von Nico Santos, das irgendwie unser Lied geworden war.

Epilog

Emma

Mit einem Satz sprang Lio von der Bühne, kam zu mir und gab mir einen Kuss. „Es macht mich echt verrückt, wenn du dieses Oberteil anhast", raunte er mir ins Ohr und zog leicht an dem silbrig glänzenden Stoff.

„Entschuldigung, kann ich dich kurz sprechen?" Ein breitschultriger Mann stand hinter Lio. Er brauchte sich nicht vorstellen, es war offensichtlich, dass er von einem Plattenlabel war. Ich wusste nicht, woran es lag, aber seine ganze Präsenz wirkte im Kontext dieser Bar so fehl am Platz, dass er sofort enttarnt war.

Mein Freund drehte sich zu dem gestresst wirkenden Mann um und zog mich zu sich, was dieser mit missbilligendem Blick in Kauf nahm. Eine Frau an der Seite war nie gut. Aber wollte er etwas von meinem Freund, musste er erst einmal arschkriechen.

Er war schließlich nicht der Erste. In den vergangenen zwei Jahren hat die Band bereits drei Angebote bekommen. Wenig überraschend, denn *reciprocate* hatte sich sehr gemausert. Als reine Coverband waren sie schon gut gewesen. Mit der Zeit hatten sie ihren Stil gefunden und eigene Lieder geschrieben. Den Großteil der Songs schrieb Lio. Sie handelten hauptsächlich von unserer Trennung oder wie er sagt, von unserem Kennenlernen und dem Glück unserer Beziehung.

Ihre Musik hatte sich in Richtung Pop-Rock mit vielen Klavieranteilen und Rapeinlagen entwickelt. Ein wenig erinnerte es an den Stil von Linkin Park. Das kam sehr gut an.

Nach dem, was ich verstand, hatte der Gig dem Labelmann gefallen, und er könnte sich ihn als Sänger vorstellen, mit oder ohne die Band. Mich ignorierte der Typ komplett. Mal abgesehen davon, dass das ziemlich arrogant war, fand ich es auch nicht schlau. Immerhin könnte ich die Managerin der Band sein und er verscherzte es sich gerade mit mir.

Lio hielt mich weiterhin fest. Das war das einzig Wichtige. Ich kuschelte mich an ihn, während ich zusah, wie sich der Unterkiefer des Kerls auf und ab bewegte und mannigfaltige Geräusche seinen Mund verließen.

Anschließend kam der Augenblick der Wahrheit, zumindest für den Typen. Er sah meinen Freund erwartungsvoll an, der wie jedes Mal den Kopf schüttelte. Er fügte seine Erklärung an, nahm die Karte dennoch höflich entgegen. Dann war der Labelmann wieder verschwunden.

„Und?", fragte ich. „Wieder so einer?"

„Jap", sagte Lio und sah kurz auf die Karte, bevor er sie mir gab. „Er meinte, wie seien genau das, was sie suchten und ob wir auch bereit wären, Deutschpop zu spielen." Er schüttelte den Kopf.

Die meisten Scouts fanden den Sound der Band toll und sahen gerade in Lio einen Verkaufsschlager. Das Einzige, was sie tun mussten, um massig Geld zu verdienen und berühmt zu werden, war lediglich alles zu ändern, und zwar genau so, wie das Plattenlabel es ihnen vorgab.

Niemand aus der Band wollte das und ich war heilfroh, dass auch niemand von den Jungs an einer Chartplatzierung großes Interesse hatte. Sie waren sich einig, dass die Musik ein Hobby bleiben sollte.

„Mit dem Plattenvertrag ist es nicht getan", hatte Olf mir mal erklärt. „Das ist erst der Anfang und wahrscheinlich das kleinste Übel. Dazu kommt die ganze Promo, Auftritte, Umhertouren."

„Wobei das schon ziemlich cool ist", gestand Nille.

„Du musst funktionieren oder du bist raus", erklärte Olf wieder und etwas in seiner Stimme verriet, dass er genau wusste, wovon er sprach. „Du bist die Spielfigur des Labels. Mehr nicht."

„Nicht zu vergessen der stetige Konkurrenzkampf", fügte Ben hinzu. „Immer musst du besser sein und bist du der Beste, lauern sie darauf, dich vom Thron zu stürzen."

Bis auf Maxim waren alle der Meinung, dass ein Plattenvertrag nicht das Richtige für sie war. Er wurde gnadenlos überstimmt und musste sich fügen.

Ich für meinen Teil war froh darüber und hoffte, dass uns eine solche Herausforderung auch weiterhin erspart blieb, denn ich liebte Lio und unser Leben genauso, wie es war.

Ich hielt Emma in den Armen und atmete ihren Duft tief ein. Sie gab mir Halt, brachte mich zur Ruhe. Bei ihr fühlte ich mich zu Hause.

Sie befand sich mittlerweile im Master und war fest in der Forschergruppe von Herrn Dinknagel integriert. Es freute mich, dass sie die rein akademische Karriere gewählt hatte. Es passte viel besser zu ihr. Ihr Prof ermutigte sie, denn er sah großes Potenzial in ihr.

Ich würde mich nach dem Studium im IT-Sektor versuchen. Entweder an der Uni oder in beziehungsweise für Unternehmen. Thorben ging Richtung Game Design, Game Engineering und hatte Pläne, ein Start-up gründen und Spiele im Auftrag von Kunden zu programmieren. Ich zog in Erwägung, für den Anfang als Nebentätigkeit miteinzusteigen. Was auch immer ich tun würde, Emma unterstützte mich, wofür ich sie umso mehr liebte. Sie sagte, ich habe ein Gespür für Menschen, Situationen und Gelegenheiten, dem sie blind vertrauen würde. Dennoch, der Druck, den mir meine Eltern damals in Sachen Zukunftsplanung gemacht hatten, war nicht effektlos geblieben. Vielleicht würde ich mich hier und dort ausprobieren, den ein oder anderen ungewöhnlichen Job wählen, aber alles in kleinem Rahmen neben der Haupttätigkeit, bis ich mir absolut sicher war. Und ich würde auf keinen Fall einen Weg gehen, der mich von Emma wegtrieb. Sie war meine Basis. Ohne sie funktionierte ich nicht mehr.

In diesem Moment sah sie zu mir auf. „Wolltest du noch bleiben, oder wollen wir gleich nach Hause?"

Nach Hause. Gemeinsam. Ja, seit einem halben Jahr wohnten wir zusammen. Im Grunde verbrachten wir seit unserer Wiedervereinigung kaum eine Nacht getrennt. Auch dieser Keil, den es damals zwischen uns gab, war seit unserer Wiedervereinigung verschwunden.

Sin hatte einen angesehenen Pharmakonzern gefunden, in dem sie Praktikum und Abschlussarbeit absolvieren konnte und Aussicht auf eine anschließende Anstellung hatte. Als sie auszog, nahmen Emma und ich das als Gelegenheit, uns eine kleine eigene Wohnung zu suchen.

Mit meiner Schwester und Franky hatte es nicht geklappt, was mich kaum überraschte.

Ich sah meine Freundin an.

Sie runzelte lächelnd die Stirn. „Was ist?"

„Nichts. Alles gut", sagte ich liebevoll.

Ihr Runzeln vertiefte sich.

„Kannst du Anne mal fragen, ob sie dir mal wieder Strähnchen färben möchte? Manchmal fehlen mir deine Fransen." Ich küsste sie auf den Kopf.

Emma lachte. „Bloß nicht. Ich sah so lächerlich aus. Und jetzt sag mir, was du gerade gedacht hast."

„Dass ich dich liebe", erklärte ich wahrheitsgemäß.

Prüfend kniff sie die Augen zusammen. „Ich glaube dir kein Wort." Dann zog sie mir grinsend die Mütze runter und küsste mich.

Ich zog sie sanft an mich. Sie hatte recht, denn einen weiteren Gedanken verschwieg ich ihr. Ein nächster Schritt. Aber es war noch zu früh. Ich wusste, dass sie uns zu jung dafür fand, und würde nicht wieder den Fehler machen, etwas zu überstürzen. Sobald sie jedoch bereit war, war ich es auch. Sie war die Frau meines Lebens.

Ende

Danksagung

Jetzt hätte ich beinahe vergessen, was so essenziell wichtig ist: Danke zu sagen.

Ich bin so dankbar für alle, die mich unterstützt und an mich geglaubt haben!

Als erstes Danke an meine Agentin Alisha Bionda von der Agentur Ashera.

Danke für die großartige Zusammenarbeit, liebe Francesca Hintz und Carina Krug von dp DIGITAL PUBLISHERS. Ihr seid Traumerfüller. Danke an meine Lektorin Manuela Tengler für deine hilfreichen Rückmeldungen und die Katastrophenregulierung.

Danke an meine Testleserinnen Marie Rabenstein (die bislang – ich betone es immer wieder – noch alles von mir gelesen hat) und Julia Poustourlis (die jetzt jeden Krempel von mir liest) für euer Feedback und eure Begeisterung. Julia noch einmal ein gesondertes Dankeschön an dich dafür, dass du deine Erfahrung und dein Wissen mit mir teilst. Die Zeit und die Arbeit mit dir ist so wert- und wundervoll!

Danke an meine Familie: meine Kinder, die in den arbeitsintensiven Zeiten arg auf ihre Mama verzichten müssen – aber hey, dafür habt ihr jetzt einen Hund ;) und meinen liebenden Ehemann, der brummelnd und grummelnd noch jede meiner Flausen hingenommen hat. Danke auch an meine Mama, die diesen Roman eigentlich nicht lesen wollte, weil ihr die Protas zu jung sind, ihn aber dennoch kauft.

Danke für den Austausch in unseren vielen Sprach-
nachrichten, das gemeinsame Lachen, Weinen und
Schimpfen – wir dürfen alles beieinander: Marie, Julia,
Angela und Kathrin, aber auch Rachel, Mia und Jo-
hanna. Schön, dass ich euch alle habe.
Danke für den Support auf instagram an meine lieben
Mädels: mia.lena.b_autorin, jutta.k84, zeilen.vol-
ler.zauber, miri_sperling, milapaul.autorin, jana_ly-
cka_autorin claudia.angeli.autorin und so viele mehr.
Schaut doch gerne mal bei ihnen vorbei. Mich findet
ihr unter _isabelrenner_
And, best for last: Danke an alle LeserInnen! Ich hoffe,
ich konnte euch mit meiner Geschichte von Emma und
Lio ein wenig verzaubern. Ich hoffe, ihr hattet ein paar
schöne Lesestunden und habt euren Alltag für diese
Zeit hinter euch lassen können. Ich bin euch so dankbar für euch, denn nur ihr macht es möglich.